有爱的青春陪伴者

我怎么可能输给他

墨西柯 | 著

花山文艺出版社
河北·石家庄

图书在版编目（CIP）数据

我怎么可能输给他 / 墨西柯著. -- 石家庄 : 花山文艺出版社, 2021.9
ISBN 978-7-5511-5717-9

Ⅰ. ①我… Ⅱ. ①墨… Ⅲ. ①长篇小说－中国－当代 Ⅳ. ①I247.5

中国版本图书馆CIP数据核字(2021)第080395号

书　　名：我怎么可能输给他
WO ZENME KE'NENG SHU GEI TA
著　　者：墨西柯

统筹策划：张采鑫
特约编辑：伍　利
责任编辑：郝卫国　张凤奇
美术编辑：胡彤亮
责任校对：于怀新
装帧设计：Insect　西　楼
封面绘制：委　鬼
出版发行：花山文艺出版社（邮政编码：050061）
（河北省石家庄市友谊北大街330号）
销售热线：0311-88643221/29/35/26
传　　真：0311-88643225
印　　刷：长沙鸿发印务实业有限公司
经　　销：新华书店
开　　本：880×1230　1/32
印　　张：10
字　　数：304千字
版　　次：2021年9月第1版
2021年9月第1次印刷
书　　号：ISBN 978-7-5511-5717-9
定　　价：45.00元

目录 CONTENTS

第一章
枫屿高中 /001

第二章
交锋 /029

第三章
刁难 /045

第四章
预备队员 /062

第五章
他想睡着 /087

第六章
运动会 /111

第七章
双学霸 /135

第八章
加入网球队 /157

第九章
养膘 /185

第十章
初入赛场 /200

第十一章
液体猫 /235

第十二章
我陪你 /262

第十三章
永不言败 /288

目录 CONTENTS

WOZENME
KENENG
SHUGEITA

第一章

枫屿高中

让随侯钰没想到的是，他不过是在等人，居然也能围观一出闹剧。

还挺有意思的。

八月中旬，暑假已经过去大半。

天气热得有些丧尽天良。

早晨起床时明明下过一阵蒙蒙细雨，此时雨水已经不见踪迹。

干燥的地面，竟然连阴影下都难寻一丝湿润的痕迹。暴露在阳光下的一切事物，似乎都在冒着热气，空气中甚至弥漫着柏油马路熔化的气味。

知了叫得声嘶力竭，仿佛在用这种方式对世人示意，自己尚未被烤熟，意志顽强。

随侯钰靠在栏杆上，隔着衣服还能感受到栏杆的温热。

他低头看着手里的饮料，单手拎着，用手指钩着拉环，启开后喝了口，颇为无聊地看着附近。

如果不是根据地图导航过来的，他恐怕都不会知道本市还有这么一个地方。

这个名叫湘家巷的地方，居然需要上高速公路开往邻市，中途下高速，再行驶半个小时才到。

根本就是两座城市之间，间隔了一个湘家巷。

就这样的位置也算是市内六区，仿佛是一处被孤立的地域，独立于城市一隅。

他左右看了看，这里没有特别高的建筑，最高不过六七层的楼房，路上行驶的还有残疾人车。饭店看起来也都属于小门市，大多写着 ××

农家菜。

这附近最近在开发旅游行业，依山傍水，人们的生活也算惬意。

环境总体来说还不错，也不知道夜里能不能看到星星。

他刚和民宿房主通过电话，房主说正在打麻将，打完那一把就过来接他，让他再等一会儿。

标准的小城镇慢节奏生活。

挂断电话后，他在手机屏幕上方看到有人 @ 他的提示消息，顺手点进班级群，看到同学都在破口大骂，似乎有要去约架的意思。

他往上翻聊天记录。

原来是有人转载了一张聊天截图，说枫华私立高中校内群里在公然 diss（不公正地批评）随侯钰。

他点开截图，无非是在传他猫嫌狗厌，面目可憎，素质低下。

diss 他的同时，狂吹他们学校的校霸有多帅多牛，学习好体育好，仿若天之骄子，还有妹子担心开学后随侯钰找他们校霸的麻烦。

他草草看一眼就关掉了。

随侯钰所在的高中为了提升档次，突然和枫华私立高中并校，开学后两所学校的学生正式成为同校生。

两边学校的学生都在议论，甚至还有人混到对方学校群里当卧底。

可见，这个暑假他们是真的闲。

随侯钰在群里回复了。

随侯钰：从某种意义上来说，他们对我的评价也算客观。

冉述：面目可憎？他们怕是不知道什么叫国色天香。

前班长：危险形容词警告。

冉述：……我突然膝盖有点软。

随侯钰轻笑了一声没理，把手机放回口袋里继续等候，刚巧看到了两个男生拙劣的演技。

在随侯钰不远处还站了一个女孩，也是刚从便利店出来。

女孩个子高挑，扎着一个马尾辫，简单的 T 恤加牛仔短裤。肤色偏小麦色，看起来十分御姐范，长得也不错。

一个流氓小哥过来调戏："小老妹，加个微信呗，陪哥说说话。"

女孩回答得言简意赅："滚。"

接着，流氓小哥开始对女孩动粗，伸手去拽她的手臂，要带着她离开似的。

这时候突然冲出来另外一个男孩子英雄救美，高声喊道：“住手！”

这两个字喊得荡气回肠，愣是给随侯钰听笑了。

“流氓”小哥没好气地瞪了随侯钰一眼，似乎在警告他不要多管闲事。

随侯钰也配合，拽着自己的行李箱往一侧挪了挪，给他们腾出场地，免得影响他们发挥。

也因为行李箱拖动发出声音，女孩子朝随侯钰看了一眼。

仅仅一眼。

女孩的眼睛就不舍得从随侯钰的身上移开了。

随侯钰可以被称为“撕漫男孩”，简直就是从漫画里走出来的。

呃……多半也是少女漫画，不然不敢把男孩子画成这样。

他183厘米的身高，眉眼生得好看，甚至有些精致得过分，且头发乌黑，带着自来卷，因为发量多，头发显得有些厚重，将脸衬得更小了。

一双浓眉，双眸映水，睫毛的浓密倒是与发量相呼应。鼻梁高挺却不过分，鼻尖小巧，双唇自带淡粉色，嘴角还带着戏谑的笑。

女孩朝着随侯钰的方向看了许久，以至于后来的救人小哥与“流氓”小哥两个人斗得不可开交的画面，女孩都没看到。

戏虽足，却没有观众。

等救人小哥过来跟女孩搭讪的时候，女孩才回过神来看向他。

“你没事吧？”救人小哥站在了女孩的面前。

这女孩先是看过随侯钰，再看这位，多少有些心理落差。

这小哥也算是骨骼惊奇，长相异于常人。

女孩随口回答：“没事。”

救人小哥继续跟进：“我怕那个流氓再骚扰你，你要去哪里，我送你吧？”

女孩明显不愿意，摇头拒绝了，接着朝随侯钰走了过来：“小哥哥，你能送我回家吗？我刚刚被人盯上了，有点害怕。”

什么叫移花接木？

这就叫移得自然，接得漂亮。

随侯钰将刚刚喝空的饮料罐子捏扁，朝着垃圾桶准准地投了进去，随口回答：“啧，谁是你哥？”

他很不喜欢“小哥哥”这个称呼，总觉得阴阳怪气的，就不能好好说话吗？

“抱歉，那你是弟弟？”女孩会错了意。

随侯钰没理，从口袋里取出了口香糖，倒出两粒塞进嘴里。

女孩的视线在他的侧脸上打转，竟然下意识地吞咽了一口唾沫，不死心地继续问：“你在等人吗？”

随侯钰的侧脸算是一绝，鼻梁和下颚线弧度优美，低下头时蓬松的头发垂下来，搭在额头，卷曲得恰到好处。

这种绝色，在现实生活里可不常见。

随侯钰含糊地应了一声，发现微信里民宿房主发来了实时位置共享。

他站起身来，女孩这才发现他身后背着的包里居然躺着一只猫，黑色的猫，碧色的眼眸，看起来又冷又酷。

女孩居然跟着他走了过来，问：“这只猫好漂亮，它叫什么？”

“大哥。”

女孩没回过神来，问：“嗯？”

“猫叫大哥。”

女孩子瞬间被逗笑了：“这个名字有意思，符合它的气质。”

英雄救美的男孩子不由得一阵无语，就那么木讷地看着两个人离开了。

两个人走远了后，“流氓”小哥走了出来，不爽地说了一句：“这就让人给截和了？”

“啧，真晦气。现在女生都喜欢那种娘们兮兮的男生吗？你看那个男的长得……”救人小哥哽了一会儿，最后还是妥协了，“确实是挺好看的，不过，我也不差啊。”

“流氓”小哥不想回答这个问题，就算是对自己的朋友，也不能昧着良心。

他叹气：“白演了，平白被你揍好几下。”

两个男生并肩一起蹲在路肩上，一脸的晦气。

来接随侯钰的房主腿有点儿瘸。

随侯钰注意到这一点，主动拖着行李箱朝他走了过去。

房主看起来三十多岁，身材微胖，眼睛朝着离开的女孩看了一眼问：“要等她吗？”

“我不认识她。”

房主要帮随侯钰拎行李箱，被随侯钰拒绝了。

房主笑呵呵地说：“怎么想到来这边住了？”

“最近似乎在严格管控，我未成年，房子都不租给我。”

房主理解地点了点头：“我们这里一般没人管，倒是自由。不过你出来租房子，家里人呢？”

随侯钰跟着房主进入了小区楼栋里，拎着行李箱上楼梯，回答：“我没告诉那两家人。”

“两家人？”

“嗯，离了婚各自成家，不就是两家人了？”

随侯钰没说，他都搬出来住了，那两家人都没有发现，还以为他住在对方的家里。

房主交代了一些注意事项，还有附近商铺的位置，最后说：“保洁每天十点左右过来，你要是不想被打扰，在门口密码锁设置一下免打扰，门内的这个按一下就行，保洁就不会进来了。”

“好。”

随侯钰坐在客厅里，听着房主大哥的口哨声由近至远，默默地拿出手机买耳塞。

关着门，走廊里的口哨声都听得这么清楚，这隔音真是让人不敢恭维。

他的睡眠质量奇差，这方面尤其矫情。

随侯钰整理完行李，又在家里到处看了看。不知不觉间已经到了傍晚，他打算下楼转一转，顺便把晚饭解决了。

他走出不远，竟然看到了救人小哥和“流氓”小哥勾肩搭背地一起走。

随侯钰今天的笑点全在这两个人身上了，“扑哧”一声笑了出来。

这两个人显然也看到他了，算是仇人相见分外眼红。

尤其是随侯钰笑得颇为嘲讽，刺激到了他们敏感的神经，引得两个人直接朝着随侯钰走了过来。

两个人走过来的时候气势惊人，身体都在随着手臂摆动。他们到了随侯钰身边，伸手想要搭随侯钰的肩膀，却被随侯钰轻巧地躲开了。

救人小哥下巴往小巷子那边一扬，阴阳怪气地说：“小哥，巷子里走一圈啊？”

言外之意，就是找他约架，以此找回颜面。

随侯钰觉得反正无事可做，就答应了，跟着他们两个人朝着巷子里走。

两个男生打算教随侯钰做人，然而不出五分钟，巷子里就传来了这两位鬼哭狼嚎的叫声，十分凄惨。

这一带也是画风清奇，里面喊成这样，也没人进来管管，该干吗干吗。

不多时，终于有一个男生走了进来，步子很慢，进来的时候似乎还在歪头看，究竟是谁在跟谁打架。

两个小哥见了这男生，仿佛见到了救星，兴奋地喊道：“大师兄！”

“嗯。”被称为大师兄的男生懒洋洋地应了一句，进来后手臂一撑，坐在了一个油桶上，问道，“怎么回事？”

仔细看才注意到，油桶上面还搭了一块木板方便人坐，显然这些人常来这里。

随侯钰见到又来了一位，也十分配合地停了手。对面的人又多了一位，他也不惧怕，反而靠在一边等着他们聊天，无聊的时候从口袋里拿出口香糖来，抖出两粒来塞进嘴里。

大师兄听好友七零八落地诉说的时候，眼睛瞥了随侯钰一眼，很快又收回了目光。

听完前因后果，大师兄沉声道：“所以是你们挑衅不成反被揍，那你们活该啊，小哥你继续吧。”

说完，大师兄做了一个“您请便”的手势，真就不管了。

随侯钰见状扬眉，对于这种处理态度很是意外。这位真就这么坦然地坐在油桶上，开始看戏了。

两个被揍的人你看看我，我看看你，不约而同地躲到了大师兄身后。

这架约得，非常没有尊严。

气氛有些尴尬，大师兄只能帮忙圆场：“要不……握手言和吧？”

随侯钰活动着手腕，身体避开，冷淡地回答：“不想握手。”

“那我的两个兄弟跟你道歉。”

“不必道歉。”随侯钰终于抬头看向大师兄，接着微笑，笑容里透着狡黠，“正好解解闷。”

说完，随侯钰绕开他们朝巷子外走去。

夜幕已降，随侯钰从黑暗的小巷子走向灯光璀璨的马路，身体被店铺的广告牌灯光围绕，身上的光影都有着夺目的色彩。

蓬松的头发以及纤长的脖颈，纤细修长的身材，两条长腿尤其夺目。

这背影都够绝的了。

大师兄看着随侯钰离开，直到随侯钰消失在巷子口才将目光抽回来，看向自己的朋友：“咱能不能别再用这种拙劣的方法和妹子搭讪了？”

救人小哥不服气，揉着身上疼的地方说道：“我们身边全是兄弟，一个妹子都没有，多没意思？”

大师兄听完扯着嘴角笑：“兄弟多有什么不好的？”

再看看两个朋友，看似被揍得狠，却不算太严重，估计随侯钰下手的时候也有分寸。

都是简单的皮肉伤，且没有打脸。

大师兄带着他们朝外走，随口问：“吃饭了吗？”

“没呢。”

他们三个人一起去了附近的一家店，一走进去，老板娘热情地招呼他们：“哟，侯陌来啦？”说完看向他身后的两位，“小邓和小沈也来了。最近是赛季吧？是不是老三样？”

三个人随便应了一声，接着就看到老板娘正在递菜单的客人居然是随侯钰。

随侯钰也抬头看了他们一眼，接着低头继续看菜单。

真是冤家路窄。

随侯钰拿着菜单翻看，又说了几样菜名。

老板娘记下来后问：“这是要来几个人？”

“我一个人。”

“一个人吃不了这么多，我们家的菜分量足，三个菜就够够的。”

“没事，您就上吧。”随侯钰说完，把菜单还给了老板娘，随后靠在椅子上玩手机。

随侯钰点开微信菜单，看到冉述给他发了语音消息，点开便听到磕磕巴巴的声音：“你你……你真要搬出去住啊？用不用我给你安排一下？实、实在不行送你一套房子！”

冉述是个结巴，还是最气人的那种前段结巴。

前段结巴真的非常考验人的耐心，每次都得听完超长的前奏。

随侯钰回复了一条语音：“你下次能不能给我发文字？”

那边很快回复了：“你你……你嫌弃我是不是？打、打字费劲。”

“我听你说话也费劲。”

接着，随侯钰收到了一条57秒的语音消息，看到长长的框，他听都不想听了，直接把手机放到桌面上。

别看侯陌他们是后来的，东西倒是先上，主要是他们点的菜简单。

老板娘是一位五十多岁的阿姨，嗓门大，人也热情，端上来就介绍：“我刚才特意去后院里摘的菜，纯天然。你们不能老吃得这么单一，长身体呢。”

他们所谓的老三样，就是清汤面加上馒头，还有鸡蛋。

再没有其他的了。

三个人可怜巴巴地吃着饭，其间看到不远处随侯钰那桌一个劲地上菜。

随侯钰一个人点了六个菜，三碗饭。

老板娘本来还挺忙的，没一会儿就停下来了，站在一边饶有兴趣地看随侯钰吃。

这画面仿佛在看一场吃播，一个看起来瘦得没有一丝赘肉的人，竟然能吃这么多，也不知道是怎么装进去的。

侯陌看着面前的清汤寡水，再看看随侯钰那边的大鱼大肉，心里突然多了几分酸楚。

不过这种感觉很快就没有了，主要是看随侯钰吃得那么香，他也觉得自己得到了一种精神上的满足，仿佛自己也饱了。

这恐怕就是看吃播的乐趣?

邓亦衡，也就是救人小哥，看得眼睛都直了，忍不住嘟囔：“这小子也太能装了，真能吃这么多？”

沈君璟，也就是之前伪装的“流氓”小哥，小声回答：“我要是不禁食，吃得比他还多。”

等随侯钰结账走了，老板娘还走过来跟侯陌他们感叹：“这小姑娘长得可真俊，个子也高，就是太能吃了。”

三个人齐刷刷地看向老板娘，眼神复杂。

最后还是侯陌提醒她：“婶，那是男生。”

老板娘一怔，随后惊讶道：“男生长得这么俊呢？比你都俊。”

侯陌对这句话并不认可，道：“才六个菜就把你收买了？你不觉得我这张脸才是正常的英俊吗？”

老板娘爽朗大笑：“对，我们侯陌最帅。”

侯陌敢这么说，一方面是因为他脸皮厚，一方面是因为他确实长得不错。

侯陌从小就跟其他的孩子不是一个“色系”的，皮肤是比较少见的冷光白，比一般皮肤白皙的人还要白一个度，仿佛他天生缺黑色素。头发、眉毛、瞳孔也并非黑色的，而是偏亚麻棕色的。一头亚麻色的蓬松短发，配上浅色的眸子，就像是一只猫，看人的时候淡淡的，眼神轻飘飘的，仿佛什么都不在意。

他总是在笑，眼底却没有什么笑意，这恐怕要归功于他的那双笑眼。

他高挺的鼻梁与深邃的眼眸结合，面部十分立体，时常会被问是不是少数民族或者混血儿。其实他祖孙三代都是地地道道的东北人。

三个人走出饭店，坐在饭店附近的台子上看着夜色消食。

夜里清凉的风带来了一阵草木清香，在这种世外桃源一样的地方居住，就是要多几分惬意。

就在这时，安静被打破，侯陌接到了教练发来的视频通话。

他做了一个深呼吸后接通，听到教练吼：“我看着你们几个的步数呢！白天热不想跑就夜跑！就算是暑假，训练也不能落下！”

侯陌态度良好，对着镜头比“OK”的手势，格外乖巧：“好的好的。”

“别想一人跑一圈糊弄我，我要看到你们不同的步数变化，一个人一个人地分开跑。回家以后给我上 APP，视频拉伸给我看！”

侯陌清了清嗓子，微笑着回答：“好的。”

挂断了视频通话，三个人同时哀号出声——上网课的体育生，绝对是最尴尬的存在。

侯陌他们三个人走到运动场。

这里是他们这附近最大的运动场所了，中间的场地本来是足球场，不过常年被广场舞的队伍霸占。

周围的跑道虽然护理不当有些斑驳了，却也算是不错的跑步场地。

三个人在做热身的时候，看到了熟悉的身影——随侯钰从他们的眼前跑了过去。

三个人面面相觑。

邓亦衡忍不住问：“这货怎么回事？不是刚吃完饭就跑了吧？不怕胃下垂？这就是标准的吃多了撑着了？”

沈君璟摇头嘟囔：“他走到这里就得二十分钟，要是不熟悉附近的路，转一圈到这里还得四十分钟，估计也刚到。”

邓亦衡点头：“对哦，今天带着行李箱来的，估计是刚到这边。”

沈君璟：“他也是体育生？”

邓亦衡同意了这种猜测：“说不定是练散打的。真看不出来，瘦骨嶙峋的，结果这么能打。”

侯陌做完热身后，朝着跑道跑过去，就跟在随侯钰身后，两个人的距离不远不近。

一起持续跑了十圈。

随侯钰回到民宿，无聊得浑身难受。

游戏玩了一会儿就烦了，于是起身做大扫除。

其实这种民宿费用贵，却也有好处，比如洗漱用品、手纸等由房主提供，随侯钰住的时间长，房主干脆给他送来了一套新的。

水电费也都是由房主承担。还有就是每天都会有保洁人员过来，根本不用他来收拾。

但他就是闲不住。

收拾完了，随侯钰掐腰看着房间，似乎没有其他的事情可以做了。他强行压着烦躁的情绪在沙发上坐下，吃了两粒口香糖，手搭在腿上，却在不安分地张开又握紧。

最后他还是没忍住，走出门去，开始在楼梯间上楼下楼地来回跑。

陌生的环境会让他觉得不安，不安会使焦躁加重。

他想要发泄，却又一时间想不到好的方法。

这里的隔音一般，他这样来回跑动还是惊动了邻居。

其中一户打开门，那人从门缝里朝外看，刚巧和正在上楼的随侯钰四目相对。

居然是侯陌。

侯陌看到随侯钰也是一怔，随后就笑了起来，问：“干吗呢？”

“我跑步机明天到。”随侯钰说了一句后就继续上楼了。

侯陌扶着门把手探身朝外，只能看到楼梯间上楼的 AJ 运动鞋，于是又退回了家里，对母亲解释：“有人跑步呢。”

侯妈妈依旧是温柔的样子，微笑着说道：“嗯，知道了。我去休息了，你也早点睡觉。”

侯陌扶着母亲回到房间里后，才退出来回到自己的房间。

他打开电脑看着电脑屏幕迟疑了一会儿，在搜索框里输入了几个字：多动症。

他发现随侯钰虽然忍耐得很好，却总有一些焦躁的小动作，不由得有点好奇。

对照后又觉得随侯钰恐怕不是多动症。

接着，在相关词条里看到了其他的关键词：狂躁症。

他点开看了看，随后看着百度百科上的介绍：自我感觉良好，如头脑特别灵活，或身体特别健康，或精力特别充沛；睡眠少，且不感疲乏；活动增多，或精神运动性兴奋；行为轻率不顾后果，或具有冒险性……

侯陌看着页面，下意识地摸了摸下巴，忍不住感叹：“体力好，欲望强，这搭配绝了。”

因为两校合并搬校区，学校提前几天开学了。

高三的学生单独一个校区，被安排在青屿高中的原校区。

高一和高二的学生则被安排在了枫华高中的原校区，称为枫华校区，校名则改为了枫屿高中。

随侯钰拖着行李箱到了枫华校区后，站在校门口看着教学楼，再回头看向斜前方一望无际的玉米地。

碧绿色的玉米丛，细长的叶片在清风中发出瑟瑟声响，在阳光下怡然自得。

这种生机盎然的绿，与随侯钰青了的面孔有得一拼。

这里距离湘家巷很近，这也是随侯钰选择住在那里的原因，没承想学校的地点比湘家巷还偏僻。

湘家巷依山傍水，枫华校区则依田傍“黄土高坡”。

恐怕也是因为这地方真的足够偏，才使得一所高中占地面积极大，据说在校内都会迷路，甚至有些楼盖完了不知道该干什么，于是就空着。

嗯。

在校内迷路。

出校后迷茫。

随侯钰只能跟着人流走进去，安慰自己明年就能回原来的校区了。

今天是返校日，学生们都没有穿校服。

随侯钰戴着降噪耳机，暮光红色的，扣在头顶倒是让蓬松的头发服帖了几分。只是没被耳机压着的发梢倔强地支棱着，被风吹得来回摆动，发尾依旧有着风都无法抚顺的弧度。

周围觉得随侯钰眼生的学生都会多看他两眼，因为这个少年在人群中分外扎眼。

可惜少年冷冰冰的，看人的目光都带着刺。

人群中，时不时有人认出随侯钰来，跟他打招呼：“钰哥。”

另外一人说道：“钰哥，冉述在那栋弧形的楼门口呢。”

随侯钰随便应了几句，随后朝着那栋楼走过去。靠近后看到一群人聚集在一起，都是他熟悉的人。

少年们到了陌生的环境，都想彰显出自己的气势来，不想被另一个学校的人比下去。这群男孩子聚集在一起，造型各不相同，努力让自己衣服的褶皱都透出嚣张来，看得随侯钰想笑。

冉述和其他人不太一样。

他蹲在台子上，垂头丧气的，侧头看了随侯钰一眼，突兀地站起来骂道：“绝、绝、绝了，他、他们重新考试分班，还按成绩分班。”

冉述是和随侯钰关系最好的朋友，富二代一个，日常爱好炫富。

学习是他的短板，短到可以忽略不计的程度。

随侯钰咀嚼着口香糖，随口说道：“可能是怕抱团吧。”

两校合并，学生又是血气方刚的年纪，很容易就此成为两方阵营，互相看不顺眼。

学校的目的就是让学生们尽快融合在一起。冉述苦着一张脸，问道：“那、那我怎么办啊？”

冉述和随侯钰的学习成绩是两个极端。

随侯钰全校第一，冉述全校倒数第一，他们两个人居然能成为朋友也是奇迹。

随侯钰随意看了看冉述，笑着说道：“放心吧，一般人欺负不了你。”

冉述只能陪着随侯钰去寝室，去的时候还嘟囔：“别、别看他们，把班级分散了，寝室倒是没分散，五层和六层都是我们学校的。低层也有，一楼靠近垃圾站。”

冉述、随侯钰的寝室就在六楼。

对于随侯钰来说这个楼层还好，但是对于冉述来说，这个楼层真的非常恶心，容易磨了他的脚。

随侯钰也没在意，到寝室里收拾的同时和冉述有一搭没一搭地聊天。

冉述还在絮叨随侯钰租房子的事情：“我、我家房子多，出去住也不找我。”

“我妈发现我不见了，去找你妈妈问就知道了，瞒不住。”

“也是……”冉述在一边大大咧咧地坐着，“那破、破房子你也只在周末过去，无所谓。不过这寝室的空调，半天感觉不到风。”

返校生们今天的任务就是搬寝室，收拾卫生。

打扫卫生他们两个人都没去，也没人来叫他们。

到了傍晚时分，扫除完的学生们陆续回来。有路过随侯钰寝室的学生顺手敲门，开门进去说：“钰哥，述哥，明天早上七点半开始考试，你们俩在 11 考场，我看了一眼在 2 号楼，最高的那栋楼。”

他们对这里不熟悉，只能描述是哪栋楼。

冉述点头，摆了摆手：“谢、谢了。”

随侯钰只回应了一个鼻音的“嗯”。

按照本年级的人数，高二分了三十二个班。

1 班到 9 班是文科，10 班到 17 班是理科；还有十五个国际班，是他们两所私立高中的特色班。

文科班中 1 班学习成绩最好，2 班较差，以此类推。

理科班也是如此。

考试一天就结束了，只考了主要的科目。学校评分速度飞快，听说老师们加班到凌晨，第二天一早班级就分出来了。

冉述一早就知道自己会是哪个班级的了，也就没去人群里挤着看大榜，早早就去了 17 班，占领了教室里他最喜欢的位置。

教室靠窗的那一侧，最后一排的角落位置。

想晒太阳就晒太阳，想睡觉就睡觉，对学渣来说就是风水宝地。

冉述坐在椅子上晃的时候，看到一群人浩浩荡荡地走进来。这些人个子都很高，成群结队，有说有笑的。

到了 17 班他们还心态良好，也都是人才。

那几个人也走到了最后一排，坐在了中间连在一起的四个座位上。

其中一个男生位置靠近过道，离冉述的位置还挺近的。

冉述侧头看了那个男生一眼，随后撇了撇嘴。

长得可以，笑容油腻了些，他都怕这小子溅他一身油点子。

随后进来的人跟这几个男生都熟，进来就打招呼，吵吵嚷嚷的，烦得冉述直翻白眼。

还有人说："17 班不会被我们体育特长生占了吧？"

枫华高中以前有体育特长班和艺术特长班，这两个班学渣多，17 班里就来了一群。

冉述正晃着椅子等待的时候，随侯钰背着包走了进来，他立即就傻了，问道："你、你来找我吗？"

随侯钰把书包丢在了冉述面前的桌面上，说道："难不成让你自己一个人？"

"不至于吧你？划好班级之后到高三都不换的！"冉述一着急都不结巴了。

冉述的结巴是后天形成的，着急和唱歌的时候不结巴。

按照冉述说的，他的结巴是被他那个过于严厉的爸爸吓的，说不定哪天受伤的小心灵被治愈了，他就好了。

"在哪儿不一样？你爸爸永远是你爸爸。"随侯钰并未在意，坐下的时候侧头朝身边的人看了一眼。

前些日子偶遇的"没拉架的大师兄"居然也是这所高中的，还坐在不远处，就跟他的位置间隔一个过道，此时正托着下巴饶有兴趣地看着他们两个人。

冉述激动得不行。

他知道随侯钰什么成绩，瞬间感动得一塌糊涂，蹦起来抱着随侯钰不松手："你、你是我爸！亲爸！"

"滚开。"

"好的。"冉述特别乖巧地松开了他。

冉述松开随侯钰，刚帮随侯钰挪好椅子，就又看到了熟人。

苏安怡走了进来。

又一位为了他坠落到 17 班的，还是位仙女。

冉述热泪盈眶，叫道："妈妈！"

然后就被随侯钰拍了脑袋，他才意识到自己称呼错了，改口："亲姐。"

苏安怡没回答，坐在了随侯钰的前面。

冉述想了想，拿起书包不跟随侯钰同桌了，坐在了苏安怡身边。

就让随侯钰一个人独自美丽去吧。

侯陌看到苏安怡从他面前走过去，扭过头，就看到自己的好友们眼睛都直了。

这是体育特长班的通病——全班没几个女生，难得有的，还比他们都爷们。

他无奈得直捂脸，生怕自己的好友们做出什么丢人的事情来。好在他们只是纷纷各自耍帅。

班级里陆陆续续来了其他学生，侯陌百无聊赖地在桌面上转网球，听到好友们打招呼欢迎刚刚走进班级的人，才抬头看到桑献走了进来。

侯陌盯着桑献，瞬间后槽牙都开始疼了。

这货真的是阴魂不散。

侯陌语气不善地问桑献："您这是什么情况啊？"

桑献懒洋洋地回答："哦，就是觉得你在这里。"

侯陌："……"

等教室里差不多要坐满了，班主任终于走了进来。

看到班主任是谁后，最后排的这群男生突然哀号起来：

"不是吧！"

"格格你怎么这么烦啊？"

"格格，我们想要女班主任。"

被称呼为"格格"的班主任，看起来三十岁出头，头发半长不长，下巴还有胡楂，有点邋遢。

他懒洋洋地抬眼看了一眼他们，随口回答："当我想看到你们？"

格格整理了一下班级里学生资料表，随后用手一指，说道："从这里开始自我介绍吧。"多一句话都不愿意说似的。

第一个开始自我介绍的是随侯钰所在纵列。

苏安怡站起来后只是冷淡地说了一句"我叫苏安怡"，然后坐下了。

格格老师抬眼看了她一眼，问："没了？"

倒是冉述先接话了："老、老师，她不爱说话。"

"那你跟上吧。"

冉述立即站了起来："我、我叫冉述，以前是青屿的。初、初中也是青屿的，爱好跳街舞、唱歌……”

随侯钰抬头看着冉述做自我介绍，然后蹙眉看向周围，果然看到了嘲笑的表情。

他来这里就是因为冉述。

冉述是一个很有脾气的人，还有就是欠儿，明明是个结巴，却什么都要搭茬。

这个毛病冉述也没打算改，活得还挺自在的。

但是周围总是有人因为冉述是结巴而嘲笑他，让护短的随侯钰十分恼怒。

随侯钰是一个十分双标的人，且双标得坦坦荡荡——

他可以欺负冉述，可以嘲笑冉述，但是别人不行。

他特意来到 17 班，也是怕冉述这个性格挨欺负。

随侯钰侧过头，就看到和他间隔一个过道的侯陌和好友们对视一眼后，一起勾起嘴角笑起来。似乎注意到了随侯钰的目光，他朝着随侯钰看过来。

随侯钰白了他一眼，眼神十分嫌弃。

侯陌诧异，他和朋友窃窃私语被听到了？

侯陌立即收回了笑容。

到随侯钰站起身来介绍的时候，女生们纷纷暗自兴奋。

随侯钰低声道：“我叫随侯钰，脾气不太好，别惹我，我有病。”说完重新坐下。

侯陌看着随侯钰，忍不住扬眉。

等到了侯陌自我介绍时，侯陌慢悠悠地站起来，笑眯眯地说：“大家好，我叫侯陌，脾气特别好，可以惹我，我没病。”

这一句引得冉述回头瞪了侯陌一眼——这个人故意的吧？

随侯钰也看向侯陌，眼神不善。

侯陌依旧在笑，模样坦荡。

这时，老师说道：“怎么，你们两个要打一架？”

侯陌依旧是笑眯眯的样子：“哪能啊，我肯定能和新同学相处得很好，是吧随同学？”

侯陌说完朝着随侯钰伸出手去。

随侯钰也伸出手来，没有握手，而是将侯陌的手拍走了：“我不能，滚。”

侯陌被怼了之后，侯陌的好友先急了，一瞬间暴跳如雷：“给脸不要脸了是吧？”

这个班级里体育生多，人多力量大，让他们感觉底气十足。

冉述则是不服不忿地回怼：“怎、怎么的吧？”

班主任用手敲了敲桌面，语气依旧平静得出奇，怕是经常见这种场面：“你们当我死了是吧？”

这群体育生明显十分忌惮这位班主任，纷纷听话地重新坐下了。

冉述冷笑起来，偷偷对叫嚣的那位竖起了中指，同时吐出舌头挑衅。

他钰哥虽然说不能以一敌百，但是以一敌十没什么问题，怕你个屁哦？

前面有几个体育生幅度极大地回头，看向随侯钰，其中一个嘟囔道：“他就是那个随侯钰啊？不是说很丑吗？怎么长得……和个小奶豆似的。”

另一个体育生跟着点评：“嗯，长了一张让人生不起气的脸。”

侯陌依旧是笑呵呵的模样，坐下后大大咧咧地说：“老师，我真的很乖，不过这位同学是真的脾气不好。我好难受哦，嘤嘤。”

班主任钢铁直男一位，受不了这巨型的嘤嘤怪，冷淡地说：“别阴阳怪气的。”

侯陌叹气：“放心吧，我不惹事。”

算是给班主任面子。

班主任跟侯陌也熟悉，于是说了一句：“你去 10 班也算是体育生，没必要来 17 班。”

一句话，证明了侯陌其实是个学霸。

10 班，理科班里学习最好的班级。

侯陌依旧是那种有气无力的语气，声音很低，带着颗粒感，听着的时候耳郭麻酥酥的：“没其他的意思，这次考试考好了也没奖学金，我不舍得浪费墨水。”

侯陌的好友都看不下去了：“大师兄，你真的抠到新境界了。”

侯陌笑嘻嘻的，没再回答。

自我介绍依旧在继续，结果到一个人那里时卡壳了。

坐在桑献身边的人说道：“老师，桑献睡着了。”

班主任都懒得叫醒桑献，说道：“其他人继续。”

等全班都自我介绍完毕后，班主任在黑板上写了自己的名字：欧阳格。

复姓。还挺有江湖气息的。不过被叫“格格”就颇为喜感了。

欧阳格老师正打算说什么，就看到门口浩浩荡荡地来了一群人。

为首的是一名女老师，拉着两位原属于枫华学校的主任来到教室门口，朝里看了看，最后指着随侯钰说道：“主任，那个学生以前是我带的，我做证他的头发是自然卷。”

这位是李老师，大美女一个，标准的漂亮御姐类型，随侯钰在青屿高中时的班主任。

一位主任推了推眼镜，看着随侯钰说道：“让他把头发剪短点呢？”

李老师叹气：“还是不要了，他之前剪过短发，真的非常丑，就像头顶爬满了蚯蚓。”

随侯钰听完这个形容惊得咳嗽起来，突然觉得自己整个人都不好了。

冉述听完都崩溃了：“灵姐！你、你别乱形容了行吗？！”

看到冉述后，李老师对欧阳格老师说道：“你应该在讲桌旁边放一个单独的桌子，把冉述放在讲桌旁边，不然他能祸害一群人。”

冉述大声抗议，被李老师看了一眼后，立即用双手在头顶比了一个心。

侯陌听到自己的好友嘟囔：“这头发自然卷得也太神了，我还以为烫的呢，自来卷成括号刘海的，也是牛。”

“发蜡定型的吧？”

“没看他头发轻飘飘的？没发蜡，就是自然卷。”

“长得好看的人，自然卷都好看……”

侯陌听完就乐了。

等李老师一行人离开，欧阳格打开笔记本，宣读学校合并后的一些规定。说到一半李老师又来了，这次带来的是校长，再次郑重地跟校长介绍随侯钰的头发。

随侯钰的表情都木了，总觉得自己被当成猴参观了一遍。

这边正介绍呢，突然有10班的学生跑来对李老师说：“老师！你开的是我们班的音响，你说的话我们全都听到了。”

“哦哦哦，我马上就回去。”李老师赶紧闭了麦。

欧阳格叹了一口气，看着笔记本寻找自己之前说到哪里了，同时随口说：“教室后面那个小黄毛头发是自然黄。”

侯陌强调：“老师，我的头发是亚麻色。”

“有区别吗？”

欧阳格“啧”了一声，抬头看向随侯钰，和随侯钰对视后继续说道：“随侯钰是吧？”

面前放着随侯钰的档案，他快速阅读着。

得知随侯钰是欧阳格班级的学生后，李老师特意找到他。欧阳格云里雾里地听李老师跟他介绍，真的是被强行“科普”了十多分钟。

欧阳格对他说：“你当个班长吧。”

“我拒绝。”

随侯钰这个人最讨厌麻烦，什么事情都不愿意做，从小到大都没做过班干部。

“不用你做什么，你看纪律就行了。以后上课的时间你睡觉，全班都可以跟着你一起睡。你不睡，谁也不许睡。”

欧阳格说完，指了一下冉述，问道：“冉述是吧？”

冉述很快答应了：“是。”

欧阳格继续说：“你做副班长，帮着随侯钰点，班级里谁不听话你就骂他。”

冉述都愣了，随后点了点头，还挺开心的。

这个班主任有点损。

随侯钰有狂躁症，精力充沛，每天睡眠时间不超过五个小时，白天从来不睡觉。

再加上让冉述去骂人，那真的是能急死被骂的那个人。

欧阳格继续说：“侯陌，你做学习委员。”

侯陌都有点接受不了：“太扯了吧？”

欧阳格回答：“你就负责收那些体育生的作业，谁不交，我就找你算账。”

体育生们立即哀号声一片，他们渐渐觉得欧阳格之前的安排恐怕也不简单了，只是不知道具体有什么猫腻，齐刷刷地看向了随侯钰跟冉述，想要得到答案。

欧阳格安排完其他事情后，说道：“一会儿班长来拿一下全班的姓名表格，然后记录一下衣服尺寸，每个人的最后一栏写上原来的学校。”

并校后，学校会再做一次校服。

青屿的会再发一身枫华的运动服校服，枫华的会再发一身青屿的西服校服。

随侯钰不想干，但是冉述已经屁颠屁颠地上前拿表格了，他最愿意当“官”了。

找机会得跟班主任谈谈，把班长的工作辞了。

就在此时，隔壁教室突然传来一阵哀号声，声音极大。

欧阳格听了听，随后说道：“看来隔壁已经知道消息了。”

冉述非常好奇，问：“知道、什、什么啊？”

欧阳格酝酿了一会儿后提前预警：“不许闹事。”

侯陌在此时跟欧阳格对视了一眼，知道了欧阳格的意思，纳闷了一瞬间后轻轻咳了一声说道：“不许闹事。”

这句话，是对他熟悉的体育生说的，算是双重稳定作用。

班级里的气氛越发紧张。

“学校安排你们和高一新生一起军训五天。”

欧阳格这句话说出来，就算有心理准备，学生们也开始惊呼：

“什么鬼？！”

“我们高一才军训完，高二再训一次？”

欧阳格好不容易让学生们安静下来，继续说道：“高一军训半个月，你们军训五天，也可趁此机会和新同学熟悉起来，培养团队精神，你们高一军训也不是和现在的同学啊。”

冉述急得说话都利索了：“老师，跟不跟他们一起军训无所谓，我也不想和他们有团队精神，这个军训不合理啊！”

侯陌跟他是一条阵线上的，说道：“没必要的事情，简直在浪费时间。”

欧阳格没管他们的抗议，直接对随侯钰说道：“随侯钰，统计服装尺寸表，学校统一发放的还有迷彩半截袖。”

随侯钰伸手拿过冉述递来的表格直接撕了，随手一扬，碎片纷纷扬扬，飘然落下，惬意的模样与紧张的气氛十分不符。

原本跟随侯钰不对付的体育生们居然吹起口哨。

欧阳格看着这群学生，突然笑了起来。

他一笑，体育生们全安静了。

欧阳格慢悠悠地说道：“忘记自我介绍了，我是体育老师，还负责学校的特长班，主要的训练项目是散打，有意见我们散打馆见。”

有体育生小声提醒随侯钰：“兄弟，我们学校的体育老师都是参加比赛拿过奖的，真不是吓唬你。”

随侯钰没搭理。

侯陌跟随侯钰说：“格格还是我们学校的德育处主任，平时没什么课就喜欢坐在教室最后一排，一坐坐一天，他很有可能是你以后的同桌。”

以为占领了风水宝地的冉述突然一惊。

就连随侯钰都震惊了一瞬，诧异地看看侯陌，再看看欧阳格。

这群人好像没有开玩笑。

这个老师似乎也非常难搞。

欧阳格一抬手，再次递出一张表格。冉述回头看了看随侯钰，还是起身去接了表格，叹着气走回来，算是妥协了。

尽管怨声载道，高二跟着军训的事情最终还是确定下来了。

枫华校区地方大，在校内就可以安排军训。

军训前，侯陌和其他网球队的成员特意去找了网球队的王教练。

“这事儿我早就听说了，你们这些天跟着军训吧。等到傍晚我把你们要过来，在我这里练练球。我要给你们安排比赛了，训练不能落下。”

成员们个个垂头丧气的，也都同意了。

其实他们最开始的意思是想让王教练帮忙，让他们在这里训练，不去参加军训，军训太热了。

打网球至少是他们的爱好，军训可不是。

最后侯陌和桑献被王教练留下。

王教练看着他们两个，语气多少有点无奈和惋惜：“你们两个人真的不打算双打了？”

侯陌和桑献都不看对方，沉闷地点头。

侯陌和桑献打球的路数犯冲，他们配合了两次双打，即使对方实力明显不如他们，他们也是两场全输。

两个人技术过硬，可惜，都是自我表现欲太强的类型，没有自我牺牲精神，导致毫无默契。

比赛时能和搭档撞上，还差点儿打起来的也只有他们两个人了。但让他们和其他人组合吧，搭档也都被压制得有心理阴影。

侯陌叹气：“队友都太菜。”

王教练气得吹胡子瞪眼睛：“就你厉害？”

“都跟我配合不了，犯冲。”

王教练多少觉得有点可惜，想了想说道："并校以后我看看青屿那边学生的水平，看有没有能和你们配合打双打的。"

侯陌依旧是那副气死人不偿命的样子："我觉得很难找到配得上我的人，再说青屿都没有体育特长生。"

"滚！现在就滚！"

侯陌比了一个"OK"的手势就走了。

桑献打了一个哈欠跟在他身后。

侯陌走回教学楼后站在走廊里对桑献说："你先回去，我给我妈打个电话。"

桑献也没多留，点了点头直接朝着教室走去。

电话接通后，那头儿是侯妈妈温柔的声音："陌陌啊，下课了？"

"嗯，其实没正式开学呢，明天学校要安排军训，跟着高一一起军训五天。"

"哦，需要交费用吗？"

"没事，我奖金够，你不用管。我就是告诉你一声，我周末不回去了，在学校军训。你最近身体怎么样？"

"身体挺好的，没事，你放心吧。"

"那个工作实在不行就辞了吧，别太累了。"侯陌和妈妈说话的时候一向温柔，话语里都是担忧。

侯妈妈在小区里接了打扫民宿卫生的活儿，每天去打扫一次，一共三个房子。

如果住客弄得不太乱，一般收拾起来也不吃力。偶尔也会碰到浑蛋，闹得屋子一片狼藉，侯妈妈要收拾到晚上。

"不累。其中有一个房子长租了，住户就周末回来两天，平时都没人住。而且，他请我帮忙照顾猫，五天结一次，喂五天猫就给我三百块钱，人挺好的。"

"真是冤大头，民宿价格比普通出租房贵三倍还长租？"

"嗯，可能有自己的想法呢？"

"你别太累了，周末我帮你去收拾。"

"好啊。"

挂断电话，侯陌坐在窗台上发了一会儿呆。

阳光透过玻璃窗照在侯陌的身上，亚麻色的发梢在阳光下显得颜色更浅了，发梢带着光影，出现了亮金色。抬眸时，纤长的睫毛托起了一轮光。

半晌后，他长长地呼出一口气，起身朝教室走去。

走到教室附近，就听到自己的好友们在走廊里骂人，原来他们被关在了门外。

教室门有一块竖条状的玻璃，能看到里面，侯陌探头去看，就看到冉述在里面对他们挑衅，气得这群体育生直跳脚。

侯陌走过去问：“怎么回事？”

众人欲言又止。

侯陌看向桑献，桑献坐在走廊的窗台上耸肩，他回来的时候已经这样了。

侯陌走过去拧了一下门把手，对里面说道：“开门。”

冉述看到侯陌后，就拽来了随侯钰。

随侯钰站在门口对他说道：“你按 F 键开门啊。”

侯陌“嘶”了一声后回头问：“到底怎么回事？”

事情的起因，是邓亦衡。

他想要苏安怡的微信号，苏安怡一直不理人。

今天苏安怡去洗手间回来，邓亦衡就突然挡住了苏安怡，一直挡着她不让她进教室，说是不给微信号，他就不让她进去。

随侯钰看到了，直接走过来一脚把邓亦衡踹开了。

其他体育生看到邓亦衡被踹了，一窝蜂地跑到门口，想要跟随侯钰埋论。

谁知随侯钰把苏安怡拽进教室后就把教室门一锁，一群体育生全被关在门外。

侯陌听完，指着邓亦衡特别无奈地说：“邓亦衡，你第几次招惹他了？”

其他不明真相的人问：“还有前科？”

邓亦衡生怕人知道自己曾被痛揍的事情，赶紧对侯陌摇头，侯陌也就没说。

侯陌调整了一下表情，笑着跟随侯钰说：“不好意思，我朋友的错，我道歉，让我们进去好不好？”

随侯钰摇头：“我不。”

侯陌看着随侯钰那张好看的脸，本来心中有气，瞬间又散了。

“小钰钰，我朋友错了。来，道歉。”侯陌说着按着邓亦衡的脖子让他过来道歉。

听到“小钰钰”这个称呼，随侯钰气得不行，差点儿冲出来打人。

邓亦衡特别听侯陌的话，很快就道歉了。

随侯钰扭头看向苏安怡，苏安怡没说话，但是朝着座位走了过去，说明她不计较了。

于是随侯钰走过去开了门。

打开门后，侯陌走进来，途经随侯钰身边的时候小声说道：“你还挺有原则的。”

“那是自然。”

侯陌回到座位坐下，看到手机闪烁着绿色的提示小灯，打开后收到了微信消息。

桑叔叔：小猴子啊，听说你们最近军训？还补订校服了？干爹给你打了五万块钱，你拿着，不许还我啊。

侯陌看着手机消息，又看了一眼桑献，这货跟没事人似的。

他就不应该跟桑献说自己给妈妈打电话……

买矿泉水的时候，别人买贵的，他买便宜的，扭头桑叔叔就给他打钱了。

他不想跟着去游泳，说自己没有泳裤不去了，扭头桑叔叔又给他打钱了。

只要有点理由，这位就打钱。

打钱。打钱。拿钱砸死你！

财源广进：不用的，我比赛有奖金。

桑叔叔：你那些奖金都不够买双鞋。

财源广进：球队有赞助，我衣服、鞋都有赞助。

桑叔叔：让你拿着你就拿着！

财源广进：真不用。

最后一句发完，就看到前面出现了红色的图标，显示他被对方删好友了。

侯陌真是服了这位，为了让他收钱，无所不用其极。

不过，桑叔叔是用卡转的账，侯陌想还回去转账就行了，删好友也不耽误什么。不过他没再纠结，给桑叔叔的电话号发短信。

财源广进：好的，钱我收下了，以备不时之需。

片刻后，桑叔叔微信重新加他好友，很快回复了他。

桑叔叔：这不就对了嘛。

财源广进：[微笑]

开学第一天的上午，就在自我介绍、发书、发校服中度过了。

下午要进行大扫除，毕竟学校大，短时间内收拾不完，明天就要开始军训了。

午休时间，随侯钰他们没去食堂，冉述拿着手机研究哪一家的外卖好吃：“刚、刚到一个地方订餐，就跟赌一样。”说完扭头看向旁边的那群体育生，欲言又止。

随侯钰知道了冉述的意思，不过他对那群体育生的观感很不好，于是说道：“按你的风格来吧。”

“好的。”

班级里体育生的食物是特供的，会直接送到教室来，每个人一盒饭。

他们也就在学校里才能放心地吃牛排，毕竟这些肉都是严格筛选过的。

到了吃饭的时间，其他班的体育生也会有几个聚到17班来，教室里闹哄哄的。

过了一会儿，有人过来给冉述他们送外卖，手里拎了一堆，居然都是他们三个人的。

冉述不确定哪一家好吃，就全部都订了。

人傻钱多任性。

旁边的体育生看到桌子铺满外卖的壮观场面，纷纷看过来。

“土豪啊……”

“吃得完吗？”

了解随侯钰的食量，且看过随侯钰现场“吃播”的邓亦衡说道：“能。”

众人同时看向邓亦衡。

邓亦衡又瞥了一眼他们的外卖，突然想到什么：“那个……”

侯陌也看了一眼，立即叮嘱：“闭嘴。”

邓亦衡马上闭嘴，乖乖地继续吃饭。

吃完饭，在随侯钰整理桌面上的餐盒的时候，侯陌正好丢完垃圾回来，站在旁边随口说道：“食物垃圾要丢到一楼回收站，会垃圾分类不？”

随侯钰随意看了侯陌一眼，冷淡地回应：“哦。”

侯陌突然歪嘴一笑，透着一丝狡黠：“其实你们这么订外卖确实能确定哪一家的好吃，但是吧……这附近小作坊多，小心为妙。”

随侯钰动作一顿。

在邓亦衡欲言又止，侯陌制止的时候，随侯钰注意到了。当时他十分不解，现在算是明白了，侯陌就是要等他们吃完了再说。

他看着侯陌，表情逐渐变得不好看。

其实侯陌如果什么都不说，随侯钰也许不会生气，毕竟人家也没有告诉他的义务。

但在之后这么幸灾乐祸，还故意过来气人就让人觉得讨厌了。

冉述直接骂人了：“你这、这个人怎么这样呢？”

侯陌觉得自己很无辜：“你们也没问啊。”

随侯钰拎着垃圾袋朝外走，路过侯陌的时候故意撞了侯陌一下。

侯陌也不在意，揉了揉肩膀说道：“医务室在6号楼，记得，下午五点后就没人了。”

随侯钰最后瞪了侯陌一眼，离开了教室。

离开后，随侯钰隐隐约约地听到了教室里一阵爆笑声，来自那群体育生。

扔垃圾的时候，冉述不爽地说：“他估计只是糊弄人吧？”

随侯钰回忆刚才的情景，表情不太好看，低声道：“多半是真的，不然他们也不会那么幸灾乐祸。”

“那怎么办？提前备点儿药？”冉述的五官几乎皱到一起，仿佛地铁看手机的老爷爷。

两个男生都好面子，总觉得那群体育生说不定会埋伏在医务室门口等着看他们笑话。他们如果去了，就会接受一轮狂轰滥炸般的嘲笑。

他们一起站了一会儿后，随侯钰收到了一条微信消息，是苏安怡发来的。

苏阿姨：我买了药了。

苏安怡的名字有谐音，关系好的人都叫她“苏阿姨”。

和随侯钰关系好的朋友里，就苏安怡这么一个女孩子，一群人都宠着她，像扔垃圾这种事情就不会让苏安怡做。

刚才苏安怡听到了他们的对话，就主动去买药了。

接着，苏安怡又发来一张图片。

苏阿姨：我拍了一张单子，是医务老师给的黑名单，每次学生订餐食用后出现问题他们都会记录下店铺名字，列入黑名单，我们订的就有其中一家。刚开学学校正在打印手册，还没发到学生手里。

苏安怡和别人话很少，但是和熟悉的人说话一点儿也不吝啬。

随侯钰把手机递给冉述，冉述看完骂了一句脏话。

两个人回到教室后，欧阳格让随侯钰安排下午的扫除。

邓亦衡立即低声说道："完了。"

侯陌故作镇定地揉了揉脸，说道："该来的总会来的，不过，没想到这么快。"

在学生大扫除的时间，欧阳格就搬了一把椅子，坐在讲桌前写东西，一副"有我坐镇，你们都别想造次"的架势。

体育生们被冉述派去做最脏最累的活儿，其中侯陌的扫除区域是设备仓库，并且被各种吹毛求疵。

侯陌特意戴上鸭舌帽，拿着扫把去扫高处的灰，居然扫了一只死耗子下来。死耗子就在他的面前落到地面上，距离他不足十厘米，他清晰地听到了"啪叽"一声。

侯陌吓得惊呼了一声，窜天猴一样蹦出老远。

躲远之后他还回头看了一眼，恶心得龇牙咧嘴，原地跺脚，仿佛在抖落身上的鸡皮疙瘩，气急败坏的模样极其有趣。

紧接着他就听到了轻笑声，一扭头就看到随侯钰站在门口看着他。

侯陌指着死老鼠说道："班长大人，这活儿我干不了。"

"哦……那就是不想参加扫除呗？"

"我可以干其他的，但是这玩意儿……不，这个屋我都不想待了。"

派他一个人收拾仓库，绝对是故意找碴儿。

"还挺金贵的，那你能干什么啊？打扫厕所？我去跟 16 班换个活儿，他们班的班长我认识。"

侯陌抬手指着随侯钰，半晌没说出什么来："你……"

最后，侯陌走出设备间，在走廊里一站，等了一会儿就有人来跟他打招呼了。

紧接着，这个人帮忙收走了死老鼠，又开始帮侯陌收拾仓库。人缘还挺好。

看到侯陌被死老鼠吓到后，随侯钰就已经消气了，不再管他，回了教室。

当天晚上随侯钰和冉述就开始拉肚子，苏安怡因为吃得少只是肚子有些不舒服，吃了药就好了很多。

随侯钰则比较严重，主要是他吃得多。

第二章

交锋

第二天军训的时候，随侯钰的肚子依旧不舒服，不过他觉得他还能坚持一会儿。

军训第一项任务是叠被子。

冉述绝对是最惨烈的一个，他人娇贵，被子是换过芯的，蓬松且柔软，根本叠不起来。他气急败坏地用身体去压被子，毫无用处。

后来还是随侯钰帮忙，在被套里面垫了本子才板正了一些。

第二项任务是排列队伍。

17 班体育生多，个子高的也多。桑献的身高就有 190 厘米，侯陌也有 188 厘米。

像随侯钰 183 厘米的身高只能排在第三排，冉述的身高是 178 厘米，排在了队伍的中游。

队伍刚刚排整齐，侯陌就突然喊了一句：“报告。”

教官走过来站到侯陌面前：“说。”

“我有白化病，不能晒太阳。”

教官走过来看了看侯陌，他是真的白，白到唬人的程度。教官撸起他的袖子看了看，和教官的手臂简直差七八个色度。

教官又看了看侯陌的头发，问：“头发颜色是天生的？”

“对，白化症连带的。”

“我会去跟你的班主任核实，不要说谎！”

“没说谎。”侯陌回答得面不改色。

教官信了，让侯陌离开队伍。

众多体育生眼巴巴地看着侯陌离开，恨得牙痒痒。

这货有个屁的白化病！他就是单纯的白！

教官上午是没有空找欧阳格，欧阳格又是德育处主任，比较忙，侯陌至少能避开一上午的军训，而军训一共才五天。

随侯钰坚持了两个小时就有点忍不住了，跟教官打报告。

教官看到随侯钰嘴唇都发白了，也就没多问，让随侯钰赶紧去厕所。

军训期间拉肚子，这绝对不是一般人能受得住的，也就是随侯钰意志力强还能坚持。

他从洗手间走出来，洗完手甩着手上的水珠，抬头就看到侯陌坐在不远处的休息区的椅子上，长腿搭在扶手上。

他个子高，腿也长，坐在椅子上都显得占地方。

侯陌的手里拿着一瓶被冻成了大冰坨的矿泉水，正一下一下地用水瓶磕另外一个椅子的扶手，让冰碎掉，想让冰块融化得快一些。

注意到有人走过来，侯陌抬头一看，然后勾起嘴角笑了一下，问："你也逃出来了？"

随侯钰没回答。

侯陌继续说："记得关机，只要格格找不到你，他就拿你没办法。"

随侯钰点了点头，随后从口袋里拿出手机，对准侯陌录了一个小视频发给了欧阳格。

随侯钰：装病逃军训的人在综合楼一楼。

他身为班长，不情不愿地加了欧阳格为好友，此时正好派上用场——抓不守纪律的学生，也算是班长的职责。

发完消息，他扭头朝外面走，继续军训。

侯陌渐渐察觉不对，开始思考自己能逃到哪里去。

随侯钰归队后不到半个小时，侯陌就被欧阳格拎了回来，并且单独安排在操场跑十圈。

其实跑十圈对体育生来说是小意思，他们每天都跑。但是上午十一点，太阳正毒，很多军训的队伍都被安排在阴凉的回廊里。

随侯钰在队伍的最后一列，站军姿时正好能看到侯陌跑步的样子。

跑第一圈的时候，侯陌还没分清回廊里站着谁，毕竟大家都穿着统一的服装。

等到第三圈，侯陌路过他们班队伍的时候，就举起手来竖中指，明显是给随侯钰看的。

随侯钰身边就是邓亦衡，看到这一幕忍不住笑出声来，发出“噗噗噗”放屁一样的笑声，一副幸灾乐祸的样子。

下午，侯陌就回来军训了，还被教官重点关注。

别人走正步一圈，侯陌就得两圈。

原地整顿的时候，邓亦衡坐在侯陌身边，看到那边苏安怡拿着防晒喷雾对着随侯钰、冉述喷，酸成了一颗巨大的柠檬。

邓亦衡长长地叹了一口气：“他们有人帮忙喷防晒。”

侯陌懒洋洋地回答：“你不用，你底子好。”

“我底子怎么好了？”

“已经没有晒黑的余地了。”

“……”

须臾，邓亦衡再次感叹：“只要他们那边有苏妹子在一天，我们就输得彻头彻尾。”

侯陌爱出汗，坐在原地等待“心静自然凉”，也不搭理邓亦衡。

结果没一会儿，邓亦衡气得直摇他的身体：“大师兄！你看啊，又有漂亮的妹子找随侯钰了！他女生缘怎么那么好？”

侯陌懒洋洋地看过去，结果就看到了不太和谐的一幕。

走过来的女孩子似乎是在关心随侯钰的身体，模样温柔，小心翼翼。

别说，这个女孩子是真的漂亮，温柔如水，跟林黛玉似的，和苏安怡这种冷冰冰的女孩子根本不是一个类型。

结果随侯钰根本不理“小黛玉”，扭头看向别处。

小黛玉递给随侯钰一瓶水，水瓶上还有水雾，晶莹的水珠均匀地爬在瓶身上，看着就冰爽解渴，结果随侯钰不接。

冉述似乎看不下去了，伸手把瓶装水接过来，把它放在了随侯钰旁边的台子上。

随侯钰直接粗暴地将瓶装水拍开。

瓶装水掉落在地面上裂了缝，水咕咚咕咚地渗透出来，染湿了干燥的地面，漫延至石砖的缝隙中，“张牙舞爪”地铺开。

小黛玉明显吓了一跳，失落了一会儿，又看了随侯钰一眼，接着快速跑开了。

看到这一幕，邓亦衡气得七窍生烟：“居然这么对女生？！就这个时间，排队买水不容易，更何况还是带冰的！知不知道多少人求而不得啊？哥今天就要去教他做人。”说着就开始撸胳膊挽袖子。

“你又打不过他。”侯陌喝了一口水后随口说道。

邓亦衡瞬间就老实了。

“再说，他应该不是那种人，这段时间他针对过你吗？”侯陌又问。

邓亦衡摇了摇头。

“所以不要妄下判断，说不定他和小黛玉之间有着什么恩怨呢？”

“小黛玉？”

“呃……那个娇滴滴。”

就在这时，随侯钰捡起摔坏的水瓶，走了几步丢进垃圾桶，然后许久没有动，怔怔出神。

到了晚间，网球队的王教练过来要人。

此时教官也不敢放人，非得欧阳格亲自过来跟他说——这也是被侯陌弄怕了。

知晓侯陌的事情后，王教练还给了侯陌一杵子。

网球队的成员站成一堆，等待的时候就看到队伍边又来了一群女孩子，有七八个。

那群女孩子过来后就朝冉述招手：“冉述，冉述！你过来一下。”

看到这一幕，邓亦衡心理又不平衡了，嘟囔：“结巴都这么受欢迎？”

侯陌瞥了一眼，冷淡地回答：“你也不看看人家长什么样。”

冉述长得很帅，还有个人特点。

他是标准的小脸大五官，眼睛大、鼻子大、嘴巴大，还有点招风耳，偏偏脸小。

这样的组合搭配，就像直播里滤镜开过了的效果。其他的还没有什么，就是小脸尖下巴会显得嘴巴更大，尤其一笑的时候嘴大得更明显了。

冉述的长相就是传说中的大嘴版网红小哥哥的样子，性格虽然说有时招人嫌，但熟悉了之后反而招人喜欢。

冉述走到女生堆里，一脸不耐烦地问：“干吗啊？”

说简短的句子时，他并不会结巴。

随侯钰也被冉述拽过来站在旁边听着，不过表情特别冷淡。女孩子们早就熟悉了，也不在乎。

一个女孩贼兮兮地拽着冉述靠近，用冉述的身体挡着，偷偷指：“你们班的那个男生叫什么？”

女孩指得小心翼翼的，冉述却大幅度地回头，直勾勾地看向侯陌。

随侯钰也随之往那边看过去，还跟侯陌对视了。

女孩子们一瞬间慌得不行，这绝对是猪队友。

“侯 mo，具、具体哪个 mo 我也不知道，反正是这个音。”冉述大大咧咧地回答。

回答完还有点不爽，那小白脸真够可以的，军训才一天就有女孩子来打听他了。

女孩子又问：“你有他微信号吗？”

“没有。”

“班级群呢？”

冉述十分惊讶地问：“你、你、你们还有这个呢？我们班不打起来就不错了，还建群呢？”

“班长给建啊！”

冉述朝着随侯钰一指：“班长在这里呢。”

女孩子们同时看向随侯钰，被随侯钰冷淡地扫了一眼后便叹气了。

“我们懂了，你们班这学期都团结不起来了。”

冉述听完“嘿嘿”直乐，十分认同。

有女孩子又问：“那个个子很高的呢？他叫什么？”

冉述奇怪地看过去，看到桑献后，瞬间陷入了“知识盲区”，于是看向随侯钰。

随侯钰也跟着摇了摇头。

女孩子小声说：“也挺帅的，很霸气。”

冉述咧嘴：“年、年纪、纪轻轻的，长了一张霸总脸，怪可惜的。”

“霸总脸不帅吗？”

“显老，像二十好几了。”

等女孩子们走后，王教练居然跟随侯钰搭话了：“你们是青屿高中的吧？你们那边会训练网球不？有没有网球打得好的学生？”

冉述就跟随侯钰的小秘书似的，随侯钰还没回答，他先抢答了：“我、我们不练这个，也就体育课打一打，还有篮球、排球什么的。不过他网球打得好。”说着，朝随侯钰一指。

王教练看了看随侯钰，身高其实也可以。

打网球比较好的身高是 185 厘米到 190 厘米，这是男子大满贯得主里常见的身高。

随侯钰身高目测是够，不过太瘦了点，看起来体力就不行，说不定会被打翻拍了，根本拿不到 GS（注：Grand Slam，大满贯）。

王教练听完有点沮丧，打算过两天找青屿的体育老师问问。

冉述问：“打、打网球可以不军训？”

王教练回答：“嗯，我把他们带走训练。”

冉述赶紧推着随侯钰说：“他能、能单挑你们所有成员。”

王教练一听就乐了，刚巧欧阳格也来了，王教练顺便把随侯钰也带去了网球场地。

走的时候邓亦衡频频回头看，小声嘟囔：“什么情况？”

侯陌知道王教练的想法，回答：“王教练想在青屿挖人。”

“我们不缺人了吧？候补还那么多呢！”

“缺，我和桑献的搭档。”

“还没放弃你俩的双打呢？”

到了网球场后，随侯钰被安排和体育生们一起做热身，跟在队伍的最后面。

随侯钰真是觉得莫名其妙，他怎么就跑到这里来了？

做完热身后，王教练给他一个球拍，说道：“打一局试试看。”说着看向队伍。

邓亦衡第一个举手，自告奋勇：“我来！”

邓亦衡之前在随侯钰这里吃过亏，总想找回场子。

网球是邓亦衡练习多年的，怎么也能打过他吧？

两个人到了网球场地后，邓亦衡让随侯钰发球，算是谦让。

众所周知，发球局对球员来说是有利的。

随侯钰也没谦让，先掂量掂量球拍，随后拿着网球到了一侧，光看发球的动作还挺专业的。

侯陌坐在休息席的长椅上，腿伸得老长，懒洋洋地看着球场。

身边的人还在打赌邓亦衡能赢几球。

侯陌却有点想笑，如果随侯钰真的有狂躁症，就算是瘦，体力也是常人不及的，力量估计也不弱。

随侯钰发球的动作干净利落，明显是对着邓亦衡身体进行攻击的，这也是一种打球方式。

邓亦衡也是思维和步伐很灵的球员，很快就做出了应对，但接到了这一球后，他心里突然一颤。

这种发球的力量他只在侯陌、桑献那里感受过，且速度惊人。

力量。

速度。

二者结合。

网球发球最高时速的纪录是253公里。

相对来说，男子网球选手发球的速度能达到时速200公里，或者在这之上，都算是不错的速度了。

随侯钰的发球时速180公里左右，这还是不专业选手随意的发球而已。

两个人开始对战之后，拍数都不少，邓亦衡看似和随侯钰旗鼓相当，其实渐渐落了下风。

随侯钰的回球质量都很高，且预判非常准确，脚下步伐也快。

思维到了，他的球拍也跟着到了。

他的身体有一种诡异的灵活，看起来非常轻盈。

对，轻盈。

也不知道是不是瘦的原因，他身体没有沉重感，灵活自如，可以根据球路的变化，切换动作。

仿佛在……跳舞？

多么诡异的画面。

夜里起了风，扬起随侯钰的头发，微微卷曲的头发一层又一层，仿佛吹不到底。

在他动作间，头发也会跟着舞动，显得动感十足，也不知道他怎么就那么多的头发。

他身体看起来纤细瘦弱，衣服被风扬起，好似被吹拂起来的旗帜。

迷彩的短袖上衣衣角翻起来时，侯陌正好看向随侯钰，看到那纤细的腰肢上竟然有着分明的腹肌，真的十分违和。

像是《十万个冷笑话》里的哪吒，只不过看起来没那么肌肉暴起而已，精瘦还不缺肌肉，搭配一张俊秀的脸。

队员中渐渐开始有人小声说：“挺厉害啊。”

侯陌同意这个看法:“他的路线变化非常优秀，邓亦衡有点被打蒙了。”

王教练有点开心，没想到青屿高中还真的有打网球不错的学生。

最后一球，随侯钰的接发球角度十分刁钻，正好压在了边线处，非常漂亮。

邓亦衡错愕地看着球从面前闪过，没来得及接，输了比赛。

停止比赛后，随侯钰原地走了几步，已经能够缓过来了，并不觉得疲惫。随后他走过来问王教练：“就没有一个能打的吗？”

邓亦衡正好走过来，听到这句话，“嗷呜”一声就哭了出来，抱着另外一个队员开始干号。

他受不了这份委屈。

邓亦衡在球队里单打不算优秀，他的优势是双打。

他们队伍双打是软肋，也是王教练心里的痛，邓亦衡和沈君璟的组合已经是最厉害的了。

这个时候，侯陌站起身，说道：“等一下，我去取拍。”

邓亦衡不哭了，一滴眼泪都没有，看向侯陌说：“大师兄，我就知道你最好了。”

所有人都觉得只要侯陌上了，就能瞬间找回场子。

就连王教练也说：“侯陌，这位同学刚刚打完一局。”

侯陌低声应了一句：“嗯，我知道。”

随侯钰看着这个场面，还有听教练说话的语气，挺不爽的，微微蹙眉后低声道：“不用让我。”说完就去场地等待了。

侯陌还是那种懒散的模样，神情一直恹恹的，仿佛对什么都提不起精神。

他拿来球拍后，做了几个简单的拉伸动作就上场了，依旧是让随侯钰先发球。

侯陌打网球，是身体素质配合脑子。

他是计算流，脑袋里有一个巨大的模拟空间，在球发来的一瞬间就已经有了计算。以计算为预判，从而做出应对。

球风可以总结为：诡诈。

就比如，几个接发球后，侯陌突然下拍放了一个小球。

随侯钰赶紧到网前去接，然而球轻飘飘地落下了。

侯陌早就习惯这种打法了，看到对面却震惊了一瞬间——

随侯钰因为冲得太急，没有稳住身体，脚底一滑劈了一个标准的一字马，超级直的那种。

随后随侯钰站起身来，没什么事似的，只是拍了拍裤子上的灰。

侯陌迟疑着问："劈成这样，真的不会造成某处拉伤吗？"

随侯钰回头瞪了他一眼。

侯陌问完，一直在看比赛的人都跟着笑起来。

桑献总是一副睡不醒的样子，居然也跟着笑了起来。

随侯钰不爽地看了这群人一眼，那架势，似乎这群人继续笑，他就要打架了。

王教练立即呵斥了一句："侯陌你别乱说话，好好比赛。"

侯陌重新回到自己的位置。

刚才随侯钰和邓亦衡的对决，还能称之为正常的比赛，等到随侯钰和侯陌打之后，画风就变了——侯陌仿佛戏弄随侯钰。

正式比赛的时候侯陌并不这样，今天他似乎是故意的。

果然，随侯钰越打脸越臭，有种被戏弄后的羞恼。

侯陌控球能力很强，几次来回后，球的速度和路数就在他的控制下了，随侯钰发球都没用。

和侯陌打球就是深一脚浅一脚的感觉，非常不踏实。

比如这一次，侯陌先将球撩起来，放慢了球速，接着击回。打了一会儿，随侯钰就意识到了自己被耍了，对方显然游刃有余。

说到底，侯陌是专业练过网球的，且参加过大大小小不少的比赛，实战经验多，对付随侯钰还是绰绰有余的。

随侯钰打得不错，不过没有经历过系统训练，只是在培训班里和老师学习，平时也把打球当作业余消遣而已。

业余选手里，随侯钰的技术绝对算是非常不错的。

侯陌的长短结合、左右调动能力很强，加之他思维非常快，整个场地的立体空间全部都在他的脑海里，他可以利用整个空间，进行绝对压制。

他能看透随侯钰的所有回击，预判从未错过。

一个上旋高球，连接一个下旋球，随侯钰未能接到，比赛结束。

侯陌赢了。

队员们开始欢呼，不过并没有多兴奋，显然，他们都知道侯陌肯定会赢。

他们只是觉得侯陌灭了对面的嚣张气焰，十分解气。

随侯钰打完多少有点不服气，握着球拍对准备离开的侯陌说：“再来一次。”

侯陌转过身看向他，随后微微扬起下巴，微笑着回答：“行啊。”

语气轻佻，然而爽朗的笑容却十分帅气。

比赛再次开始。

王教练也没让其他球员继续看了，安排他们去做训练，自己则站在场边观察随侯钰。

看了两局之后，他已经能够看出随侯钰的一些问题。他突然出声对随侯钰说：“暂时放弃弧线球，你的摩擦不对，再这么打对你不利。”

随侯钰知道王教练是在指点自己，并不排斥，只要能赢。

随侯钰的弧线球是弱点，完全无法控球至他舒服的位置。

这样打并没有好处，所以不如干脆放弃，换一种打法。

侯陌也不在乎王教练指点随侯钰，继续将球击到随侯钰预判的反方向。

如果是寻常人，这种情况下根本来不及转身。然而随侯钰的身体柔韧性以及灵活性到了一种匪夷所思的程度，竟然快速回转，用球拍挡回这一球，接着瞬间调整位置。

侯陌原本毫无波澜的表情也出现了裂痕，顿时惊讶。

随侯钰明显是跟着感觉走的路数，路子很野，让人摸不着头脑，且球感很强，就算预判错了也能挡住。

这小子身体柔韧性怎么这么好？

就算有一瞬间令人惊讶，随侯钰依旧不敌侯陌。

这一场再次输了。

随侯钰就好像在赌气，恨恨地说：“再来！”

真够倔的，显然是不服输。

侯陌也来劲了，真就陪着随侯钰打了第三局。

打网球体力消耗非常大，他们练习的时候三盘两胜，比赛时如果五盘三胜就非常消耗体力了，有时到最后就成了消耗战。

所以网球球员的体力要求非常严苛，像侯陌和桑献，都是他们网球队体力最好的球员。

随侯钰这样的业余选手，这么瘦，居然在多次比赛之后，依旧能够拼尽全力，仿佛永远都不会累。

看着随侯钰，王教练心动得不行，心里就只有一个想法：这个人必须拿下。

这一次比赛结束后，网球队的训练也告一段落了，军训也解散了，冉述在围栏外面往里面看。

随侯钰再次输了，追过去刚要开口，侯陌直接打断他："不打了，我下班了。"

"下班？"

"对啊，不营业了。"侯陌说完，不再理会随侯钰，直接朝休息室走。

邓亦衡一直在偷偷看他们比赛，看到侯陌这边比几场赢几场，觉得场子找回来了，走过来特别嘚瑟地跟随侯钰说："对侯陌来说，打网球就是应付差事。"

"什么意思？"随侯钰拿着球拍，面色阴沉地问。

"我们学校的体育生学费有减免，不然大师兄不会做体育生的。再加上我们学校网球部厉害，有品牌赞助，有免费的服装和鞋子领，他才参加的网球队。参加比赛可以拿奖金，他才去参加比赛的。之前省队都看中他了，他也没去。他就这样，考试如果没有奖学金，他都提不起劲，不然也不能在 17 班。"

随侯钰不再说什么，把球拍放回去后准备离开，却被王教练拦住了，问他："小朋友叫什么啊？要不要参加网球队？"

随侯钰并不感兴趣，随口回答："不想。"

"就不想试试超过他？"王教练指向刚刚走出来的侯陌。

随侯钰朝侯陌看过去。

侯陌正拿着毛巾擦汗，走过来对王教练说："他还欠点火候，想打过我很难。"

随侯钰看着侯陌从身边走过去，嘴唇紧紧地抿着。

看着侯陌离开，王教练继续笑呵呵地看着随侯钰问："怎么样，想不想练一练试试？"

邓亦衡探头看了一眼，然后对桑献吐槽："王教练只有在挖小白兔的时候才这么慈眉善目。”

桑献背起包来，随后说：“他算是有灵性，王教练不会轻易放弃的。”

这边，随侯钰似乎有点动摇了，说道：“我考虑一下。”

王教练笑得更慈祥了：“行，你叫什么？”

“随侯钰。”

冉述走过来的时候，随侯钰已经气鼓鼓地往回走了。

冉述频频回头看，接着跟着随侯钰往寝室走，也不敢多问。

回到寝室，随侯钰周身的气压很低。

室友意识到了，大气都不敢喘。

冉述也没问，在地面铺了一个编织袋，也不知道是跟谁要来的。

接着他拿来原来的被子，套上被罩，叠好之后往被子上洒了一点水，将被子拍出棱角来。

这样，等明天早上，他把自己的被子塞进柜子，把这个被子搬到床上去就行了。

随侯钰还在想网球的事情，连输三场，让他十分不服气。

他以前曾代表培训机构参加过舞蹈比赛，赢过专业组。网球的确不算他主要练的项目，但是输了，也让他十分不爽。

就在焦躁的时候，听到“啪啪啪”的声音，他扭头去看冉述砌墙一样地在拍被子，忍不住说道：“这可能是你这辈子发出的最洪亮的啪啪声了。”

冉述蹲在被子边思考了一会儿，抱怨道：“怎、怎、怎么突然就人身攻击了呢？”

随侯钰终于笑了出来。

和随侯钰关系好的朋友很少，这个寝室除了冉述，其他人和随侯钰的关系并不亲近，但是只要随侯钰需要，这群人也会随传随到。

他们愿意听随侯钰的，不过关系嘛……依旧没到位。

说到底，随侯钰和冉述是发小，两个人一起长大的，亲密度不一样。

冉述知道，随侯钰还有一个小时候的发小，随侯钰更黏那个人，但冉述没见过那个人。

听说，那个人是个外国小孩，很多年前回到自己的国家了，分隔两地后，随侯钰和那个人再没联系。

至此，冉述成了随侯钰生活中的独一无二。

军训进行到第四天，训练就没有那么严格了，到了傍晚，便组织学生们一起拉歌，高二 17 班成了“众矢之的”。

一是因为侯陌这群体育生人缘好，二是因为冉述这边人缘好。

还有就是这个班级颜值高，几天之内就全校闻名了。

17 班的教官品味一向非常犀利，教给他们的歌都是非常有气魄的，比如《大刀进行曲》，被 17 班的学生唱得铿锵有力。

只是，被这一首歌应付了两天的学生们开始不满意了。

今天是六个班级围坐在一起，还有其他的班级坐在他们不远处，围观起哄。

其他的班级似乎联合好了，开始叫：“冉述来一个！冉述来一个！”

“扭扭捏捏不像样，像什么，像个大姑娘！”

冉述斜着身体跟随侯钰吐槽：“就、就这个词，我从初中听到现在，真没创意。”说完就站起身，朝着场地中央走过去，还真是不怯场。

今天有人带来了音响，这玩意儿开太大声后音质就不行了，“哐哧哐哧”的，还带着沙沙声。不过在这种场合，有音响已经不错了。

“给、给我来、来一个猛男的音乐。”

冉述从小学舞，还参加过青少年群舞比赛，在这种比赛里他还能是 C 位（中心位），可见他的实力。

很多音乐如果熟悉，他都能跳，毕竟除了那些原创编舞的，其他的音乐大多有现成的编舞，扒一扒舞蹈动作，一会儿就能学会。

冉述让他们随便放，他都能跳。跳舞多年，多少都会点即兴。

放歌的人比了一个“OK”的手势，然后放了一个女团的歌。

冉述气得直掐腰，一扭头就回了 17 班的队伍。

众人以为冉述退缩了，一阵起哄，没承想一会儿就看到冉述准备拉着随侯钰陪他跳。

随侯钰一百个不愿意，被拽起身来又坐下了，最后被冉述抱着腰生拉硬拽。

随侯钰不喜欢被别人碰，就算是冉述也不成，他将冉述推开老远，自己主动走到场地中间，省得冉述继续纠缠。

随侯钰要是认真了，冉述根本不是对手。

然而两个人的相处模式就是冉述在闹，随侯钰在笑，惯着。

最终两个人一起站在场地中心，引来一群女孩子尖叫。熟悉随侯钰的都知道他是什么性格，根本不敢起哄，但是既然冉述拽随侯钰上来了，她们当然兴奋，尖叫声此起彼伏。

放音乐的人很会找时机，等两个人站好后，按了重新播放。

冉述跟着音乐跳了起来。别看他瘦，跳舞的时候力道十足，有张力的同时还有着很好的平衡感，动作十分协调。

随侯钰多少有点不好意思，纠结了一会儿还是跟着跳了起来。

他一动，女孩们又开始尖叫。

如今的女孩子，欣赏美是不分性别的，长得好看的女孩子和长得好看的男孩子她们都喜欢。

对于随侯钰这种跨领域的好看，她们就更喜欢了。

他们跳的是一支女团舞，各种幅度、角度的扭胯。

跳舞好的男孩子能将性感化为洒脱，带着一份帅气。

两个人跳舞期间，有其他班的女生突然跑到17班，凑到侯陌的身边喊："侯陌！"

侯陌回头看过去，是之前和随侯钰、冉述聊过天的女生，并不认识，随口问："怎么？"

"你能告诉我你的微信号吗？我朋友想要。"

侯陌笑了笑拒绝了，反问她："你们和随侯钰很熟？"

女生点了点头："我以前和他同班。"

"随侯钰到底是学什么的，怎么什么都会似的？"

女生抱着膝盖蹲在侯陌身边跟他介绍："钰哥算是特别神奇的一个人了，我们都不知道他究竟会些什么，就是好像什么都会。"

"天赋异禀？"

"也不是。"女生叹了一口气，"钰哥从小就是一个培训机构的VIP客户，VIP到什么程度呢，就是钰哥放学都是由培训机构的老师亲自来接的。"

侯陌"哦"了一声，培训班学的？

女生继续说："他从懂事起，周末、放学后的晚上、寒暑假全部都在那个培训机构里度过，机构里有什么班，他就上什么课。机构里还专门安排老师加班给他上晚课，陪到凌晨一点，都是一对一教学。"

“为什么上课到那么晚？”

“钰哥情况特殊，睡不着觉，闲着就惹事，干脆就一直安排他上课，让他没闲着的时候。”

侯陌算是确定随侯钰有狂躁症了，症状基本符合。

不过，他有点纳闷，问：“不是，他父母呢？”

“他的情况就是父母造成的，他刚出生不久父母闹离婚。他从来没被人哄着入睡过，都是哭得累了自己睡着的。长大后渐渐不正常，就更被父母嫌弃了，两边各自成家也没人管他，就只给他钱，把他丢到培训班自生自灭，从来不管。”

侯陌听完沉默了半晌，突然扬眉：“你挺了解啊。”

“风云人物，一人知道一点，聚在一起一聊就拼凑整齐了。再说，冉述和钰哥是发小，冉述也说过一些，两个人的街舞就是一起学的。”

“哦……”

女生说完突然有点气：“都聊了这么多了，还是不给微信号吗？”

侯陌突然压低声音问：“要不要桑献的？”

女生一瞬间兴奋起来：“要！”

侯陌毫不客气地将桑献的微信号给了女生。

女生兴奋地走了。

侯陌问邓亦衡：“平时总念叨女孩子，怎么人过来了，你反而老实了？”

邓亦衡看着女生离开的身影，叹气：“别提了，我看到她们靠近就紧张。”

“真出息。”

这时候，中间的空地突然热闹起来，因为有其他班的学生来斗舞了，是枫华的，侯陌还认识那几个男生，估计是不服青屿高中的男生出风头，过来砸场子。

邓亦衡看了一会儿说道：“虽然想护短，但不得不承认，还是我们班的两个班长跳得好，一看就是专业的。那三个小子上来就满地打滚，动作没几个，全靠翻跟头。”

侯陌听完笑着回答：“这在街舞里面也叫大招。”

“我预感，他们要被打脸。那小子我交手过几次了，他最不怕正面‘刚’，只怕私底下撒娇。”邓亦衡突然像最了解随侯钰的人似的。

侯陌没回答，托着下巴饶有兴趣地继续看。

随侯钰让他们放了一首古风歌曲。

随后他走到场地中心，等到熟悉的节拍才开始跳舞，舒缓的舞蹈动作，没有街舞帅气，但举手投足尽是酣畅感。

中国舞，没有儿时的基本功，很难跳得好。

随着音乐，随侯钰的一条腿抬起来，引来一阵惊呼声。

他的腿就像钟摆，旋转一周后轻盈落下，婉转飞旋，又轻盈跃起后落地，动作间有着让人舒服的力度，收放自如。翩然间，仿佛飞舞的蝶。

这种对身体的控制与协调能力，令人咂舌。

难怪随侯钰的身体那么灵活、轻盈，原来是练过舞蹈。

之后，随侯钰做了刚才那三个男生做过的动作，单手撑地旋转身体，身体无骨一般柔软，转得轻松自如。

扒他们的舞，随侯钰只需要看一遍，还做得比他们标准。

冉述看完之后就乐了，笑道：“好尴尬啊！”

那几个男生灰头土脸地下去了。

冉述和随侯钰一起下去，走的时候还在笑，结巴地说着什么。

侯陌看到随侯钰后问：“地面烫脚吗？”

随侯钰一愣：“哈？”

“你跳舞的时候脚都要不沾地了。”

“……”话不投机半句多。

第三章 刁难

高二为期五天的军训结束后开始上课，高一还要军训十天。

高二 17 班有自己上课的风格，该睡的睡，该玩的玩。随侯钰当了班长后，几乎就没有尽过班长的责任。这也让 17 班的学生渐渐忘记了，他们班里还有正式的班干部。

这一天不知道怎么了，随侯钰突然开始拿出班长的样子来了。

最可恶的是只管侯陌一个人，管了侯陌一个人后牵连一群人。

随侯钰坐下后，把包里的作业掏出来往桌面上一放，扭头对坐在一侧的侯陌说："学习委员不收作业吗？"

侯陌自己都没写，清了清嗓子，努力掩盖尴尬，说道："各位，我下了早自习收作业，记得给我。"

整个教室里的学生顿时崩溃了："天啊，作业都有什么？！"

"什么？有作业？"

教室陷入一团混乱。

邓亦衡叼着包子回到座位，在书包里掏了半天后又站起身来，说道："我去买个本。"走了几步又回头问侯陌，"大师兄，我们一共有几科啊？"

邓亦衡刚问完，就有一群人让他帮忙带本子。

邓亦衡干脆说："我直接买一堆回来吧。"说完就走了。

侯陌坐在座位上老老实实补作业的间隙吃了一口包子，扭头看向随侯钰，两人正好四目相对。

随侯钰坐在自己的位置上，单手托着脑袋，似乎是在欣赏侯陌写作业。他的手托在脸颊上，推着脸颊上的肉，模样竟然是难得的可爱。

这货真的是……每次都单独刁难他。

擒贼先擒王?

地狱一样的早读开始了，很多人手上在奋力写作业，所以心不在焉，声音有气无力的。

好不容易早读结束，侯陌收齐作业送去老师办公室。

侯陌回到教室后打了一个哈欠，趴在桌面上准备睡觉。

刚刚趴下，随侯钰就注意到了。

等到侯陌渐渐睡着，随侯钰从自己的包里掏出一把小水枪来，对准侯陌的脸，喷了一下。

侯陌感觉脸颊一凉，手抹到了一摊水。

他坐直身体，并不算清醒，扭头朝着随侯钰看过去，就看到随侯钰用口型说：“不许睡觉。”

侯陌盯着随侯钰看了半晌，再看看班级里其他睡觉的学生，才长长地叹了一口气，揉了揉脸后认认真真地上课。

好汉不吃眼前亏。

都说，先撩者贱。

按照新学校规定，周五下午只有两节课，然后就放学了，大家可以拿着行李回家，这也算是照顾路程远的学生。他们学校的地界的确偏了点。

冉述说什么也要去随侯钰的新住处看一看，随侯钰想到这位少爷一准挑三拣四的，不耐烦地拒绝了。

他背着包走出学校，看到校门口一堆车，就是没有单独的出租车，他家里也不可能有人来接他。

邓亦衡突然从一辆面包车里探头对随侯钰喊：“班长，拼车吗？”

邓亦衡还记得随侯钰住的地方距离他们那里挺近的，特别热情地招呼。

随侯钰看过去，侯陌也坐在车里，手里还拿着一瓶矿泉水在喝，喉结滚动。

随侯钰走过去问：“这里打不到车吗？”

“打不到的，你打车软件能叫到的车，这个时间段也全聚在这里了。上来吧，我们和司机熟，到家那边一人八块钱，别的司机得要你十块，黑点的能要十五块。”

随侯钰想了想还是上了车，邓亦衡给随侯钰让了地方，去了后排。

随侯钰弯着腰看了看，只能坐在了侯陌旁边。

侯陌抱着自己的包，没搭理他。

坐了一会儿，随侯钰算是懂邓亦衡为什么那么热情了，因为车不装满人，司机不走。

似乎是有人注意到随侯钰和侯陌都在车里，后来又上来了三个小姑娘，有两个挤在了随侯钰身边，一个去了副驾驶座。

随侯钰有点诧异，这超载了吧？

车子行驶后，司机又剑走偏锋选了乡间小路，车子全程都在“飞起”“落下”。

随侯钰扭头想去找安全带，发现并没有。不但如此，座椅都在跟着晃，颇有节奏感。

侯陌注意到他的举动，说：“安全带没有，你要是坐不稳就扶着我。”

随侯钰没碰他，抬手一直扶着车顶。

坐在随侯钰身边的女孩子似乎坐不稳，总往随侯钰身上靠，侯陌一侧头就注意到了。

等到了一个坡陡的地方，车身一颠，随侯钰没扶住往侯陌那边倒去，被侯陌单手接住了。

随后侯陌伸出手到随侯钰身后，看似扶随侯钰身边的女孩子，其实是推了一把，还微笑着问：“没事吧？”

被推得横移了一个身位的女孩子先是一蒙，随后讪讪地回答：“没事。”

下了车，车上的人都散了。

走着走着，就只剩下随侯钰和侯陌。

侯陌跟在随侯钰的身后，看着他走路带风的样子，不由得扬眉。

他的目光锁定在随侯钰一颤一颤的发梢，这种弯曲的弧度很有趣，刚巧在耳尖处翘起来，露出白皙的耳朵来。

直到随侯钰在一个地方拐弯后，侯陌才追过去伸手将随侯钰捞回来，说道：“走错了，是这栋楼。”说着，指了一下。

随侯钰看了一眼，伸手拍了一下侯陌的手：“哦，谢了。”

侯陌甩了甩被拍痛的手，抱怨：“一点儿诚意都没有。”说着扭头朝另外一边走。

随侯钰忍不住问：“不是那边吗？”

“我去买菜。”

周六上午十点半，随侯钰家里的门铃响了。

随侯钰知道是保洁来了，并没有理会，继续在卧室看书。

保洁都有民宿密码锁的密码。

一会儿后，保洁开门走了进来，手里还拿着一个竹筐，里面放着被单、毛巾等物品。

保洁套上鞋套，对房间里的人说："您好，毛巾给您换了，新的都是刚刚洗干净高温消毒过的，可以放心使用。"

侯陌拿着替换的浴巾和毛巾，走到浴室里换了洗漱用品，接着去看洗漱台，看看用不用补洗手液这些东西。

早就听说这里的住客不常住，使用过的痕迹也不多，厕纸都不需要更换，他帮忙整理一下地面就可以了。

正在清扫的时候，他看到一双拖鞋朝着他走了过来，对方站在门口看着他。

他顿时抬起头来解释："您好，周末我来收拾……"

接着，他就和随侯钰四目相对。

随侯钰还在吃口香糖，咀嚼着，然后吹了一个泡泡又收了回去。

他总是一副盛气凌人的样子，似乎觉得侯陌出现在这里很有意思，眼神里全是戏谑。

侯陌迟疑了一瞬间，继续收拾，跟随侯钰解释："我妈妈身体不好，周末都是我帮她工作。"

其实这栋楼里做民宿的有很多家，都是因为这里要发展旅游业才兴起的。

这里的住户很多是回迁户，房子多，空着就租出去。后来听说精装修一下就能做民宿，收入是出租房的三倍，就一窝蜂地都开始搞民宿了。

其实看到随侯钰出现在这栋楼，侯陌就怀疑过，没想到真的这么巧。

"哦——"随侯钰拉长音地回答。

侯陌抛开尴尬，和随侯钰聊天："你在这里长住？"

"嗯，订了半年。"

"你看一下，浴室还有什么问题吗？"

"花洒不太通。"

"好，我看看。"侯陌挽起袖子走过去。

花洒的设计非常简单，是一体的，大的花洒根本卸不下来。

侯陌打开后看了看，随后找来牙签一个孔一个孔去通，又打开花洒去试。

随侯钰特别有耐心地站在旁边看了十分钟，抽空把口香糖吐了。

侯陌整理好了之后，打开花洒问随侯钰："这样可以了吗？"

"嗯。"随侯钰点了点头，随后指了指地缝，"水锈处理一下，我强迫症，看着难受。"

侯陌看着水锈沉默了一会儿，那里有一个地漏，常年进水，是没及时打扫留下的。

他看了看，还是蹲下身努力清理。随侯钰在故意刁难他呢。

侯陌收拾得差不多了，整理换下来的毛巾和被单。

随侯钰走出来，说："窗帘杆上面锈了，你去刮一刮。"

侯陌动作迟疑了一瞬，将最后一个枕套丢进竹筐里，回头说道："随侯钰，你别太过了！"

"我怎么了？"

侯陌继续说："我不想惹事而已，别以为我会惯着你。"

随侯钰下巴一扬，说道："我用你惯着？"

随侯钰是从小在培训班学习的，学过散打、跆拳道和拳击这些，还经常会和教练对战训练，加之自己的体能不错，打架方面自然没有输过。

然而今天碰上的侯陌显然不是善茬。

和邓亦衡他们不同，侯陌显然是学过格斗术的，且是军人的路数。

两个人过手几招，随侯钰一个不小心被侯陌扣住了手臂。就在他挣扎的时候，侯陌居然还可以游刃有余地用另外一只手脱掉自己的鞋套。

随侯钰急了，抬脚就踢向侯陌。

侯陌伸手去挡，顿时感觉到手掌一颤——这一脚的威力真的很强，侯陌招架起来都有些费劲。

他被随侯钰踢了一脚，这一脚踢在了他的骨盆上，疼得他身体一颤，三魂七魄都散了散。

虽然被踢了一脚，但侯陌逮住机会，握住了随侯钰的脚腕。随侯钰只能一只脚撑着地，一只脚努力往回抽，下一刻，侯陌朝他扑了过来，劈头盖脸就是一拳。

这一拳很快，不过随侯钰还是注意到侯陌改了拳路，本来奔着他的脸去的，最后硬生生移开了，砸在了他的胸口上。

侯陌不愧是侯陌，打架都能抽空说话：“你这张脸我还舍不得打！”

随侯钰被砸得闷哼一声，又听到这句挑衅，气得想要将侯陌挣开，结果双手被侯陌单手按住，固定在头顶。侯陌用另一只手弹了他一个脑瓜崩：“叫声爸爸，我就饶了你。”

“你大爷！”

随侯钰站起身来刚刚举起拳头，侯陌就问他：“不打了行不行？”

随侯钰被气得脑仁疼，这一拳没停下，继续挥过去，被侯陌侧身躲开了。

随侯钰发现侯陌技术强，且很多都是用来制伏人的抓捕套路，真不知道这货究竟练过什么。

打几拳，侯陌就能找机会扣住随侯钰的手。

踢几脚，侯陌就能让随侯钰身体后仰，将他按住。

这货就不会好好打架！

侯陌扣着随侯钰的手，看见随侯钰还在挣扎，无奈之下扣着他带着他进屋，把他按在床上问：“我们能不能理智地、友好地、和谐地聊聊天？”

“不能！”随侯钰气得要炸了！

“你看，打也打过了，斗也斗过了，我们就化干戈为玉帛，就此握手言和行不行？”

“滚！”

就没见过这么握手言和的，侯陌就差给他扣一个手铐了。

侯陌一听，这孩子太不识抬举，照着随侯钰的后脑勺轻轻一拍：“你怎么这么不好相处呢？”

问完，他迟疑了一下又补充：“你头发这么厚，被打了是不是都有减震的效果？”

随侯钰气得要咬人了，努力挣脱侯陌，扯过侯陌的衣服就是一个过肩摔。好在是摔在了床上，不然够侯陌受的。

也不知道是两个人打得太激烈了，还是这床的质量不行，床突然就塌了。

床板拦腰断开，两个人卡在V字形的夹缝处，床上的被子和枕头还在往下滑，阻碍很多。

侯陌调整了一下姿势，打算爬出去，又怕压到随侯钰，所以半天没调整好。

随侯钰催促道："我说你能不能快一点？"

侯陌也挺不爽的，回答道："你当我愿意磨叽？'地形'这么差，中间还卡了一个你，我能怎么快？"

侯陌爬了一段后，一抬头突然看到了一只黑色的猫，睁着碧绿的眼睛凶巴巴地看着他，朝着他"喵"了一声。

大哥原本在睡觉，被吵醒了，来这边看看情况，就看到侯陌似乎在欺负自己的铲屎官，抬爪子就朝侯陌抓过去。

侯陌被大哥吓得惊呼了一声，好不容易爬出来了一些又退回去了，惊呼着："这什么玩意儿啊？！"

随侯钰抬头看了一眼，回答："猫！"

"怎么那么黑啊？"

"黑猫！"

侯陌害怕大哥，刚刚退回去，就看到大哥跳到了他的身上，再次对他挥舞爪子。

之前还挺威风的侯陌一瞬间尿得不行，抱着脑袋用胳膊去挡。

后来发现大哥还是抓他，他就只能抱着随侯钰的腰不松手："我怕它，你让它走，它为什么老打我啊？"

"它以为你欺负我。"看着侯陌挤过来，随侯钰各种无奈，他原本在夹缝里，愣是被侯陌挤出来了，于是伸手抱着大哥。

随侯钰不解，问："你怕老鼠我能理解，怎么还怕猫啊？"

"它太黑了，眼睛还是绿的，一般不是琥珀色的吗？"

随侯钰耸肩回答："我喜欢绿色，所以特别喜欢它。我不是很喜欢琥珀色，类似你眼睛和头发的颜色，最讨厌了。"

"嘿，你怎么还人身攻击？"

"这就叫人身攻击了？这只是个人的喜好而已，我的衣服都没有这种色系的。"

侯陌缓了一会儿才起身，看了看，手臂并没有被抓破。接着他转过身看向床，一阵无奈："我想办法赔你一张床。"

"用不着，我再买张新的。"

侯陌看向他，问："买张新的全是甲醛，你靠身体吸甲醛？我想办法，今天下午就给你送过来。”

侯陌往外走的时候，觉得身上一阵阵地疼，回头看到随侯钰也在偷偷揉胸口。

半斤八两。

侯陌走到客厅里坐下喘匀了气。

随后，他给桑献打了一个电话，询问：“你家里有没有床？双人床，最好在家里放过一阵子，没怎么睡过人的，给我来一张。”

侯陌一般不求桑献，真求了桑献，也是真没办法了。

桑献那边回答得很轻松：“有，我房子的客房没住过人，我把那张床给你送过去吧。”

“行，今天就送过来。”

桑献顺口问了一句：“怎么了，你家的床出问题了？”

“别提了，我和随侯钰打起来了，把床打塌了。”

“把床……打塌了？”

“把你的脑洞给我关上。”

“哦，行吧，我现在就让管家叫车送过去。”

“顺便送个床垫子吧，但凡有个床垫子也不至于夹成那样。”

“什么意思？”

“没意思，赶紧的。”

随侯钰的这张床上垫着的都是弹力被，睡着软，不过睡久了会腰疼，纯属糊弄人的。

桑献过来送床，只叫了车，没有叫工人，只能靠他们自己搬。

邓亦衡也被叫来帮忙搬床了，顺便听说了这二位的壮举。

邓亦衡帮忙的时候偷偷问侯陌，声音很低，嘴巴却咧得格外夸张，恨不得侯陌能读懂唇语：“大师兄，能打过吗？”

侯陌无所谓地回答：“我们俩路子不一样。”

“那能打过吗？”邓亦衡执着于结果。

“平手吧。”

真要是论打架，侯陌打不过随侯钰，但是能制伏他。

邓亦衡对侯陌竖起大拇指，说道：“行，解气了。”

四个男生加一个司机，才艰难地将这张床搬上楼，主要是这张床的框架太浮夸了，搬进民宿里和房间的画风格格不入，仿佛鼠窝里扔进了猫食盆。

随侯钰光看这张床的材质，就知道得五位数起跳。

他想了想，对桑献说道：“我给你转钱。”

桑献摇了摇头，拒绝了：“无所谓。”

侯陌也在旁边说：“你不用给他。”

之后侯陌和桑献下楼去搬床垫子，随侯钰留在楼上休息。

邓亦衡掏了掏自己的包，把一个打包袋放在桌上，对随侯钰说：“大师兄让我给你买的。”

“什么东西？”

“我们这里最出名的一家，菜名叫拌 QQ 鸡架，贼好吃。我们没做体育生之前总吃，人间美味，不过我们现在没法吃了。”

随侯钰走过去打开袋子，里面是一个塑料的透明餐盒，可以看到盒子里的鸡架。

邓亦衡凑过来说：“你珍惜着点，我们大师兄平时抠得要命，他愿意自掏腰包绝对是下狠心了。我们大师兄以后如果谈恋爱，带着女孩子吃饭主动结账，都是他最大的浪漫了。”

随侯钰忍不住问：“他家里的条件很不好？”

邓亦衡叹气点头：“家里就他和他妈妈两个人，阿姨身体不好，早先为了治病，又卖房子又借钱的，花了不少。不过也不能说很穷吧，就是病怕了，怕再有事的时候还那么狼狈，导致大师兄存钱存到了病态的地步，对自己更抠。”

“哦……”随侯钰掰开筷子，打开餐盒问，“那他为什么上私立高中？”

私立高中里的花销很大。

青屿高中的超市，物价和机场的物价持平，一瓶水都比外面贵一块多两块。

邓亦衡在随侯钰耳边打了一个响指，随侯钰十分嫌弃地躲开了。

邓亦衡心情好，没在意，继续说：“这你就不知道了吧，我们大师兄上学赚钱。”

鸡架还真挺好吃的，随侯钰吃了一块，抬眼看向邓亦衡，等着他继续说。

“我们枫华学习成绩前五名，学费全免，前三还有奖学金，大师兄年年第一名。外加在网球队，衣服、鞋这些用品有品牌商赞助，球队包一日三餐，比赛赢了还能拿奖金。”

“他学习还挺好？”

“那是。大师兄是我们枫华的学年组第一名，学习好透了。不过，同为校霸你也不用自卑，像大师兄这种高智商的校霸确实不多见。你呢，就靠你这张脸就有美好未来了，也不用太努力。”

随侯钰不知道该怎么回答，这个时候说自己学习也不差是不是有点故意杠的意思？

于是他只能回答：“确实挺好吃的。”

“是吧，排队都得排半天。”

这时侯陌和桑献从楼下搬床垫子上来，铺上床。

见侯陌从卧室出来，随侯钰拿起手机，对他说：“我把鸡架的钱转给你。”

侯陌没要，说：“不知道我是什么意思吗？我是让你吃我的嘴短，我们打架的事情别和我妈说，她心脏不好。”

“行。”

第二天上午十点半左右，依旧是侯陌来打扫。

侯陌就跟没事人似的走进来，看到大哥虎视眈眈地看着他，努力冷静了一会儿后问：“这猫叫什么？”

“大哥。”随侯钰正在客厅里压腿，腿搭在墙壁上劈成一字马，上身懒洋洋地靠在腿上，手里拿着书在看。

“这猫的名字还挺占便宜的。”

“冉述起的。”

“哦……”

侯陌看向大哥：“大哥好，我就是收拾个卫生，无意冒犯。”

大哥懒洋洋地盘在柜子上，一直盯着侯陌看，眼神犀利，显然是对侯陌的印象非常不好——

就是这货欺负自己铲屎的奴才，可恶。

看在随侯钰帮它铲屎的分上，大哥决定帮忙盯着侯陌的一举一动。

侯陌打扫的时候又看了一眼大哥的绿色眼睛，再看看随侯钰带来的手办，绿藻头索隆。

他在镜面装饰里看到自己亚麻色的头发和瞳孔，突然觉得自己特殊的颜色不香了，它不好看了。

临走时，侯陌问随侯钰："窗帘杆用我帮你刮刮吗？"

随侯钰翻了一页书："我没有强迫症，平时我也不去那里看。"

换言之，他昨天就是故意找碴，你能怎么的？

侯陌整理好竹筐里的东西，拎着出门，关门的时候听到随侯钰在清嗓子。

这里隔音不好，侯陌回到家门口的时候还能隐隐约约地听到随侯钰在哼调子，随后用戏腔唱着什么。

他站在自己家门口仔细听了一会儿，随后开门回到家里，打开电脑，搜索刚才随侯钰唱的词。

花旦？

随侯钰刚才那一段是《谢瑶环》中的苏鸾仙，而这个角色是花旦。

这么一说，随侯钰唱戏的时候似乎真的不像是男生的声线……

不得不说，随侯钰的长相唱花旦还真挺合适的。不过，他对京剧不太了解，随侯钰这种身高唱花旦合适吗？

这时，侯妈妈回来了，看到客厅里堆放的东西也没叫侯陌，自己一个人整理。

侯陌听到关门声就出来帮忙。

侯妈妈看了侯陌一眼，思量片刻后问："昨天桑献过来了？"

"嗯。"

"怎么没留他吃晚饭？"

"他不饿。"

"他怎么总不饿？"

"谁知道呢，太巧了。"

侯妈妈迟疑了一会儿，又问："你……又打架了？"

侯陌动作停顿了一下，随侯钰虽然不打脸，但是打在身上也挺疼的。侯陌昨天晚上睡不着，自己爬起来偷偷抹了化瘀膏，没想到还是被妈妈发现了。

"不是叫桑献来帮忙的，就是……我一个人收拾一个小屁孩。那小孩叛逆期，净找事儿，不收拾不消停。不过顶多就是小打小闹。"

看着侯陌，侯妈妈一副欲言又止的样子。

侯陌已经不想再多说了，只是安慰侯妈妈：“放心吧，我心里有数。”

这日，随侯钰刚进教室没一会儿，便被叫去了欧阳格的办公室，进去时，侯陌已经在了。

他一下就猜到为什么叫他过来了。

军训期间原青屿高中的学生就在抗议，毕竟他们被分配的寝室楼层都是不好的，让他们心里非常不舒服。

随侯钰和冉述带着一群人张罗重新换寝室，联名写了抗议书。

侯陌也没闲着，跟着写联名，写的是不同意换寝的抗议书。

两边就此掐了起来。

最终，寝室还是调整了，这还要归功于侯陌和随侯钰两批人闹得实在是太厉害了。

为此，欧阳格叫来侯陌和随侯钰一起写检讨书，还给他们安排了其他的惩罚，也算是擒贼先擒王。

这么能闹，就去最差的寝室楼吧。

没一会儿，侯陌写完了检讨书，站在欧阳格身边看他整理表格单。表格单陆陆续续地打印出来，侯陌拿起来看了一眼，纳闷地问：“格格，寝室 11 号楼还没开始用吧？”

“装修一部分了。”

“一部分？”

“对，发现没有那么多学生要住，就停工了。放心吧，里面设备齐全。”

侯陌实在没人可聊天了，走到随侯钰身边，给随侯钰看欧阳格整理的表格单。

他们还以为随侯钰的寝室不动，留在六楼呢。没承想，他们是换到了其他楼的六楼去了，而且是 11 号楼。

现在校区内投入使用的只有 1 ～ 10 号楼。

11 号楼一直空置，且大门是封着的。

侯陌他们曾偷偷爬窗进过 11 号楼，楼里地砖都没铺，还是水泥地。

“我们一个寝室，这就是惩罚了？”侯陌看着表格单问。

随侯钰跟着看了看表格单，发现冉述也跟他们在一个寝室里。

11 号楼寝室配置有六个床位，四个上铺，两个下铺，还有两张书桌。

寝室名单如下：随侯钰、冉述、侯陌、桑献、邓亦衡、沈君璟。

欧阳格对他们十分了解，谁和谁关系好摸得透透的。

随侯钰一脸不解，看向侯陌，问："这里很差？"

"也不能这么说。"侯陌斟酌了一下回答，"我们一个寝室霸占了整栋楼。"

随侯钰："……"

欧阳格突然说道："也不是。这栋楼很快就要启用了，和你们一起住的是教职工。"

侯陌和随侯钰这回算是懂了，他们即将和老师们住在同一栋楼里。

这绝对是给他们最独特的关爱。

真棒！

下午，搬寝室。

随侯钰带着自己的行李走到11号楼门口，就看到侯陌被一群体育生扛出了寝室楼。

侯陌也尿，一直 喊："错了！错了！"

看着这一幕，冉述忍不住问："这是什么神圣的仪式吗？"

随侯钰懒洋洋地回答："可能是想求雨吧。"

两个人看了一会儿，拎着行李上楼。

这栋寝室楼也是别致，一楼大厅装修了，楼梯装修了，5～6楼装修好了。

1～4楼的寝室还没铺地砖。

随侯钰带着行李走到自己的寝室，只见寝室门口堆满了行李，估计是那群体育生还没有仔细收拾，就扛着侯陌去"祭天"了。

冉述推开行李，走到床铺边说："我俩一人一个下铺？"

一共只有两个下铺，如果他们全占了，那群体育生回来还得吵架。

随侯钰想了想，说："我们两个人上下铺吧。"

"也行。"

随侯钰选了下铺，冉述住在他的上铺。

收拾得差不多了，冉述蹲在墙边试自己带来的电器，然后惊喜地说："钰哥，这里没限电，我插上熨板也没跳闸。"

随侯钰也跟着试了试，随后笑了："这还挺好。"

也是因祸得福了。

一群体育生回来时，就看到随侯钰、冉述蹲在一起，围着一个锅做东西吃呢。

众人齐齐看过去，直咽唾沫。

侯陌走过来和桑献商量谁住下铺，毕竟他们两个人个子最高，在上铺空间小不太方便，说话时也忍不住看了随侯钰他们那边好几眼。

邓亦衡跑过来小声说："他们做黑暗料理。"

侯陌问："做的什么？"

"手抓饼包火鸡面，红彤彤的，天啊，这得多辣？"

寝室里四个体育生也不收拾床铺了，齐刷刷地看着那边的两个人做"黑暗料理"。

冉述先尝了一口，说："嗯，这次味道不错。"

随侯钰一边煎饼，一边叮嘱："一会儿给苏安怡包一个送过去。"

"行。"

侯陌忍不住道："他们这是过上日子了？"

邓亦衡跟着感叹："这上学还带锅啊？"

沈君璟吞咽了一口唾沫。

桑献回归正题："我要住下铺。"

邓亦衡受不了这刺激，也不收拾了，出去逛了一圈，接着回来对侯陌喊："大师兄，体育生你是一个都没放过啊？无人生还是吧？"

侯陌整理着床铺说道："是兄弟，就一起下地狱。"

"漂亮！"邓亦衡感叹了一句后又跑了，在走廊里哭号，"啊啊啊，我再也不跟大师兄好了！"

随侯钰捧着饼站在走廊里看，全是陌生面孔，整一层楼，他就认识同寝的几个。

虽然一头扎进了体育生的窝里，不过随侯钰依旧淡定，优哉游哉地吃着饼，看着他们忙活。

没一会儿，邓亦衡走过来问随侯钰："好吃吗？"

"好吃，来一个？"

"不行，体育生吃不了。"邓亦衡回答的时候，还盯着饼看。

随侯钰又吃了一口，问："为什么不能吃？"

"影响肌肉，我们不能喝饮料，不能吃油炸类食品，赛季更严格，不能吃外食。”

随侯钰想了想后又问：“这些都是网球队的？”

“不是，有练田径的，有练重竞技的。不过我们学校网球比较出色，有些国际班的学生也练网球，国际班网球队的也全被大师兄搞来了。留学的话，对网球比较认可，所以学校就重点搞网球，我们学校是难得的能跟体校抗衡的高中。”

“你们练网球多久了？”

“我是从小学就开始了，大师兄是初中开始的。”

“初中开始？”时间也不算久，随侯钰之前的心理安慰都少了一些。

“嗯。”

这时冉述从寝室里走出来，问随侯钰：“你打听网球队的事情干什么？真要参加？”

随侯钰立即摇头否认了：“我就是随便问问。”

邓亦衡也没多聊，跑去别的寝室聊天去了。

冉述拎着手里的袋子对随侯钰说：“我去给安怡送吃的。”

“嗯。”

等冉述走了一段了，随侯钰又追出去喊道：“你回来带两瓶水。”

“知道了。”

随侯钰在门口站了一会儿，最后转身下楼，到楼梯缓步台坐着继续吃饼。

在这里吃的话……就不会熏到别人了吧？

之前并不知道那群体育生不能吃，以后去四楼找个寝室开小灶吧。

随侯钰特别在意睡觉的环境。

他一向失眠，狂躁症造成了他的少眠，且不会困倦。

小的时候他觉得无所谓，但是大一些了，就发现正常人睡觉的时间他的确不困，但是心情会不受控制地暴躁。

焦躁、不安、心悸，心跳的速度明显和白天不一样。

这让他意识到他其实需要睡眠，只是睡不着而已。

换了寝室，室友还有打呼的，耳塞都挡不住呼噜声，让随侯钰一阵暴躁。

辗转反侧了两个多小时，拿出手机看到已经凌晨两点钟了，他叹了一口气，坐起身来。

走到书桌边，在自己的包里找了糕点，走出寝室后左右看了看，随后蹲在寝室门口吃东西。

吃甜食可以抚平暴躁的情绪，降低此刻的暴躁感。

他吃了一会儿，依旧毫无睡意。

医院给他开过安眠药，他还自己买过褪黑素，都毫无用处，他后来也就不再吃了。

现在，他开始思考要不要加大药量。

正思量间，有人打开寝室门走出来，晃晃悠悠地往外走，一扭头看到门口蹲了一个人，吓得大叫了一声，一下子蹿起来老高。

随侯钰扭过头，就看到了侯陌旋转、跳跃一气呵成的画面，差点儿鼓掌。

侯陌心有余悸地捂着胸口，看着随侯钰。

随侯钰手里还拿着糕点的包装，嘴里还有糕点没咽下去，就这么目瞪口呆地看着他。

两个人四目相对，许久都没有人说话。

侯陌看着随侯钰脸鼓鼓的，像一只大鼹鼠，有点于心不忍："你可以先咽进去。"

随侯钰还真听话地咀嚼了几下咽下，接着擦了擦嘴解释："我睡不着。"

"哦，我知道你不爱睡觉。"

"我也知道你胆小。"

侯陌也不解释，心脏还怦怦乱跳呢，只能捂着心口靠着墙壁缓缓，跟随侯钰嘟囔："这是我这辈子心跳最快的一次。"

随侯钰吃完剩下的糕点："你们呼噜声太大了。"

"都是邓亦衡的过，我和他同寝时间久了，就不在意了。我睡眠质量贼高，早晨那个集合号响了我都醒不了。"

"那你真厉害。"

随侯钰回到自己的床铺上躺下，想要再次尝试入睡。

侯陌从床上拿来手机看了一眼，随后退到随侯钰的床边，小声说道："我坐一会儿，回个消息就走，你先睡吧。"

他们这栋楼之前没人住，只有书桌没有椅子，学校说是会在一个月内给他们安排，也不知道具体的时间。

他们平日里想坐下，就只能坐在下铺。

随侯钰嫌弃得不行，他特别不喜欢别人坐自己的床。

不过想到侯陌之前说的话，他还是勉为其难地同意了。

侯妈妈接了几个公司代账会计的活儿，也会教侯陌看看对账单什么的。

侯陌之前睡得早了，没看到妈妈发来的消息，现在看到了，打算先帮妈妈看完，省得明天她累着。

最开始，随侯钰距离他挺远的，结果慢慢地开始往他身边靠，后来竟依偎着他，睡着了。

他扭头去看随侯钰，蜷缩着身体睡得特别熟，哪里睡不着觉了？

WOZENME KENENG SHUGEITA

第四章 预备队员

和体育生同寝的第一天，才五点半就开始吵吵嚷嚷。

随侯钰觉轻，就算他们这栋楼没有集合铃，光听走廊里的说话声就能让他醒过来。

他睁开眼睛，迷迷糊糊地看到有几个人在收拾东西。

他拿起手机看了一眼时间，才五点半，不由得蹙眉。

七点半才上课，随侯钰一般会睡到七点，半个小时内收拾完毕，踩点进入教室。

随侯钰每天都被失眠困扰，早晨是他睡眠最好的时间，所以格外珍惜。

现在看来，他以后的日子有得受了。

同寝的几个人动作还挺轻的，似乎在有意照顾随侯钰和冉述。

但是走廊里那群人的声音真跟大喇叭似的，最可气的是还有人在拍球，一大早的玩什么球?

侯陌坐在桑献的床上穿袜子，看了随侯钰一眼后解释：“我们得晨练，吃饭时间也比你们早。”

“……”

“马上，六点后人全撤了，你再睡个回笼觉。”

说得就好像他说睡就能睡着似的。

随侯钰臭着一张脸，趴在床上看着室友们收拾，然后纷纷走出寝室，接近六点的时候果然安静了。

他闭上眼睛试着入睡，发现完全睡不着，于是坐起身来，拿起自己的洗漱用品去水房洗漱。

刷牙的时候他看着镜子里的自己纳闷，昨天晚上后面倒是睡得挺顺利的，刚刚换一个环境能睡着也是不容易。

洗漱完毕，回到寝室用吹风机吹头发时，他站在窗口朝运动场看，果然看到了晨练的体育生。

晨练不是正式训练，这群人还在打打闹闹。

他一眼就在人群中看到了那顶亚麻色头发，在队列的前排，跑步的时候依旧是“被迫营业”的模样，无精打采的。

正看着，就听到了冉述的嘟囔声：“钰哥……”

他关了吹风机扭头看向冉述的床铺，就看到冉述从被子里探头出来，嘟囔了一句：“你要是去食堂就给我带俩包子。”接着继续睡了。

随侯钰晨间洗漱，最费时间的是吹头发，头发吹完基本上就大功告成了。

他拿着饭卡下楼去食堂打饭，途中还给苏安怡发消息，询问她用不用带点什么。

他一走进食堂，那群刚刚开始吃饭的体育生顿时安静了下来，齐刷刷地看向他。

这也就是随侯钰，遇到这种情况还能平静地扭头朝这群人看过去。

一群体育生一边吃着东西，一边眼巴巴地看着他，倒是没有其他的举动。

等随侯钰去打饭了，这群人才开始沸腾了。

“这就是青屿的那个随侯钰？”

“长这样？当校霸？确定不是吉祥物？”

“还真跟个奶豆似的。”

“他生起气来是不是也老可爱了？”

侯陌吃着饭听到了这些问题，突然回答：“嗯。”

周围的人看向侯陌，不知道他回答的到底是哪个问题。

随侯钰带着早饭回了寝室，坐在床上吃。

冉述刚起床，洗漱完毕后，把镜子放在窗台上，哈着腰画眉毛。

就在这时，那群体育生居然又回来了，说笑着进了门，看到冉述后都是一怔。

邓亦衡十分夸张地问：“我去，冉述你还化妆啊？”

冉述回头看了他们一眼，吼道：“懂、懂个屁，我是在画眉毛。”

邓亦衡走过去仔细一看，“扑哧”一声笑出声来：“你是怎么做到的，这大眼睛，这大鼻子，结果没眉毛？之前我还当你浓眉大眼呢，结果眉毛是画的？”

侯陌、桑献并肩往里走，都扫了冉述一眼。

冉述此时一边眉毛画好了，一边眉毛还没画，模样十分滑稽。

冉述当即反驳：“你、你、你是怎么做到长成这样的？出生的时候是不是左脸和右脸没商量好啊？”

邓亦衡顿时被怼得哑口无言——小结巴说话倒是挺狠。

沈君璟进来后突然开始嚣张大笑：“说起来，你们都是 17 班的吧？就我一个 16 班的。唉，这次发挥好，没办法。”

沈君璟，学习也不咋的，这次也不知道是怎么考的，居然考到了 16 班去了。

从分完班开始，他吹到了现在。

邓亦衡刚被怼了，忍不住嘟囔：“在侯陌、桑献面前还好意思说自己的学习？”

沈君璟大大咧咧地回答：“我愿意，我就能嘚瑟这么一阵子了，我为什么不提？”

冉述继续画眉毛：“我、我钰哥学习也好，为了我才来 17 班的，等考试的时候你们看着，让你们看看什么叫美貌和智慧并存。”

说完，他并没有意识到“美貌”这个词引得随侯钰不爽。

邓亦衡还挺感兴趣：“哟！钰哥学习也好啊！”说完突然感觉不对，他怎么也跟着叫钰哥了？

冉述继续吹：“那、那是，我、我们钰哥学习好透了。”

邓亦衡摇头：“不过吧，碰上我们大师兄就不行了，只要是有奖学金的考试，我们大师兄都得拼命。那不是成绩，那是他的命。”

冉述跟着摇头：“那他、他的命没了。”

“吹！”

“等着瞧吧。”冉述很有底气。

侯陌一直在听他们俩说话，对于学习方面他倒是觉得无所谓，毕竟他几乎满分，倒是不怕谁。

他只是在看随侯钰吃早餐。

一大早就吃这么多？昨天晚上还吃糕点，吃完就睡，居然还这么瘦？

这几个体育生回来是取东西的，之后就去上课了。

冉述画完眉毛也没时间吃早饭了，拎着包子跟着走，在走廊里他看了看，突然意识到了不对劲。

这个寝室里，好像只有他一个低于一米八的，邓亦衡好像是最矮的一个，他追上去问：“你多高？”

“我啊，181厘米。”

“哦……”

“怎么了？”

“没事。”

冉述178厘米，突然开始自卑。

这群体育生太讨人厌了。

随侯钰在早读的时候开了一盒新的多米诺骨牌，低头看了看之后开始整理。

他有狂躁症，上课非常考验他的耐性。

平日里可以吃口香糖缓解，不过有的老师不允许，于是他会摆弄点其他的东西，分散自己的注意力，缓解焦躁。

三心二意依旧能学习很好，估计也是他的个人特点了。

就在他整理多米诺骨牌的时候，他注意到和他间隔一条过道的侯陌戴上了U形枕，并且打了一个大大的哈欠。

他记得昨天夜里侯陌回消息，似乎在他床边坐了很久。

但是直接戴U形枕是不是太嚣张了？

侯陌看着随侯钰手里的多米诺骨牌，随侯钰看着侯陌的U形枕，两个人相对无言。

最后谁也没说话，继续各忙各的。

随侯钰没有同桌，他便将靠窗位置的椅子拽出来，在椅子上摆多米诺骨牌。身处最后一排，外侧有自己身体做掩护，一般也不会被发现。

在第三节课的时候，随侯钰的多米诺骨牌已经摆成了高难度的圆柱形塔。

另一边，侯陌也睡得昏天黑地，身体不规律地摆动，接着突兀地往前一倒，头磕到了桌面上，发出“咚”的一声。

正在摆多米诺骨牌的随侯钰被吓了一跳，手里的牌一抖，整个塔都倒了。

顷刻间，多米诺骨牌纷纷从椅子上掉落，“哗啦哗啦”的声音连续不断。牌掉落在瓷砖上还滑出去很远，在随侯钰周围天女散花般地铺了一地。

正在上课的老师顿住，转身看向他们。

侯陌捂着头，疼得丧失了语言能力。

随侯钰在用脚去勾掉出他椅子范围的牌，往自己的桌椅范围内拢，坐在前排的冉述还在帮忙。

老师走过来看着随侯钰和侯陌，直接吼出来：“玩着呢？睡着呢？啊？这是上课！”

两个人同时老实了。

“滚出去站着去！”

侯陌揉着头，晃晃悠悠地往门外走。

随侯钰叹了一口气，也跟着起身去了走廊，站好的时候还瞪了侯陌一眼。

侯陌顶着红红的额头，可怜兮兮地回应。

两个人在走廊站了一会儿，侯陌的身体又开始晃了，接着靠在了随侯钰身上。

这睡眠质量是真的好，站着都能睡着。

随侯钰没好气地一巴掌过去，拍在了侯陌的脖颈上。

侯陌立即站好，迷茫地到处看了看，随后扭头看向随侯钰。

随侯钰微微仰头，坦然地跟他对视。

走廊里开着窗，微风吹起随侯钰一层又一层的头发。

侯陌突然觉得，看着随侯钰的头发都犯困。

两个人依旧没说话，侯陌没有再睡了，而是看着窗外发呆。

并肩站着的两人，衣袖偶尔摩擦，之后越靠越近，直到随侯钰靠着侯陌睡着了。

侯陌诧异地看着身边的人，倒是没有一巴掌扇回去，迟疑了一下，把自己的 U 形枕套在了随侯钰的脖子上，用另一只手护在随侯钰的额头前。

枫屿高中上大课，一二节是一门课，三四节是一门课。

课间休息时间，老师合上书走出教室准备训人，结果就看到随侯钰居然靠着侯陌睡着了，气得鼻孔都扩张了。

走廊里还有来来往往的学生，路过他们时都忍不住多看两眼。

两名少年出众的外形，白皙的皮肤，站在走廊里仿佛是发光体，自动收拢目光。

有几个女生挽着手，捂着嘴偷笑着跑了过去，目光在他们两个人身上流连。

“睡得还挺好啊，你俩这睡眠质量也是绝了。”老师腋下夹着书，气得直哼哼。

侯陌用手肘撞了撞随侯钰。随侯钰迷迷糊糊地睁开眼睛，先是看了看老师，站好之后又扭头看向侯陌。

刚才……他睡着了?

站着?

再看周围，明显是下课了。

下课的铃声响了他都没听见，站着居然睡得这么熟?

他震惊得忘记了眨眼睛，又低头看了看自己脖子上的 U 形枕。

老师看着随侯钰问道：“你叫什么?”

这位老师以前是枫华的，认识侯陌，知道侯陌学习好，他也懒得说什么了。

“随侯钰。”他低声回答。

“随侯钰。”老师歪头想了想，随后拿出手机看储存的图，问，“以前青屿的第一?”

“嗯。”

“你就是这么学习的?”

“大致是这样。”

老师还不准备放人，拿着书考了两个人几个问题，两个人都流利地回答出来了。

这能怎么办?

看着这两个男生，老师脾气全没了。

两个人回到教室，随侯钰发现他的牌都被冉述和苏安怡捡起来了，他坐下之后依旧蹙着眉，疑惑地看向侯陌。

刚才发生了什么?他怎么突然睡着了?

他睡觉挑剔，认环境，且有点动静就会醒，这次居然睡得特别沉。

侯陌被看得莫名其妙的，多少有点不自在。

最终随侯钰什么都没说，拿下 U 形枕丢还给了侯陌。

体育生一般是下午训练。

有时，他们会跟着上第五六节课，但更多时候，到了下午班级里直接空了一半。

今天王教练来叫人的时候，特意找了随侯钰，笑呵呵地问：“小同学，一起去玩玩？”

侯陌正在收拾东西，随口说：“他练了也不是我的对手。”

随侯钰最受不了别人刺激，还真的跟着去了。

冉述之前就很好奇，不过一直不敢问，也跟着随侯钰一起去了。

侯陌将毛巾和水瓶都放入包里，背上包走在随侯钰身后。

到了训练场地，王教练有意炫耀自己训练的学生，就招呼了几个队员过来：“侯陌、桑献、邓亦衡、沈君璟你们几个过来，给意向队员表演一个跑步。”

冉述非常纳闷，说：“跑步有、有什么可表演的？”

王教练只是笑，对他们叮嘱：“侯陌带节奏。”

四个男生点了点头，开始在跑道上跑步。

一会儿后，王教练对随侯钰、冉述说：“你们两个人拿手机录他们跑步的视频，录下来后随便按暂停键，如果有哪一帧他们的步伐、摆臂不一样，你们告诉我，我加罚他们一圈。”

冉述忍不住嘟囔：“这么狂？”

随侯钰拿出手机，真的开始录像。

视频里，四个人的迈步大小，摆臂幅度，跑步的速度几乎完全一致，肉眼真的很难看到不同。

冉述跟着录像，录了 30 秒就开始按暂停，每次暂停都发现这四个人真的是完全一致。

简直神了。

在随侯钰继续录像期间，冉述问：“你、你、你们体育生是不是练着练着，腿就并不上了？”

“啊？”王教练被这个神奇的问题问愣了。

“他、他们几个走路的姿势基本上都是一样的，晃着膀子，摇摇晃晃的，腿、腿还并不上似的。尤其是那个邓亦衡，走起路来简直脚后跟都不着地了。”

王教练被问笑了。他带的这些体育生还真是，走路跟大爷遛弯似的。

“那是你没看到他们练完力量后下楼，那样子更有意思。”王教练笑着回答。

另一边，随侯钰录完了全程，在他暂停看动作的时候几个体育生走了回来，正好听到了录像里的语音。

几个体育生你看看我，我看看你，最后侯陌看向邓亦衡：“你走路给我看看。”

邓亦衡很纳闷，真走了几步。

侯陌看完了之后，看向桑献：“我走路也这样吗？”

桑献低声回答：“比他强点。”

沈君璟跟着回答：“嗯，大师兄走路的气势就是要去干架的。”

这时电话响了，王教练对侯陌说道：“侯陌啊，你教教这两个预备役。”说完就去接电话了，显然没少使唤侯陌。

侯陌忍不住嘟囔：“这就预备役了？”

接着他对随侯钰、冉述招手：“过来，我教你们点常识。”

反正来都来了，随侯钰和冉述跟在侯陌身后，真的跟着学习起来。

侯陌此刻就是标准的被迫营业的样子，说话的时候无精打采的，随便给他们两个人介绍：“场地懂吗？一般场地分为四种：草地、红土、硬地、地毯。我们学校有三种，就差一个草地，毕竟我们是在东北，草地要求太苛刻了，维护费用也很高，我们不达标，就没搞。不过，就算这样，我们学校有三种场地也是难得的。”

他指着户外的场地说道：“这边是红土，公开赛一般用这种场地。”

说着，他从篮子里拿出两个网球，递给了随侯钰和冉述，继续介绍：“你们用鞋感受一下，也可以扔球感受。这个场地很粗糙，摩擦力大。摩擦力大会降低速度……”

他将球扔下去又接住，继续说：“所以球落地后的速度也会降低，比赛球员急停急回时活动空间也会大一些。上一次我们就是在这里比的，你也感受过了吧？这里很考验底线相持的技巧。”

随侯钰点了点头：“嗯。”

侯陌问：“你培训班是什么场地？”

“你知道我上培训班？”

“啊……”侯陌突然一阵尴尬，最后干笑着糊弄过去，“略有耳闻。”

“地毯场地。”随侯钰朝着旁边的场地指了一下，“那种。”

侯陌点头，对随侯钰分析道：“那种场地不确定性大一些，有些是塑胶，有些是尼龙，球的运动规律也要看你场地的平整度、粗糙度，你习惯了那一种场地后，突然切换场地对你也是一种挑战，所以，我们参加比赛就要做到任何场地都能驾驭。”

“上一次比赛我输了，有我对红土场地不熟悉的原因在其中？”随侯钰思考后问。

“有吧，国家队的女王不就是不擅长红土场地？不过，更多的原因是你菜。”

冉述听完就不爽了：“你、你专门练这个的，嚣张什么？有能耐比劈叉啊！”

侯陌快速认㞞：“比不过。”

冉述“嘁”了一声。

侯陌带他们到室内场地，其他的队员正在里面做热身。

很多队员看着他们，仿佛在看外宾。

侯陌踩着地面说道：“这个就是硬场地，你们可以踩一踩感受一下，硬度很高。这样光滑的场地，会让球反弹的速度更快，并且是有规律的。不过我们训练最多的地方不是这里，这里反作用力强，长期训练的话对身体损害比较大，这个场地只是让我们熟悉一下环境。”

随侯钰轻声应了一句，接着问：“草地的特点呢？”

“摩擦小，球弹得快，你属于底线类型的打法，比较适合草地。而且，你也够灵敏，奔跑速度也够，草地可能会成为你最喜欢的场地。”

“哦……”看来，和他打过几回合，侯陌已经分析出来他的风格了。

侯陌想了想后，继续说：“赛制你们知道不？男子的大满贯和ATP1000大师是五盘三胜，其他单打是三盘两胜。”

对于这个，随侯钰回答得很冷淡：“知道。”

侯陌苦恼得直揉头：“还有什么可说的呢？”

他想了想后将自己的球拍递给了随侯钰：“你握拍给我看看。”

随侯钰接过去，握住了给侯陌看。

侯陌又拿回球拍，握着球拍给他们示范：“你这种叫大陆式，这样，叫东方式，这样，叫半西方式。我和你打的时候是半西方握拍方法，看到我的拇指没有？压住拍把上平面，食指在这里……”

冉述是真看不懂，看完直迷糊：“这、这有什么区别？”

侯陌回答：“我这么握是方便加旋转和发力，很灵活。”

这时王教练终于回来了，走过来说：“侯陌，你和随侯钰试试双打吧，让邓亦衡和沈君璟做你们的对手。”

侯陌都不想看教练，意图这么快就暴露出来，连铺垫都没有。

随侯钰则是不解：“双打？”

他学过网球，也只是单打，从未尝试过双打。

王教练笑得特别阴险，说的话也唬人：“嗯，双打，想打过他，先了解他。和他双打，最容易了解他的打球方式。”

侯陌叹了一口气，开始做准备运动，懒得反抗了。

他知道，王教练是不会放过他了。

他们参加的比赛，同一人单打和双打皆可报名。

侯陌和桑献都是非常优秀的队员，可惜他们个人主义太强，还不愿意接纳搭档，这无疑是一种损失。

就算双打的奖金比单打低很多，也不应该就此放弃。

并且，这也是一种提升。

双打是他们队伍的弱项。他们队伍里最优秀的双打选手是邓亦衡、沈君璟，这两个人从小一起长大，默契度高，并且都是懂得配合的球员。

不过他们两个人的实力有限，比赛排名最高的一次，是全国第九名，更多的时候都是十几名开外。

而侯陌曾经拿过全国青少年组单打第一名。

桑献是全国单打第四名。

没一会儿，随侯钰真的拿着球拍和侯陌配合双打了，对手是队伍里其他的选手，并没有一开始就派邓亦衡和沈君璟上去。

邓亦衡看着他俩的站位，问沈君璟：“双底线阵形？”

结果话音刚落，随侯钰和侯陌就为了抢一个球撞到了一起。

邓亦衡瞬间无语了，沈君璟也不用回答了。

和侯陌撞到一起之后，随侯钰还不爽地白了侯陌一眼。

侯陌揉着手臂回到原来的位置，和随侯钰依旧没有任何沟通，也不打算商量战术。

冉述扭头问邓亦衡："不都、都是一前一后吗？"

邓亦衡在这一方面还挺有话语权的，摇了摇头回答："也不是，有双底线阵形，两个人都站在底线后。为了应对他们的阵形，对面还用了澳式阵形，结果多虑了，钰哥和大师兄是完全没有任何商量。"

随侯钰是底线型打法，习惯性站在底线后。侯陌也不让着他，跟着站在底线后。

两个人好几次撞在一起，随侯钰被撞得都有点恼了，最后一次他还质问了一句："你能不能好好打？"

侯陌依旧是笑呵呵的模样："我就这样。"

这模样更让人不爽。

又打了一会儿，冉述就发现随侯钰满场跑，侯陌居然还有时间停下来绕开随侯钰，到另外一边去站着，显然是在摸鱼。

他看不懂，于是问："这是什么打法？"

邓亦衡也看不懂。

桑献用低沉的声音回答："瞎打。"

冉述抬头看了桑献一眼。

他一般不愿意靠近桑献，桑献长了一张霸总脸，还有点黑眼圈。

他总觉得桑献八成是什么犯罪型人格，长得就不像个好人！主要还是桑献个子太高了，两个人有 12 厘米的身高差。

这还是桑献和冉述第一次说话，冉述只是含糊地应了一声"哦"。

王教练也看不下去了，对侯陌吼道："侯陌，去网前！"

侯陌听话地小跑过去了。他往前跑时并没有去管球，任由球从他身边过去，显然是在消极怠工。

紧接着就听到一阵惊呼。

侯陌十分不解，回头看过去，就看到刚刚站稳的随侯钰。

王教练当即大骂："侯陌，你回什么头？！"

侯陌赶紧转过头去，但是一脑袋的莫名其妙。

刚刚那一球，随侯钰被侯陌的行动干扰，预判出了错误，被对手打了一个反手。

随侯钰一只脚脚尖踩地，身体快速旋转，转身打了一个背身，将球击了回去。

这种对身体的控制能力以及敏捷度，让不少人看到都惊呼一声。

这要是现场比赛有录像的话，随侯钰刚刚的那一球都可以反复回放，成为经典片段。

不是技术的娴熟，而是下意识的回击。身体足够灵活柔韧，这就是天赋。

后来，侯陌就发现，他如果没有接球，随侯钰回球，时不时就能引起队友的一阵惊呼。

怎么了？！

到底怎么了？！

侯陌超级想回头看，身后到底发生了什么？

刚刚结束两盘，侯陌和随侯钰就被叫过去训话了。

其他队员恢复正常训练。

冉述跟其他人不熟，于是屁颠屁颠地跟着随侯钰去旁听。

王教练看着他们三个人，特别正经地说："如果你们两个人愿意做搭档，我有信心将你们培养成全能型搭档。"

侯陌听完直吸气，觉得有点不可思议，脸上的笑容带着勉强。

随后他轻笑："有点理想也是好的。"

王教练暴躁地说："你把嘴闭上吧！"

全能型的双打组合，是擅长利用战术，与此同时结合击球技巧的组合类型。

全能型就是战术的积累，弱点很少，难得可以拎出来说的弱点，就是战术太多，会造成搭档二人产生混乱。

不过如果搭档二人都很聪明，都是学神级别的呢？

侯陌的技巧一流，单打的时候也是计算流，本来就极其适合这种组合。

随侯钰身体的敏捷度极高，如果经过专门训练，恐怕会爆发出强大的实力。据了解，随侯钰的学习非常好，这也证明随侯钰足够聪明。

两个聪明人的双打组合，战术全能型，似乎也不是痴心妄想。

侯陌对这个不太感兴趣，用慵懒的声音说道："我去训练了。"

王教练看着侯陌，意味深长地说："侯陌，你别怪我管得多，你应该走出来了。"

侯陌的动作有所停顿，不过还是离开了。

这句话，引起了随侯钰的注意，他突然有点好奇起来，看着侯陌的背影，沉默着没说话。

之后王教练都没理侯陌，带走了随侯钰，单独训练他。

侯陌也只是看了看，什么都没说，开始了自己的训练。

随侯钰和冉述并没有训练到很晚，晚饭后就没有再去训练场地。

最近天热，随侯钰和冉述去澡堂冲了个澡，接着一人买了一杯奶茶往寝室走，途中刚巧遇到了训练回来的侯陌等人。

随侯钰穿着白色的T恤，一条牛仔短裤，露出白皙纤细的小腿来。也不知是衣服太过肥大，还是他真的很瘦，衣服仿佛只是松垮地搭在了他的身上。

他随意地穿了一双人字拖，走路的时候会发出声响来，十分懒散。

注意到了侯陌等人，随侯钰拿着奶茶连连回头看他们。

清凉的夜，皎洁的月。

清风徐徐，带着一阵草木清香，扬起了他的衣袖。

校内的路灯在他卷曲的发丝上投下光影，发梢托起了一轮光。

他的轮廓一半被路灯照亮，一半融入了黑色的夜里，流畅的面部线条越发分明起来。

侯陌还穿着运动服，背着自己的圆筒包，目光扫过随侯钰，接着四目相对。

他不明白随侯钰为什么要回头看他，难不成是要找碴?

因为没配合好，所以想跟他打一架?

结果随侯钰的目光掠过他，叫了一声："邓亦衡。"

"怎么了？"邓亦衡问。

"过来。"随侯钰用下巴一扬。

邓亦衡还真过去了。

侯陌看着邓亦衡越过自己跑到了随侯钰身边，十分纳闷，这两个人什么时候熟悉起来了?

随侯钰拿出手机来问邓亦衡："附近哪家小龙虾好吃？"

邓亦衡诧异地问："这大半夜的还开小灶？"

"就是突然想吃。"

邓亦衡说了一家店，极力推荐："没有比赛的时候我们吃过一次，超级入味，好吃。"

说话间，侯陌对邓亦衡说了一句："我们去洗澡了。"接着转弯去了澡堂。

邓亦衡对着他们的背影喊："我一会儿就到！"

随侯钰站在路灯下点单，同时佯装不在意地问邓亦衡："为什么王教练对双打这么执着？"

邓亦衡叹气："我和沈君璟足够努力了，也达不到顶尖水平。王教练意识到队里只有我们两个拿得出手的双打队员，给我们造成了很大的压力，于是就想再培养一对。而且吧，侯陌是真的适合双打。"

"那个桑献不是很厉害吗？为什么他们两个人不搭档？"

"桑献啊……"邓亦衡歪着头想了想，随后说道，"大师兄最不可能选的搭档就是桑献，就连这次分班，大师兄都是为了躲桑献才来17班的，没想到桑献又跟过来了。"

这件事侯陌不说，但是和侯陌关系好的人都能猜到。

"他们两个人之间……"随侯钰有点想多了。

邓亦衡连连摆手："这个我不能说。不过啊，大师兄这个人看着性格好，其实很独，不愿意和谁有啥羁绊。桑献就是大师兄最排斥的那个。"

"桑献也可以和其他人组合啊。"

"桑献一直排斥搭档，是因为他想和大师兄搭档。"

"……"这是什么诡异的关系？

周六上午九点钟，随侯钰从床上坐起来。

他身上都是黏腻的汗，睡衣也贴在了后背上，让他一阵焦躁，起身去打开了窗子。

一瞬间，聒噪的蝉鸣与小区里大爷们下象棋的落子声同时涌进了屋子，还带进了一阵热浪。

情况并未好转。

他从昨天夜里亢奋到了今天早晨六点钟，终于有了一丝睡意。

临睡前他将空调定了时，醒来后空调已经关了。

等到汗消得差不多了，他拿着换洗的衣服到浴室冲澡。

最近，他时不时就会跟着那群体育生一起训练。王教练似乎跟欧阳格打过招呼，欧阳格也任由随侯钰去了。

他平时运动量也很大，但是跟着正式训练后是全方位的拉伸，以及强度更高的集中训练，使得他也出现了肌肉酸痛的情况。

淋浴时，他活动了一下脚踝，小腿一阵阵地疼。

邓亦衡说最近是赛季，不会进行高强度训练，不然容易缓不过来。等到赛季过了，短暂休息一段时间后，他们的训练才是欲生欲死。

仅仅是这种程度的训练，随侯钰已经觉得疲惫了，如果是高强度的话……会是怎样呢？

正在思考的时候，他隐约之间听到了动静。

头顶花洒的水声影响了他的听力，他伸手关掉花洒的工夫，便有人打开了浴室的门，走了进来。

侯陌进来后看到随侯钰，脚步一顿。

随侯钰看着侯陌，整个人都僵住了。

侯陌停顿了一瞬间后，还是将手里拿着的崭新的毛巾递了过去，随后轻笑着问："这个时候，是你头发最直的时候吧？"

随侯钰翻了一个白眼，压低了声音道："滚。"

侯陌听话地转身离开，想了想后又在门口停下来，回头叮嘱："你下次洗澡记得设置免打扰，不然我们按了门铃后就进了。是我还好，我主要是怕你吓到我妈妈。"

"知道了，出去吧！"随侯钰暴躁地吼出来。

侯陌出去之后，就不打算从浴室开始收拾了，而是走进卧室。

卧室里有随侯钰昨天脱掉的衣服，只是随手搭在了床边的椅子上。侯陌伸手拿起来，又整理了一些垃圾，一扭头就看到了床单，在床单上居然有人形的流汗痕迹。

这要是不知道的，还当是随侯钰尿床了呢。这孩子火气挺旺啊。

他伸手准备将床单扯下来。

随侯钰走出来的时候，侯陌正在收拾餐厅里的餐盒，是他昨天晚上吃过的外卖。

他站在旁边，双手环胸盯着侯陌看，侯陌则是开始念叨："被罩我换下来了，不过我这次没带新的过来，一会儿我送过来。"

"哦。"随侯钰走过来用手指擦了一下桌面。

侯陌看着他的举动，问："找碴是吧？"

"嗯。"他居然坦然承认了。

"你什么毛病，想打架就直说，非得找碴干什么？"

"这样才能显得我并非无理取闹的人。"

“……”侯陌看着随侯钰半晌，最后竖起大拇指，“我知道了，等我收拾完，不然我没力气收拾了。”

侯陌说完，继续收拾房间，餐厅收拾完了，扭头又去收拾浴室。

随侯钰走过去喂大哥吃饭，撸了一会儿猫。侯陌终于收拾完了，出来对随侯钰说：“我先回家取被罩，回来再打。”

“行。”随侯钰也是一个很好说话的人。

结果没一会儿，侯陌和侯妈妈一起进来了。

侯妈妈看到侯陌拿了被罩，生怕侯陌换得不平整，随侯钰睡得不舒服，就亲自过来帮忙了。

侯妈妈来了，侯陌老实得跟鹌鹑似的，一进门就跟随侯钰使眼色，示意他现在打不了。

随侯钰抱着猫，看着这娘俩走进来帮他换四件套，十分沉默，只能暂时把火气压住。

他发现，侯陌的白估计就是随了侯妈妈。

侯妈妈很白，白得有些离谱，看上去就像贫血了似的。她的头发也是亚麻色的，玛瑙一样的瞳孔，看人时很温柔。

在母子二人收拾得差不多了的时候，大哥从随侯钰的怀里跳了出去，走过去用脸蹭了蹭侯妈妈的手背，似乎是在打招呼。

看得出来，在随侯钰去上学的时间，侯妈妈对大哥很好，不然大哥也不会跟她这么亲近。

侯妈妈柔声道：“陌陌，你看这只猫多可爱。”

侯陌都不愿意多看大哥一眼，连连摇头：“不行，我看着害怕。”

“你啊，和你爸爸一样。”侯妈妈说着，伸手摸了摸猫的头。

侯陌吞咽了一口唾沫，随后含糊地应了一声：“哦……”声音微微发颤。

随侯钰靠在一边问：“这附近哪里能买到球拍？”

他最近去网球队都是用的队里的球拍，用着不是很顺手。

像侯陌他们，都有自己的专属球拍，看着质量就好。

侯陌的回答特别欠儿：“你就算换个球拍也打不过我。”

话音刚落他就被侯妈妈推了一把，她替侯陌答应了：“下午让陌陌陪你去买，他在这方面在行，能帮你挑一挑。”

随侯钰微笑着回答：“好。”

他对侯妈妈的态度还是很好的。

侯陌收拾完另外两家民宿，才回来找随侯钰，这次都没进门，直接对随侯钰说：“走吧。”

走到楼下后，随侯钰看着侯陌打开了一辆自行车，忍不住问：“骑车去？”

“对啊，这是我家唯一的交通工具。”侯陌说着伸手对他介绍，“我妈去公司对账的时候才骑它，七成新，特别稳。敞篷全视野，高端大气，还有点秀外慧中的小可爱。”

随侯钰看着这辆天蓝色的女式自行车，沉默了许久。

他也骑车，不过都是山地自行车，骑着去越野。这种女式的自行车，他还真没骑过。

思考了一会儿，他问：“那你骑什么啊？”

侯陌还真被问住了，不理解他问题的出发点，片刻后才明白过来，回答：“我骑，你坐后面。不过你得等我调一下自行车座。”

侯陌腿长，骑这种车也有点别扭，每次都得调整一下座椅。

随侯钰有点不解，问：“就不能换辆车吗？”

“那就只能去跟邓亦衡换车了，邓亦衡的是赛车。不过他们家时不时去送外卖得用，而且，换了邓亦衡的车，你只能坐在横梁上。”

“打车呢？”

“那种残疾人车你看到了吗？我们俩进去低头哈腰的，还不如骑车呢。”

随侯钰做了一个深呼吸，只能妥协。

侯陌调整好车座后，坐在车上对他招手，他不情不愿地坐在了自行车的后座上。

侯陌还非常热心肠地指挥：“你脚可以踩在这里，看到没有，就这儿。”说着，用自己的脚后跟碰了两下。

“赶紧走吧你！”随侯钰没好气地说。

侯陌骑着自行车，带着随侯钰往附近的商场去，路上他还在询问：“你想买什么样的？”

“就是看看。”

“你要是只是想玩玩，没必要买特别好的，买个新手过渡的就行。”

“我不是新手。”

“对，你属于业余选手。”

“……”

随侯钰一向话少，或者可以说，他对不熟悉的人话很少，侯陌也都习惯了。

然而侯陌突然感觉到了不对劲，随侯钰沉默地靠在了他后背上，身体微晃，温热的体温隔着衣服传递过来。

他赶紧停下车，双脚撑地，反手扶着随侯钰的身体，回头去看，随侯钰居然靠着他睡着了。

“不是吧大哥，你是多缺觉啊，这种情况都能睡着？你知不知道很危险的？”侯陌真的是被随侯钰吓到了，他们湘家巷车再少，也不至于心这么大吧。

很快，随侯钰被侯陌晃醒了。

他睁开眼睛看向周围，有点回不过来神，迟疑了一会儿才看向侯陌。

侯陌也在看着他，脸上有着揶揄的笑：“你可真是个神人，这种情况下都能睡着。”

“我……睡着了？”随侯钰很是诧异。

“不然呢？我给你下药了？”

躺在床上，环境舒适，没有噪音的情况下，随侯钰都很难睡得着，结果……他居然坐在不舒服的自行车后座上睡着了？

他惊讶得睁大了眼睛，一直看着侯陌，突然一阵恍惚，依稀记起了什么，又不太确定。

第三次了吧？

侯陌在他身边，他竟然鬼使神差地睡着了。

不是意外。

随侯钰一直盯着侯陌看，眼中闪现一丝异色。

亚麻色的头发在阳光下要更浅一些，头顶蓬松的发丝镀上了光，泛出了金色。

他的五官轮廓很立体，鼻梁高挺，因为背光，面孔淹没在阴影轮廓中，周遭的光亮似乎要将他吞噬。

“你……”许久后，随侯钰才找回自己的声音，“身上喷了什么吗？”

侯陌被问得莫名其妙，不过还是认真回答了：“没喷什么，就是普通护肤品，防晒喷雾算吗？”

"那我为什么会睡着？"

侯陌觉得这个问题很荒唐，反问："你问我？"

两个人僵持了一会儿，并未得出答案。

侯陌也不敢再骑车载着随侯钰了，他想想就觉得后怕。

他停下车子，干脆把车让给随侯钰："你骑车带我，我给你导航。你在前面有情况我还能看到，刚才你要是仰过去摔路上了怎么办？！这要是万一过来一辆车把你撞了，我怎么解释？你要是死了，这一头头发不白瞎了吗？"

随侯钰也觉得理亏，心里也想不明白这件事情，难得乖顺地点头同意了，也没在意侯陌的坏态度，换了位置骑车带侯陌。

准备骑的时候，随侯钰回头说："我第一次带人。"

"你就算是第一次，也比你坐在后面安全。冲吧，少年，让我看看你能不能骑着车睡着。"

随侯钰压制住脾气，载着侯陌出发。

侯陌在后面拿着手机开启语音导航，用的还是德云老板的声音，慵懒的腔调指挥着随侯钰朝哪个方向骑。

到达店铺一共十五分钟左右的车程。

到了门口，随侯钰用脚撑着车，看着店铺的门脸有点迷茫，这破店的拍子能行吗？

侯陌注意到了他的神情，在一边解释："这个店是王教练家人开的。"

随侯钰立即松了一口气。

侯陌将车锁好，指着不远处的几栋楼说道："那里是我和邓亦衡、沈君璟的初中。"

随侯钰看着那几栋楼有点诧异，没想到那种地方居然是学校，他还当是仓库或者工厂。学校里好像都没有塑胶跑道和草坪，楼体也十分破旧。

"穷阎漏屋，的确寒酸了些。"侯陌说着，带着随侯钰朝商店里走。

"我不是这个意思……"

"嗯？"侯陌回头看向他。

"也挺好的。"随侯钰回答完，率先走进了体育用品商店。

这回答十分含糊，侯陌真觉得和随侯钰聊天，仿佛在做阅读理解。以前他觉得邓亦衡嘴碎，太烦人，但是现在觉得邓亦衡挺好的，至少能把话说明白。

“哦，队员啊，长得真好看。”老板娘看着随侯钰，就打心眼里喜欢。

侯陌笑得有点尴尬，额头的冷汗都冒出来了，对老板娘说道：“师母，您先坐着吧，我帮他选就行。”

“行，你们挑，我叫你们教练去。”

等老板娘走了，随侯钰才问侯陌：“她是王教练的老婆？”

“嗯，性格特别豪爽，是唯一能制住王教练的人。”

随侯钰对这个不感兴趣，只去看球拍。

侯陌站在一边指着一个说道：“这种铝的直接放弃，太重了，你买个碳纤维的就行。硬度不错，而且稳定性也可以。”

随侯钰看了一圈，最终看向了设计最酷的一个。

侯陌立即否定了：“别选那些花里胡哨的，你要看拍面、材质、拍把、重量，还有就是球拍长度和平衡。”

“有什么说法吗？”随侯钰扭头看向侯陌问。

他对网球的认知，停留在会打却不精的程度。技术尚可，对其他的就没有什么详细的了解了，毕竟也只是当业余爱好学了几年而已，这期间还在上其他的课，匀下来也没什么练习时间。

总的来说就是，会，有技巧，但实战经验不足。

“想要速度和对球拍的控制能力，就选拍面小的。拍面大呢，就是不容易打空，看你自己的准头。拍把有 1 ～ 5 号，你握在手里感受一下，按照我教你的方式握拍，中指食指和拇指之间大致是一个手指的距离就可以。”

随侯钰伸手去握了握球拍感受，侯陌跟在他身后继续介绍：“还有重量，这也要看你的习惯了，如果你想要击球的力量大，就选择重一点儿的拍，这样惯性就会大一些。轻的就很好理解了，灵活，而且手臂也不会那么累，不过拍把太细了或拍太轻了，都容易被对面打翻拍。”

侯陌从架子上拿下来一个：“我用的是这个，比较顺手，重量什么的都是我喜欢的，还挺耐用的。”

随侯钰拿来这个球拍看了一眼，听到侯陌建议他：“你手应该比我小一点儿，选另外一个型号的拍把应该可以。”

他们两个人在一起，侯陌已经习惯了一个人自言自语的模式，还能滔滔不绝。

随侯钰抬起手来看自己的手，随后抬起来给侯陌看，示意自己的手并不小。

侯陌坦然地抬起手来，将自己的手按在随侯钰的手上，手掌底部对齐，两掌掌心相对，如此比量之下，随侯钰的手的确秀气了一些。

侯陌的手很大，随侯钰甚至能感受到侯陌掌心的粗糙，应该是长期握拍留下来的茧子。

温热的体温从掌心传递过来，他竟然不排斥，反而感到一阵心安。

紧接着席卷而来的，居然是一股子困意，这种感觉十分强势凶蛮，瞬间占领了他的神志。

他赶紧收回手，这才清醒过来，不然下一刻他又要睡着了。

为什么碰到侯陌就会困意来袭?

随侯钰百思不得其解。

刚巧这个时候，王教练下楼了，大嗓门老远就听得清楚：“你们两个来了？不是水火不容吗？结果一起来选拍？”

侯陌抢先解释：“他现在住的民宿，正好是我妈妈在收拾。他想买拍，我就带他来了。”

“哦，你妈妈最近身体还好吧？”

“都挺好的。”

“那就行。”

王教练站在他们两个人的身边，问道：“有相中的吗？”

随侯钰摇头：“还没。”

“侯陌跟你介绍过拍了吧？”王教练问。

“嗯。”

“有想法吗？”

“想选轻的，轻头拍，拍面小，拍柄不算粗的。”

王教练思量了一会儿问：“你仔细想过自己的打法了吗？”

“嗯，我的力量和体力是可以的，就算选择这样的拍也不会翻拍。我觉得我想要短时间内赶超别人很难，就应该利用我最大的优势，将优势发挥到极致，我的优势可能就是灵活吧。”

王教练同意随侯钰的想法，想了想，拿下一个球拍递给他：“感受一下，不是极端轻的，太轻的都是女生用的拍了。这个是最符合你要求的，并且材质也不错。”

王教练是随侯钰的教练，自然不会推荐库存多或者利润高的，而是选择了最适合随侯钰的。

随侯钰拿在手里掂量了一下，又握了握，觉得还不错。

王教练又去一边给随侯钰拿了几卷内柄皮和吸汗带，说道：“你要是觉得合适，内柄皮我帮你缠上。”

“行，就这个吧。”随侯钰递了过去。

王教练拿着东西往前台走，同时说道：“你是我带的人，我就收你一个进货价，这几卷吸汗带和内柄皮送你了，毕竟也是我带你到网球队的。”

随侯钰非常大款地说：“您赚点也没关系。”

王教练笑了：“我还能赚你一个孩子的钱？”

侯陌靠在前台吃那里免费的水果，同时念叨：“赚点也行，他冤大头得很，长租民宿，一般人干不出来。”

王教练又笑骂了侯陌几句，接着问：“吃饭了吗？”

侯陌立即摇头：“没。”

随侯钰迟疑了一下，也回答：“没。”

“上楼吃点去，我特意让你们师母做了几道菜。”说着，王教练就招呼两个男生上楼。

到了楼上，王教练一边跟随侯钰讲打网球的事情，还说了一些球拍护理的事宜，一边帮随侯钰缠吸汗带，手法十分专业，一看就经常干这种事情。

之后，他问两个男生：“下午有事吗？没事就留我这儿吧，我教你们俩双打。”

王教练对这件事还挺上心的，总是惦记着，看到随侯钰似乎心动了，就想乘胜追击，直接把随侯钰拿下。

侯陌吃着水果回答：“有，我们俩下午约了干其他的事。”

王教练问：“干什么？相约一起写作业？”

“我俩约好了下午打一架。”

王教练黑了一张脸：“……”

随侯钰直捂脸。

当天下午，随侯钰感受了一次高强度训练。

训练停止的标准是他和侯陌衣服上的汗拧出来可以滴满水杯。

第一次侯妈妈跟着下楼，他还能理解。

但是第二次，他就开始怀疑侯陌是故意的了。

不想打直说啊，搞这些干什么？

这一架到底是没打起来。

随侯钰第二天就浑身酸痛，周日在家里歇了一天。

狂躁症的确不会让他觉得过分疲惫，但是浑身酸痛这点没办法忽视！

晚间随侯钰想去周围逛一逛，买个交通工具，不然到哪里都太不方便。这次训练完是王教练开车送他们回来的，那以后呢？

这里的路上几乎没有出租车，全是残疾人车，空间太小，随侯钰进去不舒服。

还有就是面包车，路途太短人家还不愿意去，都是拉着一车人去城里的。

他吃完饭后，在附近逛了一圈。

他选了一辆电动自行车，大小合适，车型还挺帅的。

他戴着安全帽，骑车往回走，刚到楼下就看到侯陌在那里搬东西，手里拿着一个半身高的缸一点一点地往另一个方向挪。

侯陌回头看了他一眼，主动打招呼："哟！骑着辆'小黄蜂'回来了，怪可爱的。"

"可爱？不觉得这辆车很酷吗？"

侯陌放下缸看向这辆车，迟疑了一会儿说道："你这辆……也是女式车吧？"

"并不是！"

"唉，被老板忽悠了吧，是不是说这个性能好了？你讲价了吗？"

"还能讲价？"

侯陌放下缸，朝身后喊："婶！我一会儿帮你挪，我同学被人坑了，我去算账去。"

"行，你去吧！"这句回答仿佛千里传音过来的，随侯钰都没看到人在哪里。

侯陌走过来，直接跨上车，扶着随侯钰的腰："走，找他们去。"

"你别碰我，我容易睡着。"

"哈？你是因为这个不愿意让人碰的？你这不是失眠，你这是缺爱。"

"就你一个人会这样！"

侯陌听完十分诧异，想想随侯钰之前突然睡着的样子，忍不住嘟囔：“你应该找其他人试试，广泛撒网，说不定不止我一个人。”

他说完松开了随侯钰，身体后仰，姿势难受地抱着车子后面装东西的箱子，说道：“行了，走吧。”

随侯钰骑着车再次回到卖车的店铺。

侯陌去了之后才想起来问随侯钰多少钱买的，接着去跟老板说：“老板，我们家孩子没选好车，这车不太行啊。”

老板走出来问什么情况。

侯陌和老板絮叨了半天，最后又去问侯陌：“你第二看中的是哪辆？”

随侯钰指了一辆。

“妥了。”侯陌又去谈了。

最终，随侯钰换了一辆车，这辆车适合男生骑，并且价格也很实惠，实惠得随侯钰觉得这车可能不靠谱。

走出去后随侯钰问侯陌：“这车能骑吗，这么便宜？”

“这就是中国制造，你买的不是牌子，没有打过广告，买的就是个成本和制作费。能骑，这车骑个几年没有问题，但是你要是想传给子孙就费点劲了。”

随侯钰看着车迟疑了一会儿，上了车后，侯陌跟着上来。

这辆车的座位是坡形的，后面很高，侯陌坐上去就往下滑。

侯陌坐得难受，忍不住抱怨：“真不是我愿意靠近你，真的就是这么丝滑，我大腿夹着座儿都往下滑，我的腿上武艺到底是没干过地心引力，牛顿诚不欺我们。”

“你话怎么那么多呢？”

“你说怎么办吧？不能让我跑回去吧？”

随侯钰扶着车把回答：“我试试看吧，应该不会那么离谱。”

“行，我看着你呢。”

随侯钰继续骑车，一边骑车一边打哈欠，骑到接近他们住的小区了，车子安稳地停下来，好歹是骑到家了，没睡着。

侯陌刚松了一口气，就注意到随侯钰身体往后一仰，靠在他怀里睡着了。

这么夸张？！

侯陌扶着随侯钰，还得双脚撑地稳住车，低头去看睡着的人，颇为纠结，这是让他再睡一会儿，还是叫醒他？

好在此时已是傍晚，夜幕降临，温度并没有白天高，时不时吹来的清风带着凉意，也不会觉得特别热。

侯陌从口袋里拿出手机来看了一眼时间，干脆靠在车后储物箱上，让随侯钰再睡一会儿。

随侯钰睡觉的时候很老实，不打呼，也不会乱动。

侯陌低下头，能看到随侯钰的睫毛特别长。

这小子长得跟个洋娃娃似的，怎么脾气就那么差呢？

两个人维持了不到十分钟，侯妈妈走下楼来扔垃圾，刚巧看到了他们。

侯妈妈叮嘱："忙完了，早点回家。"

"哦，嗯。"侯陌随口答应。

侯妈妈离开后不到五分钟，就又过来一个婶子，看到侯陌后脚步一顿，接着小声问："忙着呢？那缸还能搬不？"

"能！我一会儿继续帮您搬。"

"不着急，我就是准备腌酸菜的，等腌制好了给你们家送去点。"

"行。"

周围都是熟人，时不时就有人路过，看他们两眼。侯陌有点不自在了，赶紧将随侯钰推醒。

随侯钰醒来后坐在车上半天回不来神，又看了看侯陌。

侯陌下了车，站在旁边扶着墙，半天没换姿势："……腿麻了。"

随侯钰看了侯陌半晌，闹了一个大红脸："谢、谢谢你。"接着快速锁上车，飞奔上楼。

侯陌看着随侯钰的背影，想追吧，腿还麻，只能独自抱怨："就不能留下来帮我搬缸吗？"

侯陌腿好了后，还不忘帮随侯钰把车挪了下位置，这样不占地方，接着独自去搬缸了。

随侯钰回到家抱着枕头，坐在床上一整晚，眼睛睁得锃亮。

自己居然在侯陌身边又一次睡着了，太离谱了吧？！

第　五　章

他想睡着

第二天一早，随侯钰早早洗漱完毕，背上包，决定骑自己的电动自行车去上学。

走到楼下，居然碰到了侯陌，正一个劲儿地往后躲着，跟一位老大爷解释："我真不会杀鸡，这事儿帮不了忙啊大爷，我害怕！"

"你一个大小伙子，这个干不了吗？"

"我真不行！"

大爷也没再为难侯陌，递给侯陌一个袋子："里面有四个茶叶蛋，拿着吃吧。"

"欸，谢谢大爷。"侯陌真没客气。

回过头就看到随侯钰站在小区门口，侯陌坦然地走过来："你会系领带吧？帮帮我，我不会系。"

虽然说枫华高中的学生也发了青屿的西装校服套装，但是 17 班的体育生们从来没穿过，他们是学校的特例，可以全年穿着体育生定制的黑色系运动服。

今天不一样，周一，侯陌要上台读检讨，必须穿这身西服正装。

侯陌身上的校服明显熨烫过，穿上之后就是另外一种风格了。

他本来就带着点儿放荡不羁，是标准的痞坏型少年。

穿上西装校服后，白色衬衫领口的扣子解开了两颗，领带只是挂在脖子上，也没系。

随侯钰看了他一会儿，走过来伸手帮他系领带。

似乎觉得扣子有点碍眼，随侯钰将他的扣子又扣上了一颗，接着开始调整领带。

侯陌站在随侯钰的身前，微微低下头配合，抬眼就能看到随侯钰严肃的面孔。

他还是第一次这么近，这么细致地去看随侯钰，好看的眉眼似乎挑不出哪里有瑕疵，都是精制的工艺品。

系好之后，随侯钰抬头说道："好了。"

星期一有升旗仪式，这一次的升旗仪式高一的学生也要参加。

随侯钰站在要上台读检讨的队伍里，位于主席台旁。

他的身边站着一群体育生，手里拿着检讨书正在读，似乎也是第一次和这份检讨书见面，彼此熟悉一下。

侯陌站在随侯钰的不远处，正在和桑献、邓亦衡聊天。

其他的学生还在往操场上聚集，有人路过他们都要多看几眼，他们也算是一道"壮丽"的风景线了。

这时，有人经过随侯钰身边，站在了他的身侧。

冉述看到徐柚壹有点尴尬，用眼神示意她走。

徐柚壹不死心，还是叫了一声："哥。"

随侯钰懒得看她："滚。"

"哥，你能和我好好聊一聊吗？我真的是有苦衷的！"

随侯钰没说话，嘴唇抿成一条直线，眼中全是厌烦。

冉述只能帮忙打圆场："要、要不你以后再说？"

"他不理我啊！对不起嘛！你别这样！"徐柚壹用哽咽的腔调祈求，伸手去拉随侯钰的手臂，被随侯钰甩开了。

"你能不能别总缠着我？"随侯钰不爽地问。

这回的动静惊动了周围的人，侯陌他们也朝随侯钰这边看过来。

邓亦衡都记住那个别称了："是小黛玉，咋了这是？"

徐柚壹又要哭了，眼泪汪汪地抬头看着随侯钰。

随侯钰烦得不行，"啧"了一声。

冉述赶紧过去帮忙，推徐柚壹的手臂，小声说道："好了好了，以后再说吧。"

"冉述哥你能不能帮我劝劝？"

"你这、这事儿吧，确实……我也……"冉述十分为难。就这件事，发生在他身上，他也会觉得恶心，随侯钰不愿意看到徐柚壹也正常。

冉述是站在随侯钰这边的，甚至不想跟着和稀泥。

徐柚壹最后还是离开了，一步三回头。

冉述回到随侯钰身边嘟囔：“她、她怎么就不死心？还考这儿来了。”

随侯钰不想说话，想起那些恶心的事情就忍不住焦躁，手张开后又握拳，拳头握得紧紧的，手指恨不得抠进肉里，骨节泛白，掌心则透着红——很烦躁，想吃口香糖，想跑步，想打架，就是不想站在这里。

这时，侯陌走了过来，将大手盖在随侯钰的头顶：“别显得我们孤立你们似的，一会儿读检讨的时候，你们在中间。”

像是散了云的风，淡了墨的水，解了渴的泉，一个举动而已，随侯钰的焦躁就化解了许多。

莫名地，侯陌能让他心安。

他侧过头看向侯陌，眼圈微红，眼睛里有些红血丝，眼神却没有刚才犀利了。

“哦。”他这样回答。

等到读检讨书环节，侯陌是第一个上台的，站在台上拿着话筒朗声说道：“大家好，我是理 17 班的侯陌。”

也不知道是不是故意的，那群体育生和台下很多学生突然欢呼起来，甚至还有人躲在人群里吹口哨。

侯陌抬手压了压，适当控场，接着说道：“今天我要在这里做一个检讨，检讨原因是欧阳主任推测我带头领着原枫华的学生换寝室。括弧，其实不是我带头的，但是欧阳主任不听，括弧完了。这个举动影响了合并两校的团结友谊，还有平等，造成了不良影响，特此道歉，我不该换寝室。”

读完检讨后，侯陌下了台，换桑献上台。

桑献是标准的低音炮，拿着话筒讲话的时候特别有感觉：“我是理 17 班的桑献，检讨内容基本如前面那位的检讨内容。还有……”

桑献拿起检讨书，开始检讨侯陌的小报告：“我不应该为了随时能吃到冷饮，买了一台冰箱放在教室后面影响学生上课，并且，现在冰箱放在欧阳格老师的办公室是我自愿的。”

随侯钰听完检讨都有点无语。

下一位是邓亦衡，依旧是认认真真地读检讨：“我不应该故意上课惹事去老师办公室罚站，只是为了给手机充电；不应该给微信群取名为格格的臭宝贝们，严重影响了欧阳主任的威严。”

这都是什么鬼?

冉述咧着嘴一个劲地笑，还凑到随侯钰身边耳语：“听、听说人数已经精简过了，偷葱的那个就没来，只来了二十个典型。取个群名都是典型了，另外那群人的事是有多鸡毛蒜皮? ”

这要真是百来号人都上台了，检讨那些偷葱撸狗的破事，估计今天上午都过去了，还跟单口相声似的。

中间随侯钰才上台：“我是理 17 班随侯钰，我……”

他的声音被一阵突然响起的土拨鼠式尖叫打断了。他真不知道台下那群人是不是被踩了尾巴，怎么叫得这么撕心裂肺的?

他有一瞬间的卡壳，随后继续说：“我不应该参与跨学校的游戏，不正当的游戏影响了其他学生的学习和休息，特此检讨……”

侯陌站在台下听，听完忍不住撇嘴。

这检讨书写得真够艺术的，不正当的游戏，不是故意来挑衅示威，真的太会偷换概念了。

大尾巴狼，真能装。

回班级的途中，冉述问：“格格、格格办公室有冰箱啊? 我可以去冻点东西不? ”

邓亦衡答非所问：“你结巴在格格、格格的时候，还挺有意思的。”

“别、别学我，信不信我揍你? ”

“就你这细胳膊细腿的? ”邓亦衡还真不怕冉述，不过还是回答，“可以冻，但是有风险，格格馋了的时候拿我们东西吃，我们冻的雪糕被吃了不少。”

“哦……”

回到教室坐好，欧阳格趁还没上第一节课，用手敲了敲讲桌说道：“两个事。马上运动会了，侯陌统计一下参加项目的人员名单，每个人最多报两项，接力除外。还有，运动会前两天月考，考试你们也准备准备。”

冉述立即举手：“格格、格格，走队列准备服装不? 定制得花时间! ”

“你们有想法吗? ”

邓亦衡第一个提议：“找个男生穿女装举班牌吧? ”

冉述意识到一群人看向随侯钰，急得直接站起来了：“那、那得找反差大的人穿，才有意思，就、就桑献那种人穿才有意思! ”

桑献突然被人叫到不由得一怔，诧异地看向冉述。

冉述心虚地躲开了桑献的目光。

又有人提议："穿汉服吧？"

冉述继续反驳："汉、汉服的工期，得等到冬运会。"

欧阳格摆手："自习课的时候讨论吧，先上课。"

已经打上课铃了。

他说完走到了教室后排，坐在了随侯钰的身边。

刚刚开学时，欧阳格比较忙，都没空来教室。现在欧阳格的工作处理得差不多了，终于有时间做随侯钰的"同桌"了。

随侯钰一阵难受。

下了晚自习，随侯钰去澡堂冲了澡。

出来后拿出手机就看到四个未接电话，看到名字后他开始蹙眉。

并没有立即回电话，收拾了东西，他走到学校内的商店选了一杯柚子茶。

这时候，一直跟在一边的冉述接了一个电话，挂断后为难地对随侯钰说："我、我妈给我打电话了，让我告诉你接电话。"

给随侯钰的电话是随妈妈打来的。

随侯钰不想和她联系，可是如果随侯钰一直这样抗拒的话，冉述这边也会遭殃。

再僵持，随妈妈说不定会直接找到学校来，她就是这样的脾气。

他叹了一口气，伸手接过店员递过来的柚子茶，走到角落里，拿着手机回电话。

电话那头，随妈妈的声音有些尖锐："你之前怎么不接电话？"

"刚才在洗澡。"

"你不住在随凛那里，现在住在哪儿呢？我问过冉述了，你也没住在他家里。"

"我自己租了一个房子。"

"租房子住？家里住不下你了吗？你才多大啊一个人出去租房子？你在哪里租的？地址告诉我。"

随侯钰沉默了一会儿，回答："你不用担心，我住得挺好的。"

"随侯钰，你的叛逆期到底什么时候能过去？！你什么时候能让我省点心啊？！我简直要累死了！我因为你要烦死了，你从来都不让我省心，一直在烦我！随侯钰我告诉你，你别太过分了，我忍你很久了，到底要我怎么做你才能消停下来？你一定要我离婚，后半辈子都凄惨无比才能放过我吗？！”

他没有开免提，电话那头的声音却大得仿佛开了免提似的。

随妈妈完全就是歇斯底里在吼，在尖叫，疯了一样。

随侯钰不想说话。

说了她也不会听。

说了她也不信。

他无论做什么都仿佛在逼她，他现在什么都不想做，只想离她远点，她还不让。

她到底要怎样？

“随侯钰，你能不能不要太自私？”随妈妈再次吼道。

“放过我吧。”他只是回答了这样一句话，声音都在发抖。

对面的人没再说话，直接挂断了电话。

随侯钰一个人在角落蹲了许久，手里还拎着柚子茶，一口都没喝过。

好烦。

烦得要炸掉了。

冉述想要安慰，被随侯钰赶走了，他只想静一静。

冉述也熟悉这场景，没再纠缠。

随侯钰回到寝室的时候已经凌晨两点钟了，寝室里其他人都睡着了。

不规律的心跳，狂躁的心情，都让随侯钰觉得非常不妙。

在自己的床铺前站了片刻后，他回头，脱掉鞋子爬上了侯陌的床铺。

仗着自己瘦，他找了一个缝隙就躺下了。

想睡觉。

想睡着。

侯陌的睡眠质量是真的高，即使身边多了一个人，这一夜他依旧睡得很好，完全没有被打扰。

每天早上都是桑献他们起床之后推醒侯陌，侯陌才会爬起来去洗漱。

桑献起床之后，抬手要推侯陌，就看到了黑色的短发，诧异了一瞬间又换了一个角度去看，确定了床上是两个人。

就算只看到了一个后脑勺，桑献依旧知道这一头卷发属于谁。

邓亦衡的床铺和侯陌头对头，他撑起身子看着桑献的样子觉得有点奇怪，也跟着去看侯陌的床铺，下床的动作都是一顿。

桑献站在地面上询问地看向邓亦衡。

邓亦衡双手摊开耸肩，也是十分不解。

桑献的位置不太方便，只能邓亦衡伸手推醒侯陌。

侯陌睁开眼睛，打算翻个身缓一缓再起床，结果还没翻过去，睁开眼睛就被吓到了。

他和随侯钰面对面躺在他的床上，距离很近，鼻腔里充满了随侯钰身上的味道。

有种……柚子味?

他看着随侯钰睡觉的样子，卷曲的黑发垂下来，有一缕搭在了鼻梁上，眼皮上的“遮雨棚”微微发颤，人却没有醒过来，依旧睡得香甜。

随侯钰就连睡觉的时候，嘴唇都紧紧地抿着，倔强里透着点可爱。

侯陌目光往下扫，就看到随侯钰还穿着昨天晚间的衣服。

随侯钰白天穿校服，晚上会换上T恤和短裤去洗澡，回到寝室后还会换睡衣，标准的精致男孩。

结果昨天没换睡衣就睡在他身边了?

关键是，怎么睡在他身边了?

侯陌撑起身子，指着随侯钰，用口型问邓亦衡：“怎么回事?”

“我们还想问你呢。”邓亦衡回答得也特别小声，主要是知道随侯钰脾气臭，不想招惹。

侯陌百思不得其解，又问：“他上错床了?”

邓亦衡觉得很扯：“他是下铺，这错得有点离谱了吧?就算错方向也是去桑献床上啊。”

侯陌看着随侯钰，再看看床铺，有点迟疑：“我怎么下去?”

说着，尝试从随侯钰身上跨过去，结果正卡在随侯钰身上的工夫，随侯钰醒了，他突兀地睁开了眼睛，吓得侯陌惊呼了一声：“我去!”

两个人此时的姿势非常尴尬，侯陌还被吓得不敢再动了。

邓亦衡觉得这画面没眼看，直捂眼睛。

桑献却吹了一声口哨，看戏的不嫌事儿大。

侯陌看着身下的随侯钰，重重地吞咽了一口唾沫，接着解释：“我只是想下去。”

他还真是第一次从这个角度看一个人。

"那你下啊。"

"哦。"

侯陌就跟做错事的人是他似的，匆匆地越过随侯钰下床了。

他站到床底下，看到随侯钰坐起身整理自己皱了的衣服，才想起来问："你怎么睡我床上去了？"

随侯钰倒是挺坦然的，跟着下了床，找出校服的同时回答："梦游吧……"

"梦游？！"侯陌震惊了。

"嗯。"

侯陌看着随侯钰的样子，真的有点追问不下去了，谁让随侯钰是一脸"你再问，我就揍你"的表情？

最后他拿着洗漱用品去了水房。

他在洗漱的时候，忍不住想，随侯钰真的是梦游？

对于理17班来说，运动会简直和玩一样。

他们班里有很多体育生，男生女生都有，外加随侯钰这么一个非人类一样的存在，想要赢很容易，想要输倒是需要非常努力地克制自己的实力。

在商量项目的时候，侯陌身边围了一群人。

侯陌拿着单子，问："800米就没人报了是吗？"

邓亦衡摇头："我听到800米就恶心。"

其他人也纷纷摇头。

冉述一直在旁听，忍不住欠欠儿地问："为、为什么啊？体育生不跑800米吗？"

"不跑？"邓亦衡音量都提高了，"死亡800米听说过吗？"

"怎、怎么就死亡了？"

"全力冲刺两圈，那真的是跑完得有十分钟生活不能自理。"

"你们不、不是经常跑吗？"

侯陌转着笔回答："我们曾经一个下午，连续十个800米，邓亦衡跑完第八个直接吐了。其他人也有一阵子是生活不能自理的状态，自此有了心理阴影。"

冉述回头看向随侯钰："要不你上吧。"

随侯钰"嗯"了一声。

侯陌扭头看了看随侯钰，随后写了随侯钰的名字。

他又看了看其他人，叹了一口气，写了自己的名字。

他知道，其他人不是不能跑，就是排斥这个项目，被教练虐待得有阴影了。

他们这群体育生，田径队的报了短跑、跳跃项目，其他体育生长跑也不在话下，反而只有800米尴尬地留到了最后。

报名接力的时候，他们一直在商量，冉述又搭茬了："钰哥、钰哥！"

"他能行吗？"侯陌问。

"在、在我钰哥的字典里，就没有'不行'两个字。"

"所以他的字典里也没有'行'字？"侯陌反问。

冉述卡壳了一瞬间，随后感叹："逻、逻辑挺严谨啊。"

侯陌主动问随侯钰："你想跑4×200米还是4×100米？"

随侯钰回答："200米吧，我起跑不行，但是可以后面几棒。"

比较擅长起跑的，都是田径队的，他们专门练这个。如果跟其他班的学生比，起步就能比他们先冲出去几个身位。

侯陌舔了舔嘴唇，他在4×200米项目里，还是最后一棒，随侯钰这是想和他创造机会，培养默契?

那随侯钰突然买球拍，打算练网球是不是也是为了他?

这可怎么办?

想想就让人觉得为难。

"呃……我在最后一棒，那你……"侯陌迟疑着。

"那就第二棒吧，或者换到100米组里去。"

"嗯？"侯陌诧异地看向随侯钰。

"看到你就烦。"

"……"侯陌的脸和喉结同时僵住，一动不动。

不过在写名字的时候，侯陌又好了。

这绝对是想引起他的注意。方法还挺别致的。

商量完项目后，他们又开始商量定制统一衣服的事情了。

冉述回头问随侯钰："钰哥，你、你有什么喜欢的吗？"

"全员宝姐扛铁锹。"随侯钰回答，毕竟宝姐是随侯钰的理想型。(注:

宝姐，原名冯宝宝，《一人之下》的女主角。）

“啊……谢谢你没全员索隆。”他还真没那种身材。

邓亦衡比较中二，全年 365 天都追求的是怎么才能帅。

“我们就全员不良，热血高校的那种，我们这一群人超级有气势。”说完他还带上了苏安怡，“到时候苏安怡剪一个公主切，穿着裙子，超级飒。”（注：公主切，原名姬发式，一种前短后长的发型，并且发尾很整齐就像是用刀切出来的一样。该发型来源于日本古代的一款女士贵族发型。）

随侯钰第一个摇头：“不要，太蠢了。”

邓亦衡继续提议：“那就西装领带，成功人士。”

随侯钰再次摇头：“那岂不就是我们的校服？”

邓亦衡什么都说不出来了。

这时有人提议男生全员唐装，女生是旗袍。

男生们的行头就是唐装、长袍，领口是盘扣，身上有绣花，整体比较素，主体黑色看着非常霸气。

他们还商量着一人买一副黑色圆形镜片的复古墨镜，手里再拿个扇子，最好再来一个串珠的手链。

冉述拿来图片看了看后嘟囔：“看、看着还行。”

随侯钰看着相片：“这是走着十几号伴郎。”

冉述“扑哧”一声笑了出来。

不过大家都商量得挺开心的，随侯钰也就没扫兴。

今天上午便阴着天，到了下午开始下起了淅淅沥沥的小雨。

转瞬间，又大雨瓢泼。

滚滚云层连着天际，让天空都降低了些许高度。阴沉的天色使得室外陷入了混浊的黑暗之中，豆大的雨滴砸在地面上扬起烟尘，雨势凶蛮，混沌了天地。

也因为大雨，体育生们没有去训练。

第一次和他们一起上自习课，就能够感觉到差别。

吵。

这群体育生真的很吵。

不知是谁带的头，从抽屉里拿出了一个乒乓球拍、一个乒乓球，对着后排作势就要打过来。

侯陌抬头看向那个人，不屑地笑了一声，从邓亦衡的抽屉里摸出了一个乒乓球拍，直接将球击了回去。

这时又有另外几个人开始配合。

这群体育生用打网球的方式，打起了乒乓球，还非常热闹地用两个球同时打，忙得不亦乐乎。

他们都是常年练习的，准头够，球拍这么小也能打得到，还打得挺不错的。

不会打乒乓球的网球队员不是好体育生。

随侯钰看书时被这群笑闹的人吵得脑仁疼，抬头就看到侯陌站在过道的位置，用乒乓球拍打了一个回击，动作干净利落，打得还挺准。

这时又一个球过来，侯陌还没转过身来，眼看着球就要砸到冉述了，随侯钰随手拿起一本书，卷成圆筒状，将球击了回去。

“哇！”那人惊呼一声。

邓亦衡全程都在探头看，还鼓起掌来：“这也可以，厉害了！”

随侯钰把书往桌面上一丢，说道：“都给我坐下！”

侯陌距离随侯钰近，被这一声吼吓得一哆嗦，乖乖地坐下了。

其他体育生不自觉地也跟着坐下了。

邓亦衡小声问：“他怎么了？”

有人回头提醒：“他是班长。”

“哦，你不说我都忘了还有这么一茬事儿了。”

随侯钰看到他们都坐好了，再次开口：“学委把作业写黑板上，人家把作业写了。”

说完，没人理他，他看向侯陌。

侯陌才想起来：“哦，我是学委。”说完朝黑板走，途中到处问，“有什么作业啊？哪科留了？”

有人递给侯陌一个本子，上面记录了作业。侯陌站在黑板前把这段话抄了下来，连错别字都原封不动地抄了上去。

唯一拿得出手的是字写得挺不错的。

写完了之后，侯陌回到座位，在座位上做了几个拉伸动作后，拿出作业本来，打开课本后仔细看了看，接着嘟囔：“留了这么多？”

邓亦衡也在翻书，跟着点头：“嗯。”

侯陌又看了一会儿，在桌面趴下了："懒得写，不交了。"

"我陪你。"邓亦衡也趴下了。

随侯钰拿着笔继续写的工夫，忍不住看了看那两个人。

邓亦衡他能理解，但侯陌是怎么回事?

就这样的态度，学习还挺好的?

他们不是在吹牛吧?

教室里安静了一会儿后，16班的沈君璟到门口叫人："出来吧，教练说雨小点了，去训练。"

教室里的体育生立即哀号了起来。

沈君璟看向随侯钰："钰哥，教练让你也跟着过去。"

随侯钰迟疑了一会儿，有点不想去，不过看到侯陌他们都在整理东西了，还是起了身。

苏安怡赶紧从自己的抽屉里拿出了一把伞递给随侯钰。

随侯钰伸手接了过来："谢谢。"

随侯钰撑着伞走进雨中，身边一下子聚集了四个体育生硬生生挤在一起。这群人个子还高，挤在一把伞下只能缓慢移动。

侯陌特别热情："来来来，我帮你拿着。"

随侯钰只能特别无奈地被挤在最中间。

到了训练场地，其他人在馆内做拉伸等准备运动，王教练走过来对随侯钰说："你不习惯淋雨，今天坐在旁边看，从他们身上总结经验就行了。"

其他队员听到了，一阵哀号。

正式训练开始后，王教练搬了一张椅子给随侯钰，他一个人撑着伞坐在场地边，看着其他人训练。

邓亦衡跑到随侯钰的伞下临时躲雨，引得随侯钰问他："为什么下雨天还练？你们体脂率低，很容易感冒吧？"

邓亦衡哈着腰，双手撑着腿，一边叹气一边回答："唉，我们比赛的时候什么情况都能遇到，所以经常会练习顺风、逆风、斜向风时的打法，雨天也得练习，毕竟雨水对场地也会造成影响，我们需要克服。"

随侯钰注意到很多队员进入雨里就把上衣脱了，不然球衣会增加负重，贴在身体上也十分不舒服。

桑献脱掉上衣后在人群里十分显眼，身材好到让人忍不住多看几眼。他像个健身教练，反正就是不像一个高中生。

不过侯陌是其中的特例，依旧穿着衣服，随手拢了拢头发，将头发全部拢到头顶，成了背头，随后一甩手臂，将雨水甩掉。

他的短袖运动服被雨水淋湿，贴在身体上，显现出充满爆发力的身体，鲨鱼肌十分分明。最显眼的，恐怕是比例惊人的腿，又直又长。

注意到了随侯钰的目光，邓亦衡突然笑了，跟随侯钰解释："大师兄从来不脱上衣，换衣服都避开我们，而且洗澡也不和我们一起，特意去单人间洗。"

"因为他害羞？"

"不。他不是特别白嘛，初中的时候引起了强势围观，从那以后就不再让我们看到了。"

随侯钰听完忍不住扬眉。

雨依旧在下。

雨滴落在伞面上，噗噗作响，旋律不算规律。

眼前的雨帘被风扬起，如同被风吹斜的珠帘，雨幕中网球队已经进入正式练习。

侯陌的衣服紧贴着他修长的身材，随意一个动作都充满了张力。

他的左右调动极为协调，场地的湿滑和雨对视线的影响都没有对他造成太大的阻碍。

又是一拍。

他手臂摆动，雨滴被球拍击打时飞溅起水花来，带起一串水珠，画出肉眼可见的弧度，打着旋落下，动作间尽显洒脱与酣畅感，犹如入水蛟龙。

结束了两盘，侯陌已经赢了对手，拿着球拍往随侯钰这边来，蹲在了随侯钰的雨伞下面。

随侯钰低头看着他，问："躲这么一会儿有用吗？"

"雨淋在头上还是很难受的，能躲一会儿是一会儿。"侯陌说着抬头看向他，问，"你如果淋雨，是不是会增加很多负重？"

"怎么？"

"头发吸水。"

“……”

随侯钰已经不想理侯陌了，侯陌还继续说下去：“就是头重脚轻，身体失衡，或者顺着头发流得满脸都是水？”

随侯钰气得用膝盖往外顶侯陌，侯陌赶紧躲开了：“别闹，我身上湿。”

此时随侯钰还穿着西装的校服裤子。

随侯钰听邓亦衡说起过，高一开学的时候侯陌特别受欢迎，后来女生们热情渐渐就淡了，因为侯陌长了一张嘴。

好好的侯陌，可惜长了一张嘴。

侯陌蹲了一会儿后，指着桑献问随侯钰：“总结出他的动作特点了吗？”

“嗯，仔细看了。”

“遇到雨天的时候，田径队的成员会换他们的钉子鞋，雨天的钉子和平日里的钉子是不一样的，抓地更稳。不过他们还是很讨厌雨天的，毕竟平时怕脚出汗，增加负重，他们都会带几双袜子，如果下雨了就更麻烦了。我们也有雨天可以穿的运动鞋，不过更需要用的是技巧。”

侯陌说着站起来，不过为了可以躲在伞里还是得哈着腰。

他用自己的脚示范怎么控制身体停止：“如果滑得停不下来了，脚就像我这个样子，然后这样，会增加摩擦。”

随侯钰低头跟着去看，手里的伞拿得更低，压得侯陌特别难受，顺势伸手把伞拿走了。

侯陌面对随侯钰重新站好，伞面微微倾斜，随侯钰那边比较低，他这边比较高，以此保证随侯钰不会被淋到，接着撑着伞再次做示范。

低头的工夫他看到了随侯钰的鞋，用自己的鞋尖磕了磕随侯钰的鞋尖，说道：“你这就不是打网球的鞋。”

随侯钰最近有参与体育生的训练，所以换上了比较合适的 AJ PE，感觉能舒服一点儿。

“这鞋不行？”他抬脚给侯陌看。

“嗯，跑鞋容易摔倒，篮球鞋会妨碍到你的脚踝，我们的球鞋是专门设计的，得有护趾、中垫这些东西，不然长期训练对你的身体伤害很大。”

侯陌说着，把脚伸到了随侯钰的旁边，跟随侯钰比脚的大小：“你多大的鞋？”

“43 码。”

“我是 44 码的，可以借给你一双，你垫个鞋垫应该也能穿。你这双可以用来跑步，或者做其他的基础训练。”

“我可以买……”

“不用，你要是参加了网球队的话，有赞助商可以免费给你提供鞋和运动服，不过按照你的尺码送过来需要点时间。”

“我不会参加网球队。”

侯陌的话语停顿了片刻，看向随侯钰。

随侯钰抬起头来与侯陌对视。

侯陌突然扬起嘴角笑得有些嘲讽，眼神里带着揶揄：“不参加？我陪你玩呢？”

又帮忙选拍，又教他技巧，结果是来玩的?

随侯钰问得理直气壮：“你不是排斥双打吗？”

“我确实排斥双打，却没有阻止你加入网球队。不过说真的，我更排斥你这种来玩的，浪费别人时间。”侯陌说完，将伞丢还给了随侯钰，转身再次进入雨中。

随侯钰拿着伞看着侯陌离开，心中五味杂陈，十分不舒服，又说不清是因为什么。

可是他真的没有想过全心全意去打网球。

他学过很多东西，大多是在消遣，磨他无聊的时间，培养业余爱好，只是不想闲下来烦躁而已。

而侯陌他们就是体育生，目标明确，和他这种自由散漫的人不一样。他怕一旦答应下来，就会跟着背负上责任，再难离开了。

他还没想好。

后半程，侯陌再也没有理会随侯钰。

邓亦衡和沈君璟找随侯钰聊了一会儿，躲了一会儿雨，又继续练习。

临近月考，随侯钰终于有了点学霸的样子，至少开始看书了。

他晚自习坐在教室里看着教科书，又看了看自己的笔记，手里还在转笔，为了降低焦躁，还在咀嚼口香糖。

苏安怡站起身来打算去接水，还没走两步，她就被冉述握住了手腕，硬是拽着她又重新坐下了。

苏安怡迷茫地看着冉述，一脸不解。

冉述看着她，认认真真地问：“你、你没觉得肚子不舒服吗？”

她摇了摇头：“没。”

冉述拿出手机对她比画：“你看看这个日期你熟不熟？”

她终于懂了：“我提前来了？”

冉述重重地点头：“有一、一个硬币大小。”

苏安怡来姨妈的时候从来不痛，什么前期反应都没有。

平时日期还挺准的，不过这次提前了，可能是最近她觉得天太热，下了晚自习去游泳了的缘故。

她有点慌了神，坐在椅子上不知道该怎么办了。

她没准备，和班级里其他女生还不熟，难道要坚持到下晚自习？

冉述摆了摆手：“没、没事，我和钰哥帮你去买，等着吧。”

随侯钰抬头看向冉述，迟疑了一会儿还是起身，带着冉述一起逃晚自习。

晚自习也有老师，不过是巡查老师，在走廊里走动，不会固定进入某个班级。

他们理17班又比较特别，体育生多，下午开始就空了一半，再少两个人也不会被发现。

他们两个人逃出去后，直奔校内超市，拿了苏安怡需要用的，还买了薯片之类的零食。

正结账的时候，吵吵嚷嚷地进来了一群人。

他们进来后还跟随侯钰、冉述打招呼，接着就看到售货员拿着“大邦迪”扫了一下，放进了袋子里。

邓亦衡回头看向侯陌，侯陌显然也看到了。

邓亦衡震惊得也结巴起来：“这、这、这是不是随侯钰女扮男装的实锤了？”

接着他就被随侯钰拍了一巴掌：“锤你大爷！”

邓亦衡指着袋子问：“那你们买这个是擦地板吗？因为这玩意儿吸水性能好？”

随侯钰没法说是苏安怡用，毕竟女孩子要面子，最后咬牙切齿地没回答出来。

最后还是侯陌帮随侯钰澄清的：“是男的。”

邓亦衡依旧一脸不相信：“我不太确定了。”

随侯钰他们买的东西太多，侯陌拿完东西走出来，两个人还在装袋。

侯陌就买了三支笔，一支 2B 铅笔，两支黑色水性笔，显然是买来考试的。

邓亦衡和侯陌基本一致，不过还多买了块橡皮。

冉述回头问他们俩："侯、侯、侯陌怎么不买橡皮？"

被叫了三声"猴"，侯陌额头青筋都起来了。

邓亦衡懒洋洋地回答："侯哥用不到。"回答完意识到了不对，赶紧纠正，"是大师兄。"

冉述还在和他们贫："可是……这俩不都是猴？你们就算叫大圣他也是猴啊，这不是换汤不换药吗？"

随侯钰听完笑出声来。

侯陌没好气地瞥了随侯钰一眼，结完账走人。

他们一起回了教室，路上遇到了巡查老师，还跟老师坦然地打招呼，好像一群体育生训练回来了似的。

回到教室后，邓亦衡看到冉述在袋子里掏了掏，给了苏安怡几袋零食，接着给了"大邦迪"。

随侯钰脱掉了自己的外套给了苏安怡，被苏安怡系在了腰上，口袋里揣着一包小的跑出了教室。

邓亦衡终于松了一口气，小声和侯陌嘟囔："吓死我了，我以为我们寝室住了一个女扮男装的呢……"

侯陌笑了笑没说话，只是翻开书开始看。

看了一会儿后，他找到前排的人问："兄弟，我们学到哪儿了？"

侯陌——上课的睡神。

还时不时下午不上课去训练，连每一科学到哪里了都不知道。

随侯钰扭头看了看侯陌的样子，忍不住纳闷，这小子真的学习很好？

他继续看书的工夫，余光注意到侯陌也在看书，看得还挺认真的。

现在才临阵磨枪……能行吗？

随侯钰好奇心很重，外加他是个容易溜号的体质，看了侯陌一次又一次。

侯陌显然注意到了，不过没有理他。

晚自习结束后，随侯钰整理自己的包，侯陌突然走到他的身边，对他说："能聊聊吗？"

随侯钰有点诧异，不过还是点了点头。

冉述回头问："怎么……找、找碴啊？"

侯陌首先回答："不打架，你先回去吧。"

等教室里的人都快走光了，有人手快关了教室前排的灯，只留下了后排的灯。

教室内的投影幕布正在缓缓收起，发出卷动的声响，最后"咔"的一声收好。

寂静的教室，教室内的设备都是崭新的，很多书桌上还放着书籍，看起来并不规整。

这就是他们最熟悉的教室。

侯陌坐在自己的桌子上，背着光，身上依旧是那一身运动服。

随侯钰没起身，坐在自己的座位上，侧过身将腿伸在过道位置，长腿伸得老长。

"有事？"随侯钰问他。

"嗯。"侯陌表情还是很正经的，"既然不打算加入网球队，你不必去网球队跟着训练，教练对你很上心，你去买拍的那天他超级开心，我不想他空欢喜。"

侯陌说完，拎起包背上，走出了教室。

随侯钰坐在椅子上沉思良久。

侯陌走出教室的时候还挺淡定的。

走出去后他快速站在墙边，探头往教室里看，看到随侯钰还呆坐在教室里，突然开始检讨，自己是不是话说得太直接了？

看着随侯钰难过的样子，他突然有点于心不忍了。

回到寝室，侯陌拿着书继续看，还跟桑献借了笔记。

看完书后，拿出练习册来试着做了几道题，接着继续看书。

寝室关灯之后，拿出自己的充电小台灯来，继续躲在被子里看书。

这种学习模式他早就习惯了。

上课时他其实也有在听，就是听着听着就睡着了。

睡得迷迷糊糊的时候，依旧能够听到老师的讲课声，睡梦里都会梦到知识点。

现在看看书，突然就回忆起自己听过这一段，加以理解后就会了。

看书看到十二点多，随侯钰都没回寝室，侯陌又开始担心了。

他干脆下了床，走出去看了一圈，发现随侯钰不在寝室走廊里。

他们 11 号楼的寝室就像孤独的狼，都没有检查寝室的寝务老师，他们出入寝室还挺方便的。

学校也不怕他们逃寝，大半夜的，外面都没有什么交通工具，学生顶多跑出去偷玉米。

侯陌穿着睡衣在学校里走了一圈，干脆走回了教室，站在门口就看到随侯钰还在教室里看书呢。

不过随侯钰看书的样子非常别致，在教室前面的空地上一边倒立一边看。

侯陌十分不解，靠着墙壁拿出手机查询。

狂躁症很难集中注意力，对学习会造成影响。随侯钰这么做，恐怕是强行让自己集中注意力吧。

确定随侯钰没事，侯陌也就放心了，站起身往回走。

结果走了没几步就听到了开门声，似乎是随侯钰发现有人来了。

侯陌吓得赶紧找地方躲，快速找到拐角就拐了过去，结果胯撞在了窗台沿上，疼得他眼泪狂飙，好在忍住了惊呼声。

随侯钰探头往外看，没看到人，又退了回去。

侯陌确定人走了，才疼得蹲在了窗台下面，捂着自己的胯擦眼泪。

他不过是提醒随侯钰而已，怎么好像是他做错事了似的呢？

翌日。

雨过天晴，艳阳高照。

天空被昨日的雨清洗过，天际蔚蓝，柔云朵朵，仿佛动画中的天空。

阳光透过窗外的树叶间隙，照射进教室里，在桌椅上洒下斑驳的“网”。

蝉鸣让这个夏天显得格外绵长。

风吹拂着教室里的白色窗帘，飞飞扬扬，在随侯钰的周身围绕。

他按着书的一角，防止书页翻飞，右手转着笔，嘴里咀嚼着口香糖，时不时吹出一个泡泡来。

体育生们整理好了东西，临走时邓亦衡回头叫随侯钰：“钰哥，一起去吗？”

随侯钰抬头回答:“不去了,我给王教练发消息了,不会加入网球队。”

“你们都有对方微信号了?”邓亦衡有点惊讶,拿着手机走到了随侯钰身边,“我还没有你好友呢,你扫我。”

随侯钰也没拒绝,拿出手机扫了邓亦衡的二维码。

微信还是王教练主动加的,说方便随时劝说随侯钰加入网球队。

邓亦衡不死心地问:“真不加入啊?我看你打得挺好的,不一定非得跟大师兄搭档,你单打说不定也行。”

“不加入,我对网球似乎不太感兴趣。”随侯钰回答完,低头添加了邓亦衡为好友。

邓亦衡也不纠缠,背着包跟着其他人离开。

走出教室后,邓亦衡注意到侯陌在等他,立即走到了侯陌身边,叹气感慨:“唉,我觉得钰哥打得不错,就那身轻如燕的样子,不打网球可惜了。”

“我昨天跟他聊了,让他不要再继续了。”

“你劝的?!”邓亦衡吃了一惊。

“唉,他当初也是为了我才跟着训练的,不过不想加入网球队,就别浪费王教练的时间了,我也不想继续教他。”

“嗯,他确实只是输给你不甘心,才跟着学了一阵子。”

“我可能就是祸水吧。”

邓亦衡不解,看了侯陌好几眼,看到侯陌自我感觉良好的样子,不由得怀疑侯陌可能想歪了。

随侯钰觉得侯陌说得对,如果不想加入网球队,就不应该浪费王教练的热情。

他对王教练的印象还挺不错的,热情,对他的态度也很好。

他想着,最近是赛季,国庆期间网球队要去参加全国比赛,这段时间就不去打扰了。

而且,马上就要月考了,他应该抓紧复习。

主要是他知道侯陌学习很好,心里默默较劲,不想输给侯陌,毕竟他的好胜心非常强。

除此之外,他好奇心很重,容易发怒,容易分散注意力,总是很亢奋,严重失眠。

他小时候总是很开心的样子，滔滔不绝地跟身边的人说话，出院后笑容就少了很多，也不再爱说话了。

现在他只想认认真真学习。

他知道，如果考试考不过侯陌的话，他说不定会再次陷入焦躁之中，就好像网球输给侯陌后，至今仍旧非常厌恶对方。

他又做了一会儿题，欧阳格在这个时候走进了教室，对他说："这个是月考的座位表，一会儿你贴在黑板上，通知一下体育生考试时间。最近几天我有点忙，你帮忙照顾一下。"

随侯钰伸手接过来，扫了一眼后回答："好。"

"我们班是不是还没有班级群呢？"

"嗯，需要建吗？"

欧阳格想了想后说道："国庆前建一个就行，发通知用，不着急。"

"好的。"

等欧阳格离开，冉述立即回头去看那份座位表，看完都震惊了："一个班的学生分到四个考场，还穿插着坐，同班都没有挨着的……学校大就是嚣张啊。"

冉述又找了一圈，松了口气："还行，我和你一个考场，苏安怡也在。"

随侯钰回答："好像是按照教室座位分的考场，我们和那群体育生都在一个考场。"

直到看到了一个名字后，他们同时闭嘴了。

也不知道是怎么分的，徐柚壹也在这个考场。

随侯钰叹了一口气，将四张座位图贴在了黑板上，用纽扣吸铁石固定住，随后对班级里的人说道："看一看座位图，明天考试的时候直接去考场就可以了。"

"字太小了，班长读一下。"有人说。

随侯钰没那个耐心，看向台下，抬手指着四张纸说道："其实不看班号，我都不知道这张纸上哪些人名是我们班的。"

到现在，随侯钰都没认全全班的人。

侯陌在考试的时候还挺积极的，带着自己的文具，早早就到了考场。

考场教室的黑板上也贴着座位表，侯陌又确认了一遍，找到了自己的位置坐下。

邓亦衡他们确认位置后，都聚集在侯陌的身边聊天。

国庆期间他们队伍有全国比赛，此时他们聊得比较多的都是即将遇到的对手。

侯陌说话的时候，注意到徐柚壹走到了教室里，找到座位后坐下，孤零零一个人，形单影只的。

周围也有其他女孩子，看起来也是高一1班的。那些女孩子只是偶尔跟她说一句话，大多数的时间都不理徐柚壹。

侯陌多看了徐柚壹两眼，继续跟队友聊天。

教室里有高一的女生，注意到侯陌，忍不住小声议论："他是谁啊，好帅啊！"

"学校还可以染发吗？"

"他们不是也军训了吗？他怎么还那么白？"

"好像是侯陌，体育生，网球队的。"

"啊……那学习不太好吧。"

这时教室里走进来几个男生，其中一个男生走到了徐柚壹的桌子前，双手扶着桌沿看着她问："我给你发消息你怎么不回呢？"

徐柚壹似乎并不想理他，小声回答："我在看书，没看到……"

她不敢和男生对视，回答的时候眼睛都在看着桌面，因为身材太过纤细了，柔弱感更甚。

男生说话间又靠近了她一些，问道："那你直接回答我吧，国庆要不要一起出去玩？"

"我国庆要补课。"徐柚壹侧过脸，躲开了他的气息。

"你家住哪里？我去接你。"

"不用了，我不去。"

"啧。"那个男生有点烦了，"你这两脚踢不出一个屁的样子真招人烦，国庆出来听到没有，不然别怪我不客气。"

徐柚壹咬着嘴唇没回答，显然不愿意。

邓亦衡回头看了两眼，忍不住骂："有这么对女孩子的吗？过了吧。"说着就要过去。

不过有人比他去得及时，在男生伸手想推徐柚壹肩膀的时候握住了男生的手，反向一拧，疼得那个男生惊呼了一声。

随侯钰单手控制着男生，冷冷地扫了他一眼，接着问："你能怎么不客气？”

“你是谁啊？”那个男生破口大骂。

“我问你话呢。”随侯钰拧着他的手又用力了些，语气低沉地说。

“你管不着！”

“我管得着。”随侯钰说完一脚将那个男生踹远，随后靠在桌边看着他说道，“敢碰她一下你试试，我也会不客气的。”

男生是高一新生，总来骚扰徐柚壹，班级里很多人都躲得远远的，甚至不愿意和徐柚壹做朋友，不想被连累骚扰。

冉述和苏安怡站在旁边，淡然地看着。

“你是谁啊？”那个男生执着于这个问题。

“随侯钰。”

冉述在旁边跟着说：“找、找原青屿的学生打听打听，你会渐渐熟悉这个名字的。”

一起进来的那几个男生面面相觑，似乎有人听说过随侯钰，赶紧带着人走了。

走到门口的时候，那男生开口：“随侯钰好像有病，生起气来打架不要命，谁都拦不住，家里还有钱……反正是个疯子。”

随侯钰——原青屿高中出了名的疯子。

看他们走了，随侯钰才转过身看向徐柚壹，眼里全是无奈：“被欺负多久了？”

“你终于肯理我啦？！”徐柚壹兴奋地问。

随侯钰气得牙痒痒。他还是很气，恨不得徐柚壹在他面前消失，可是到底是相处过几年的妹妹，不可能看着她有事不管。

他再次开口：“如果以后还有这种事，告诉我，我帮你解决。”

“那你能把我加回来吗？我都不能给你打电话。”

随侯钰想了想，还是拿出手机将徐柚壹从黑名单里拉出来了。

冉述手里捧着一堆吃的东西，大多是随侯钰的，毕竟随侯钰随时随地都有可能需要吃东西缓解心情。

他从袋子里拿出一个三明治给徐柚壹：“吃、吃早饭了吗？钰哥买的，给你了。”

“谢谢冉述哥。”徐柚壹伸手接了过来。

随侯钰看了一眼，没再说什么，走向自己的位置。

徐柚壹捧着三明治追到了他的座位旁问：“国庆的时候我可以去找你吗？”

“有事？”

“没……找你玩。”

“那别来。”

“帮我辅导功课呢？”

“有不会的微信问我吧。”

就算是这样，徐柚壹也很满足了，开心地回了自己的座位。

WOZENME KENENG SHUGEITA

第六章

运动会

月考结束后便是运动会。

由于班级比较多，运动会将持续两天半的时间，结束后直接进入国庆假期。

月考的成绩会在国庆假期结束后才公布，不过按照两校的惯例，国庆期间就能流传出去一些小道消息。

月考结束的那天晚上，随侯钰回到寝室里问邓亦衡：“你微信好友里，我们班的同学多吗？”

邓亦衡洗澡时耳朵进水了，这会儿一个劲地往外倒，歪着身体，上身一摆一摆的，随口回答：“有大部分吧。”

“你建一个群把我拉进去，我们需要建一个班级群，方便发通知。”

这是欧阳格交代下来的任务。

其他班级在此期间都有班主任带着，但欧阳格是德育处主任，事情很多。

这也使得随侯钰这个挂名班长渐渐真的开始帮忙处理班级事务了。

邓亦衡拿纸巾堵住耳朵，坐在了刚刚送过来的椅子上，拿着手机建群，把随侯钰拉进了群里，说道：“群名就叫‘高二 17 班’了。”

随侯钰进群之后，把冉述和苏安怡也拉了进去，班级里他就这么几个好友。

邓亦衡则是在群里连续发了三条一样的消息：

进群的同学看看还有谁没被拉进来，帮忙拉一下，我加的好友不太全。

不久后，群里就进入了混乱的聊天模式，且很多人都没有改群内名称。

随侯钰看了看群，突然看到了熟悉的头像和备注名字，心跳都加速了两拍。

他看着聊天信息往上滑，又翻几下去找到那个头像，点进去看了看资料，果然是自己熟悉的那个人。

这些年里他们没有联系，但他还是会时不时搜索对方的名字，点开对方的头像看一看。

一如既往的头像——傻笑摸头的樱木花道。

他返回到群里，单独 @ 了那个人。

罗罗诺亚：@财源广进？？？

备注名称为“安南浙”的人同样发了：？？？

邓亦衡：钰哥和大师兄，你们对暗号呢？

随侯钰看到邓亦衡这句话怔了怔，又抬头看向侯陌。

侯陌刚走进寝室，一只手拿着手机正纳闷，另一只手拎着刚刚刷干净的球鞋，一个抬头，突兀地跟随侯钰对视上了。

侯陌给随侯钰的备注是：小玉姐姐。

他陷入了沉默，原来这个“玉”搞错了。

在侯陌的概念里，这个“小玉姐姐”是爸爸好友的孩子。因为他们两个人年纪相仿，小时候总被安排在一起玩。

不过侯陌不喜欢和这个小孩玩，这孩子太闹了，每次都玩得他天灵盖疼。

之后，他让爸爸扯谎说自己出国了，以后他们不一起玩了。

毕竟“小玉姐姐”一直以为他是外国小孩，小时候他的混血感更浓，他也算是顺坡下驴了。

后来“小玉姐姐”加了他的微信号，约过他几次，说是等他回国后可以见一见，他都拒绝了。

在那之后他家里出了事，索性不再联系了。

没承想，这个早期给他造成过心理阴影的小孩，居然是随侯钰。

最重要的还是……“小玉姐姐”居然是个男的？

仔细想想，两边家长都没有仔细做过介绍。

他叫对方“小玉”，对方叫他“南浙”，尚未到变声期，上厕所也分开，没有暴露性别的机会。

他看对方长得过分精致，就下意识地觉得对方是个女孩子了。

说内心没有冲击是假的，这戏剧性的事情真的发生，侯陌还真震惊了许久。

和侯陌对视良久，随侯钰才蹙着眉问：“你怎么有他的微信号？”

侯陌干笑着回答：“啊……我改过名。”

随侯钰瞬间懂了。看着熟悉的亚麻色头发和瞳孔，他终于明白自己为什么会觉得侯陌有点熟悉了，于是继续问：“你不是出国了吗？”

侯陌笑得太尴尬了，最后干脆笑不出来了。

这事儿，没法细说。

邓亦衡看着他们两个人的样子觉得奇怪，又凑过去看侯陌的手机，当即认了出来：“不是吧？钰哥就是小时候给你烦得留下心理阴影的那位？不过认成女孩子也……也不意外。”

随侯钰长大了，依旧是标准的男生女相，小时候得好看成什么样？

认成女孩也正常，那个时候两个人才多大啊。

随侯钰冷着声音追问：“什么意思？”

邓亦衡没注意到随侯钰的表情，还沉浸在让人震惊的巧合之中，大笑着说：“大师兄和我们提起过，他爸爸以前经常带着他和一个小女孩一起玩。那个女孩性格讨人厌得啊……给大师兄烦得不行，不想和小女孩玩了，就哄小女孩睡觉。”

侯陌觉得喉咙发紧，赶紧干咳了一声提醒，结果邓亦衡没注意到。

邓亦衡还在说：“后来实在觉得那小女孩烦了，就撒谎说出国了……后来那女孩好像还加了大师兄微信号，大师兄也不爱搭理。还因为那个女孩子，大师兄都不太愿意和女孩子接近了。原来那小孩是你啊……”

随侯钰看着他们两个人，目光沉沉的，眼中乌云滚滚，顷刻间席卷了天地，城池坍塌，烽火连天。

看到随侯钰的表情后，邓亦衡终于反应过来，表情逐渐垮了，赶紧站好道歉：“不是，你别在意，小时候的玩笑事了，都是闹着玩的。我小时候看到大狼狗，还吓得尿裤子呢！”

侯陌也有点不自在，看看手机，再看看随侯钰，尴尬得不行。

冉述一直在上铺，原本在玩游戏，听到他们的对话后，他突然意识到不对，游戏也不玩了，放下手机问：“钰、钰哥，他岂不就是那个……”

随侯钰打断了冉述的话：“别说了。”

“可是、可是……你还……”

“闭嘴。”

随侯钰再次看向侯陌，接着冷笑一声：“我小时候确实挺讨人厌的，抱歉，之前打扰了。”

随侯钰沉声说完，拿着手机离开了寝室。

冉述赶紧跟着下了床铺，追了出去，情急之下没找到自己的拖鞋，只能一边穿球鞋一边往外追，模样颇为狼狈。

看着随侯钰和冉述离去的背影，侯陌还处于错愕中。

邓亦衡吧唧吧唧嘴，扭头问侯陌：“我是不是说错话了？”

他终于回过神来了。

“其实你不说，他看到我没出国，一直都在国内，估计就能猜到了。”侯陌爬上床趴着，叹气，“就是很难再好好相处了吧。”

邓亦衡说的不是假的。

他当时确实很烦“小玉姐姐”，加了微信好友也是不想爸爸太为难，但是真的不想理，于是设置了自己的朋友圈对方不可见，同时看不到对方朋友圈。

这么多年过去了，他都快忘记这个人了。

没承想，到了高中居然再次遇到了，还成了同班同学，并且成了室友。

缘分真的是害人不浅。

他闭上眼睛，又想起了那个疯疯癫癫的小孩。

随侯钰似乎……和小时候不太一样了。

也不知道随侯钰昨晚是什么时候回寝室的，侯陌早晨起床后，就看到随侯钰在下铺睡觉。

随侯钰一向睡得晚，是寝室里最后一个睡的。好在他不吵，夜里回来也会静悄悄的，从未打扰过别人。

冉述在上铺睡得四仰八叉的，被子都掉出来了一些，睡相颇差。

侯陌去水房洗漱完毕回来，拿出手机就看到欧阳格发来的消息。

格格：运动会的时候你帮着随侯钰点。

侯陌打字回复。

财源广进：你这是打算做甩手掌柜啊？

格格：忙啊，再说运动会不是你们的主场吗，正常发挥就行了。班服准备得怎么样了？

财源广进：前天送过来了，都给熨烫过，试了试还算合适。

侯陌的合适就是能穿进去，不过穿上之后有点包臀的效果，也不知道租衣服的店里高个子男生的衣服怎么就那么少。

为了能更好地穿这衣服，他们里面就得光着，不然就会显得臃肿。

格格：嗯，伴郎、伴娘团冲吧。

侯陌忍不住叹气，就连班主任都觉得他们是伴郎团。

跟谁说理去?

这时寝室其他人都去洗漱了，侯陌看到随侯钰起来了，便对他说："格格说到了队伍里以后先通知一下，别第一个打伞，不然容易被抓典型。"

随侯钰扫了侯陌一眼，随即"嗯"了一声。

冉述凑到侯陌面前，挡住侯陌的视线，让他再看不到随侯钰。

"你、你有啥事就跟我说吧。"

得。和随侯钰的关系一朝回到解放前。

似乎还不如以前呢。

侯陌也没什么想说的，拿出自己的唐装走出去找地方穿上了，可惜没有能搭配的鞋子，问邓亦衡："我穿平板鞋，外面套双黑色袜子行不行？"

邓亦衡连连摇头："咱能不能别那么丢人？"

"我全是运动鞋。"

这时，随侯钰和冉述换好衣服，穿戴整齐回来了，一个寝室的人都朝他们两个人看过去。

一般来讲，还是有点肌肉穿衣服好看，但不知道为什么，这套唐装的板型像随侯钰和冉述这种很瘦的身材，穿出来居然别有韵味，还挺好看的。真当伴郎，都能抢了新郎的风头。

尤其是随侯钰站在一边看着冉述整理包的时候，下意识地拿着扇子扇了扇，别说，还真有几分翩翩公子的感觉。

气质这一块，拿捏得准准的。

邓亦衡看看随侯钰，再看看侯陌，忍不住摇头："大师兄，真不是我说你，其他的方面你不输，但是中国风这块你真不如钰哥。"

冉述在一边跟着数落："就那欧式大双，还中国风呢？"

侯陌不服气地反驳："我这是眼窝，不是双眼皮，你看到谁双眼皮裂到这儿的？"

侯陌从下往上看的时候，眉骨和眼皮之间会有一道痕迹，可能是眼眸深邃的原因。

但是时不时就有人觉得那是双眼皮。

开什么玩笑，眼皮多大双眼皮多宽，那是青蛙！

桑献从床底下拿出一个行李箱，打开后给侯陌看："随便挑一双吧。"

侯陌蹲在箱子前看了看问："都是新的？"

"嗯。"

侯陌和桑献的脚一样大，鞋子可以换着穿，这也避免了侯陌运动鞋套袜子的尴尬。

运动会需要张罗的事情很多，随侯钰身为班长，很早就到了他们班级的位置，苏安怡已经在等他们了。

苏安怡本来就是一个非常清冷的女孩子，长相也是御姐范，今天盘着头发穿着旗袍，气质更加凸显了，冉述结巴着夸了半天。

到了班级后，随侯钰拿到了比赛的时间表。

为了防止中暑，学校把中长跑的项目都安排在了上午比较靠前的时间段。

第一个项目就是 800 米，高二 17 班参加的人是他和侯陌。

苏安怡看完后说："这样的话，你们走完方阵就要去换运动服，时间有点紧张。我找一个不走方阵的学生拿着你的包，在角落等着你，这样快一点儿。我和冉述拿着你的牌子帮你去报到。"

随侯钰低声回答："早知道就直接穿在里面了，现在只能就近找一个地方换了。"

走方阵的时候，高二 17 班还是很独特的。

服装整齐，方阵队员身材也好，颇为亮眼。

开幕式开始前，欧阳格还在百忙之中抽空过来，给他们拍了一张大合影。

随侯钰站得比较靠近角落，微微扬起嘴角，笑得十分敷衍。

他拍完打算离开的时候，回头才注意到侯陌站在自己的后排位置。

侯陌对他笑了笑，他没理。

方阵走完后，有人对随侯钰招手，将包递给了他："去换运动服吧！"

随侯钰点了点头，正要去找地方换衣服就被人拽住了。

侯陌伸手钩着他衣服的后衣领，从那名同学手里接过自己的包后对他说："我们去废楼，跳窗户进去，那里没人。"

随侯钰回头看向侯陌，迟疑着没说话。

侯陌有点无奈："走吧，那里比较近。"

"废楼"，其实就是没有投入使用的楼。

侯陌轻车熟路地找到一个窗户，用手推了一下，窗户果然能打开。

打开窗户后，侯陌伸手要扶着随侯钰跳进去，结果随侯钰助跑了两步，衣摆一甩，直接跃了进去，动作干净利落，帅得侯陌差点儿鼓掌。

侯陌跟着跳进去，站在墙后面努力抠领口的盘扣，盘扣真的太紧了，半天解不开。

"帮帮我……"侯陌向随侯钰求助。

随侯钰原本是不打算理侯陌的，没承想现在还要和他共处一室，最后还是走了过去，帮他解盘扣。

侯陌秉承着互相帮助的原则，也伸手帮随侯钰解扣子，引得随侯钰抽回手后退好几步，凶巴巴地瞪着侯陌。像什么话！

侯陌一脸无辜地看着他，这人奶凶奶凶的，怪可爱的。

"互相帮助嘛！"侯陌赶紧解释，并且摊手耸肩，以示无辜。

"我不用。"随侯钰凶巴巴地回答完，重新走过来帮侯陌解盘扣。

侯陌脱掉唐装上衣，在自己的包里翻找运动服，接着套上了无袖的运动服上衣。

随侯钰换完衣服，把唐装叠好装进包里转过身，就看到侯陌蹲在自己的包前看着他，问："你多少斤？"

"118 斤。"

"多少？！"听到数字后，侯陌吃了一惊。

"关你屁事！"他没好气地呛声一句，重新背起包打算跳窗出去。

侯陌跟在他身后，一个劲地问："你这么高才 118 斤？你吃的那些东西都吃哪儿去了，怎么瘦成这样？"

随侯钰没搭理，继续往运动场走。

走回到运动场，就有同学在等他们了，接走了他们的包，送回班级阵营里。

他们两个人走到了报到的地方，去签了到之后，冉述和苏安怡两个人围着随侯钰，帮他别上号码牌。

苏安怡小声道："高一的先比，现在进行了两组了，之后是女生组，时间还算充足。"

侯陌左右看了看，没人搭理他，于是自己把胸前的号码牌别上了。后背实在没办法自己来，于是走过去找随侯钰，打算再次互相帮助。

结果冉述直接把号码牌拿走，走到侯陌身后帮他别。

比赛开始后，就不许学生在这边聚集了，只有比赛的选手可以留下。

冉述和苏安怡只能回去。

等待的工夫里，侯陌一个劲儿地看自己手臂："我没喷防晒，你是不是也没涂？"

他们两个人来得匆忙，的确没准备这些。

不过随侯钰没说话，特意绕开了侯陌，去另外一边站着。

侯陌居然跟着过来了，伸出手臂给他看："我手臂一晒就脱皮，你看，泛红了。"

随侯钰没好气地看了一眼。

侯陌实在太白了，手臂上泛红都是粉红色的。

而且，侯陌换了无袖上衣，他才注意到侯陌的手臂其实也被晒黑了，肩膀那里要再白一个色号。

这货晒黑之后，还是比一般人白，真够逆天的。

"别好像我们很熟似的，行吗？"随侯钰说得特别认真。

侯陌看了他半晌，最后点头，不再打扰他了。

学校的运动会，100 米、200 米和 400 米的比赛有预选赛和总决赛。

到 800 米了，就直接预选赛和总决赛一起，按照时间排名，所以他们一次跑完就完事了。

侯陌和随侯钰同一批上场，并且还站在相邻的跑道。

他们两个人刚刚准备好，就听到了一阵欢呼声，似乎每个班级都有给他们加油的。

一时间太过混乱，都分不清到底是在给谁加油了。

别看侯陌平日里少年感十足，真穿上运动服后，手臂的线条充满了力量感。最逆天的恐怕是短裤下的长腿，完美地诠释了一句话：肚脐眼以下全是腿。

随侯钰站在他身边毫不逊色，身材似乎纤细了一号，标准的纤弱美少年的模样。

偏偏两个人的运动服是同一色系的，还站在一起，画面和谐得不像话。

和他们同批的人忍不住嘟囔："我们是进了偶像组了？"

“陪跑的，心态放稳。”

他们知道侯陌是体育生，还是体育生里成绩非常好的那种，都不抱希望了。

他们又看了看，随后小声问：“应该能跑过另外一个吧，细胳膊细腿的，我都怕他坚持不了两圈。”

殊不知……随侯钰非一般人。

枪响后，随侯钰和侯陌几乎是同步冲出去，到了后期他们两个人都没有松懈，全程保持同步在前进。

别人怕是没有什么感觉，但是侯陌意识到了，随侯钰是在跟自己较劲儿。

侯陌也难得地被刺激到了，非营业时间也拼了命，和随侯钰僵持着继续跑步。

体育生的 800 米，和一般学生跑的 800 米是不一样的。

普通学生 800 米，高二女生是 4 分 38 秒就算及格了，但是体育生就得 2 分 42 秒内，不然真说不过去。

像男生的 800 米，2 分 03 秒内成绩是优秀，普遍的要求是在 2 分 15 秒内。

为什么要称之为死亡 800 米呢？

就是要全速前进，以这样的速度坚持整整 800 米。

此刻随侯钰和侯陌就是这样。豁出去了，以短跑冲刺的架势，稳稳地坚持了整整两圈，最后一齐冲过终点线。

全场沸腾。

洪亮的欢呼声震撼了整个体育场。

欢呼与喝彩，都是属于他们的。

没有对比，就没有伤害。

在他们后面排在同组第三名的队员，被他们超越了大半圈的距离。

运动会刚刚开始，第一个项目就点燃了整个学校的气氛，惊呼声许久没有停息。

难得安静下来，还是宣布成绩的时候。

等待宣布期间，侯陌在角落位置来回走，以此缓解，抬头就看到随侯钰跟个没事人似的，这体力真的绝了。

广播终于读到了他们两个人的成绩：“21701 随侯钰、21702 侯陌成绩并列第一名，时间为 2 分钟，打破本校校内纪录。”

并列。

随侯钰对这个成绩似乎不太满意，瞪了侯陌一眼之后就走了。

侯陌被瞪得委屈巴巴的，他也练好几年了，和他并列不委屈吧？

两个人回到班级位置后，班级里一阵欢呼声。

邓亦衡兴高采烈地说：“这一跑，跑出两个二级运动员来，田径队的怎么混？有脸吗？”

就连身在 16 班的沈君璟都探头过来喊：“钰哥，可以啊！”

还有几个体育生过来叮嘱随侯钰运动后该怎么放松。

随侯钰看了看这群人，有点不解，自己什么时候和这群体育生这么熟了？

随侯钰坐下后，拧开水瓶刚打算喝一口，坐在他前排的侯陌从包里拿出了防晒对着自己喷，喷得像人工降雨似的，坐在后排的他也被喷了一脸。

侯陌喷完后回头，就看到随侯钰在擦瓶口，又瞪了他一眼。

“你用吗？”侯陌主动问他。

他还没回答，侯陌就特别热情地伸手挡住了他的眼睛，接着对着他喷。他赶紧闭了嘴，生怕喷到嘴里去。

喷完之后侯陌转了回去。

随侯钰看着自己这瓶水，估计着是加了料了，只能重新拧好放在脚边，又拿出来一瓶新的拧开喝了。

到第二个项目开始，终于有队伍开始撑伞了。

只要不是出头鸟，他们也就可以撑。

随侯钰撑着苏安怡借给他的伞，懒洋洋地看着比赛，这期间就注意到坐在前排的侯陌各种不自在，挪动着身体，先是坐在椅背上，接着大腿一跨就来了后排，挤在了他身边，躲在了伞下面。

苏安怡参加的项目是 1500 米，此时不在随侯钰身边坐着，让侯陌有了可乘之机。

随侯钰嫌弃地白了侯陌一眼。

但是蹭伞的侯陌脸皮厚，还主动问：“要不我拿着？”

“滚。”

侯陌没滚，他上身穿着防晒服，下身又套了运动长裤，依旧躲在伞下不动，还在小声叹气：“长得白的人都不扛晒，你看今天的紫外线多强啊……”

刚说完，天阴了。

就这样侯陌也没走，继续补充：“紫外线都是弥漫在空气里的。”

随侯钰撑着伞，继续看着比赛，声音沉稳里还有些冷漠：“其实你不必这样，我们本来也不熟。之前的事情都已经过去了，我们也只是在一起玩了几天而已，并没有更多的来往。突然知道我被讨厌了那么多年，的确有点失落，不过我小时候确实讨人厌，我也理解。”

侯陌扭头看向随侯钰，却不知道该说什么好。

随侯钰倒是一直很从容:“或许你是担心我一直这样,影响班级和谐?没有那么离谱，我一般不会挑事，也不愿意惹事，只要你不再来招惹我，我也不会去惹你。我不是一个团结友爱的性格,毕业之后我们会再次陌路,老死不相往来。”

“其实……我当时……”侯陌欲言又止，最后还是忍了回去。

其实昨晚之后，侯陌心里多少有点愧疚感，今天也有和随侯钰握手言和的意思。

“无所谓。”随侯钰扯着嘴角笑，“讨厌我的人多了，不怕多你一个。其实这件事情，我并没有你想象中那么在意。”

他说完，把伞给了侯陌：“伞借你。”然后拿着自己的东西换了座位，坐到了角落里。

随侯钰不喜欢这种靠近，仿佛带着怜悯，反而让他不自在。

侯陌撑着伞回头看了他半晌，接着坐好，没有再次追过去。

运动会结束的时间比日常放学早，且没有安排晚自习。

体育生这几天晚上还是会坚持训练，毕竟马上就要比赛了。

训练结束后，侯陌拎着浴筐回到寝室，寝室里只有冉述一个人。

他随口问：“钰哥呢？”

冉述瞥了侯陌一眼，不太想搭理，迟疑了一会儿才回答：“钰哥他、他去教室里看书了。”

随侯钰做了班长，有班级的备用钥匙，寝室有关灯时间，但是教室没有，反正他也睡不着，干脆留在教室看书了。

没想到运动会了，随侯钰还是挺认真的。

侯陌放好东西，接着对冉述说："能和我聊聊天吗？"

冉述拒绝得特别快："不能。"

"我知道钰哥对你下了封口令之类的警告，不过，我还是想要知道。我小时候不太懂事，只是觉得他烦，最近仔细想一想，我可能是没理解他，比如，我小时候不懂狂躁症是什么。"

其实在得知随侯钰身份后，侯陌也想了很多。

曾经无法理解的事情突然就理解了，小时候不懂事，不知道一个人太闹也可能是因为生病，身不由己。

他现在仔细想一想，愧疚感陡增。

冉述吃了一惊，没想到侯陌知道这件事情。

随侯钰有狂躁症的事情，只有几个人知道，很多人都当是随侯钰性格不好，或者是人不太正常，但是不知晓隐情。

"你怎么知道的？"冉述一瞬间坐直了身体，语速加快以示震惊。

"所以能跟我聊聊了吗？"

冉述又重新靠着床头瘫坐着了："不能。"

"我们毕竟是一个寝室的室友嘛，万一我在你杯子里吐痰，用没洗的桃在你被子上蹭，偷偷往你洗发水里灌水呢？"

冉述放下手机看向侯陌，忍不住问："你、你这个人怎么这么'狗'（无耻）呢？"

"随便聊聊，行吗？"侯陌依旧在微笑，笑得像个天使一样，仿佛刚才的话不是他说的似的。

冉述无奈，思考了一会儿还是同意了。

寝室里时不时就进来一个人，不太安静，侯陌带着冉述去了四楼寝室的走廊里。

没有投入使用的寝室楼层要安静许多，让他们有了说话的空间。

这里的地面没有铺瓷砖，空气中弥漫着烟尘的味道。

冉述过来之后就坐在了一个窗台上，问他："想问什么？"

似乎学跳舞的人身体都很轻盈，冉述跳上窗台的时候也很轻松。

"我对你那天欲言又止的内容十分好奇。"侯陌一直在意的，就是这几句没能说出来的话。

冉述叹了一口气，接着说道："其、其实钰哥小时候对你的印象特别好，因为你是唯一一个愿意耐心哄他睡觉的人。他从小就睡觉费劲，毕竟有狂躁症嘛……家里请的保姆还有偷偷给他吃安眠药的……”

“结果突然知道我哄他睡觉，只是因为烦他，不想和他玩，所以他挺气的吧？”

“肯定的！”冉述白了侯陌一眼。

不过，冉述很快就缓过来了。

他对随侯钰护短，但仔细想想，也明白侯陌为什么讨厌随侯钰。随侯钰小时候就是一个不太正常的小孩子，脾气大，不安分，话也多。

冉述微微低下头，继续说：“不、不过你讨厌他也正常，只是……他有狂躁症，小时候自己也控制不住自己，钰哥现在已经好多了……”

“嗯，我也发现他好像变了很多，以前话很多。”

“他一、一开始不是这样的。”冉述抬头看向他，用迄今为止最认真的表情说道，“你听说过电休克治疗吗？”

“电击？”侯陌问出这句话的时候，声音都在发颤。

这是他在传闻中才听说过的一种手段。

冉述又摇了摇头：“其实也、也不算，会麻醉，然后在脑袋这里导入电流。需要住院一阵子，隔天一次。”

“正规医院吗？”

“精神卫生中心……算是正规的医院吧。”

侯陌的概念里也存在一家精神卫生中心，不过别人直接叫那里精神病院。

他有时会从那里路过，看到过有人在疯狂拍窗户，接着被控制住，偶尔还能听到里面有人在朝窗外喊。

他微微蹙眉，亚麻色的头发斜着搭在他的额头前，想象着随侯钰是怎么接受治疗的。

对于这种治疗手段侯陌并不了解，只是下意识地担心。

冉述继续说了下去：“其实我、我觉得……这种治疗钰哥可以承受，但是，对他打击最大的，可能是被家里人当成精神病去治疗。他的家里人不理解他，也觉得他讨厌，所以他出院之后就不爱笑了，话也少了……可能是想自我保护吧，也不愿意和别人做朋友了。”

“为什么？”

“怕做了朋友，结果朋友发现他不太正常，再远离他，那样会更难过。”

侯陌突然明白了，随侯钰今天对他的回避，就是不想和他太亲近，接着再一次失望吧。

当自我保护成了习惯之后，冷漠都能变成伪装。

如今的缄口不言，都是曾经的伤痛累积成的痂，恨不得用厚厚的壳把自己裹住。

不再抱有期望，就不会再受伤。

冉述看着侯陌的样子，也不知道自己说这些对不对。

他开始说起以前的事情："钰哥他、他住院了几个月的时间，这只是其中一种治疗手段，其他的我也不知道，问他他也不说。本来休学一学期，学校想让他留一级，结果钰哥用一个月的时间自学，考试成绩比留在学校的人都好，也就留下了。"

顿了顿，他才继续说："他是、是为了我，他怕我一个人被人欺负了，他护不了我。他原来学习也不好，是从那以后才突然好起来的。"

思考了一会儿，他再次说道："我、我听钰哥说了，在你身边能睡着，我觉得，可能钰哥还没认出来你，但身体记得你，所以靠近你就能睡着。"

侯陌被提醒了，豁然开朗："原来如此。"

冉述突然灵光一闪，问道："既然、既然他在你身边能睡着，那你能不能继续哄我钰哥睡觉？"

"哈？！"侯陌被这突如其来的转折吓了一跳。

"钰哥以前已经发展到需要注射药物才能睡着的程度，后来药物都不好使了。你比吃药都好使，你就帮帮忙。"

"不是……"侯陌犹豫地说，"不是我不答应，问题是现在钰哥不搭理我。"

"那我没辙。"

"你当初是怎么和他成为朋友的？"侯陌只能找别的方法了。

"我、我小时候可爱跟他玩了，只是不哄他睡觉而已。我要是哄了，还能轮得到你？"

"那苏安怡呢？"

"她帮钰哥打过架。"

"一个女孩子帮打架？"

"嘿嘿——"冉述突然笑了起来，"钰哥打不过苏安怡，没想到吧？"

侯陌是真的愣住了。他和随侯钰将将能打个平手，结果随侯钰打不过苏安怡?

“他们俩居然打过架？”侯陌忍不住好奇。

“就、就是切磋，不过钰哥是苏安怡对手中比较能扛的了。如果是我，我挡不住苏安怡三招。”

侯陌忍不住揉头：“我想想办法吧。他……之前加我微信就是想和我做朋友吧？”

“嗯，但是你没理他，现在还说烦他，还撒谎，你简直就是踩着钰哥的雷点，在那个点上跳了一段踢踏舞。”

“我知道了，谢谢你愿意告诉我这些。”

冉述跳下窗台，拍拍屁股就回了楼上。

侯陌一个人在寝室楼里转了一圈，接着又悄悄跑到了教学楼。

教学楼里十分安静，仿佛进入了冬眠状态的巨兽。

侯陌在走廊里故意放轻步子，最后从班级门口的窗户朝里面看，看到随侯钰又解锁了新的看书姿势——平板支撑看书。

随侯钰的手臂下垫了件校服外套，同时认认真真地看着书。

他的头发真的很厚，这种姿态下，侯陌连他的脸都看不见，只能依稀看到他的鼻尖。

侯陌迟疑着要不要进去跟随侯钰说点什么。

结果随侯钰似乎注意到他了，抬头看向门口，接着起身走过来打开门，问：“要进来？”

“嗯，取东西。”侯陌下意识地回答，说完恨不得咬自己的舌头。就不能直接说来找他的吗？

侯陌走进教室，像模像样地到自己的座位翻找，接着拿了本书。

随侯钰也回到了自己的位置，整理了包之后背着就走。

侯陌立即跟着他离开教室，临走的时候还不忘记关灯，锁上教室的门。

两个人一前一后走出教学楼。

随侯钰穿着T恤和黑色的宽松短裤，侯陌总觉得随侯钰的腿太细了，显得鞋子很大，仿佛小孩子偷穿大人的鞋。

或许是因为在郊区，天空格外明亮。

天空中倾泻出一道银色的线，线上是星星坠落的河。繁星点点，时不时隐匿在柔云的涟漪里。

随侯钰快步走进夜色之中，单薄纤细的身体，撕开了寂静的夜景。

你看那星河，有很多星。

但是总有一颗星和一颗星的相遇不平凡。

或许，那颗暗淡的，会因为另外一颗星变得流光溢彩。

侯陌快步追上随侯钰，明明错开了一个身位，但是路灯照射出的阴影中，两个人仿佛肩并肩前行，身高差弥补了这一部分。

影子逐渐拉长又缩短，到下一个灯光范围内后再次拉长。

随侯钰似乎注意到了，回头看向侯陌。

侯陌迎上他的目光，对他温和地笑。

侯陌的眸子颜色很浅，在路灯的照耀下又镀上了一层橘色的光亮，仿佛琉璃，泛着盈盈的柔光。

他轻声说："其实我去教室不是取书，我找你。"

随侯钰问："有事？"

"嗯，有事。"

随侯钰往后退了两步，依旧有着不容侵犯的个人领域。

就像孙悟空在他身边画了一个圈，别人都别想进入这个圈，不然他就会觉得被打扰了。

那样，恐怕会招惹暴躁的小怪兽。

侯陌适时停住脚步，调整了一下心情后跟随侯钰解释："我承认，当初加你微信，只是因为是我爸爸发给我的名片，我不好意思不加。"

"哦。"随侯钰真的不想听这个，他都知道了，还有什么好解释的？再来羞辱他一次？

"不过和你聊了几天后，我发现你似乎没有以前那么烦人了，还是会继续和你聊天。后来不回消息是因为我爸爸突然去世了，家里随之一片混乱，我没心情去看那些消息。"

随侯钰愣了一下。

安叔叔去世的事情，他确实不知道。

但是仔细回想，他住得离侯陌家很近，真的没见过安叔叔，不然他早就认出来了。

"什么时候的事情？"随侯钰惊讶得许久没有眨眼睛。

"忌日是 8 月 30 日。"侯陌的声音很低，很低，发音都只是靠喉咙的轻微震颤。

这个日期，的确和侯陌不回他消息的时间吻合。

他至今记得整个暑假都在和侯陌聊天，在暑假即将结束的时候，侯陌突然人间蒸发了，再没回过他的消息。

他意识到，侯陌应该并不想理他。

随后他又想起了一件事情。

邓亦衡提起过，侯陌是他们班里年纪最小的，再小一天，就要下一批入学了。

也就是说，侯陌的生日是8月31日，侯陌爸爸的忌日是8月30日。

仅差一天而已。

侯陌在随侯钰沉默期间再次开口："其实白天就想和你说了，但是话到嘴边又咽下去了，总觉得是在卖惨。又不是参加选秀节目，没必要提这些……可是仔细想一想，还是觉得应该跟你解释清楚。"

其实这话真的很难说出口，用什么语气说都显得很矫情。

殊不知，这是侯陌将自己最痛苦的一面第一次这样说出来。

随侯钰又问："所以你改了名字？"

"嗯，最开始没想改，可是我爸爸去世后，他的父母和兄弟姐妹又哭又闹，要走了所有的抚恤金，还想要走我妈妈的存款，家里值钱的家具都要搬走。后来我妈妈因为伤心过度得了病，需要钱治病，他们便和我们彻底断绝了关系。寒了心，就不打算再姓安了。"

连爷爷、奶奶都不叫了，直接撇清了关系。

随侯钰知道侯陌说的这些不是骗他的。

邓亦衡提起过侯妈妈曾生过一场大病，他们卖房子治病，从此侯陌便开始竭尽所能地省钱，就怕再出什么事的时候拿不出钱来。

随侯钰低下头，垂着眼，一时之间什么也说不出来。

可以想象，那是侯陌最难受的时候，没有心情回复他的消息也是自然。

他看到的，只是他自己的生活，没有想过侯陌的生活是怎么样的。

侯陌就这样站在他的面前，一直看着他，目光从未从他的身上移开过。

就好像是自言自语，侯陌再次开口："我本来以为，我和爸爸的世界彻底断了联系，身边再也找不到他的痕迹了。结果你又突然出现了，我觉得很神奇，你竟然成了我和我爸爸之间唯一的联系。"

他和爸爸的亲戚们断了联系后，家里仿佛再也没有爸爸的痕迹了。妈妈不想他难过，也很少提起爸爸。

就好像……爸爸已经彻底消失了。

现在，随侯钰出现了，他是爸爸战友的儿子。

所以，他很重视，愿意把伤疤揭开给随侯钰看。

随侯钰迟疑了许久后才问：“安叔叔是怎么……”

“不说这个了吧。”这一点，侯陌不想提起。

“我爸爸还不知道这件事，曾经猜测安叔叔去边防部队了。”

“确实没能通知所有人。”侯陌看着随侯钰，又问，“前些年我错过了，缓过神来的时候已经不知道该怎么再去找你了。现在既然又遇到了，我们能不能再次好好相处？”

随侯钰咬着下唇没回答。

侯陌再次出声：“要不，我们重新认识一下，你别再不理我了，我心里怪难受的。”

“我对谁都这样，没有不理你。”随侯钰侧过头倔强地说。

“要不……咱俩去没监控的地方，打一架？”

这是随侯钰一贯发泄情绪的方式。

随侯钰白了侯陌一眼，接着转身继续朝寝室的方向走，走了两步后又回头看了一眼。

侯陌立即跟了上去。

“再说吧。”

随侯钰的声音似乎是被风吹来的，隐隐约约，侯陌险些听不清。

侯陌不死心地继续问：“那你要不要去看比赛？队里挺多人挺喜欢你的，你去了他们肯定挺高兴的，我跟教练要两张票给你。”

“不去。”随侯钰拒绝得毅然决然。

“别因为我迁怒他们了，他们人都蛮好的。你不觉得吗？”

“不觉得。”

“哦。”

“无聊！”

“嗯。”

随侯钰转过身继续走，不过模样似乎没有最开始那样不可亲近了。

侯陌一直跟在随侯钰身边，在随侯钰上楼梯的时候，觉得随侯钰的脚步很轻，脚尖踩在楼梯上，小腿紧绷着，依旧纤细。

太瘦了。

正迟疑着，随侯钰停下了脚步，转过身看向他，他赶紧收回了目光。

随侯钰停在楼梯间，低声说：“朋友圈对我不可见取消了。”

“哦……”侯陌赶紧拿出手机来，当着随侯钰的面取消了。

他知道，这是随侯钰已经有所让步了。

随侯钰也在看手机，他又上了两级台阶，站在随侯钰的面前问：“发现没有？”

随侯钰还在翻看，随口问：“发现什么？”

“我真的不发朋友圈。”

“……”

取消不取消，没什么区别。

运动会最后一天的重头戏是接力比赛。

接力比赛的成绩积分是其他项目的两倍，而且这种团队比赛也更吸引眼球。

高二 17 班的体育生多，好几个人是专门练田径的，这些人直接把 4×100 米给包了，来了一回教科书式的接力比赛。

不过下场后他们就开始抱怨：

“技术流永远干不过偶像流……”

“就是，还是大师兄和钰哥的比赛风光。”

他们的表现是一流的，成绩也破了学校纪录。

然而，喝彩声远远不如随侯钰和侯陌破了 800 米纪录的时候热烈，宣布成绩的时候女孩子们还在交头接耳、吃零食。

邓亦衡是 4×200 米的第二棒，做准备的时候就在嚣张：“哼，我前面一棒是钰哥，后面一棒是大师兄，那些女生就算是不愿意看我，也得看我，我是中间过渡的那一个。这恐怕会成为我人生之中的一个高光时刻。”

之前比 4×100 米的队员不服气，说道：“你最好摔一下，这样全校女生都记住你了，见你一次骂你一次，耽误她们颜值哥哥们比赛。”

邓亦衡不吱声了。

在去做准备的时候，第一棒的男生左右看了看，随后问：“我的作用是不是就是起跑？”

第一棒是田径队练短跑的男生。

另外三个人异口同声的“嗯”，搞得第一棒的男生差点儿自闭。

在等待期间，侯陌反复教随侯钰怎么接棒和递棒，毕竟这里面只有随侯钰一个人不是体育生。

随侯钰沉默地听，看着他们做示范，直到被老师叫走。

真的站在跑道上，看到第一棒的男生做出了起跑的动作后，随侯钰的心才紧绷了起来。

他一向不愿意交际，很少参加集体项目，这种项目是不是如果他失误了，就会耽误四个人?

侯陌是之后要接棒的，在随侯钰不远处站着等待，看到随侯钰紧绷的样子，突然吼道：“想什么呢？钰哥加油！钰哥勇敢飞，侯侯永相随，啊啊啊！”

这一嗓子十分突然，吓了随侯钰一跳，不过他很快就调整了过来。

枪声响起后，随侯钰也跟着做好准备，在第一棒过来后快速接棒，朝着邓亦衡跑过去。

随侯钰奔跑的样子，就仿佛幼兽第一次去捕捉猎物，青涩，却充满了爆发力，像凶狠的小豹子一样。奶凶奶凶的小怪兽也披上了凶狠的外皮，带着一点儿野。

直到将手里的接力棒给了邓亦衡，在不干扰其他赛道比赛的情况下退场，他才注意到了洪亮的加油声。

缓过神来，他看到侯陌已经接到了接力棒，冲向终点线。

如果随侯钰是青涩的幼兽，那么侯陌就是熟练的猛兽。

娴熟的，沉稳的，不容侵犯的。

带着所向披靡的架势，成为毋庸置疑的第一名。

他们都说，随侯钰和侯陌破 800 米纪录恐怕是这次运动会的沸点了。

毕竟那时是刚刚开始比赛，到了最后一天，学生们的心都飞去放假了，很难再大爆了。

然而，他们两个人再次破了他们自己创下的欢呼纪录，再一次引爆全场，欢呼与喝彩声经久不息。

随侯钰不自觉地想笑，朝着侯陌走过去。

他们还没来得及反应，跑过来的邓亦衡就兴奋地冲了过来，伸出手来一手搂着一个庆祝。

第一棒的男生也扑了过来，几个人抱得更紧了。

邓亦衡一边笑一边还在蹦："牛，兄弟！"

第一棒的男生还在吹："我刚才的起跑绝了！"

侯陌的笑声在随侯钰的耳边响起，爽朗的笑声敲击着随侯钰的耳膜。

随侯钰跟着其他几个人回到班级队伍的时候，还在打哈欠，居然有点困了。

他坐在座位上，刚刚撑起苏安怡的伞，侯陌就又凑了过来蹭伞。

他嫌弃侯陌，想直接赶走。

结果侯陌全程都在和其他人聊一会儿欧阳格参加比赛的事情，他们在思考加油口号，一会儿要送去主席台读的加油稿件。

侯陌就这么聊着天，特别自然地坐在了随侯钰身边，随侯钰想插句话都插不进去。

他撑着伞又打了一个哈欠，闭着眼睛打算休息一会儿，没一会儿就靠在侯陌的肩膀上睡着了。

感觉到肩膀一沉，侯陌扭过头去看随侯钰，便不再说话了，小心翼翼地从随侯钰的手里拿过伞，特意放低前端，帮他遮挡。

班级队伍依旧乱成一团，学生们兴奋地商量着，似乎也没人注意到。

坐在旁边的冉述探头过来看了一眼，低声嘟囔："还、还真能睡着啊……"

老师的比赛项目只有 100 米、200 米、400 米和 4×100 米接力，欧阳格选了 400 米。

他的比赛成绩也会记入高二 17 班的总成绩当中。

两校合并后，体育生就被取消了，侯陌他们是最后一届体育生。体育生聚集的 17 班，积分远远超越了其他的班级，让整个学校的其他班都望尘莫及。

欧阳格能不能赢都无所谓，毕竟他们是稳稳的第一，积分是第二名的两倍。

不过，欧阳格显然不想输。

欧阳格在做准备的时候，就听到了广播词："欧阳老师，您就像雄鹰一样地飞翔，像土拨鼠一样地咆哮，像疯狗一样地冲刺，像土鸡一样地引领时尚。加油啊欧阳老师，我们爱你。稿件来自格格的臭宝贝们。"

欧阳格一瞬间战意全无。

其他的老师也笑得不行，跟欧阳格说："你们班的学生真的太闹了。"

欧阳格再次开始做准备，听到了来自高二 17 班学生们的欢呼声，立即抬手扬了扬拳头。

一个举动，引来学生们的尖叫声。

欧阳格老师到底是体育老师，并且是得过全国冠军的人，真的跑起来并不含糊，第一个冲过终点。

高二 17 班再次得到最高的积分。

因为欧阳格得到了第一名，整个高二 17 班都在疯狂地大叫加油。

这样喧闹的环境里，随侯钰和侯陌显得格格不入。

侯陌撑着伞，安静地坐着。随侯钰靠着侯陌的肩膀，这么吵都没醒过来。

周围其他的同学又吼又蹦，只有他们两个人风雨不动安如山。

冉述之前只是听说，这次算是见识到了，随侯钰靠着侯陌睡得是真的好，这种环境下居然也没被吵醒。

服了。

彻底服了。

运动会结束后，欧阳格走回来说："班长组织一下收拾场地。"

说完，没人理他。

他忍不住问："班长呢？"

侯陌这才叫醒随侯钰。

随侯钰醒了之后需要缓缓神，并未听到欧阳格说了什么。侯陌抬手按着随侯钰的头，让他点了点头。

欧阳格当随侯钰是听到了，扭头又走了，他要安排队伍按顺序退场。

侯陌提醒他："格格让你组织一下收拾场地垃圾。"

"哦……"随侯钰含糊地答应了一声，左右看了看，似乎不用他说，其他人已经在自发地收拾了。

随侯钰伸了一个懒腰，回头问冉述："你国庆什么安排？"

"我、我家给我请了家教。"

"加油吧。"

"我会好好学习的。"

"不，我是在给你的家庭教师加油。"

“……”

运动会结束，学生们就可以放学了。

随侯钰回寝室整理了东西，和冉述一起离开了学校，这次冉述说什么也要用自家车送随侯钰回去。

随侯钰也不想拼车了，就答应了。

走出学校就发现，私家车抢地方完全抢不过校门口接活儿的面包车，所以停放的位置很远。

他们两个人并肩走了一段，冉述突然用舌头弹上牙膛发出一声响引起随侯钰的注意，接着下巴一扬，示意：“迈巴赫。”

“嗯。”随侯钰轻轻应了一声。

他们原来就是私立高中的，门口豪车很多，这车也不算什么。

就是这辆车的车牌号有点酷，估计是拍卖拿到的，所以引得两个人多看了一眼。

刚巧此时车上走下来一位辣妹，对着他们身后招手：“侯陌！”

听到熟悉的名字，两个人同时回头，发现侯陌居然在他们身后不远处跟着呢。

侯陌也看到辣妹了，笑着回应：“阿姨，今天您来接桑献啊？”

阿姨?

随侯钰和冉述同时再看看这位辣妹，怀疑会不会是桑献的小妈，接着就觉得看辣妹的身高真有可能是桑献的亲妈——穿着高跟鞋，跟随侯钰差不多高，净身高应该有 175 厘米以上了。

“对啊，你来家里玩啊，晚上阿姨开车送你回去。”辣妹继续说道。

“你们一家三口团聚，我凑什么热闹？”侯陌想要拒绝。

“来呗！挺长时间没来过了，你干爹也想你了。”

侯陌想了想，还是同意了，走过随侯钰他们身边的时候打招呼：“比赛，别忘了。”

随侯钰没回答。

侯陌上了迈巴赫，坐在了后排。

随侯钰和冉述也上了冉述家的车，距离那辆迈巴赫并不远。

冉述还在往那边看，看到桑献上了车，忍不住嘟囔：“那个桑献不显山不露水的，还有点家底。”

“比你差点儿。”随侯钰安慰。

“那是，老子这辆也是劳斯莱斯！”

“嗯。”随侯钰点头，懒得再搭理了。

结果冉述还是在纠结：“他家那辆也一千多万吧……啧……”

等了一会儿没等到回应，冉述凑过去看随侯钰在干什么，接着问：“你、你查比赛场地干什么？要去看？”

“不。”

“那你……”

“就是看看。”随侯钰解释完毕后，十分淡定地将手机收了起来，不再看了，要多严肃有多严肃。

“哦。”冉述也没多想，不再问了，低头拿着手机查询桑献家那辆迈巴赫多少钱。

BUZENME KENENG SHUGEIIA

第七章 双学霸

网球比赛会持续几天，从十月一日开始，持续到假期结束。

有单打，也有双打。

枫屿高中的队伍报名名单依旧是最原始的，侯陌、桑献等人继续单打，邓亦衡和沈君璟双打。

队伍里的成员仅仅放了半天假，第二天就要集合，一起坐车去比赛场地附近统一安排的酒店住宿。

侯陌到了酒店后，坐在床铺上给随侯钰发了一个比赛场地的定位，接着问：

会来看吗？

备注已经被改成“凶神恶煞小奶豆”的随侯钰很快回复过来。

凶神恶煞小奶豆：不会。

财源广进：来呗。

凶神恶煞小奶豆：不。

侯陌也没再坚持，和随侯钰说自己要去做拉伸了，便放下了手机。

比赛进行了两天，侯陌才后知后觉地察觉到，随侯钰应该是来看比赛了。

学校的领导来看比赛，但是找不到他们，教练派侯陌去停车场接人。

走过去的途中他脚步一顿，盯着一辆电动自行车看了许久，最后凑过去看了看，确认这辆是随侯钰的车，毕竟是他帮随侯钰买的。

带着领导进入场地后，他凑到了邓亦衡身边问：“看到钰哥了吗？”

“没啊！”

“钰哥好像来了，不过我怎么没看到人？”

邓亦衡和侯陌两个人伸长了脖子，在观众席寻找随侯钰，找了两圈都没找到。

侯陌靠着休息席的椅子嘟囔：“我看错了？”说着，拿出手机来，准备发消息给随侯钰问一问。

邓亦衡也放弃寻找了，看着一边的吉祥物说道：“今年的吉祥物跳舞挺不错啊。”

侯陌含糊地应了一声，接着朝着吉祥物扫了一眼。

不知道是不是侯陌的错觉，他刚看过去，吉祥物就突然转了一个身，走向另外一个方向。

侯陌盯着吉祥物看了许久，放下了手机，放弃发消息了，嘴角不自觉地上扬。

等到比赛的时候，侯陌有特别留心。

他注意到那个吉祥物似乎在看他比赛，比赛期间几次休息，他都忍不住朝吉祥物看，其中有一次吉祥物正在扶脑袋，似乎是这个“头”太重了。

注意到他在看之后，吉祥物立即转身离开了。

最终，侯陌顺利赢了这一场。

结束后和队友庆祝的时候，吉祥物们在场边跳舞，他比较关注的那个是跳得最好的。

嗯，今年的吉祥物跳舞是挺好看的。

比赛结束后，侯陌冲了一个澡，走出休息区，拐了一个弯就看到一个吉祥物正扶着头在吹空调。

吉祥物穿着厚重的玩偶衣服，还顶着大头的帽子，只能将头半举着，露出一条缝隙来吹风，这样风能进入衣服里，短暂地凉快一会儿。

是侯陌关注的那个吉祥物。

侯陌干脆走过去，帮他扶着头，接着说：“我帮你扶着，你歇会儿。”

吉祥物身体一僵，没有回答，保持背对着侯陌的姿势站着。

侯陌站在吉祥物的身后，想要感受一下吉祥物的身高，结果就看到吉祥物捧着大头开始狂奔，转瞬间就离开了他的视线范围。

侯陌也是第一次见识到什么叫“举头狂奔”。

侯陌看着吉祥物的背影笑出声来，眼睛弯成了好看的月牙。

这人怎么这么别扭？

侯陌换上了全套运动服，并且戴上了棒球帽，将自己挡得严实。他是不能晒的体质，晒得久了，皮肤会泛红。

穿戴整齐后，他走出去看其他的队友比赛。

走到比赛场地时正巧碰到吉祥物们在跳舞。

他坐在场地边，拿起一瓶水喝了一口，眼睛一直盯着那个吉祥物看。

十月，天气依旧很热，穿着那么厚重的衣服跳舞一定十分闷热吧。

也不知道随侯钰是怎么坚持的。

他去给随侯钰送一瓶水，随侯钰能要吗？工作期间是不是不能打扰工作人员？

随侯钰性格那么别扭，脾气还那么火暴，如果他当众去找随侯钰，随侯钰一准炸了。

到时候肯定会跟他打一架。

他又喝了一口水，最后忍住了，不过偷偷用手机把随侯钰跳舞的样子录下来了，一边录一边笑。

等到今天一整天的比赛结束，侯陌才去了吉祥物的换装室，他并没有直接进去，而是找到了一根柱子，躲在柱子后面等待。

过了不到二十分钟，他就看到随侯钰换上了自己的衣服，并且穿戴整齐地往外走。

随侯钰显然是在故意隐藏，戴着渔夫帽，还有墨镜和口罩，因为身材好，伪装都遮挡不住优秀的外形，不知道的还以为是哪位流量小生来看比赛了。

侯陌立即追了过去，也不打招呼，只是和随侯钰并肩走着。

随侯钰朝他看了两眼，见甩不掉他，气得踹了他两脚。

侯陌被踹了也不生气，反而笑起来:“挺厉害啊，还能找到这种工作？”

“呵，这种工作我手到擒来。”

“嗯，你跳舞确实好看。”

随侯钰不想和他多说，只想直接离开，明天就不来了。

结果侯陌搂着随侯钰的肩膀不让走：“走，和教练他们打个招呼去，我们正好要去吃晚饭，自助餐，我带着你混进去。”

“我不去！”随侯钰拒绝得毅然决然。

“去吧去吧，他们看到你肯定非常开心。”侯陌坚持。

随侯钰立即挣脱了，不爽地回答：“才不要。我只是来做兼职，碰巧是你们的比赛而已。”

“哦……”侯陌点了点头，接着又问，“我表现得怎么样？”

“我没看。”

明明看了全场。

“怎么跑这么远做兼职？骑电动车得两个半小时才能骑到这里吧？”

随侯钰没吱声。

“不过勤工俭学嘛，辛苦点也是正常。还是想提醒你一下，加入网球队有奖金，其实也挺丰厚的，成绩好的话一年几万到十几万还是可以的。我去年除了考试的奖学金加比赛的奖金，还拍了两套运动服的广告，年收入也二十多万了。”

随侯钰凶巴巴地瞪着侯陌。

装！

明明已经猜到了，还装得像个人似的！

这人怎么这么可气？

随侯钰气得想骂人，但是骂人方面他真不如冉述，气得停住脚步看了侯陌半晌，最后又气鼓鼓地往外走。

走了两步，随侯钰还是觉得气不过，再次停下来看向侯陌继续酝酿该怎么骂。

到最后，他也只憋出一句话来：“你给我滚蛋！”

侯陌依旧好脾气地跟着他：“热不热，要不要去冲个澡？”

他们做吉祥物的，没提供洗漱的地方。不过运动员有，就算这里的随侯钰不想去，也可以去侯陌住的酒店洗个澡。

随侯钰确实觉得有些热，身上都是汗，黏糊糊的。

不过，他还得一路骑车回去，估计还是会出汗，还不如回家之后再洗澡，于是摇了摇头拒绝了。

侯陌又问：“明天还来吗？要不你就住我那里吧，正好你在我身边能睡着。”

“不来。”

“你不来，少个吉祥物多尴尬啊？”

随侯钰冷静下来，想了想，的确觉得自己突然旷工不太好。

他不缺钱。

在这里做兼职几天的收入他也不是特别在乎，这里的收入等比赛结束后才会结算。他来了三天而已，加起来也就六百元钱。

但是，他如果突然不来了，这边找不到人顶替，说不定会耽误正事。

每天搭在路上五个小时，真的很浪费时间。

住下来，冲个澡……诱惑力出奇地大。

就在他纠结的时候，侯陌又凑了过来，低下头认认真真地问他："去吃自助餐吗？运动员餐，种类不多，不过味道还不错。"

随侯钰故作冷淡地问："那……邓亦衡他们是不是都会知道我来了？"

既然这么问了，就证明已经犹豫了。

"对哦，那我把你藏起来，走吧。"

随侯钰思考了一会儿，跟在了侯陌的身后。

侯陌走在前头，单手拿着手机，一边走路，一边懒洋洋地说："队伍里有没进决赛的，干脆提前回去了。我和他们说一下换房间，这样我就能单独一间了。"

"我可以自己找酒店。"

"住宿费比你做兼职的费用都高，你不勤工俭学了？"

随侯钰一瞬间哑口无言。

侯陌一边发消息，一边偷偷笑。

随侯钰则是全程沉默，又气又恼，还反驳不了，特别理亏。

随侯钰被侯陌带到了他在酒店的房间。

本来他的室友是桑献，两个人住的是标间。

在侯陌回来前，桑献收到消息直接换出去了，房间里空出来了一张床。

侯陌进入酒店后，行李箱直接打开放在衣帽间，方便随时拿东西。

他走过去找了找，找到了一个袋子给了随侯钰："赞助商新派的衣服，我还没穿过呢，不过我妈妈给我洗过，你洗完澡直接换上就可以了。"

侯陌又从一个盒子里拿出了一个小包丢给了随侯钰："一次性内裤。"

他经常要到处参加比赛，这种东西都会常备着，并且准备很多。

随侯钰捧着东西，迟疑了一会儿还是进了浴室。

侯陌一个人坐在房间里拿手机发消息，让桑献给他带三份饭送过来。

桑献：搞什么幺蛾子呢？

财源广进：一个人冥想战术，不想出屋，明天再大师出山。

桑献：那要三份饭？

财源广进：挑食，只吃每份中的一样菜。

桑献：行吧。

放下手机等待的时候，听着浴室里“哗啦哗啦”的水声，他突然觉得很神奇。

他原本不想和任何人亲近，结果突然对随侯钰这么热情，他自己都觉得有点奇妙。

很奇怪啊……

随侯钰洗漱完毕，头发吹得半干就走了出来，一边甩手臂，一边看桌面上的饭菜都有什么。

侯陌看着他问：“头发不吹干吗？我开着空调呢，容易着凉。”

“吹得不耐烦了，手臂也累了，等我吃完饭再继续吹。”

侯陌吃着饭笑出声来，这头发是真的厚。

随侯钰吃着运动员餐，一边吃一边嫌弃：“怎么这么单调？而且这个馒头也干巴巴的，口感太差了。”

“吃吧，这是我们的日常餐，而且这里做得比学校好多了。”

“我可受不了这种……”随侯钰说着，盘腿坐在椅子上，拿出手机来点餐。

侯陌探头看了一眼，问：“订餐就花一百多？你这勤工俭学的……”

随侯钰立即放下了手机，拿起筷子继续吃饭，再没多说一句话。

随侯钰吃饭的时候挺没正形的。

他喜欢盘腿坐在椅子上吃，或者干脆蹲在椅子上，总之就是不好好坐着吃。

侯陌记得随侯钰这个特点，小时候就觉得随侯钰特别没有教养。他要是这么吃饭，爸爸都能揍他。

现在才知道，没人教过随侯钰这些。

他抬头扫了一眼，看着运动服松垮垮地穿在随侯钰的身上，非常明显地大了一号。

无袖的上衣，还能看到随侯钰一侧肋骨。

目光扫了一圈又收了回来。

侯陌突然说起了以前的事情：“你还记不记得你小时候非得下午一点拽我出去玩，还是盛夏？我那时候也不知道什么是防晒，就傻乎乎地跟着你去玩了。玩了三个小时后，我晒得整个人都红了，后脖颈都脱皮了。”

随侯钰吃饭的动作停顿了一下，思考了一下问：“哪一次啊？”

他经常这样，不管时间、天气，觉得躁了就一定要出去玩，还得侯陌陪着。

如果侯陌不同意，他就一直闹，侯陌往往都会同意。

“下午我们俩买了雪糕的那次，我买的哈密瓜味的，你买的草莓味的，打开后你不喜欢里面有小颗粒，非得跟我换。我不同意你就把雪糕给摔地上了，我只能把我的让给你，然后去收拾地面上的狼藉。”侯陌说完继续吃饭。

随侯钰咀嚼着嘴里的东西，咀嚼的速度逐渐放慢。

其实也不怪侯陌小时候讨厌他，他听完，也觉得自己怎么那么讨人厌呢？

随侯钰继续闷头吃饭，这个话题他有点聊不下去了，甚至不明白侯陌为什么突然提起这个。

侯陌又啃了一口馒头说道：“可能是你觉得你做错了，晚上吃饭就一个劲儿给我夹虾仁，自己一个劲儿吃我盘子里的西芹。”

“哦……”随侯钰含糊地回答了一声，还有这茬呢？

侯陌把随侯钰挑出来的西芹全部都扫回到随侯钰的餐盒里：“吃点西芹吧，你这么瘦绝对是你挑食的过。”

随侯钰看到西芹直蹙眉，抿着嘴唇来彰显自己的倔强，在西芹面前他绝对不会屈服。

小时候侯陌觉得随侯钰的举动莫名其妙的。

现在长大了再次一起吃饭，他才发现随侯钰其实最讨厌西芹，碰到都会特意挑出去。

原来……小时候的随侯钰是在帮他消灭最讨人厌的东西。

可惜，他现在才懂。

随侯钰是一个闲不下来的人。

在家里的时候他会搞卫生，到了酒店里不知道该做什么好，就在房间里转圈，最后站在床边盯着侯陌看。

侯陌被看了一会儿，懒洋洋地翻了一个身，继续玩手机：“我有比赛，你别找我碴，等我比完再说吧。”

在侯陌的印象里，随侯钰真的是一个非常会找碴打架的人。

但是真打架，也得分场合和环境，反正他现在懒得动弹。

“你们比赛期间都不训练吗？”随侯钰看着侯陌瘫在床上的样子，忍不住问了这个问题。

“明天早上起来后会进行肌肉唤醒，不过现在的任务是休息，八点多教练会叫我过去说一些战术，没了。”侯陌回答时语速都很慢，仿佛回答快了都会浪费力气。

随侯钰实在是闲得难受，开始在地毯上做俯卧撑。

侯陌动作缓慢地又翻了一个身，看向他问：“你这么运动完，不是白洗澡了？”

“那就再洗一次。”

“你这人活得真折腾。”侯陌继续看手机，“我可没有其他的衣服借你了，一身汗味我可受不了。”

随侯钰撑着身体扭头看了侯陌一眼，

他呼出一口气，停止了俯卧撑，走过来坐在了另外一张床铺上。

他坐下没一会儿，侯陌就走了过来，在他旁边坐下，问：“我是不是坐在这里你就能睡着？”

随侯钰看向侯陌，迟疑了一下说：“应该是吧。”

“那你睡吧，睡着了我回去睡。”

随侯钰拿出手机来看，才七点多，睡这么早?

这个时间他从来不会考虑睡觉。

不过他们两个人在一个房间里相处的确尴尬，不如试试看能不能睡着。

他躺下尝试着睡觉，结果依旧翻来覆去睡不着，毫无睡意。

侯陌一直在看随侯钰，迟疑了一会儿伸手去轻拍随侯钰的后背，这是他小时候哄随侯钰睡觉的方法。

随侯钰忍不住翻白眼，嘟囔：“你哄小孩呢？”

没承想，话音刚落就睡着了。

侯陌又拍了一会儿，确定随侯钰睡沉了，才起身伸了一个懒腰，拿着房卡去了教练的房间。

随侯钰睡了大概两个小时，睁开眼睛看向周围，侯陌并不在房间里。

中央空调依旧在徐徐输送冷风，成了房间里唯一的声响。

他站起身来走到柜子前，伸手拿来一瓶水拧开，“咕咚咕咚”喝了两口，才注意到台子上还有一瓶水。

依稀记得侯陌分水的时候说，完整的那瓶给他，这个包装纸撕开一部分的是侯陌自己的，并且侯陌还喝过一口。

他赶紧拿起水瓶看了看，果然是被撕开了包装纸的瓶子，赶紧拧上瓶盖放回去。

喝错水了。

喝了侯陌喝过的水，随侯钰“呸呸呸”好几口。

回过神来，他看着那瓶水少了这么多，肯定会被发现，到时候侯陌肯定也很嫌弃。

他赶紧拧开了另外一瓶水，往这瓶撕开过包装纸的瓶子里倒水，研究着倒多少才能让它看起来没被喝过。

正在认认真真地倒水，门口传来“叮”的一声，吓得随侯钰手一抖，水倒在了桌面上。

侯陌开门走进来，看到随侯钰的动作停住了脚步，接着问：“你在干什么？”

“没……”随侯钰更加不知道该怎么解释了。

侯陌走过来，看着两个水瓶，沉默了一会儿，扭头又出了房间。

没一会儿侯陌回来了，手里捧着六瓶水，一股脑地放在了台子上：“放心吧，够喝。”

“哦……”随侯钰已经整理好了现场，故作镇定地远离了台子。

侯陌是个水罐子，平日里超级能喝水，能喝到别人都怕侯陌会水中毒的那种程度。

最近有比赛，侯陌才收敛了一些，睡觉前不会喝太多，影响睡眠质量，此时房间里只放两瓶水，也是怕自己忍不住会多喝。

“不够我再去要。”侯陌说完，又看向随侯钰问，“睡一会儿就醒了？”

“嗯，睡了两个多小时。”

“这个时间段睡了一会儿，就更难入睡了。”侯陌重新坐在了随侯钰的床边，“再试试看吧，我也不知道你能睡到什么程度。”

随侯钰多少有点尴尬，不过还是拿了一瓶水放在床头柜上，接着躺在了床上。

侯陌已经有经验了，单手拿着手机看新闻，另外一只手有一下没一下地拍随侯钰。

随侯钰始终很安静，侯陌也不太确定他有没有睡着，没一会儿自己也跟着打哈欠。

原本只是想先放下手机，闭着眼睛休息一会儿，没承想却在随侯钰的身边跟着睡着了。

床头的壁灯还开着，投下橘黄色的光。

安稳得一夜无梦。

早晨。

侯陌听到了手机闹钟响，“嘀嘀嘀”的机械声中带着催促感。

他微微蹙眉，却没有醒来。

过了一会儿，手机铃声响起，他终于睁开了眼睛，接通。

邓亦衡在电话那边说：“大师兄啊——”

“知道了。”

侯陌回答完，直接挂断了电话。

看到随侯钰还没醒，这才松了一口气。

起身走到浴室简单洗漱，接着进行早晨的任务。

在有比赛的时候，他们最起码要提前三个小时起床，进行神经肌肉唤醒，之后才会吃早餐。

他洗漱完毕后换好运动服，走出房间和其他队员集合，训练后捧着早餐回到房间里。

原本邓亦衡要跟着侯陌过来，想和侯陌一起吃早饭，侯陌十分干脆地拒绝了。

桑献还过来问了一次侯陌在搞什么鬼，侯陌也糊弄过去了。

回到房间，他看到床铺上已经没有人了，卫生间里有洗漱的流水声。

侯陌也没等随侯钰，坐下来喝粥，拿出手机看了一眼，赶紧满屋找充电器，昨天晚上手机没充电。

随侯钰走出来的时候，侯陌刚刚从一堆衣服里翻出一根充电线来，脸上有着在垃圾堆里找到饮料瓶可以多卖一毛钱一样的喜悦。

侯陌在临去吃饭时，打开微信，看到邓亦衡的留言，也没多想，点开了语音消息，邓亦衡的声音直接公放了出来：“大师兄，月考成绩下来了，你的奖学金稳了。”

别看邓亦衡学习不好，但是对小道消息很关心，不知道从哪里打听到了月考的成绩就来做报喜鸟了。

侯陌回复问："第一呗？"

邓亦衡："嗯，第一。"

随侯钰也听到了语音内容，本来已经准备吃早饭了，结果突然抬头问："那我呢？"

侯陌拿着手机回复消息："随侯钰呢？"

邓亦衡很快回复过来："他第二，学习还真挺好的，就比你低了4分。"

在邓亦衡看来，侯陌第一是正常的事情，随侯钰能考第二反而挺让人惊讶的。

随侯钰睁圆了眼睛看着侯陌，似乎难以相信。

侯陌放下手机走回到桌子前继续吃饭，还心情不错地帮随侯钰剥鸡蛋："你考得不错。"

"我怎么可能会比你低？"随侯钰难以置信。

"我卷面加分啊。"侯陌继续剥蛋壳，"我业余接活儿的，就是网上时不时有人找我约字，一个字五块钱。不过我最近接得少了，老得研究笔刷，我就不耐烦了。"

随侯钰还是觉得这个消息不可信，继续说："可是你平时根本不学习啊！"

"我学啊！"侯陌仿佛被冤枉了，回头从自己的行李箱里拿出了教科书来，"你看，我比赛都带着书。"

随侯钰看着侯陌崭新的教科书，还埋在行李箱最下面，显然都没拿出来看过。

侯陌将剥好的鸡蛋放在了随侯钰的餐盒里，叮嘱："多吃点，你太瘦了。"

"粥就不喝了，容易上厕所，那身衣服不方便。"随侯钰放下筷子，吃了一口鸡蛋后拿起手机，给冉述发消息。

罗罗诺亚：月考成绩下来了？你打听一下分数。

冉述没回。

他看了一眼时间，估计再有五六个小时冉述就起床了。

随侯钰依旧耿耿于怀，问："总分多少？"

侯陌又吃了一口，回头拿着手机找邓亦衡问去了，接着回答："我

702分，你698分，这次的分判得挺狠啊。”

“都没过700分？！”随侯钰惊讶万分。

侯陌吓得赶紧过去捂住随侯钰的嘴：“祖宗，咱别这么大声，被我队友听到了我解释不清啊……”

随侯钰依旧不信，推开侯陌去拿侯陌的手机，打字给邓亦衡。

财源广进：有什么证据吗？

邓亦衡：？？？

邓亦衡：证据？大榜算不算？都贴在公告栏了，我们17班特别风光，藏龙卧虎。

邓亦衡：[图片]

随侯钰点开图片看到了总成绩排行。

001 侯陌 高二 17 班 702 分

002 随侯钰 高二 17 班 698 分

……

005 桑献 高二 17 班 683 分

……

009 苏安怡 高二 17 班 667 分

……

随侯钰看着图片，放大又缩小，确定的确是学校公告栏，许久没回过神来。

侯陌像喂饭的奶奶，拿着鸡蛋追着随侯钰喂：“来，再吃一口。”

随侯钰气鼓鼓地咬了一口。

逐渐接受了没考过侯陌的事实，随侯钰越发沉默，眼神阴郁，整个人都闷闷的，还带着戾气。

这让侯陌大气都不敢喘。

随侯钰生闷气的时候气场着实吓人。

侯陌整理好了东西，拒绝了和大部队一起去比赛场地，背着自己的包对随侯钰说道：“你们几点上班？”

“还有一个小时。”随侯钰看了一眼手机上的时间回答。

“陪我去热个身，不用太拼，随便动一动身体就行。”他说着，从房间的行李箱里又拿出了一个网球拍来，递给了随侯钰。

他带的网球拍都是自己用着顺手的，随侯钰掂量了一下，如果只是陪他打的话，这个拍还可以。

两个人并没有立即去比赛场地，而是去了酒店下面的网球场。

这里的网球场地是比较常见的塑胶面层，因为经常有人来打网球，场地有些磨损，底线附近已经有些发白。

只是为了热身而已，随侯钰的胜负欲并没有那么强，多半是在喂球，让侯陌找找感觉。

早晨尚且有清凉的风徐徐吹来，扬起他的头发，吹拂在皮肤上十分舒服。

一天当中温度最舒适的时间，像是夏日里冰镇西瓜的中心，像是蜂虫撞进蜜糖里。

打了没一会儿，就有一群人走了过来。

似乎还有其他人要来热身，侯陌也没打算一直占着场地，和随侯钰示意了一下，打算就此结束。

侯陌刚拿起自己的包，就有人走过来跟他打招呼："侯陌是吧？那个私立高中的！"

来人嗓门很大，皮肤黝黑，长手长脚，伸着手朝侯陌走来，侯陌不得不跟他握了一个手。

那个人身上穿着省体的运动服上衣，衣服上还印着校标，侯陌一眼就认了出来，对方是省体校的学生。

侯陌和那人简单问好，握了手很快松开。结果那人非常热情，大笑着说："我记得你，你网球打得不错，去年的单打冠军对不对？"

"啊……对。"侯陌礼貌微笑，其实并不想多交流。

"你单打是真厉害，不过你双打是真的不太行！"那人说完开始大笑，似乎没有什么恶意，只是直言不讳地说了出来。

去年侯陌报了双打，搭档是桑献。

那是真的打得非常差了，气得王教练的胃病差点儿犯了。

侯陌也不否认，只是笑容收了起来。

省体的男生看到随侯钰，跟着问："怎么，又试双打了？"

"不，他只是朋友，来看我比赛的，陪我热身而已。"侯陌回答完，就准备和随侯钰一起离开了。

走了没几步，就被其他人的声音引得停住了脚步。

走在省体男生后面的还有几个人，其中一个人听到了他们的对话后，突然冷笑了一声，说道：“他这种个人主义者，怎么可能再尝试双打，那就是自取其辱！”

那人说着走了过来，目光毫不避讳地上下打量随侯钰，接着说：“你也问得出来，就这体格能打网球？不翻拍就不错了，说不定都坚持不到最后就气喘吁吁的了。”

侯陌朝那人看过去，认出来了，是东体附中的唐耀。

东体全名东北体育学院，年龄不到却已经确定会保送的学生，会读东体附中。

东北体育学院还有一个优势就是，网球省队的训练基地就在他们学校里，到时候读大学和训练可以同步进行，非常方便。

这也使得东体附中的实力和省体算是持平了。

他们省青少年网球成绩最好的三所学校就是东体附中、省体、枫华私立高中。

以往年来说，一般都是东体附中找到的网球好苗子最多，毕竟有省队的招牌，还能保送东体。

这也让他们的学生有些傲气。

没承想，突然杀出一个侯陌来，对保送不感兴趣，只是喜欢枫华私立高中的奖学金，加上一个突然杀出来的桑献，使得原本名不见经传的枫华私立高中成了三大强校之一。

侯陌在东体附中有名，还因为他说过一句话：“东体有什么好去的？我自己考华大不好吗？”

一年前，东体附中的学生犹有不服，后来，教练说按照侯陌的积分，他继续打下去，说不定可以保送华大。

再后来，传来消息说，全省联考，侯陌全省第一，说不定真能自己考上华大。

他们就此沉默了。

随侯钰不是一个好脾气，听完唐耀的话更加不爽了。

之前考不过侯陌，已经让他非常不开心了，但到底是在侯陌比赛期间，他也没闹。

现在不知道哪里来的瘪三也要诋毁他几句，他当即驴着脸打算走过去，却被侯陌伸手拦了一下。

侯陌回答得还算礼貌："我的双打确实不行，不过我的朋友倒是很厉害，只是不想打网球而已。"

侯陌跟很多人保证过自己不会惹事，很多时候，他也都是理智在线，此刻也是一样。

唐耀看着随侯钰，忍不住冷笑，接着说："呵……不想打。我还当王学复对双打不死心，病急乱投医了呢！找了个什么弱鸡来打双打？现在看来是我多虑了。王学复当年是靠双打起家的，结果教出来的双打都是什么玩意儿？"

唐耀和邓亦衡、沈君璟打过两场，两场全胜。

唐耀和他的搭档还是去年全国双打的第三名，今年也是热门的选手。

侯陌的表情逐渐不好了。

他不喜欢别人诋毁自己的教练，这个人还直呼王教练全名。这是底线。

之前搭话的那个省体的男生蹙眉，似乎觉得唐耀有点过分了："王教练的双打是真的很厉害，我们看的资料片就有他的。"

"他打得好，不证明他教得好。"唐耀再次反驳，说话的时候嘴有点歪，嘲讽意味很浓，"还不是他的搭档负伤，他之后就一蹶不振，跑去做高中的教练了？"

随侯钰扫了唐耀一眼后，问侯陌："他是谁啊？"

"好像是……啊……东体附中的，打双打的，叫……什么来着？"侯陌努力回忆。

"你们打网球的连无名小卒都这么嚣张的吗？"

"不不不，他是个例，大部分都是正常人。"

两个人第一次配合着一唱一和嘲讽人，倒是配合得不错。

唐耀当即急了，骂了一声。

随侯钰都懒得看他，对侯陌说："我们走吧，夏虫不可以语冰。"

侯陌点了点头，和随侯钰并肩一起离开。

随侯钰平时脾气冲，但注意到侯陌的神情后还是忍住了，毕竟不想侯陌的比赛出现什么差池。权衡之后，他将这口气咽了下去。

唐耀看着这两个人离开颇为不爽，突兀地叫了一声："欸，弱鸡！"叫完，拿起网球就朝随侯钰发球。

此时随侯钰如果转身应对，多少已经有些迟了，其他人都认为随侯钰即将被球砸到，没承想随侯钰回过身顺势后退一步，歪着身体回了一拍。

这一拍带着压抑的火气，又狠又准，直奔唐耀的面门。

唐耀抬起球拍，打算用球拍挡住飞来的球，结果低估了力量，球拍翻了一下。

球挡住了，球拍却因为惯性砸在了他的脸上，砸得他鼻头一酸，他头往后仰，后退了一步才站稳。

侯陌懒洋洋地回头，扯着嘴角笑，似乎并不惊讶，还在跟唐耀道歉：“抱歉啊小无名，我们家孩子手有点重，要不你去医务室看看？唉，网球手怎么能被翻拍砸脸呢，真的是……”说完，跟随侯钰并肩继续走。

他们两个人走在一起，有着5厘米的身高差，随侯钰的身体也比侯陌小了一号。

毕竟，他们两个人还有着26斤的体重差。

明明不和谐，却因为有着一样的气场，居然诡异地……和谐起来。

唐耀被砸了脸后恼怒不已，扭头去看自己的搭档：“他刚才那球……”

“时速200公里。”他的搭档声音很低很沉，仿佛只是一个无情的AI。

“……”唐耀再没说话。

省体的双打搭档看完唐耀吃瘪的样子突然没忍住笑出声来。

唐耀狠狠地瞪了他们一眼，有点不想去热身了。好在他的搭档走过来帮他揉了揉脸，顺便捏了捏他的鼻梁：“应该没什么问题，可以继续比赛。”

“哦……”暴躁情绪又被安抚了。

即将走到比赛运动场，侯陌才突然说：“王教练以前主要练网球双打的，最好成绩是世锦赛第五名，要知道，我们的网球双打不是强项。本来是要再次参加比赛冲击更好的名次的，但是他的搭档突然因伤病退役了。他后来试过单打，不过成绩平平，就退下来了。”

“怪不得他对双打这么执着。”

“嗯，算是想要圆梦吧。而且，王教练觉得我的路子其实很适合双打，并且我家里前几年欠了一些钱，他也想我多拿一份奖金。”侯陌突然叹气，“在国内，提起运动项目，最著名的是乒乓球，甚至被誉为国球。高人气的球星是篮球明星，但是网球……人们甚至说不出几个国内网球运动员的名字，更何况双打了。”

随侯钰之前不关注这方面，的确不了解，只是下意识地回想自己记忆里的网球运动员，想到了两个人，一个是国内的网球皇后，一个是网球皇后的老公。

他再仔细想一想，似乎还有一个人，最后又否认了，那个人的项目是羽毛球。

侯陌继续说："双打的奖金是单打的四分之一，甚至是五分之一，这也让很多人更趋向于单打。在很多大型比赛上，有些双打团体是临时训练出来的，默契度不够容易输比赛。混合双打或者是男子双打、女子双打，关注度一向不够。"

侯陌想了想，打了一个比方："如果奥运会中，网球的受关注度是其他项目的八分之一，那么双打的受关注度就是三十二分之一。"

随侯钰听完有些沉默。

侯陌晃着手里的球拍，突然笑道："不过，网球双打就像是深海鱼，明明在海的最深处，却偷偷发着光。总有一天，可以大放异彩。"

"可是……"随侯钰听完这个比喻突然蹙眉。

"怎么？"

"深海鱼好丑啊。"

"呃，别在意那些细节，我只是在比喻。"

"长得那么丑，就算好吃我都不愿意吃。"

"喂喂喂！能不能别总在意长相啊？深海鱼也不想长那样的好吗？"

"我没有鱼身攻击的意思。"随侯钰又沉默了一会儿问，"邓亦衡他们能打过那个招人烦的小子吗？"

"打不过，两战两输，不过他们也尽力了。"

随侯钰咬着下唇思考了一会儿，说道："再说吧。"接着快步去更衣室换吉祥物的衣服了。

上一次随侯钰说"再说吧"，便和侯陌默默地和好了。

那么，这次呢？

网球比赛期间，还请来了啦啦队。

侯陌和队友坐在一起，左右看了看，就看到邓亦衡他们眼睛直勾勾地看着啦啦队的妹子们，眼睛都不舍得眨一下。最过分的是，邓亦衡还看着她们吧唧嘴。

往常侯陌都不会看，毕竟他对妹子不感兴趣，今天倒是跟着看了一会儿，主要是看在C位领舞的吉祥物。领舞的吉祥物和其他啦啦队的成员跳同样的舞蹈，也不知道是什么时候练习的，居然跳得完全同步，根本不像其他几个吉祥物一样在划水——别看穿得很厚，还戴着大大的头套，跳得却一点儿也不差。

从小学跳舞的人就是不一样，动作干净利落，幅度优美，十分和谐。

邓亦衡居然被这一幕感动了："呜呜，我们大师兄长大了，愿意看妹子了。"

侯陌没搭茬。

舞蹈结束后，啦啦队的妹子们整理东西下场，突然有一个妹子跑到了吉祥物身边，捧着吉祥物的大头，亲了一下那巨大的玩偶头套。

吉祥物戴着头套视野不开阔，似乎没反应过来发生了什么，只是注意到周围在起哄。

吉祥物的身体停顿了一会儿，非常敬业地没去打人，而是用手捂住了玩偶头套，好像在害羞。

侯陌看到这一幕后坐直了身体，蹙眉看了一会儿，随后对吉祥物招手。

吉祥物注意到了，迟疑了一会儿，朝着侯陌走了过来，俯下身没说话，一副我在听的样子。

侯陌抬手用手指擦掉了头套上的唇印，嫌弃地说："啧，做个兼职还有这环节？"

侯陌听到头套里传来了轻笑声。

侯陌拉着队友和教练说："我们和吉祥物合个影吧！"说着，还真召集来了所有人，让吉祥物站在最中间拍了一张大合影。

侯陌的手摸着吉祥物的大头套，站在他身边微微扬起下巴，笑得自信且神采飞扬，眼里是繁星烂漫的银河。

他们合影完毕，队员们解散。

周围有要去看比赛的啦啦队成员，正在往观众席走。

一个女孩子突然踩到了一个空的饮料杯，身体一晃，往后仰着就要从楼梯上摔下来。

刚刚散开的队员们都注意到了这一幕，想要赶过去实在来不及，好在侯陌刚巧就在楼梯口。

大家看着这对俊男美女，想象着即将出现英雄救美的一幕，周围的一切都仿佛在慢放，女孩子的惊呼声都变得浑厚绵长。

结果就看到侯陌抬起脚来，大脚稳稳地托住了摔下来的女孩子的后背，让这个女孩子不至于跌倒。

侯陌见她站稳了，很快收了脚，笑呵呵地说："幸好出脚快，不然你就跌倒了。"

女孩子顶着后背鲜明的44码的鞋印转过身，看向侯陌，颤颤巍巍地说道："谢谢你。"

"不用谢。"

侯陌回答完就追着吉祥物跑了，都没多看那个女孩子一眼。

邓亦衡差点儿把手里的水瓶捏爆了。

中午休息的时候，随侯钰坐在人少的休息区，拿下巨大的玩偶头套，将头套放在腿上短暂休息。

这里有空调可以吹，比较凉快。

他抬手拢了拢头发，将头发拢到头顶，因为被汗打湿了，头发并没有立即落下，而是固定在了头顶。

他仰头做了一个深呼吸，将喉结显露出来，侧颜轮廓与脖颈形成优美的弧线。

这玩偶头套真的非常巨大，像头上罩着一个灯笼，还只有一个孔能看到外面，基本上不透风。这要是再早两个月，他恐怕就受不了了。

不过是想看场比赛，非得搞得这么麻烦。

……

算了，他承认他是想看全部比赛，还不想被发现，结果却搞成这样。

旁边有女孩子议论的声音传来，其中一个女生说："我就说吧，他长得很帅的！"

"我的天啊，侧颜杀我！"

"我去要微信号。"

穿着啦啦队服装的女孩子小跑着到了随侯钰身边，说道："帅哥，能给个微信号吗？"

随侯钰扭头看向对方，认出来是亲自己头套的女孩子，于是拿着头套站起身来。

女孩子的视线从俯视到仰视，看着这个帅气的大男生不由得愣了神。

却听到随侯钰冷着声音说："虽然只是亲在了这上面，也让我觉得非常恶心。"

说完，他绕过那个女孩子离开了。

侯陌比赛结束后，需要去队医那里按摩放松，不能立即回酒店。他特意捧着冰水去找随侯钰，顺便送备用房卡过来。

“你要是不饿就等我一起吃晚饭，饿了就先自己吃，有事微信联系。”侯陌说完很快离开了休息室，说是一会儿要做尿检。

本来只是喝水憋尿，结果看到有带冰的水，就赶紧给随侯钰送过来了。

随侯钰拿着房卡看了看，又看了看侯陌离开的方向。

昨天是想偷懒。

今天……继续住在他那里吗？

思量了一会儿，最后将房卡放进自己衣服的口袋里。

等到工作结束，随侯钰没立即回侯陌的酒店房间，而是在附近逛了一圈，沿着水湾跑步，散一散今天的焦躁，不然回到酒店里也没事做。

以至于，他比侯陌还晚到房间。

走进房间后，随侯钰将买来的冰棒放进了小冰箱里，接着去洗漱。

侯陌只是探头看了看，没说话，继续看手机。

没一会儿，随侯钰洗漱完毕，今天倒是把头发吹干了，并且换上了侯陌借给他的运动服。

他从冰箱里拿出一个棒棒冰来，咬开后吃了起来，还问侯陌：“你吃吗？给你一个。”

“我不能吃。”

随侯钰也没再问，拿着棒棒冰，走到侯陌的床边往床上一倒，拿出手机来回复冉述的消息。

随侯钰靠着床头，啃着棒棒冰玩手机，显得心不在焉的。

冉述全程都在抱怨自己的家教过分，没完没了地让他做题。

随侯钰也没耐心听语音，就转换成文字，看了大致内容就直接回复一句：“你确实应该好好学习。”

片刻后，随侯钰放下手机询问侯陌：“昨天晚上没关空调，你不会生病吗？”

“没事，我免疫力挺强的。”

“比赛期间不需要注意一下吗？”

“我们还会冲凉水澡放松呢，其实没有那么娇弱。”

随侯钰没再说什么，只是继续吃棒棒冰。

侯陌问："吃饭了吗？"

"我在外面找了一家饭店吃了。"

"哦……"侯陌吞吞吐吐地又问，"我看到你拒绝那个啦啦队的女生了，你不喜欢她那个类型的？"

随侯钰只是含糊地回答："我烦所有突然跟我身体有接触的人，就算隔着一个灯笼也觉得恶心。"

在随侯钰的概念里，那个头套就是一个灯笼。

没话说的时间里，随侯钰继续往外挤棒棒冰，随后吃两口。

侯陌闷头看手机，还是没忍住，问道："为什么？你小时候不这样。"

随侯钰小时候很黏人，见面就一定要抱抱，也没见随侯钰讨厌这些。

结果问完没有得到答案。

他扭过头看向随侯钰，就看到随侯钰居然捧着吃了一半的棒棒冰就睡着了。

侯陌只能伸手扶着随侯钰躺好，拿走他手里的棒棒冰准备送到冰箱里。然而随侯钰突然伸出手来拽着他的衣摆，不让他走，他迟疑了一下只能将棒棒冰扔进了垃圾桶。

侯陌抬手关了灯，在昏暗中躺在了随侯钰的身边。

如今已经能够确定，如果他不在随侯钰的身边，随侯钰睡一会儿就会醒来，但是如果一直在的话，随侯钰就能睡一整晚。

所以他干脆没有离开。

侯陌迷迷糊糊地入睡后，居然梦到了小时候的事情。

去游乐园之前他就听到叮嘱，说小玉没去过幼儿园，不擅长和小朋友一起玩，让他帮忙照顾。甚至，竭尽所能让小玉远离其他的小孩。

结果那天还是出了事。

他看到了，是一个孩子抢了小玉的东西，小玉愣了愣，随后抢了回来，结果引得那个孩子大哭。

孩子的家长过来，对小玉兴师问罪。小玉解释了一句后，那家长根本不听："你要是没打他，他怎么能哭成这样？长得文文静静的，结果这么没教养？"

小玉的继母跑了过来，也不听解释，劈头盖脸就骂小玉不懂事，还跟对方家长道歉，似乎认定了小玉就是一个会到处惹事的孩子，对小玉完全不信任。

小玉看着这个场面愣了一会儿，开始吼，声音尖锐:“不是我！是他！我说了不是我！不是我你听不懂吗？！为什么要冤枉我？！不是我！你们都听不懂人话吗？你们都是傻子吗？不是我！”

他看着小玉歇斯底里的样子吓了一跳，赶紧跑过去抱住小玉，尽可能安抚，结果小玉已经气得开始踹东西，砸东西，不停地大叫。

这举动引来了一群人的围观。

他只能对其他人说：“我看到了，不是他，是那个小孩抢东西，你们冤枉他了。”

小玉的继母停下来，许久后才说出了一句十分伤人的话：“他就是一个疯子，他又犯病了，你看看他，现在是一个正常的小孩吗？”

他努力抱住小玉，又哄又安慰地让小玉冷静下来。

“不是你，他们冤枉你了，我知道的，你别气……”

等小玉安静了，只是在他怀里哭的时候，他才揉着小玉的头发对小玉的继母说：“他只是被冤枉了，生气了。”

小玉的继母看了他们许久，接着转身离开。

在小玉闹的时候，继母也是心力交瘁，崩溃不已，谁愿意接手这样的孩子？

他看到继母被气哭。

他看到小玉的父亲去安慰继母。

没人管小玉。

……

侯陌从睡梦中惊醒，看向房间周围，依旧是一团昏暗。

他拿出手机看了一眼时间，才四点钟，还能继续睡一会儿。

身边的人依旧睡得安稳，他迟疑了一会儿，伸手一下一下地轻抚随侯钰的后背，仿佛小时候安慰随侯钰时一样。

侯陌心里一阵难过。

现在想起来，是不是随侯钰的父母各自再婚，都不想要他了？

好不容易依赖了他，他因为觉得随侯钰麻烦，也不要他了？

怎么办……现在想想就觉得心都揪在一起了。

第八章

加入网球队

随侯钰一直在侯陌的房间住到比赛结束。

这一次的比赛，侯陌再次拿了第一名，积分再次积累。

桑献第七名。

队伍里其他人的单打成绩平平，名次比较靠后。

双打依旧是邓亦衡和沈君璟搭档，这一次有所进步，排在了第五名。

国庆假期结束后开学，住得比较远的学生都会提前一天返校，不然早上来不及，这个地方真的太过偏僻了。

随侯钰住的民宿距离学校比较近，早晨骑着电动自行车来到了学校，在一群私家车里穿梭，还真是一道独特的风景线。

停好电动自行车，随侯钰晃着钥匙走进教学楼，在一楼大厅就看到了熟人。

冉述和苏安怡站在大榜前看了许久，聚在一起聊着什么。

随侯钰走过去站在他们旁边，正好听到了一些，两个人在商量怎么拉架。

冉述嘀咕着："要不我坐钰哥身边去，等钰哥要动手了，我就挡在他们两个人中间。"

苏安怡不赞同："别了，他本来就心情不好，你去他身边他更烦。"

随侯钰看着大榜，他排在第二，侯陌在第一，之前邓亦衡发的图不是假的。

此时冉述和苏安怡同时看向他，表情都很凝重。

他无奈地问："我是那种考不过别人，就去打人家的人吗？"

"是……"冉述很快又反应了过来，补充，"不、不，也就是看他不顺眼，借机找找碴，不会直接打人。”

随侯钰也懒得解释了，转身上楼。

冉述和苏安怡一起跟在他身后，有点奇怪于他的反应，有点太淡定了。

之前随侯钰问过冉述，不过冉述没打听到，到了学校看到榜单就有点慌了，生怕随侯钰闹事。

走出人群后还听到了议论声：

“高二 17 班什么鬼？不是排班时成绩最差的班吗？”

“侯陌和桑献都是体育生，跟着扎堆去了。”

“那这个随侯钰和苏什么的呢？”

“不知道……也是去扎堆的？”

“听说随侯钰是青屿的那个疯子，可能是去 17 班和侯陌对着干的？”

“他就算想找碴，不会想到侯陌也会去 17 班吧？”

“也对。”

随侯钰回头看了看，忍不住“啧”一声。

这些人议论的时候就不知道小点声？现在他都听到了，他反而成了比较尴尬的那个人。

他迟疑了一会儿，还是背着包上楼了。

走到楼梯口，他并没有朝着班级走，冉述跟在他身后叫他：“钰哥，那、那边不是我们教室。”

“我要加入网球队，王教练让我去取个表，预约一个体检。”

“加、加入网球队？”冉述吃了一惊，赶紧追到了随侯钰身边问，“你疯了？你用得着做体育生吗？”

随侯钰的成绩就算不能保送，参加高考也完全没有问题。再说随侯钰家里的条件，就算父母都再婚了，每个月的生活费也都是五万起。

随侯钰父母离婚的时候，两边都非常有经济实力，不愿意花时间陪着这个不太正常的孩子，就用钱来弥补。两边通过给他的生活费做攀比，以此证明自己过得好。

如果随侯钰考砸了，他的家里也会各种铺路，实在不行就出国留学之类的，没必要去做体育生吃那个苦。

随侯钰边朝着办公室走边回答：“打着玩。”

“你、你和侯陌杠上了？”冉述依旧无法理解。

只是国庆放了一个假而已，怎么突然就变天了呢？ 现在他真是跟不上随侯钰的节奏了。

“没有。”随侯钰回头对冉述安慰道，“我真的就是想打着玩玩，不是通过体育生这个渠道参加高考。”

冉述想劝，又不知道该怎么劝，只能犹犹豫豫地说：“那……那你要是……真想参加的话，就参加吧。”

昨天晚上随侯钰给王教练发了消息，王教练高兴得不得了。

本来只是问问，后来王教练干脆给随侯钰打来电话，跟随侯钰聊了两个多小时。

王教练平日里下午才来上班，上午都是留在店里帮忙看店，毕竟下午体育生才会开始训练，今天为了随侯钰，特意早晨就来了学校，坐在办公室里等着，亲自安排随侯钰进网球队的事情。

随侯钰走进办公室，王教练已经准备好表格了：“表格一共有三份，这份是留在学校档案室的，这份是要交上去备案的，这份是给赞助商的，以后你就有赞助商提供的运动服了。你成绩越好，以后给你提供的补助越多。”

随侯钰看着表格问：“给钱？”

“呃……会给你最新款运动鞋。”

“哦。”随侯钰含糊地应了一声。他对这个不太感兴趣，拿起笔来填写表格。

冉述和苏安怡一直跟在旁边看着，他们两个人面面相觑，也不知道随侯钰突然闹的是哪一出。

半晌，冉述跟着坐下了，说道：“教练，我、我也参加。”

当初，随侯钰陪着他来了 17 班，现在，他陪着随侯钰去网球队。

王教练给了冉述表格，接着问：“你也喜欢打网球？”

“不，我就是、就是陪他去，他脾气不好，我怕他和其他人打起来，我去看着他。”

“他前阵子和队里的其他人一起练过一段时间，练得还不错。而且，你们运动会我也看了，配合得还挺默契的。”

“我不放心他一个人……”冉述拿着笔看着表格，又去看随侯钰是怎么填的，填表格也要抄随侯钰的。

王教练继续说：“如果你进队之后成绩不好的话，可能会被除名。”

"啊？！"冉述吃了一惊，睁圆了大眼睛看着王教练。

"肯定的啊！参加训练会耽误你上课，你要是不是这块料，学校也不可能让你继续练，不如回去好好学习去。"

"那、那……"冉述没了主意。他本来就不是学习的料，现在仔细想想，他似乎也不是练体育的料。

他又看了看随侯钰，最后咬着牙继续填表。

苏安怡看着他们两个填表，迟疑了一会儿问："女生能参加吗？"

"可以参加，不过女孩子不是跟着我练，比赛安排也不太一样。"

"那队里缺什么助手吗？"苏安怡怕王教练不理解，特意补充，"就像《灌篮高手》里的彩子。"

"彩不彩的我不明白啊，不过，你要是想来，可以做个助理，平时过来帮帮忙，属于后勤，比如发放赞助物品，整理训练表格，整理其他的东西，杂七杂八的，什么都得干，挺累。"

"我可以！"苏安怡立即同意了。

王教练笑呵呵地看着苏安怡，说道："你要是来了，那群臭小子该高兴了。"说完，又跟随侯钰说，"你的朋友倒是跟你关系不错。"

"主要是我不让人放心。"随侯钰写完了一份表格，看了一眼后交给了王教练，"有需要补的地方吗？"

王教练拿在手里看了看，随后说："行，没什么问题，我去仓库找找体育生的运动服，你们都穿什么码的？"

苏安怡指着自己问："我也有吗？"

王教练笑着回答："你都来帮忙了，一套衣服算什么？而且这身衣服耐脏，还方便。"

他们学校在体育方面就是财大气粗。

三个人报了尺码后，王教练出了办公室。

冉述填写表格的时候偷偷问："你能参加比赛吗？我是说……狂躁症，可以参加比赛吗？"

"我和王教练聊了，和他说了这件事。他让我先做体检，同时调整，只要不复发的话就不会有问题。我已经很久没有发作了，现在还有的症状也只有失眠和比较爱动了。"

的确，随侯钰在出院后，症状得到了缓解，除了一些非常细微的地方外，旁人也没觉得他有什么不对。

然而冉述还是心中忐忑，总觉得这件事是一颗不定时炸弹。

如果哪天随侯钰真的出名了，曝出了这些问题来，外界的抨击恐怕会让随侯钰再次受伤，如果用这个做文章让他退出比赛呢？

又或者随侯钰哪天突然复发，刚巧还是比赛期间，那岂不是公开处刑？

随侯钰再次说道："其实也有一小部分运动员有或轻或重的抑郁症，需要进行疏导治疗。"

冉述还是不放心："我知道，不过那个运动员不是因为心理问题退役又复出吗？她内心很痛苦的吧？"

苏安怡看了一会儿才说："如果钰哥喜欢，他觉得打网球会开心，就让他打吧。可以发泄，可以运动，或许还会开心起来……"

冉述这才点了点头，同意了，不过还是叮嘱："钰哥，当成爱好可以，但是别当成全部，万一……"

万一真出事了，不能再继续打网球了，也不会因此沮丧。

随侯钰打断了他的话："我知道。"

冉述重新拿起笔来，快速填写表格："反、反正我都陪着你！"

随侯钰笑了笑，跟着填表。

苏安怡左右看了看，接着问："网球场在哪里？"

她都不知道地方呢，就跟着参加了，绝对是最盲目的一个。

随侯钰和冉述一边填表一边笑。

苏安怡没在意，继续担心："我不知道网球规则，需要学习一下吗？买书看能学会吗？"

随侯钰回答："有时间了就过去看训练，估计比你看书快。"

随侯钰他们三个人捧着运动服回到班级，侯陌等体育生盯着他们手里熟悉的运动服看了良久。

邓亦衡用手臂捅了捅侯陌的手臂，问："都是自己人了？"

侯陌愣愣地摇头："不知道。"

随侯钰骑车离开的那天，都没提过这件事。

体育生的运动服有两套，都是黑色系的。

一套是他们常穿的长袖长裤，上衣是开衫外套，肩膀的位置有一道红色、白色的拼接装饰，胸口有校标。裤子则是黑色主体，两侧有白色的长条装饰，大腿的位置处的白条内有一块红色拼接。

由于这是枫华体育生的专属，校标还没来得及换，依旧是枫华的标志。

很简单的款式，穿起来很简洁，还很飒。

另外一套是夏季运动服，短袖T恤以白色为主体，领口和袖子以黑色装饰，属于比较透气的材质，还不容易洗变形。配套的是黑色短裤，同样宽松，适合运动。

他们班级里的体育生经常穿着运动服来上课，走在学校里都是最独特的，彰显着他们的身份。

到了夏天，他们穿着夏季运动服，上身有时还会配上运动服的开衫外套，这仿佛成了他们体育生的时尚。也不知道时尚在哪里。

冉述私底下还和随侯钰diss过很多次，总觉得这身打扮不伦不类的。

没承想，没过多久他们也要穿上了。

侯陌凑过去问："什么情况？"

随侯钰打开包装袋，抖开运动服看了看，思考着要不要洗一洗再穿，接着回答："我加入网球队了。"

侯陌听完还挺平静的，至少面对随侯钰的时候是这样。

转过身他瞬间嘴角上扬，眼眸弯弯的，笑得极为灿烂，接着对邓亦衡说道："嗯，是自己人了。"

邓亦衡的注意力不在随侯钰那里，只是探头问苏安怡："苏妹子！你……你怎么也加入了？"

苏安怡回头冷漠地回答："我做教练助理。"

邓亦衡激动到手舞足蹈，抬手想给苏安怡比一个心，但是苏安怡没再看他，他声音发颤地说："加油！我支持你！"

侯陌看着邓亦衡没出息的样子，突然觉得自己冷静多了。

接受了这个消息后，他又一次转过身问随侯钰："今天就开始跟我们一起训练了？"

"今天下午去体检。"

"哦……"

"教练告诉我想吃点什么，就吃点什么。这是体检完会有什么问题吗？"

侯陌摇头："不是。"

随侯钰纳闷地看着他，他才叹气，补充道："做体育生之后要忌口，碳酸饮料和奶茶这种得戒了。”

冉述原本在补作业，听完直接尖叫了出来：“什么？！”

侯陌笑了笑，继续说：“还没说完呢，膨化食品、油炸食品也戒了，对肌肉不太好。我们一般不会吃方便面这些食物，都是队里发盒饭，你们之后要跟着我们吃了。其他时间偶尔吃吃外卖没事，不碰那些禁忌就行，赛季吃三个月食堂。”

随侯钰以前见识过侯陌他们忌口，不过没当回事，现在才意识到，他们以后也要忌口了，今天恐怕是最后一天可以随便吃了。

冉述又转过身来劝随侯钰：“钰哥，现、现在后悔还来得及，加入他们也没什么好处啊。”

侯陌立即接茬：“也不是没好处，这次国庆假期的作业，我们参加比赛的人理直气壮地不交，格格去帮我们跟各科老师打招呼。”

冉述又闭嘴了，这次国庆期间的作业是真的多，他想了想，继续去补作业。

随侯钰捧着运动服思考了一会儿，最后还是打算继续加入网球队。

他刚将校服整理好，抬头就看到侯陌托着下巴看着他，笑得格外好看。

随侯钰有点不自在，把运动服放在一边，也跟着补作业了。

随侯钰和冉述由王教练开车带去附近的医院去做体检。

王教练起初还挺紧张的，也怕随侯钰出问题。

不过体检结果出来，两个人除了都有点偏瘦外，各项指标都正常，于是王教练开开心心地带着两个人回了学校。

两个人没有去上晚自习，而是偷偷回了寝室，拿着手机订了一大堆的外卖。

奶茶、柠檬红茶这些平日里爱喝的一样来一份，可乐、雪碧来大瓶的。

因为做体育生后不能吃的油炸食品、膨化食品买了一堆。

外卖送过来后，东西多得两个书桌都放不下了，他们两个人干脆搬出瑜伽垫来，把买的东西铺在瑜伽垫上，盘腿坐着吃。

只要他们不退队，这就是他们未来两年内吃得最放肆的一顿了。

至于毕业后还要不要打网球，他们完全没有考虑过。

体育生们训练完毕，冲完澡回来打开门，看到这番景象都没敢进去，在门口站成一排看着他们两个。

冉述放下汉堡，扶着桌子站起身来，艰难地说："不行，我、我吃不下了，我躺下休息会儿。"

刚要在随侯钰的床上坐下，就听到随侯钰凶他："别坐我床！"

冉述立即又站起来了，然而肚子太撑，爬上铺非常难受，于是看向桑献，指着他的床。

桑献同意了："你躺吧。"

在冉述躺下之后，桑献走到桌子边拿来纸巾递给冉述："不过你得擦擦嘴。"

冉述跟个孕妇似的，用纸巾擦了擦嘴，随手丢在一边继续躺着。

桑献为难地看着他，随后捡起纸巾丢进垃圾桶。

寝室里的其他几个人有的坐在桑献的床上，有的坐在椅子上，齐刷刷地看着随侯钰吃东西。

真不知道随侯钰这么瘦，胃怎么就那么大，喝一口奶茶，吃一块比萨，接着"咕咚咕咚"喝一大口可乐，缓了缓，又吃了一个汉堡。

他们看着周围的狼藉，就知道在他们回来之前，两个人已经吃了很久了，真不知道之前还吃了多少。

侯陌看了一会儿说道："其实……在不是赛季的时候，我们也吃小龙虾。"

随侯钰抬头看了看侯陌，看到侯陌肯定地点头，抬手将小龙虾给扔了，里面还有一百多只的样子。

侯陌心疼得五官都凑在一起了："不至于这么浪费吧？"

"既然这个不用戒，就不占胃里的地方了，而且这些东西我们本来也吃不完，只是每一样都想尝一口。"

侯陌感觉，随侯钰就一败家子。

半晌后，他起身走到随侯钰床边拿起他的运动服，说道："这套运动服第一次洗会有些掉色，所以得注意点，我帮你用水冲一冲，第二次就可以放心机洗了。"说完，拿着衣服往外走，准备去水房。

冉述挣扎着起身："我、我的也得洗……"

"你跟我一起来吧，我教你，你正好消消食。"侯陌说得非常有水平，至少冉述没听出来有什么不妥。

冉述扶着床站起身来，捧着自己的运动服跟着侯陌去了水房。

随侯钰回头看了一眼，继续吃。

侯陌在寝室后的日常就是拉伸、刷鞋、睡觉。

今天多了一个任务，帮随侯钰洗衣服。

他将衣服洗干净后，晾在了寝室的阳台上，抖搂得极为平整。

等他再走进来时，随侯钰正在收拾，提三包垃圾打算去扔，他很快接过来两个，陪着随侯钰一起去了。

邓亦衡趴在床上看着，嘟囔：“大师兄是不是欠钰哥钱了？”

桑献原本在整理床铺，突然听见了关键词，起身问：“侯陌缺钱了？”

“不不不！”邓亦衡生怕桑献又给侯陌打钱，赶紧解释，“你看，大师兄对钰哥的态度就像孝顺的孙子。”

寝室关灯后，大家各自回到自己的床铺上躺着。

邓亦衡突然轻咳了一声，问：“都睡了吗？”

其他人零散地回应，算是证明都没睡。

邓亦衡斟酌了一下说道：“我们聊点成人的话题吧。”

他觉得，他得套套话，问问随侯钰对侯陌什么看法。

侯陌第一个参与：“嗯，成人的话题……怎么才能发财呢？”

邓亦衡卡壳半天，愣是不知道该怎么回答。

最后，邓亦衡叹气：“算了，不聊了，打扰了，晚安。”

侯陌拽邓亦衡的枕头问：“我的问题不够成熟吗？”

“别问我了，我头晕！”邓亦衡彻底放弃帮忙了。

侯陌笑嘻嘻地拿着手机给随侯钰发微信消息。

财源广进：晚安。

凶神恶煞小奶豆：？？？

凶神恶煞小奶豆：你有病吧同寝发微信？

早晨。

体育生们起来后挺狼狈的。有的学生为了多睡一会儿，起床后脸都不洗，直接去晨练，等晨练结束后才回寝室里去洗漱，如果有时间再去吃饭。

侯陌他们寝室起得还算挺早的，不过也没时间整理得太仔细。

至少，随侯钰就头发都没彻底吹干便下了楼。

随侯钰和冉述的运动服洗了之后，在阳台晾晒一个晚上就干了。

他们两个人第一次穿这套运动服，还觉得挺新鲜的。

一群体育生穿着黑色运动服齐刷刷地下楼，朝着一个方向走，颇为霸气。不知道的，还当是要去打群架。

队伍里，侯陌帮他们两个人调整位置，随侯钰在中间，冉述在最后一排。

他们这个小队列里都是打网球的，和其他的队伍不太一样。

田径队的尚且有一米七多的男生，但是网球队里，冉述荣幸地成了最矮的那几个之一，这让冉述觉得特别委屈。

冉述正不高兴呢，就听到侯陌对他叮嘱："要是跟不上就别跑了，慢慢来。"

"瞧不起谁啊，我练舞的时候能练一整天。"冉述挺起胸脯，回答得十分倔强。

侯陌心不在焉地回答："厉害。"

等侯陌离开了，冉述才问前排的邓亦衡："跑多少米啊？"

"看情况，不同时期不同的强度，最近的话早晨跑个 2000 米就行，田径队的跑 4000 米。"

"就、就行？"这个词让冉述有点慌。

"对啊，负重爬山 5000 米的时候才是真的痛不欲生呢，有的时候 3000 米，有的时候还有蛙跳。"

今天晨练的内容，是跑 2000 米，之后就可以去吃早饭了。

然而这对于第一次参加晨练的冉述来说，真的有点累。

随侯钰跑着跑着到了最后，推着冉述的后背，冉述才坚持到了最后。

解散之后，冉述跑得脸通红，跟随侯钰骂骂咧咧地抱怨。

其他人都在做简单的拉伸动作，他们两个只是干巴巴地往食堂走。

侯陌走过来，给他们做示范："跟着我做，这样肌肉才不会变成硬块，以后早操前也可以自己做一做拉伸。"

随侯钰跟着侯陌做了几个动作后，注意到侯陌一直盯着他看。

"看什么呢？"随侯钰不爽地问。

"你这头发飞的。"侯陌说着伸手按了按随侯钰的头发，结果没压下来。

随侯钰下楼的时候头发没彻底吹干。

跟着跑步跑了2000米后，头发直接炸开了，前面的头发全部扬了起来。

他发量本来就多，此时头发简直炸成了一个毛团，看起来就像一只不受控制的钢丝球。

侯陌伸手拉着随侯钰往食堂里走，让冉述帮随侯钰打饭，便带着随侯钰到了座位处坐下。

他从口袋里拿出一瓶矿泉水来，拧开盖子，倒出一些水到手掌心，接着按在随侯钰的头顶，把随侯钰炸开的头发按下来。

侯陌努力往下按，抬起手后就看到随侯钰的发梢翘了起来，再努力往下按，抬手，发梢再次倔强地翘起来。

“你这是自来卷还是长了一脑袋的弹簧？”侯陌干脆伸出双手去往下撸。

随侯钰拿出手机打开前置摄像头，看了看自己的头发，跟着用手顺了顺，回答：“我也没办法，这其实是打薄过的，可是没两天就又变得很多了。”

冉述端着餐盘走过来，放在了桌面上，看着侯陌的举动居然觉得酸溜溜的：“我从来不敢这么碰钰哥的头发……”

侯陌松开手，看到随侯钰的炸毛似乎好多了，笑呵呵地问：“怎么了？”

“他容易揍我。”冉述将他和随侯钰的早餐分开，放在了他们的面前。

没一会儿，桑献也端着侯陌的早餐过来了，放在了侯陌的面前。

这倒是分工明确。

不用侯陌打招呼，桑献直接帮侯陌打饭了。

冉述吃了几口问：“你们体育生是吃多少都不花钱吗？”

他还是第一次体验打饭不用刷饭卡，只要穿着这身运动服，到专门的窗口打饭就行了。

“对啊！”邓亦衡回答的同时坐了下来，对冉述和随侯钰示意，“没有这身运动服的，都是高一的，他们就不免费了。”

“他、他们不抗议吗？”冉述问。

“这是我们枫华留下的，现在并校成枫屿了，也就没有这档子事了，没赶上有什么办法。你们俩都是沾了王教练的光，不然也没有这个待遇。”

侯陌觉得粥不够稀，往粥里兑了点矿泉水，搅和了一会儿后说：“当初枫华就是用特招待遇做噱头，和东体附中、省体抢体育生，尤其是打网球的。学费减免，住宿、校服、一日三餐全部免费，就把我们给招来了。”

随侯钰伸手去拿餐盘里的鸡蛋，结果侯陌先拿走了，帮他剥蛋壳。

随侯钰也没拒绝，问道：“为什么要这么迫切？”

“我们学校的主打是国际班，网球对于留学有优势，所以我们学校对网球这一块非常用心，就想招揽点实力选手，打出成绩来，这样方便后续招生。王教练也是特聘教练，学校特殊关照的。去年我们网球队的成绩非常出色，就没必要再这样招揽学生了，趁着并校就取消了这个特殊待遇。”

侯陌将剥好壳的鸡蛋放在了随侯钰的餐盘里，接着去剥自己的。

随侯钰四处看了看，拿起鸡蛋吃了一口。

他们学校的枫华校区只有高一和高二的学生，这套运动服是高二的体育生专属，看起来真的是最特别的。

体育生也有一个很简单的概念，穿了这身运动服，就是自己人了。

随侯钰吃完鸡蛋后，端起碗刚想喝口粥，就听到冉述幽怨地问：“别人给剥的鸡蛋好吃不？”

随侯钰听到这怨妇一样的语气差点儿噎到。

冉述动作利落地把自己的鸡蛋剥了壳，放在了随侯钰的面前：“吃！”

随侯钰喝了口粥后默默吃了。

同样是发小，不能双标对待。

随侯钰难得地尿了。

随侯钰不过是换了一身运动服而已，居然还引起了学校里的小型轰动，走进教学楼的途中就引起众人注目，回头率极高。

到了课间，就有女孩子到17班门口，对班级里面招手，叫道：“冉述！冉述！”

冉述扶着肩膀晃着脖子走出去，一脸不耐烦地问：“干吗啊？”

“你和钰哥怎么穿这身衣服了？”女生们围着冉述问。

她们其实更关心随侯钰，但是随侯钰的性格太难捉摸了，就只能问冉述。

冉述——一个闺蜜比女生还多的男生。原青屿高中里，众多女生是冉述的好“闺蜜”。

“钰哥加入网球队，我跟着进去了。”冉述回答得有气无力。

女生赶紧追问：“怎么突然去打网球了？”

“不知道，你们问他去。”

下午，随侯钰、冉述跟着网球队其他的队员一同训练。

正式入队第一天，王教练需要单独指导随侯钰和冉述。

每一个教练都有自己的一套训练体系。

王教练的风格也是别树一帜，和一般的教练不太一样，方法个性化，需要指点的就多一些。

随侯钰之前跟着训练过一段时间，不过因为是在赛季，训练内容不是十分苛刻，所以并不觉得有什么难的。

不过听说赛季过了就不一样了。

王教练手里拿着一个表，对随侯钰、冉述说道："近期还有一个省级比赛，比赛结束后会轻松一阵子。你们进来得也是时候，现在不算最累的，秋冬的时候才是强化训练，尤其是冬季。你们的过渡时间很长，算是幸福的。"

冉述暗暗松了一口气。

王教练看了冉述一眼，笑呵呵的。他似乎还挺喜欢冉述的，总觉得冉述眼睛大大的，看着就透着股机灵劲儿，贼头贼脑的。

他继续说："随侯钰的打法很特别，前期会让你熟悉一下单打，后期熟练之后可以尝试双打……"

随侯钰突然打断了王教练的话："我对单打不感兴趣，我练双打，和侯陌一起。"

他加入网球队，一个是最近突然对网球起了兴趣，一个是觉得王教练不错，想试试看双打，看看能不能帮王教练圆梦，顺便教训一下之前那个狂妄的臭小子，也能帮邓亦衡、沈君璟找回场子。

王教练一怔，随后笑道："侯陌那小子有点排斥双打。"

随侯钰回答得非常自信："没事，他要是不同意我就揍他，揍到他同意。"

侯陌他们本来就在偷听，做热身的时候浑水摸鱼。听到随侯钰的话，他差点儿跌倒，扶着地面才勉强撑住了身体。

他回头看了看，只看到随侯钰的侧脸，最后叹气，没反驳。

其他人也在看侯陌，猜测着是不是能降住侯陌的人出现了。

王教练看向冉述："你呢？"

"我想、想就是不怎么动，还能在比赛场上特别风光。"

王教练听笑了：“那你是当裁判的好苗子啊！”

这句话说完，引来了一阵笑声。

冉述想了想后回答：“我、我也双打吧，给我安排一个我不用怎么打，就能赢的搭档就行。”

王教练看了看队伍，扫视了一圈，仿佛在看哪个小倒霉蛋能被他看中。

最后，王教练说：“那你和桑献试试。”

“行。”冉述也不挑，他本来也只是来陪随侯钰的。

只要能留下，他不但愿意自费，甚至愿意倒贴钱，他对那些福利一点儿都不感兴趣。

毕竟，他有钱。

热身结束后，王教练叫来了侯陌和随侯钰，让他们到一边，亲自教他们：“双打主要的阵形有四个，雁式、双底线、澳式、I字阵形。这些你们都要熟悉一下，对阵不同的阵形，也会切换己方的阵形。你们先从最基本的雁式阵形开始练习，侯陌你去网前。”

王教练看到侯陌站好后，亲自走过去按侯陌的肩膀：“蹲。”

侯陌分腿垫步，努力下蹲：“蹲了蹲了。”

“再低点儿，实在不行腿张大点。”

侯陌觉得王教练的手跟挂着锚似的，特别重，他不得不又蹲了蹲。

这样半蹲着准备的时候真的非常不舒服，侯陌忍不住抱怨：“钰哥矮一点，而且身体软，他网前不行吗？”

王教练拒绝了：“你的经验足，并且计算能力强，可以在前面用手势指挥随侯钰，告诉他战术。他的反应能力很强，就算你预判错了，他凭借身体的反应能力也能补救，这是你们两个人的打法特点。”

在抢网这方面，侯陌和随侯钰就是两种类型。

随侯钰是反应式抢网，全靠一种本能，反应能力惊人。

而侯陌是预判式抢网，这种抢网方式一般需要有专门的能力，侯陌是这方面的王者。

随侯钰入队后没有进行单打训练，单打的基本功他已经会了。

今天是来的第一天，练习的内容主要是发球上网和向前移动喂球，还有就是移动时的配合。

侯陌之前也打过双打，但是打得真的很菜，也没认真学习过双打的战术，今天倒是第一次认真学习，学习能力只比随侯钰好一点儿而已。

他们两个人练习的时候，其他队友练习间隙朝他们看过来，接着问道："大师兄愿意双打了？他不是很排斥这个吗？"

邓亦衡听完，一脸的深沉，长长地叹了一口气说："钰哥不一样——"

最后的"样"字拉长音，尾音许久都没有结束。

"怎么就不一样了？"其他队友不是他们寝室的，还真不知道他们的关系发展。

邓亦衡想了想，回答："可能是大师兄怕挨打吧。"

"就这？"

"嗯。"

独行侠单打打习惯了，最大的问题是不习惯场上还有一个人。

有的时候不知道这个球该谁去打，侯陌让给随侯钰了，结果随侯钰以为侯陌会去接，最后球干巴巴地掉落在了地面上，孤零零地滚了几圈，显得十分寂寞。

有的时候则是同时去接，结果阵形混乱，两个人不撞一起就不错了。

这都需要磨合。

此时的他们毫无默契。

他们练习了一下午，侯陌已经能够总结出两个人之间出现的问题了，递给了随侯钰一条毛巾擦汗，接着说道："在你第一次截击之后，我们就要确定分工了，你朝着网前靠中心线的这个方向移动，这样网前我们就控制住了。如果我们的对手底线抽球或者挑高球之类的，我们就能应对。"

随侯钰擦了擦汗，接着点头："好。"

两个人再次上场，随侯钰想着侯陌说的话，眼睛在扫场地的位置，发球的时候稍微有点溜号。

一球发出去，没看到球飞过去，却听到侯陌一声闷哼，捂着后脑勺疼得蹲在了场地上。

随侯钰发的球结结实实地砸在了侯陌的后脑勺上。

随侯钰吓了一跳，赶紧走过去问："你没事吧？"

侯陌没回答出来。

他疼得眼泪直流，额头还有汗，汗也顺势往眼睛里流。

他抬头看随侯钰时刚巧汗滴进了眼睛，下意识地闭眼，表情着实有些难受。

侯陌这样，引得附近的人都聚了过来，王教练也走了过来，仔细查看侯陌的情况。

半晌，侯陌才捂着头问随侯钰："你知道时速170公里是什么概念吗？"

随侯钰心虚地问："很疼？"

侯陌捂着头回答："如果我哪天转业了，我就搞定点爆破去。"

侯陌真的很绝望，他还巴巴地给人家上课呢，结果人家拿他后脑勺练定点爆破。

沈君璟蹲在侯陌身前安慰："这是常有的事情，挨着挨着就习惯了。"

邓亦衡也跟着说："对，第一次是会有点疼，后面慢慢就会适应了。"

侯陌真的是疼得都没好脾气了，抬眼瞪了邓亦衡一眼，这说的是什么鬼话？！

王教练拿开侯陌的手看了看，又用手按了按，说道："没啥大事，冰敷一下，之后我帮你按摩就行了。"

确定没什么事，其他人也就散开了。

侯陌委屈巴巴地捂着后脑勺，就好像阴郁的蘑菇一样，蹲了好半天。

随侯钰依旧有点慌，毕竟是他砸到了侯陌，眼巴巴地看着侯陌，想去道歉又不知道该怎么说，想关心一下又怕碰疼了侯陌。

王教练看出来了，对随侯钰说："过来，拿几个冰袋。"

他们打网球的，磕磕碰碰是常事，冰袋也是常年备着的。

"哦，好的。"随侯钰起身跟着王教练去取冰袋。

侯陌见人都走了，一个人捂着头走到一边，在长椅上坐下，看着随侯钰捧了一堆冰袋出来，捏破了一个一次性冰袋递给了他，接着说："我再去医务室取一个化瘀的药膏。"

随侯钰说完朝着医务室跑了过去，跑得还挺快的。

刚被砸的时候，侯陌觉得眼前一黑，疼得说不出话来，现在那股劲过去了，只是觉得后脑勺很疼，用冰袋敷上便好多了。

他一个人扶着冰袋坐了一会儿，想起随侯钰慌张的样子又笑了起来，十分莫名。

没一会儿，随侯钰拿着药膏回来，看着说明书问："现在涂吗？"

"等我洗完澡吧，我身上都是汗。"

侯陌扶着冰袋往洗澡堂的方向走，回头就看到随侯钰背着包沉默地跟着他呢。

他回头看了看随侯钰，问："你也洗澡？"

"嗯。"

"我们可以去三楼，我一般用王教练的卡。"

"哦。"

学校的澡堂有三层。

一层、二层是普通学生的，三层是体育生、教职员工的淋浴室。

教职员工的淋浴室有单人间，侯陌常去那里。

老师们下班都坐班车走了，一般不会留校洗漱，值班教师也不一定什么时候过来，以至于教职员工的淋浴室一般都很空。

侯陌和随侯钰今天早退了，普通学生还没放晚自习，来到澡堂后只有他们两个人。

侯陌走到教职员工淋浴室门口打算刷卡，回头看向随侯钰问："你也来这里？"

"嗯。"随侯钰怕侯陌脑子受伤了，洗着洗着会晕倒，他想照顾一下。

侯陌迟疑了一会儿，还是刷卡进去，打开了一个箱子，里面都是他的东西，显然他经常来。

随侯钰不知道哪个柜子能用，站着看了一会儿，看到侯陌把自己的柜子空出了一部分来给他："其他的柜子我没有卡，和我用一个吧。"

"好。"随侯钰走过来将包放在柜子里，扯着衣角 准备脱衣服的时候，就注意到侯陌站在一边没动，只是看着他。

"怎么了？"随侯钰问。

"你先进去，我再脱。"

随侯钰再次开口："我什么都没带。"

他有一个浴筐，里面有洗漱用品和换洗的衣服，一般都是放了晚自习回寝室去取。

侯陌取出自己的东西给了他，随后说："一次性内裤一条四块钱呢，住酒店的时候就给你好几条了……"

随侯钰拿出手机来，用微信给侯陌转账："给你转了五十。"

侯陌听到了提示音，拿出手机收了转账："谢谢惠顾，喏。"又丢给了随侯钰一条。

这里的淋浴室都有一个玻璃门，玻璃门装的是磨砂玻璃，两侧是墙壁，每个人一个小空间，隐私性很强。

随侯钰打开淋浴试了试水温，接着开始冲澡。

只是为了冲掉汗，他洗得也不是很仔细，仰着头淋水的时候，隐约听到了脚步声，接着有人走到了隔壁间。

他回身去拿洗漱用品，拿起来想分辨一下分别是什么用途，这才发现侯陌用的都是一些进口的品牌，是侯陌绝对不会考虑的价位，他立即判断出来：是桑献给买的。

他冲洗完毕，又在淋浴下把洗漱用品冲洗了一下，接着走出去敲了敲隔壁的门。

侯陌非常谨慎，只是打开门伸出一只手来，随侯钰会意，将东西递到了侯陌的手里。

侯陌收走了之后关上了门。

随侯钰站在门口问："疼吗？"

半晌，侯陌才在里面回了一句："一阵阵的。"

"我洗完了，出去了。"

随侯钰每次洗完澡，都会去附近的店里买一杯奶茶或者其他的饮品。

校内一家饮品店的位置距离澡堂还挺近的，这个时间段生意尤其好。

不过，最近随侯钰不能喝了，只能看了看店铺的门脸，随后叹气。

侯陌走出来，跟着看了一眼店铺，问："那些好喝吗？"

"还行吧。你都没喝过？"

"我不是体育生之前不兴这个，我没喝过，就喝过饮料。等我成体育生了，也喝不了了，所以根本不知道什么味道。"

随侯钰对侯陌投去了同情的目光。

侯陌被看得一阵无奈："至于吗？"

"你这种长期训练且严格控制饮食的人，到了退役后停下锻炼，突然开始放肆地吃东西，一般都会暴胖。等你到了中年，就是一个又肥又油腻的老男人。"

侯陌想了想，摇头否认了："不可能！我父母没胖的！"

"他们没经历过你这种训练。"

“我爸以前当兵的。”

“他……”随侯钰刚要说什么，随后想到，侯陌父亲去世的时候估计还没退伍，也没经历过这种过渡，便说不下去了，“算了。”

随侯钰从自己的包里又拿出一个冰袋来，捏破之后拿起来，放在了侯陌的后脑勺位置帮他冰敷。

侯陌想要接过来，被随侯钰拒绝了：“我帮你扶着吧。”

侯陌看了一眼他的背包，里面装得满满的都是一次性冰袋，隐约能看到外套的衣角。

他没拒绝，和随侯钰一起朝寝室走。

柔云沉浮，丝丝缕缕，好似散落的棉絮，散了的三千青丝。

月色将世界镀上了一层银色的霜，树影摇曳，清风里夹带着残夏的余温，一股脑地涌在两个人身上，碎裂开来，四处流窜。

冰袋带来一阵清凉，随侯钰按得小心，不轻不重，似乎是故意拿捏着力道。

上楼梯时，侯陌还是接过了冰袋，不然两个人的姿势都会非常别扭。

随侯钰认认真真地问他：“上楼梯会头晕吗？”

侯陌回头，不知道该怎么回答，他总觉得在随侯钰看来，他被砸了头，就是得了绝症，生活都不能自理了。

“挺好的，健步如飞。”许久后，侯陌才回答了这么一句。

“哦，那就好。”随侯钰松了一口气。

回到寝室，随侯钰走到自己的床铺边，对侯陌说：“你今天睡我这里吧，我怕你爬上铺掉下来。”

侯陌：“……”

该怎么跟随侯钰解释自己只是后脑勺会疼，其他方面没问题呢？

半晌，侯陌苦笑着回答：“行。”

侯陌后脑勺疼，今天只能趴着睡，特意从上铺拿来自己的枕头，头埋在里面闭目养神，没一会儿真的睡着了。

随侯钰趁着侯陌睡着，扒开侯陌的头发看，看到了一块红肿，用手小心翼翼地碰一碰，轻易就碰到一个包。

还挺大的。

他一般闲不下来，毕竟没耐心一直在一个地方耗着，特别想走动，让他收拾房间都比静坐强。

今天他却耐下心来，一只手帮侯陌扶着冰袋，一只手拿着手机，打开学习 APP 刷题。

第二天侯陌醒过来时，随侯钰已经起床去洗漱了。

邓亦衡刚刚下床，走过来问侯陌："大师兄，好点没？"

"嗯，没那么疼了。"

"钰哥内疚坏了。"

"看出来了。"

"看出来什么啊，你睡得可香了。"

侯陌拿出自己的东西，抬头看向邓亦衡问："怎么？"

"昨天钰哥一直照顾你来着，也不知道是不是怕手机光照到你，身体离你挺远的，只能勉强帮你扶着冰袋。敷一会儿停一会儿。凌晨了，还起来给你换了一个冰袋，也不知道他昨天晚上睡没睡。"邓亦衡说完，端着盆就出去洗漱了。

侯陌知道，随侯钰和他保持距离，恐怕是怕自己睡着。

尽可能保持距离帮他扶着冰袋，还扶了一晚上？

他拿着东西往水房走，途中遇到了回来的随侯钰，立即用身体挡着过道，盯着随侯钰看，想看看随侯钰有没有黑眼圈。

随侯钰精神一向亢奋，从来都不会疲惫的样子，完全看不出任何破绽。

"昨天没怎么睡？"他低声问。

"后半夜睡了。"

"其实不至于，没多大事。"

"你那个包肿得像后脑勺身怀六甲。"

"哪有！"

侯陌刚反驳完，就有人跟侯陌打招呼："哟，大师兄，离远了瞅还当你扎了个辫子呢，这是富贵包长后脑勺去了？"

"闭嘴吧你！"侯陌没好气地回了一句。

随侯钰推了推侯陌："赶紧洗漱去吧。"说完绕开他走了。

早自习，一般是 17 班全班补作业的时间。

尤其是体育生，基本没时间写作业，只能早自习的时候上演生死时速。

有些自暴自弃的，抄作业都只抄选择和填空题，其他的都懒得写了。

侯陌补完作业打了一个哈欠，趴在桌面上便睡着了。

醒来时觉得鼻子有点痒，下意识地伸手去抓，居然抓住了一个人的一根食指。

他纳闷地睁开眼睛，抬头看过去，就看到随侯钰站在他斜前方，伸出一只手来放在他的面前，他这才反应过来，随侯钰是在试探他还有没有呼吸。

他心态一瞬间就崩溃了。

“钰哥，我真没事，死不了。”侯陌绝望地解释。

“那你转过去，我给你涂药膏。”随侯钰从自己的包里拿出药膏来，重新走回到他的身边。

“嗯。”

药膏装在一个小圆盒里，随侯钰拧开后，用手指挖了一些，小心翼翼地涂抹在侯陌的后脑勺。

侯陌怕随侯钰担心自己睡着睡着就死了，在随侯钰帮忙涂完药后都没再打瞌睡，认认真真地上课。

他挺懒的，仗着自己记忆力好，基本不记笔记，今天倒是拿着笔在教科书上画了两笔，记了几个重点。

记完他还好整以暇地撑着下巴转着笔，扭头朝随侯钰那边看。

随侯钰上课坐不住，总是会做一些小动作，三心二意地上课反而能让他坐得住，是一种另类的学习方式。

今天小动作的内容是刻橡皮章，随侯钰时不时抬头看一眼黑板，看到重点了，在本子上记录一下。

似乎注意到了侯陌的目光，随侯钰停下刻刀朝侯陌看了一眼。两个人用目光交手了几个回合，海浪遇到礁石，火柴碰撞红磷般，刀光剑影，毫不相让。

老师敲着黑板说道：“这里是重点，记一下。”

随侯钰抬头看了一眼黑板，随后拿着刻刀便在笔记本上写了一笔，捅出一个窟窿来。

“……”随侯钰嘀咕了一声。

忘记换笔了。

侯陌看到了这一幕，“扑哧”一声笑出来，以示嘲笑。

随侯钰放下刻刀，盖上盖子，拿着笔记下了重点，写完后来回翻看笔记，想看看能不能补救，最后从书桌里拿出一卷胶带给封上了。

他喜欢玩文具，这种东西准备了特别多。

他是那种笔上面有装饰物都能玩一会儿的人，比如笔后面有个弹簧，弹簧上有个玩偶，他就会觉得写笔记很有意思了，一边写，一边看玩偶晃，这样才能把笔记写下去。

写了一会儿，桌面上突然多了一个纸团，“咕噜咕噜”地滚到了他的眼前。

他扭头朝侯陌看过去，看到侯陌示意他打开看。

他拿来纸团打开，侯陌画的是网球场的示意图，旁边还有小的标注。

比如，S 代表他，SP 代表侯陌。

直线加箭头代表他们两个人移动的路线，虚线加箭头是球的来回路线。

场地上还画了几个圈，还有一个黑色的框，框里画着斜线，代表一个区域。

他先是看了看侯陌的字，抿着嘴唇又看了看自己的笔记本，两个人的字确实有很大的差别。

他的字可以说是儿童体，一笔一画，形态细长，还歪得很统一，就好像一页的文字都在仰头走路。

不算丑，但是绝对不算好看。

但是侯陌的字……还真挺好看的。

他又扫了一眼黑板和老师，耳朵听着课，眼睛却在看这张图。

显然，侯陌这张图是在教他移动路线，还在旁边总结了一些技巧，比如——

抢网：防守斜线、半高斜线。

不抢网：直球、小角、大力斜线。

侯陌画的图画风挺清奇的，这要不是随侯钰，别人想看懂都够呛。

他也是看了半天，才看懂这诡异的路线图，暗暗记住了。

刚刚放下纸，就又有一个纸团丢到了他身上，接着弹开。

出色的反应能力让他下意识地伸手接住，干净利落地握在了手心里，却因为动作太大，引起了老师的注意。

随侯钰刚才简直是在座位上突然耍拳，凭空一抓，也不知道抓到了什么，动作快到老师没看清楚。

老师看了随侯钰一眼，接着说：“那好，随侯钰来回答这个问题吧。”

随侯钰站起身来看着黑板，看似将手揣进口袋里，把纸团收起来。

他看着题目沉默了三秒后回答完毕。

完全正确。

老师示意他坐下。

坐下后，他看到侯陌在忍笑，没发出声音，肩膀却一直抖，看起来坏极了。

他白了侯陌一眼，打开纸团……

这画的都是些啥?

他看了看图，再看下面的文字，终于看出来了，侯陌画的是暗语，那些奇奇怪怪的东西居然是手。

在双打比赛里，搭档之间的配合非常重要。

其中，就有一些关于抢网的暗号。侯陌在前面，会在身后比手势，这是他们之间的暗号,比如握拳就是要他在原地不要动,防守自己的区域。

他略过那辣眼睛的图，直接看文字。

幸好侯陌在配图前写了“张开手掌”“伸出食指”之类的文字，不然光看图，他真觉得那是几个猪蹄。

字写得挺好看的，画图怎么这么丑呢?

侯陌是不是小脑不太正常?

这时第三个纸团丢到了随侯钰的桌面上，随侯钰还以为又是总结，打开后表情都僵住了。

这次画的是两个小人，并排站在一起举着奖杯。

那个头顶上画了一个线团的可能是他，他猜他画的时候就是拿着笔在一个点附近一个劲儿地画圆，画了那么多的头发，还在边上勾了几笔往上翘的头发，代表他的卷毛。

旁边的男生应该是侯陌，他对自己下手也挺狠，一边脸还洇了一块墨水，跟阴阳脸似的。

整张纸上能看的就一个“耶”字。

随侯钰看完，直接团成一团，扔了。

这画污染眼睛。

等到下课，侯陌立即凑过来问随侯钰：“你怎么不回我字条呢？”

这是童心未泯，还想传字条玩?

他看着侯陌半晌，最后拿出手机来，在微信列表找到了侯陌，发了两个字。

凶神恶煞小奶豆：收到。

侯陌拿着手机看完回复都无奈了，拿着自己的手机凑到随侯钰面前，说道："你看看你，你除了骂我，回复我的文字就没有长的。"

随侯钰扫了一眼后问："备注是怎么回事？"

"总不能一直叫小玉姐姐吧？"

"改了！"

"不改。"

他瞪了侯陌一眼，接着拿出自己的手机，给侯陌也改了备注：臭不要脸大狗猴。

侯陌看了也不生气，反而笑了："贴切。"

他也懒得和侯陌聊这个，问："你画图怎么这么丑？"

"看懂了吗？"

"大概吧。"

侯陌推他，让他坐在靠窗的位置，自己则是坐在了靠过道的位置，和他同桌。

侯陌把字条拿过来，指着这个画风清奇的比赛场地跟随侯钰讲解："你在这里发球，之后到这个位置，我在这里，对方会这样回球，然后我们……"

随侯钰看着侯陌纤长的手指在纸上游走，偶尔在一个位置点一下，耳畔是侯陌的声音，慵懒却又十分好听的声音。

两个人靠得很近，由于都朝向一个方向，在桌下的四条长腿多少有点接触，让随侯钰打了一个哈欠。

这种氛围，让随侯钰开始犯困。

侯陌抬头看到了，故意移开身体不碰到随侯钰，继续讲解："这种情况可以一个交叉步拦截离你身体远的球。"

"哦。"随侯钰回答了一句，懒洋洋地看着那张纸。

这节课是两节连上，第一节结束，中间休息喝水上厕所。老师看到去洗手间的学生差不多回来了，便开始继续上课，侯陌还没来得及回自己的座位。

在老师写板书的时候，侯陌伸手从自己的桌面拿来了课本，放在了面前，接着开始整理随侯钰的桌面，毕竟桌面上全是橡皮的碎屑。

整理好了，侯陌将课本立起来挡着自己，拿着本子继续画图。这次也是场地图，刚才讲解的时候发现自己画得不够全面，打算补充一下。

随侯钰坐在侯陌身边，难得没有焦躁，也不会太过三心二意，在等侯陌画完的期间认认真真地听课。

上午最后一节课，阳光正好。

随侯钰这一侧挡了一半的窗帘，阳光透过白色的窗帘投下柔柔的光，洒在侯陌的身上，有着曚昽的光影，像是透光的绵柔丝布有了呼吸，轻薄地罩着侯陌。

或许是昨天睡觉时压到了刘海，让侯陌额头前的一缕头发翘了起来，阳光下好似斜切的琥珀。

过浅的发色映衬着白皙的脸颊，侧脸曲线分明，还真有几分异域的感觉，也不怪随侯钰小时候觉得他是外国小孩。

侯陌画图的时候会不自觉地舔嘴唇。

随侯钰看着看着，又打了一个哈欠，慢慢趴在了桌面上。

等侯陌画完图，准备展示给随侯钰看时，随侯钰已经扯着他的运动服袖子睡着了。

他的脸埋在手臂里，只能看到曲线优美的下颚线，过分清瘦，没有一丝赘肉。

侯陌看了看，决定不吵醒他，毕竟昨天他没怎么睡。

当天下午，网球队其他的队员在做热身，拉伸的时候一个个唉声叹气的，拉伸的动作做得像丧尸攻城。

侯陌一边吃饭，一边用眼神嫌弃自己的队友，还有闲情看随侯钰吃了多少。

随侯钰本来就挑食，味道不合口味就不愿意多吃。

平时为了避免吃不饱，都会点很多，哪个好吃吃哪个。现在不行了，体育生的盒饭都是统一的，做出来的菜少油少盐，种类还少。况且这顿饭还是凉的，随侯钰吃了两口就不想吃了。

“你得多吃点，不然下午训练扛不住，而且我怎么总觉得你瘦了呢？”侯陌看了一眼随侯钰的餐盒。随侯钰似乎喜欢吃其中一道菜，只把这一道菜吃没了。

侯陌夹着自己餐盒里的这道菜，放进了随侯钰的餐盒里，让他多吃点。

“没什么食欲。”随侯钰勉为其难地又吃了两口，“再说才两天，能瘦多少？”

侯陌从旁边又拿来了一份盒饭，打开后指着里面说道：“这里面的菜你也夹过去吧，我吃另外的两道。”

“嗯。”

“其他的菜你也吃两口，我们的盒饭都是科学配比的，补充身体需要的营养，适合长期发展，多吃点对你有好处。”

“嗯。”

男生饭量都大，尤其是体育生。

很多男生一个人就能吃两份、三份。

平时，随侯钰因为挑食，也能吃两份。侯陌饭量不算特别大，一份就够了。

今天其他人也就给他们剩了三份。

凉饭口感不好，又遇上了随侯钰不爱吃的，导致今天这三份菜都不太够。

这个时候队伍里突然骚动起来，沈君璟兴奋地喊：“来了来了！朝着我们这边来了。”

邓亦衡跟着解释：“苏妹子以后是我们队里的助理，今天第一天过来。”

苏安怡撑着遮阳伞，朝着网球场走了过来。仅仅是走过来，都让一众队员兴奋不已，在苏安怡进入场地后更是一阵欢呼。

他们队伍里有女孩子了！

女的！活的！还那么漂亮！

王教练当即骂了两句，接着把苏安怡叫到了一边，给了她一份表格，教她如何做记录。

苏安怡一向淡然从容，听的时候也十分认真，没一会儿就懂了。

王教练给苏安怡搬来了一个椅子，让苏安怡坐在阴影里，撑着伞记录队员们的训练情况。

苏安怡坐下后，队员们个个精神抖擞，打算在美女面前展示一下自己，热身都做得特别亢奋。

侯陌和随侯钰吃完饭，把餐盒送到了垃圾站做垃圾分类。

回到场地后，由于刚刚吃完饭，两个人也不方便立即开始运动，侯陌便带着随侯钰去了室内训练场地。

室内场地女子网球队用得多，此时她们正在训练。

侯陌也没打扰她们，带着随侯钰到了一边。

当然，这群女孩子愿意看他们，侯陌就管不了了。

但是有女孩子对着他们两个人吹口哨，侯陌就忍不住了，抬手对那边竖起了中指。

那群女孩子立即大笑起来，显然都是非常大胆的女孩子。

其中一个女孩对着侯陌喊:“别自我感觉良好,我们看你身边那位呢。”

侯陌对着那群女孩冷笑，接着拽着随侯钰到了身边，用自己的身体挡着随侯钰，告诉她们那是他的搭档。

侯陌推来了小黑板，拿出笔来在黑板上面画图：“等一会儿消食了，我们两个人先练抢网。我继续之前说的，你看这里，对面一般会采用直线球，由这个 R 攻击到这个区域，我们叫作狭长区。我和你的活动范围在 L1 和 L2 之间，也就是这个范围……”他一边说，一边在图上画了一个正方形的框，写着标识。

侯陌介绍完毕，扭头问随侯钰：“懂了没？”

“嗯。”随侯钰点头。

“就算没懂，一会儿我们去场地实践你也就明白了，我给你做一遍暗语手势。”侯陌说着转过身，在身后比手势。

看过侯陌的猪蹄绘画后，再看侯陌的手，简直是精雕细琢的工艺品，手心的茧子都显得圆润可爱起来。

侯陌一边做动作，一边说着这个手势的意义。

随侯钰问：“我如何表示赞同或者反对？”

“你觉得怎么方便？”

“对你喊？”

“也行吧，现在这个是最方便的，等以后我们熟悉了，打法成熟了，我们再商量其他的方法，磨合期就这样吧。”

“好。”

抢网练习，也是非常磨炼默契度的。

他们需要在发球局时进行有效交流，比如随侯钰发球的方向，他们需要采用什么战术、要不要抢网，等等。

王教练亲自训练他们，并且非常霸气地一对二，还是经常打得他们两个人措手不及。

另一边，冉述和桑献搭档，和他们对练的是高一新生。

冉述练了一会儿就累了，主要是这个时间段太阳太毒了，他有点受不了，拿着拍转身去找苏安怡："我累了，等会儿练。"

桑献回头看了一眼冉述，没制止。

他们现在虽然是搭档，但是沟通依旧不多。

他们至今都没有对方的微信号。

冉述依旧是大少爷习惯，练一会儿就觉得累了，找一个地方便休息去了，只要王教练不来，他就不起来。

桑献从来不管。

和他们对练的两个高一新生看向桑献问："还继续吗？"

二对一，有点不像话。

"继续。"桑献握着拍，重新准备。再次开始对练，就算对面有两个人他依旧毫不逊色，以一敌二完全没什么问题。

不过在冉述看来，就是对面太菜了。

冉述一口气喝了半瓶水才拧上盖子，对苏安怡抱怨："累死我了。"

苏安怡帮冉述撑着伞，问："你这样会不会拖累了桑献？"

"桑献也、也没打算双打，多数时间都是练习单打，就是偶尔陪我应付一下训练。"冉述说完看着场地上攻势如虎的桑献，小声问苏安怡，"你、你看他，像不像健身教练？这身材……"

"没有健身教练那么夸张。"像苏安怡觉得桑献的身材正好合适，很有安全感。

"他也就是没吃什么增肌粉。"

冉述用肩膀上的毛巾擦擦汗，拿着手机对着桑献拍照，接着打开淘宝，放上桑献的图搜索物品。

他每次看到桑献，桑献都戴着一副护腕，这让他忍不住好奇起来，这护腕很贵？至于天天戴着？

结果搜完发现，护腕 99 元一对还包邮。

这护腕这么便宜，天天戴着干什么？焊手腕上了？

冉述想不明白，最后干脆不查了，把手机放在苏安怡这里，探头去看王教练，不巧和王教练对视了。

他乖乖地再次起身，去和桑献一起训练了。

BOZENME KENENG SHUGEITA

第 九 章

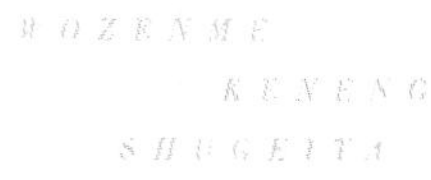

养膘

周五下午放学，随侯钰回寝室取自己的脏衣服，团成一团后放进包里。

刚巧这个时候侯陌走进了寝室，从床底下取走自己的旧球拍，他看着随侯钰的动作问：“衣服还带回去？”

“嗯，带回去用洗衣机洗一下。”

“也不是特别脏，用水‘投’一下就可以了。”（注：此处投为洗的意思，北方方言）侯陌说完，看到随侯钰那娇滴滴的大少爷模样，又觉得随侯钰能决定用洗衣机洗，而不是送干洗店就不错了。

他想了想，说道：“下次你衣服脏了给我，我顺手就能帮你投了，挂阳台上一天就干了，没必要带回去，多麻烦？”

“并不麻烦。”

“在我看来就是麻烦。”

以前随侯钰觉得闲得慌，也会动手洗。最近他跟着网球队一起训练，时间比较紧。加上有侯陌，晚上能睡着了，这些衣服也就积攒着了。

他懒得解释，没再聊这个。

随侯钰看了看侯陌手里的网球拍，问：“拿拍做什么？回去练？”

如果回去练，他也带着。

侯陌反应过来后解释：“哦，退磅了，我带回去换线。”

按照随侯钰的习惯，如果退磅了，他说不定会直接换一个拍，而不是想着换线。不过侯陌是体育生，长期使用球拍，一个球拍三四千元，还是换线比较划算。

随侯钰也没说什么，背起包来，拿着车钥匙往外走。

侯陌想了想，从箱子里拿出来了什么，快速跟着随侯钰：“你骑车载我回去吧？”

“哈？！”

“省车费了。”

随侯钰打开了车锁，两个人并肩走出去，走到校门口时需要穿过一堆堆的学生。

其实挺让人想不明白的，放学就放学，在校门口聚集半天不走干什么？

他们两个人穿过人群，身边还有在寻找私家车的学生，看到他们两个走在一起都会多看两眼。

“侯陌和青屿的那个随侯钰关系还挺好的？我还以为他们会打架。”

“听说随侯钰脾气可臭了。”

“可是长得真的好好看……”

“怎么推了一辆破车？两个人家里都很穷？”

“随侯钰可不穷，当初没被开除就是因为给学校捐了楼。”

“他们两个人现在是网球双打的搭档，我上次看到他们在一起练了。”

两个人早就习惯被人议论了，毕竟这么多年了，从来没缺过关注度。

好不容易穿越了人群，两个人找了一片树荫停下。

下午的阳光将影子无限拉长，随侯钰头顶发丝的影子，落在了侯陌的脸颊上，就好似文在他脸颊上的细碎文身。

林里吹来了一阵风，拂动了繁茂的枝叶，枝干晃动，牵扯起林间地面上那光影投下的斑驳巨网，好似整个大地都在一瞬间鲜活起来，抖着肥硕的肚皮，放肆大笑，才引来了这样一阵风。

他们周身环绕着金色的流光，那夺目的光亮，似乎是想要将两名少年吞进一片银白之中。

侯陌将车子骑到了河边。

河边小路是防腐木的材质，车子上来会发出木板摩擦的声响，吱吱呀呀。

然而侯陌却说了煞风景的话："没搞度假村之前，这里曾是臭水沟。"

随侯钰懒洋洋地回应："哦。"

骑到家里停下车，随侯钰非常坚强地没有睡着，侯陌倒是挺意外的，问他："不困吗？"

“困，但是并没有之前那么夸张，我觉得最开始的时候是我太缺觉了，现在逐渐补回来了，缓和了很多。”

“那挺好的。”侯陌帮忙停下车子，两个人一起上楼。

随侯钰输入密码开门的时候，侯陌说道：“晚上一起吃饭，我带你去吃。”

“哦……”

“一会儿我来找你。”

“嗯。”随侯钰回答完开门进了屋。

侯陌回到家里整理了东西，下楼按门铃，随侯钰许久都没来开门，侯陌自己开了门走进去，走到卧室就看到随侯钰趴在床上睡着了。

他拿出手机看了一眼时间，也算是有进步了，最起码坚持了整整半个小时没睡着。

本来打算等随侯钰先睡一会儿，结果一扭头就看到大哥悄无声息地走了过来，吓得侯陌惊呼了一声，一蹦一米高。

睡眠并不深的随侯钰被吵醒了，睁开眼睛看着侯陌。

“邓亦衡和沈君璟和我们一起吃饭。”侯陌往后躲着大哥，故作镇定地说道。

“哦。”

随侯钰和侯陌一起出现在街口的时候，邓亦衡正在上蹿下跳，仿佛一只猴。

旁边沈君璟还在摆造型，仿佛是这条街上最帅的精神小伙。

邓亦衡看到他们来了后立即停下来，距离还很远便喊道：“难得看到大师兄距离钰哥有一米远。”

侯陌捂着脸，无奈地解释：“我怕他背着的猫。”

邓亦衡和沈君璟转到了随侯钰的身后，认了出来：“这猫我们见过，第一次见面的时候就看到钰哥背了。”

邓亦衡盯着背包圆孔里的大哥看，忍不住感叹：“仔细看这只猫是真帅啊，身材也好。”

沈君璟不解地看着侯陌，问：“猫有什么可害怕的？”

侯陌连连摆手：“不行，黑乎乎的看着吓人，别的品种的猫还好点。”

随侯钰冷笑了一声，背着猫继续走。

他终于有制住侯陌的方法了，以后烦侯陌了，就把大哥带出来，侯陌自己就会躲得远远的。

邓亦衡跟在随侯钰身后，总想逗一逗大哥，可惜大哥看他的表情总是仿佛在看一个傻子。

因为没注意看路，邓亦衡和迎面走来的人撞在了一起，邓亦衡赶紧道歉："抱歉，你没事吧？"

接着，伸手去扶对方，和对方对视了。

什么叫尴尬?

就是在不合适的时间，遇到了不合适的人。比如，眼前这位身材高挑皮肤略黑的辣妹。

这个女孩子就是沈君璟、邓亦衡演戏，想要搭讪的女孩子。

现在，"流氓"小哥和救人小哥走在了一起，女孩子很感兴趣的随侯钰也和他们两个很熟的样子。

这就有点解释不清了。

女孩子看了他们半晌，最后看向随侯钰："他们两个是一伙的我能猜出来，但是你也是和他们一伙的？"

这是螳螂捕蝉，黄雀在后?

什么鬼？！

随侯钰反应过来后，看向了邓亦衡和沈君璟，表情有一瞬间的不自然，甚至有些尴尬。

当初这两个人那么傻的演戏行为，随侯钰是当成笑料看的。现在被当成是他们的同伙，真的非常丢人!

邓亦衡赶紧解释："不不不，钰哥没和我们配合，就我俩。"

女孩子听完冷笑："你都叫他钰哥了，还说没配合？"

随侯钰想了想，也懒得解释了，笑道："哦，那就是配合了吧。既然这么多人演戏这么有诚意，你要不要给他微信号？"说着，指了一下邓亦衡。

女孩子看了邓亦衡两眼，突然笑了，说道："行啊。"

倒也不矫情。

说着，她拿出手机来亮出了自己的二维码。

邓亦衡愣了一瞬间，接着手忙脚乱地拿出手机来，扫了她的二维码，当场加了好友。

看着微信列表多出来的人，邓亦衡惊讶得许久没眨眼睛。

傻得出奇。

随侯钰这一波真的是神助攻。

侯陌不知道是怎么回事，凑过去问："什么情况？"

随侯钰跟他解释："当初我和他俩打架，就是因为他俩演戏和她搭讪。"

"哦。"侯陌点了点头，接着就笑了起来。

女孩问他们："你们要干吗去？"

邓亦衡突然结巴起来："吃、吃饭。"

"哪家好吃？"

邓亦衡抬手指着一个店铺："前面那家，我们打算去那里。"

女孩看了看，朝着那家走了过去。

四个人面面相觑，也跟了过去。沈君璟小声感叹："她看到我们几个倒是不害怕。"

邓亦衡美滋滋地说："真有范儿。"

五个人一起去了饭店里，四个男生坐在一起，女孩子自己坐在一张桌子前。

老板娘走出来在女孩面前放了一份菜单，说道："你先看着。"然后扭头问四个男生，"老三样？"

侯陌用纸巾擦桌面的同时回答："对。"

老板娘又看了看，注意到了随侯钰，追问："这次怎么和这个小哥一起来了？"

她对随侯钰有印象，主要是随侯钰长得好看到让人很难忘记，食量也大到令她记忆深刻。

侯陌解释："他现在是我的同班同学。"

邓亦衡跟着补充："还是大师兄的双打搭档。"

老板娘听完先是一愣，接着笑道："挺好的，亲人去世是不可避免的，早晚的事。打双打赚赚奖金，交交朋友。"

侯陌赶紧点头："是是是。"

老板娘看到侯陌敷衍的样子就不乐意了："我一说你就不愿意听。"

"你这话让我搭档听到多矫情？"

"也是。"

老板娘走过去问那个女孩："看得怎么样？"

女孩回答："我再看看，不着急。"

"那我先去给他们准备东西了，选好了叫我。"老板娘说着去了厨房。

女孩在老板娘走后对随侯钰说道："我现在相信你不是和他们一伙的了。"

邓亦衡当即拍桌面："我就说吧。"

"嗯，他和你们几个的气质格格不入。"女孩说完笑着问，"老三样是什么，好吃吗？"

邓亦衡都没听出来话语里的讽刺，热情地回答："我们的老三样是适合运动员吃的，清汤寡水的。"

女孩一听眼睛都亮了，当即说道："我就要这种餐，找了好几条街了。"说完跑到厨房门口喊，"阿姨，我也要他们的老三样。"

等女孩回来，邓亦衡问："你也比赛？"

"对，偶尔比比，比较业余。"

"你什么项目？"邓亦衡一看女孩的肤色和身材，就知道这个女孩不简单。

像他们体育生，白成侯陌这样的真的是少之又少。

女孩回答："网球。"

邓亦衡激动得不行，跟着说："我们也是打网球的！你哪个学校的？"

"东体附中。"女孩说完灿烂一笑。

东体附中一说出来，大家就知道她绝对不是业余的了。

毕竟得是小小年纪就能进省队的苗子，才能进入东体附中，然后保送东体。

邓亦衡有一瞬间的失神……这是遇到厉害的了。

随侯钰不了解东体附中是怎么回事，于是感叹："原来打网球的高中还挺多的？"

侯陌回应："嗯，有一些。"

"东体附中的你遇到过吗？打得怎么样？"

"遇到过，他们很努力，就是从来没赢过我。"

"哦。"

这对话引得女孩回头看他们好几眼，接着闷头用手机打字。

侯陌起身拿来了几双消毒过的筷子，分给了随侯钰一双。

随侯钰小声问他：“怎么那么多人都很了解你似的，饭店老板娘都知道？”

“她是我债主之一，去年才还清。”侯陌倒是不隐瞒，“我家里欠的钱去年才还了大半，之后还得继续努力。”

这时那个女孩突然回头惊呼：“你是侯陌？！”

这一嗓子太突然了，吓了侯陌一跳。

侯陌在东体附中十分有名。

有名的原因有两个。

一个是因为侯陌的操作真的非常“骚”，“骚”得东体附中的人恨得牙痒痒。

一个是因为侯陌真的很无敌，有超乎常人的计算能力和预判能力。和他对战单打，仿佛整场比赛都在侯陌的计算之中，全程被操控着，还会有种被戏耍的感觉。

一场比赛下来，挫败感十足。

这种存在，在东体附中的学生眼里仿佛噩梦。

讨厌他，还打不过他。

这个女孩是女子网球队的，对侯陌也是略有耳闻。

不过传闻中侯陌凭借一张讨人厌的嘴招惹了不少人，树敌无数。

她以前幻想着，他恐怕会是188厘米的宋大宝形象，欠欠儿的，怎么本人……这么白？

还挺帅的？

侯陌看向那个女孩问：“怎么？”

“白化病一样，黄毛，还欧式大双，就是你了。”女孩看着手机里的描述，再看看面前的侯陌，确认了。

侯陌听到这个形容真的气得不行：“我不是欧式大双，我那是眼窝！而且，这是亚麻色！”

至于白……没办法反驳。

女孩没在意这些细节，颇感兴趣地问：“你怎么这么白呢？不科学啊！”

邓亦衡在一边解释：“他新陈代谢可能和正常人不太一样，我们晒黑了一个冬天才能捂回来，但是他不用，两星期够够的了。而且，他现在是晒黑了的。”说着，伸手去拽侯陌的袖子，露出肩膀来给女孩看，“这才是他真实肤色，白吧。”

女孩眼睛都睁圆了，惊呼：“我满月照都没他白。”

邓亦衡摆手：“不是一个种类的。我们钰哥头发是自来卷，能看出来吗？他俩打双打就是标准的‘吹染烫’组合。”

随侯钰和侯陌同时看向邓亦衡，眼神不算友好，恨不得用目光凌迟了他，似乎觉得邓亦衡有点飘了。

邓亦衡当即闭嘴。

女孩爽朗大笑，随后自我介绍：“我叫吕彦歆，羽毛球转的网球，才转了不到一年，还只是业余的，很高兴认识你们。”

侯陌见老板娘那边要端面过来了，只是冷淡回复：“你认识他们两个人就行了。”说完起身帮忙端东西去。

他们两个人指的是邓亦衡和沈君璟。

随侯钰和侯陌是同样的态度，坐在座位上拿着手机看微信，将冉述发来的语音消息转为文字。

转换完，文字整整占两个屏幕。

随侯钰回复了一个“哦”。

吕彦歆也不在意，嘟囔道：“有点酷啊……欸，小帅哥，你好像瘦了好多。”

这句话是跟随侯钰说的。

随侯钰抬眼看了她一眼，接着问：“我？有吗？”

“上次见到你就觉得你瘦，这次更瘦了。”

侯陌端来餐盘放在桌面上分东西，分完之后拎起随侯钰的手臂盯着看。

“最近上秤了吗？”

“没。”

“家里有吗？”问完侯陌就意识到了，随侯钰住的地方他经常去，自己就回答了，“哦，没有。”

随侯钰：“……”

“等到学校后称一称，我也觉得你瘦了。”

随侯钰随便敷衍了两句，看着面前的食物瞬间哭丧了脸，许久没动。

清汤寡水的面条，两个鸡蛋，一盘青菜，他还是第一次见识到西蓝花拌菜。

侯陌坐在他身边，对他说：“你得吃，实在不行我再给你要两个鸡蛋，不然身体受不住。”

随侯钰拿起筷子闷头吃面条，吃了半碗就不想再吃了。

这时侯陌已经剥了三个鸡蛋放在了他面前，他苦着脸，喝着面条的汤，吃着鸡蛋，时不时看一眼手机。

这时，他难得听了一段冉述发来的语音，主要是转成文字的话不太对劲。他按了播放，就听到冉述那边在吃东西，一边吃，一边含糊地说话。他忍不住回了一句“你吃什么呢”过去。

冉述：[图片]

随侯钰看看自己面前的清汤寡水，再看看冉述图片里的火锅，心理一瞬间不平衡了。

侯陌也注意到了他的手机，指着图片中的一盘肉说道：“这是红肉吧？”

“他不打算参加比赛，所以也没怎么忌口。”

“没有大的追求，我们也管不了。”侯陌指着拌菜说，“吃点菜。”

随侯钰吃了两口又不愿意吃了，放下筷子，低头玩手机。

老板娘走过来看了看，说道：“这不是你的食量啊！做得不好吃？”

侯陌帮忙解释：“他刚开始吃这种餐，不习惯。”接着扭头对随侯钰劝，“再吃点。”

随侯钰拒绝得毅然决然：“不。”

侯陌又拿了一双干净的筷子，夹起菜来，用另外一只手虚托着喂到了随侯钰的嘴边：“来，张嘴，啊——”

随侯钰抬眼瞪了侯陌一眼，但是都送到嘴边了，不得不张开嘴吃了。

“再吃点这个，来。”侯陌又夹了一筷子喂过去。

随侯钰嫌弃得不行，那表情狰狞，仿佛下一秒就要扑过去咬人了。

结果纠结了一会儿，还是吃了。

饭店老板娘以及另外三个人，一起围观了一出“侯奶奶”喂饭。

直到最后，“侯奶奶”把碗里最后一根面条都捞出来喂到了随侯钰的嘴里，这才满意。

吃完饭，几个人便分开了。

侯陌和随侯钰结伴回家，路上随侯钰将猫包背在身前，手指放在圆孔的位置，逗着大哥。

侯陌活动着肩膀走在他身边，看到有地面不平的地方伸手拽着他的手臂，将他带到了一边。

“你的电动车能不能借我？”侯陌突然开口。

“可以，你去换线？”

“不是，我妈明天去公司对账，一般都是骑自行车去。秋天风大，骑车太累了。”

随侯钰从口袋里拿出钥匙来，丢给侯陌：“拿去吧。”

“谢了。”

随侯钰又走了两步后问：“阿姨经常去？”

“偶尔吧，三家公司，每家公司一周去一次。”

“我的车在学校里也是停一周，直接给她骑吧。”

“不至于。”

“我不是在跟你客气。”

“哦……”侯陌将钥匙放进口袋里，笑了起来，眼睛弯弯的，像月牙一样，眸中好似在绽放烟火，“那谢谢你了。”

事实证明，戒奶茶、油炸食品真的会瘦。

枫屿高中学校医务室有体重秤，他们体育生经常过来，对这边也熟悉，周一侯陌便带着随侯钰来了。

随侯钰踩在秤上，两个人一起盯着圆盘看，都有点难以置信。

随侯钰真的瘦了，并且一星期瘦了好几斤，从 118 斤到 113 斤。

原本就瘦，现在真的是雪上加霜。

随侯钰有点难以相信，反复上了几次，数字都没有变化。

侯陌也跟着踩上去试了试，144 斤，和以前一样。

侯陌看着秤，再看看随侯钰，忍不住问：“太离谱了吧？！”

侯陌在体育生里，已经算是身材纤细的了。

现在随侯钰来了，简直破了纪录，估计只有田径队跳高的那群能和随侯钰比一比了。

侯陌还是不死心，带着随侯钰去训练场地，在仓库里翻箱倒柜才找出了一个电子秤来，重新换了电池后，他上去踩了一脚，依旧是 144 斤。

他将电子秤放在地板上，对随侯钰示意：“你踩踩看。”

随侯钰脱掉鞋子站上去，上面显示着“56.5”，也就是 113 斤。

侯陌从来没想过，一个一米八多的男生站在体重秤上，体重会是“5”打头。

侯陌盘腿坐在地板上，沉默了一会儿说：“说不定是秤不准？你再试试？”

随侯钰非常谨慎地再次上秤，这次的数字变了，赫然显示 56.4！

喘口气的工夫都能瘦二两？！

“别人喝凉水都能胖，你倒是与众不同，喘口气都能瘦。”侯陌坐在地板上看着随侯钰，在自己身边拍了拍，“来，坐下，慢点坐，别坐得太快了又瘦一两，我受不了这个刺激。”

随侯钰坐在他身边，说道：“一方面是我最近忌口……”

“你是忌口加挑食！”

“嗯，我很久没吃甜食了。”

“养猪的要是碰到你这种体质都能赔死。”

随侯钰瞪了侯陌一眼，接着说：“另一方面是我最近运动量挺大的。”

“怎么回事呢？你睡眠很充足了吧？”

“失眠会导致发胖。”

“你失眠，半夜吃甜食，每天一杯奶茶，还能让你保持偏瘦的体格。不良习惯没有了之后，你就奔着骷髅去了？你一天拉两次的习惯能不能改改，一天一次，憋一憋说不定能胖一两斤呢？”

随侯钰完全不理侯陌了。

侯陌还在崩溃：“你一星期就瘦了五斤多！我们还不知道你是不是还会继续瘦下去，这简直太可怕了，你现在这个身材就是根竹竿！你要是正常地学习上课无所谓，但你现在是体育生，这要是打着打着网球手臂骨折了怎么办？”

“胖两斤就不会骨折了吗？”

“你这个数据有点太吓人了。”

两个人坐在地板上，都有点迷茫。

随侯钰提议：“那我吃点增肌粉？”

“金刚芭比？”

“……”

“你肌肉是可以的，就是没有脂肪。”侯陌又叹了一口气，“我和王教练商量商量，想想办法。”

从确定随侯钰是真的瘦了之后，侯陌就成了侯奶奶。

监督随侯钰的一日三餐，只要随侯钰不吃，侯陌就软磨硬泡，连哄带骗。

随侯钰哪天吃得多，他还会夸奖一句：“今天吃得真好，好棒棒啊！”

随侯钰无一例外都会瞪侯陌一眼。

往常训练完，侯陌会带着随侯钰去室内，给随侯钰画场地示意图。

现在完全改了。

两个人训练告一段落后，侯陌跑过去搀扶着随侯钰坐在长椅上，小心的模样仿佛在照顾孕妇。

等随侯钰坐好了，侯陌再小跑着去室内把小黑板拉出来，拉到室外来放到随侯钰的面前，在上面画图。

夜里有些黑，场内灯照射的主要范围不是这里，随侯钰觉得看不清，想要站起来看，却被侯陌按住了：“别，你坐着吧，别站一会儿再瘦二两。我画大点，一会儿用手机的手电筒照着给你看。”

“你太夸张了吧？”

“明明是你的体重太夸张了！和我打双打，结果打得像受虐似的，再上秤如果掉到 110 斤，我直接给你表演一个投河。”

随侯钰靠着椅子，不想说话。

侯陌画完场地图，标出了路线来，转过身准备讲解，见随侯钰不高兴的样子也没说什么，只是伸手揉了揉随侯钰的头，接着继续讲解。

随侯钰不爽了一会儿，还是拿着手机打开手电筒功能，照着黑板认认真真地看，去理解侯陌讲解的内容。

王教练对他们两个人的训练目标就是全能型。

全能型是战术的积累，他们两个学霸在总结战术，学习速度很快。

别看随侯钰是后学的，但是一点就透，学习能力以及成长速度惊人，甚至不需要侯陌讲解得特别详细。

晚上回到寝室里，随侯钰再次上秤。

侯陌和王教练申请后，把电子秤搬到他们寝室来了，随时观察随侯钰的体重，那紧张的样子仿佛随侯钰如果继续瘦，侯陌就要叫救护车了。

他刚上秤，就引来整个寝室的强势围观。

看到依旧是113斤后，众人都松了一口气，只要没继续瘦就行了。

在随侯钰下去后，冉述也跟着上了体重秤，体重是115斤。

冉述抬头看向随侯钰，嘟囔："钰哥，我就够瘦了。"

随侯钰被他们搞得也有点焦虑了，掐着腰看着体重秤许久没吭声。

最近，他吃过饭后就躺着，想着也许能胖点，结果只是勉强维持体重，这让他也有点迷茫，怎么才能胖一点呢？

他换了睡衣躺在床上，翻来覆去地睡不着，抬头看向门口，侯陌居然还没回寝室。

结束训练后，侯陌和王教练先走了。随侯钰一开始没当回事，结果晚上十一点了侯陌还没回来。

他拿出手机，打开和侯陌的聊天框，就收到侯陌发来的消息：

到五楼来，一个人。

随侯钰立即起身，穿上人字拖，推门走出寝室，走到楼梯口就看到侯陌在等他，并且对他招了招手。

他到了侯陌身边，侯陌也没解释，只是带着他进入了五楼的一个寝室。

走进去，扑面而来的是一股子热气。

地面居然有一个小火锅，旁边还放着菜和肉。

"这是？"随侯钰十分诧异。

"夜宵。"

侯陌走过去蹲在锅边，说道："没有椅子，我们直接坐在地板上吃吧。这个是我去食堂找调料给你调的，侯氏独家，一会儿你尝尝。"

"我们能吃肉？"

"牛肉，还是给我们做盒饭的特殊食堂的，王教练帮我去买的，肉是我切的，我今天的主要工作内容就是等肉解冻。"

随侯钰扫视了一眼，这里放着的食物种类不多，是难得的几样他们能吃的食材。

分量不大，看起来也就一人份。

不过，随侯钰还是意识到，这对于省吃俭用的侯陌来说，也算是破费了。

破费到随侯钰甚至有了负罪感。

侯陌很优秀，作为一个高中生，能够年收入二十万绝对是罕见了，但是他家里负债累累，去年才靠他的奖金还了大半，如今还没有还清。

“多少钱我给你。”随侯钰从口袋里摸出手机来准备给侯陌转账。

“不用啊，我请你的。”

“现在请我了？之前一次性内裤都明算账呢。快点，我转你。”

“你这话说得真没良心，听说过请吃饭的，没听说过我请你穿内裤的，像话吗？内裤是内裤，饭是饭。”

随侯钰本来挺严肃的，结果“扑哧”一声笑了出来。

随侯钰见地面是被清理过的，还算干净，直接坐在地上，用筷子往锅里夹菜，同时问：“哪里来的锅？”

“王教练从家里带的。”

随侯钰又看了看蘸料，抬眼看向侯陌问：“没有麻酱吗？”

“凑合吃吧，还麻酱……”

随侯钰捞出一块肉，蘸了侯陌调的料，味道竟然还算不错，于是点头：“不错。”

侯陌这才想起来了什么，从口袋里拿出了一个小的塑料袋来，说道：“我不知道你吃不吃香菜，于是切碎了单独装起来了，你要是吃就放蘸料里面。”

随侯钰四处看了看，发现蘸料只有一份，于是问侯陌：“你吃香菜吗？”

“我吃。”

“那放吧。”说着，把手里的蘸料递了过去。

随侯钰捧着蘸料，侯陌打开袋子往蘸料里倒了香菜，然后将塑料袋丢在一边，接着在口袋里掏了掏，又掏出两个馒头来，说道：“要是不够吃，再啃两个馒头。”

随侯钰扫了一眼，没接，显然对馒头不感兴趣

侯陌不由得笑起来，笑眯眯地感叹：“我现在看着你，突然有种养儿子的感觉。”

随侯钰本来吃得好好的，结果听到这句话表情就不对劲了，白了侯陌一眼。

侯陌还在继续念叨：“你还是特别不听话的那种熊孩子。”

随侯钰继续吃东西，其间懒洋洋地回答：“年纪不大，做爹的想法倒是挺强烈的。”

“我为你的体重操碎了心，你怎么就不能明白为父的良苦用心呢？”

“你在你妈肚子里六个月的时候生的我？”

“别计较这些细节。”

火锅发出“咕嘟咕嘟”的煮菜声音，锅内起了气泡，里面的菜在抖动。

热气袅袅飘散，环绕在两个人的四周。

室内雾气缭绕，温温热热的，让随侯钰的脸颊有点红，不过难得吃得特别满足。

吃到后来，两个人还是一人一个馒头，把最后的食物都吃了。

这期间随侯钰吃得比较多，毕竟也是为了给随侯钰增肥才准备的。

侯陌在收拾的时候叮嘱随侯钰：“不要和其他人说，我们是禁止吃夜宵的，怕我们发胖。冬季训练比较严格，也是怕冬季囤积脂肪。不过吧……你冬天的时候多偷偷懒，说不定还能胖点。”

随侯钰伸手想要帮忙，却被侯陌拦住了：“别！你可别动，刚补充的能量你消耗了怎么办？现在就慢慢上楼，回床上躺着去。这一顿我都不指望你胖多少，能胖个一二两肉就行。”

随侯钰站在一边看着侯陌收拾完，接着迈着沉重的步伐走出去，回到寝室躺在床上努力养膘。

第十章 初入赛场

随侯钰加入网球队一个月后，有一场省级的比赛，也是近期最后一场比赛。

这场比赛是一个品牌赞助的，比赛名称就是“东利信集团青少年网球巡回赛”，不会累积积分，不过奖金比较丰厚。

比赛的时间选择在十一月初，温度下降，却不是特别冷，这倒没什么问题。

只是他们所在的省到了春秋风都特别大，风向、风力都会影响到球路，所以对户外实战经验要求很高。

比赛城市距离他们所在市有些远，开车需要四个多小时。

队里安排乘坐大巴车一起过去，提前一天办理酒店入住，这样比赛当天可以早起调整状态。

这一次是和女队一起参加，他们同乘一辆车，搞得队员们都有些兴奋。

一行人上了车，侯陌拉着随侯钰坐在比较靠前的位置，坐下后跟随侯钰解释：“在男女队交界线位置是最吵的，这里比较安静，靠近教练。”

随侯钰点了点头，抬头就看到冉述扯着苏安怡坐在了和他们一排的位置，狠狠地瞪了他一眼。

他下意识地吞咽唾沫，知道冉述又不高兴了。

最近冉述时不时缠着他问的问题就是：都是竹马，你可以一碗水端平，但一个是陪着你这么多年的竹马，一个是舍弃你多年的竹马，谁轻谁重自己能掂量得出来吧？

他最近压力很大。

等人都到齐了，车子行驶了出去，不久后到一个路口停下了，许久没动。

教练起身去看，询问怎么回事。

司机回头解释："这边只有两个出口能出去，另外一个出口限高，我们的车过不去。这个出口这里停了一辆车，还没贴电话号码。"

冉述探头去看，小声说道："法拉利不贴电话也正常，贴了就容易被一群人加微信。"

王教练询问："能叫拖车吗？到得太晚了容易影响孩子们休息。"

司机唉声叹气的："湘家巷这地方，等拖车过来得两小时。"

"开不过去？"

"能，但是容易刮车。"

就在所有人都很焦急的时候，桑献突然开口："撞过去，算我的。"说着，从自己的包里拿出一张名片来给了邓亦衡。

邓亦衡认识桑献也不是一天两天了，瞬间充当了小秘书的角色，下了大巴车，把名片固定在法拉利车上。

等再次上车，邓亦衡立即对司机说："师傅，开吧，两辆车修车的费用我队友包了。"

司机还是有点犹豫："这……我这是新车。"

邓亦衡和桑献对视了一眼，再次了然，说道："要不我队友把您这车也买了吧，直接给您换辆新的。"

司机不说话了，真的刮着那辆法拉利开了过去。

炫富小达人冉述看了看，忍不住"啧啧"了两声，回头问刚刚重新坐下的邓亦衡："我这位搭档挺豪横啊！"

邓亦衡只是笑，桑献依旧沉着脸不出声。

侯陌忍不住了，说道："他就是人傻钱多。"

"怎么？"冉述颇感兴趣地问了一句。

侯陌吐槽得特别狠："我曾经跟着他们一家三口去参加法拍，看着他们拍了一段高速公路收费权，这我还能理解。结果他们还拍了两只东北虎，真要是能养家里我也不说什么，人家是养在动物园，他们可以经常去看看。但是，拍东北虎干什么呢？怎么的，你看望它们的时候还能进笼子呗？主人是一次性的？"

一直沉默的桑献终于开口了："那次主要是去拍你们家房子，其他的只是顺便拍的。"

不补充还好，补充完了更加离谱了。

顺便买了段高速公路收费权，以亿为单位的。

大写的有钱!

冉述没忍住，回头看了桑献好几眼，心中估算着，以后别在这个搭档面前炫富，容易被比下去。

随侯钰听完后小声问侯陌：“拍的是你家现在住的房子？”

“不是。”侯陌倒是没隐瞒，“现在住的是我妈妈娘家老房子的回迁房，拍下来的是我父母以前的房子。不过现在是桑献家的房子，等我以后有钱了再赎回来。”

“哦……”

随侯钰之后没再多问，睡了一路。

侯陌后半段也靠着随侯钰睡着了。

冉述叫醒他们两个人时，随侯钰靠着侯陌的肩膀，侯陌靠着随侯钰的头顶，两个人都睡得特别沉。

两个睡得迷迷糊糊的人都没立即下车，而是在车上缓了缓神，毕竟那么多人，办理入住得有一阵子。

等缓过来了，侯陌拎着两个人的东西下了车，随侯钰打着哈欠跟在他身后。

到达酒店大厅后，随侯钰坐在行李箱上等待，侯陌一个人拿着证件去办理入住。

需要拍照验证的时候，侯陌特意将摄像头端到了随侯钰的面前，都不舍得让随侯钰起身，怕他掉肉。

办理完毕，侯陌推着行李箱，连同随侯钰一起推走。

随侯钰仗着自己瘦，坐在行李箱上被侯陌带着走，途中都没抬头，只是低头看手机。

冉述在电梯门口问苏安怡：“你和谁住在一间？”

“王教练说我是男队的一根独苗，这几天我也会比较辛苦，所以一个人住一间大床房。”

“啊……真好。”

冉述回到酒店房间里，打开房间的门走进去，到处看了看，觉得这里的房间似乎有点简陋，估计是最低标准的标间。

他在房间里转了一圈，思考着要不要去升级一下房间，推门走进浴室，被站在里面洗脸的桑献吓了一跳。

见桑献似乎在摸毛巾，他伸手从架子上拿下毛巾递给了桑献。

桑献伸出手来接走："谢谢。"

这个比赛场地侯陌以前来过一次，毕竟这个省适合打网球的比赛场地就那么几个，他们早就熟悉了。

侯陌带着随侯钰去做尿检，要了尿检杯后，侯陌拿着杯问随侯钰："需要我帮你端着吗？"

随侯钰当即伸手抢了过来，骂道："滚。"

侯陌没滚，还提示他："得接到这里，看到没有，这里……"

随侯钰气急败坏地跑过去踢了侯陌一脚，才拿着东西走向检测间的厕所。

侯陌往后退着说道："我去抽签了，你在这里等结果，看谁速度快，微信联系。"

"嗯。"随侯钰在厕所里含糊地回答了一声。

这一次的网球抽签，是由上一届的冠军来抽。女子队伍的冠军抽男子的签，侯陌抽女子队伍的签。

之后这个抽签结果会公布出去，侯陌也是最早知道抽签结果的人。

侯陌走进去，工作人员笑着跟他打招呼，还问他："今年又挑战双打了？"

其实，王教练有拿这个比赛练手的意思。

之前他就用这个比赛试过侯陌和桑献的双打，结果惨败，不过侯陌单打依旧是冠军。

这一次比赛侯陌又报名双打了，搭档还是一个陌生的名字，让人怀疑侯陌是在帮忙带新人。

侯陌笑着回答："嗯，重在参与。"

坐下等待安排的时候，他看到了熟悉的身影，两个身材高大的男生从他面前走了过去。

他的目光跟随着这两个人，在他们两个看向他的时候收回了目光。

两方都看对方眼熟，却不认识，都没有打招呼。

侯陌知道这两个人，东体附中的，且已经进入了省队，按照年龄来算，他们应该高三了。

原本这两位已经很少参加这种比赛了，专注于在省队里的训练，结果这一次比赛他们居然来了?

看来这次双打比赛不太好打。

毕竟……他们曾经是全国男子双打比赛第二名。

这个第二名，还是和对手僵持许久才拿下的，如果当天抛硬币选场地的时候，他们选对了，估计他们会是第一名。

一般选择场地也有讲究。

如果是在下午进行比赛，太阳在选手的左方会更有优势，这样在发球局，阳光对发球的影响也会减少。

那一场比赛就是这样。

侯陌对单打十分有信心，对随侯钰也有信心。

但是他们毕竟只练了一个月双打而已，默契不足，战术累积不够，甚至算半个小白。

小白时期就遇到双打大神，让侯陌压力倍增。

现在他居然开始希望随侯钰尿检不合格了，这样不用参加这场比赛，也不会遇到这对选手。不然以随侯钰的好胜心，如果输了，估计会难受一阵子。

他早就知道随侯钰的好胜心过分强烈，从输了网球就和他连战三局就能看出来。

单打首先抽签，侯陌抽完后在一边等待安排，公布前他不能离开。

这时王教练过来送双打的报名表格了，随便扫了侯陌一眼继续往里走，同样看到了预备抽双打签的东体附中的两个人。

侯陌立即走过去跟王教练使眼色:“别让钰哥参加了，他们来了。”

王教练看了看那对双打选手，接着说:“你们还打算拿第一啊? 我就是让你们多点实战经验。”

“钰哥性格不适合输。”

“既然成了运动员，就要有输得起的觉悟，不然早晚出问题。你这么一味地护着他不是办法，你不能用这种方法保护他一辈子。”王教练拿出一张单子给侯陌看，“尿检合格了，给我参加!”

早晨八点半，侯陌找到随侯钰，带着他去领纪念品，同时去签到处签到。

到达比赛地点的时候苏安怡已经在了，站在一群男生面前组织队伍，一群队员都特别乖巧懂事似的，规规矩矩地站在一起听嘱咐。

全队就这么一个女孩子，所有人都听她的。

旁边还聚集了其他的队伍，都是男子网球队的队伍，由队长或者助教领队，教练员此刻都在开会，不在现场。

有熟悉他们的人探头探脑地看过来，接着问："欸！侯陌，你们带队的美女是什么情况？"

侯陌还在叮嘱随侯钰注意事项，毕竟是随侯钰第一次正式参加比赛，他比随侯钰都紧张。

听到别人问他问题，他也只是冷淡地回答："助理。"

听到回答后，那群男生沸腾了，哀号的模样和苏安怡加入队伍前的邓亦衡他们差不多。

"我去！我觉得枫华已经赢了！他们有妹子！"

"御姐范的。"

其中一个身材高大的男生特别认真地问："我该怎么做，才能不经意地让她看到我迷人的腹肌？"

苏安怡还在说着比赛事宜："下午三点会进行男子双打第二轮抽签，到时候我会去盯着……他们怎么那么吵？"

她扭头朝那边看，便看到一个男生扯起衣角擦汗，露出结实的腹肌，比桑献的块头还猛。

只是，现在这个温度根本不会流汗，这个举动非常刻意。

邓亦衡扭头看了看那边，解释道："他们在向我们挑衅。"

苏安怡抿着嘴唇，目光横扫，看得那群男生不寒而栗。

苏安怡也是常年习武之人，愤怒后的眼神妥妥是"再吵就打你哦"的气势。

签到有条不紊地继续进行，这时有人离得老远跟侯陌打招呼："侯陌，我听说你又要打双打了？你的对手是我！"

侯陌和随侯钰看过去，看到那个人后认了出来，上一次侯陌比赛前热身时，他们见过对方。

省体的，皮肤有些黑，看起来大大咧咧的，实际说出来的话十分气人。

他们两个对对方也算是印象深刻。

他们签到结束，没理会那个男生，走出去热身，结果那个男生还是跟了出来，也不管他们感不感兴趣，首先自我介绍："上次忘记说了，我叫杨宏，省体的。"

侯陌给随侯钰解释："省体就是省体校，一般都是从小就开始练的体育生，从业余体校到省体这样的流程。"

杨宏见随侯钰连这都不知道，不由得震惊："不是吧？他就是你的搭档？"

侯陌看向杨宏，微微扬起下巴，语气里带着不爽，问："怎么？"

"你找搭档是不是按照颜值找的？你们俩适合出道，不适合打网球。之前桑献我还能服，至少桑献个人能力很强，可是这位……似乎不太懂网球？"

侯陌懒洋洋地回答："他已经认认真真地练了一个月了。"

"多久？！"

"一个月。"

"练了一个月双打？"

"具体来说……一个月之前，网球都只是他的业余爱好。"

杨宏震惊得许久没说出话来，最后拱手："谢谢二位送我战绩，我在这里替我搭档也谢谢二位，等正式比赛了，我们不会打得太凶，以表诚意。"

侯陌听完都有点气，何况被嘲讽的随侯钰了，他赶紧拉着随侯钰说道："钰哥消消气，别和他一般见识，不值得。"

随侯钰倒是没生气，只是问杨宏："你练网球多久了？"

杨宏大大咧咧地回答："小学二年级开始做体育生，你说呢？"

"那如果被我这个练了一个月的新手打败了，挫败感会不会很强？"

"哈？！"杨宏没想到随侯钰还挺自信的，他再菜也拿过全国前十五的成绩，专门训练这么多年，怎么可能输给一个小菜鸟？"你在搞笑？侯陌单打厉害我承认，但是他双打什么样众所周知，真不是我小瞧你们，我刚才也是真心实意地感谢你们。"

"不用感谢。"随侯钰对着杨宏微笑，笑容纯粹，没有任何杂质，仿佛真的是在甜美地微笑。

不过侯陌知道，这是随侯钰最不爽的样子。

杨宏有点摸不着头脑，愣愣地看着随侯钰。

随后，他听到随侯钰补充：“比赛结束后，感谢我给你上一课也不迟，回见。”

杨宏是真的被气笑了，回到省体的队伍里和搭档说了刚才的事情。

他的搭档胡庆旭听完就乐了：“练了一个月就挑衅，这种自信的小孩可不多见，当我们这些年是玩呢？而且，侯陌！他的搭档是侯陌！那是打双打的人吗？打双打把搭档挤出场外，还嫌搭档碍事的人，打双打？！”

旁边的队长听完跟着乐，边给侯陌发微信边道：“我要数落数落侯陌。”

对面回复得倒是挺快的。

财源广进：哈哈，我们家孩子脾气不太好，别在意。

财源广进：不过嘛，咱也别把话说得太死。如果我们输了，我裸奔。如果你们输了，你裸奔。

狂纸黑墨：行！

队长把手机给杨宏、胡庆旭看，两个人都惊讶得不行：“侯陌这是疯了吧？”

队长和侯陌还挺熟的，毕竟是老对手了，也跟着纳闷：“侯陌怎么突然这么有斗志了？被迫营业的侯陌哪儿去了？”

开幕式只进行了十分钟而已，其中有五分钟是在说广告词，众人都没有什么兴致。

开幕式结束后可以准备一会儿，之后就要进行比赛了。

侯陌和随侯钰的比赛时间相对靠前。

邓亦衡坐在侯陌和随侯钰的面前，手里有一张纸，快速画着图，同时讲解：“杨宏和胡庆旭是快速上网的抢网型组合。他们两个人在抢网方面非常积极，而且不能否认，他们在网前的战术意识是非常优秀的，其中这个杨宏的截击能力非常强。”

邓亦衡是常年研究双打的，对这些老对手也熟悉，能够在赛前快速指点他们两句。

侯陌扭头对随侯钰介绍道：“这种类型的组合发球速度会慢一些，我们可以抓住这点进行进攻。对于他们来说，比较棘手的是如果他们抢网早了，我们击出穿越球，这会让他们留在底线位置，导致他们的截击和移动优势受限。”

随侯钰低头看着邓亦衡画的图纸点头：“嗯，所以我们如果想克制他们，就是要将他们留在底线。”

“对。”

邓亦衡跟着说道：“你们两个人碰上他们，实力方面还是可以抗衡的，不过你们比他们多点东西。”说完故弄玄虚地指了指太阳穴的位置。

随侯钰还在研究战术，顺口问：“头发？”

打网球会导致脱发吗？没听说过啊。

“呃……”邓亦衡放弃故弄玄虚，“脑子。”

随侯钰认真地问：“他们没有脑子吗？”

邓亦衡摊手：“其实我们双打的，最怕遇到的就是全能型组合，打得都非常被动。你们两个人已经有全能型的雏形了，肯定会让他们措手不及。”

侯陌也不继续留邓亦衡了：“你和沈君璟准备去吧，我单独教钰哥就行。”

侯陌简单地活动身体，同时跟随侯钰说道：“我教你提神呼吸，可以快速放松，释放压力。”

“不用，我没有压力。”

“不紧张？”侯陌抬头看向他。

“不，我可能和你们不一样，我从来不知道什么叫作紧张。我只会觉得所有人都不如我，可以称之为自我意识过剩？”

侯陌听完就笑了：“是不是就是那种看着其他人，扬起下巴跟他们说，在座的各位都是渣渣。”

“对。”随侯钰对这个说法表示了极度认可。

侯陌也跟着轻松了一些。

“当初输给我是不是挺不爽的？”

随侯钰跟着活动身体，回答：“对，特别不服气，不过后来好了点。我能看得上的人特别少。”

“冉述和苏安怡都算你能看得上的？”

“嗯，是我认可的朋友。”

“那我呢？”

随侯钰看向侯陌，停顿了一会儿回答：“是搭档。”

侯陌看着他许久，随后笑了起来，眼眸弯弯的，好似新月。

他用牙咬着领口的一侧，拉下外套的拉链，将运动服外套脱掉丢在一边，拿起球拍挥了挥后，回头对随侯钰说道：“走吧钰哥，教他们做人去。”

随侯钰跟着脱掉外套，交给了苏安怡，拿着球拍跟在侯陌身后上场。

丢硬币选择场地时，他们和杨宏、胡庆旭再次见面。

换了运动短裤后露出腿来，随侯钰的腿真的细得有些离谱，在男生眼里，这就是竹竿。

杨宏站在侯陌身边，小声嘟囔：“侯陌，你们真的是认真的？队长把对话截图都发群里去了，说是比赛结束后来围观你。”

侯陌还在摆弄球拍，毫不在意地回答：“嗯，认真的，打你们两个还是很轻松的。”

“啧，你这么说我就不爱听了。”杨宏说完，又看了随侯钰一眼，“他这个体格……可以朝着身体打吧？真打中了会不会打坏了？”

“你可以试试看。”

场地选择完毕，入场会有合影环节。

侯陌站在杨宏身边小声嘟囔：“我们两个人站在一起像不像黑白无常？”

杨宏看着镜头皮笑肉不笑的，气得牙痒痒：“别炫耀肤色好吗？晚上我们就会看到你有多白了。”

“呵呵，你晚上只能看到黑狗狂奔。”侯陌微笑着，声音是从牙缝里发出来的，微笑美丽得根本看不出来他在气人。

省体的队长名叫刘墨，人送外号黑藏獒。

因为刘墨是真的又黑又壮，长得还凶。

省体的训练时间和他们不一样，文化课比普通高中少一些，至少下午从来不上文化课。网球队的队员也都是狂放的性格，一个个晒得跟黑炭似的，不知道的还以为请的非洲外援呢。

进入场地准备时，杨宏看着侯陌的动作不由得笑：“你这是经历过什么？”

队友发球时，搭档一般都会半蹲，侯陌则是在前面来了一个囚徒蹲，恨不得把头也埋起来的那种。

侯陌扯着嘴角回答：“你没经历过吗？”

杨宏“嘿嘿”笑了两声：“很久没经历了，毕竟熟练了。”

侯陌没回答。

其实真的开始打之后，杨宏和胡庆旭就能够发现侯陌这边的变化。

这种变化可以称之为妥协。

侯陌从最开始的排斥双打，不配合，不想磨合，到现在的努力去和随侯钰配合，有时甘愿成为辅助，这是他最大的不同。

双打是利用战术配合，进行互补，弥补个人的不足。

侯陌的双打则是一种无声的照顾，他本身已经足够强大，却愿意减少自身的光华，不争不抢，和随侯钰配合。

男子双打比赛的节奏非常快，不像单打会出现拍数特别多的情况。双打的速度快，需要足够机灵，机会如果没有抓住，分也就丢了。

接到随侯钰的发球后，对面两个人都有了一丝惊讶。

别看随侯钰身材纤细，看起来没什么力量，其实发球的转速和球速都是非常优秀的。

杨宏最为擅长的是网前控制，截击随侯钰的球时，球自带侧旋，使得他截击得非常吃力。

于是，杨宏决定攻击随侯钰的身体。

在他们两个人看来，球到了侯陌的手里对方也就稳了。于是他们避开侯陌，主要攻击随侯钰。

随侯钰就是这个队伍的弱点，是对方最大的破绽。

必须攻破！

这一点，随侯钰和侯陌早就料到了配合。

情绪都没有任何转变。

杨宏在网前，回了一个短球朝着随侯钰的胸口击去。

随侯钰意识到了，然而距离很近，想要后退已经有些来不及了，于是努力弓起身体，球拍刮着胸口将这一球击回。

球擦网而过，轻飘飘地到了杨宏的眼前。

杨宏想要挑球已经来不及了，球都没碰到，这一球便丢了。

杨宏将将站稳，抬头去看随侯钰，忍不住跟侯陌说道：“你的队友是液体吧？”

侯陌依旧是笑呵呵的模样，重新站好准备，回答：“他打球，大致就是一只液体猫在跳舞的样子。”

杨宏重新准备，调整状态，这可真是大开眼界了。

几个来回后，杨宏发现随侯钰的发球很低，非常贴网，他挥着球拍准备回击，抬眼便看到随侯钰已经到了网前。

杨宏瞬间改变球路，击向死角。

没承想，这居然是对方的烟幕弹，侯陌退回底线，在底线位置回球，给球加了旋转。

加了旋转的球到了杨宏面前，他连削带打，将将回击，勉强过网，但很快被随侯钰挑高球击回。

戏耍，是侯陌被骂得最狠的一点。

侯陌的喜好就是看着对手在对面到处跑着去接球，最后因为反应不过来而丢分。

和侯陌打球会有被戏耍的感觉，球路诡诈多变，没有固定的套路，对手总在不停地左右跑，前后跑，各种跑。

侯陌却永远游刃有余。

现在，侯陌多了一个搭档，同样是计算流，杨宏和胡庆旭满场跑，打得甚至有些狼狈。

擅长网前的两个人，其中一人却被困住了。

胡庆旭被困在了底线位置左右跑，杨宏留在网前，还要前后调动。

仿佛是在放风筝，侯陌是执线人，而随侯钰是控制线的滚轮，放得对面来回乱窜。

看台上，目前没有比赛的刘墨也在看，越看脸色越沉。

身边其他成员忍不住问："杨宏和胡庆旭被控制住了吧？"

"他们两个人的确把发球局利用到了极致，全部都在他们的预料之中。节奏、打法，甚至是杨宏和胡庆旭的站位，都在被他们控制着。"

队友呼出一口气："侯陌不好好去考华大，打什么网球啊，欺负人呢？"

刘墨和侯陌对战过几次，知道那种憋屈又毫无对策的感觉，真的非常压抑。

他现在考虑的不是裸奔的问题了，而是担心杨宏和胡庆旭留下什么心理阴影。

不远处坐着唐耀和顾璃泊。

唐耀是东体附中的，上一次跟侯陌挑衅，结果被随侯钰回击，翻拍打了自己的脸。

顾璃泊是他的双打搭档，斯斯文文地坐在他身边，也在认真地看着比赛。

唐耀看到侯陌和随侯钰已经拿下一局，扭头问顾璃泊："那个竹竿真的只打了一个月网球？"

侯陌和刘墨打赌的截图已经传到了公共群里，唐耀自然也知道了这件事情，趁着自己没有比赛，过来看看这对是怎么打的。

结果就看到了侯陌和随侯钰神奇的配合路数，不由得有些震惊。

顾璃泊单手托着下巴，认真地看着球场。

他是非常特别的体形，脸小手大，这样手托下巴的姿势下反而显得脸过分小了。

他的嘴唇很薄，说话前习惯用舌尖顶开嘴唇，接着说道："我看过上一次侯陌热身，他的搭档显然不会喂球，我第一次见识到帮忙热身还带着一丝好胜心的。"

顾璃泊声音小，比赛场地又比较吵，唐耀需要凑过去才能听清他说话。

"一个月的时间，似乎磨合得还不错。"这一点，唐耀得承认。

顾璃泊淡然地说："有漏洞。"

"哪里？"

"他们的默契度还是不够，眼神交流很频繁。而且，侯陌需要全程指挥。如果我们遇到他们，我有信心赢。"

顾璃泊也是预判流打法，甚至可以称之为肉眼计算器。

他有着不输于侯陌的计算能力，且小心机也很多。不过，他只能双打，他的弱点是体力、力量不及优秀的球员。

唐耀生性冲动，总惹事，顾璃泊依旧愿意和他做固定的搭档，是因为唐耀属于大力击球型，刚好弥补顾璃泊的缺点，和唐耀搭档最舒服。

而且，唐耀非常听话。

他们两个人最好的成绩是全国青少年比赛第五名。

场上。

杨宏的表情已经非常难看了。

他知道抽签结果时是狂喜的，想着遇到侯陌，这是碰上送分组合了？

而现在他心里却在打鼓，他还没经历过一轮游呢！

按照这个比赛的赛制，他们需要三盘两胜。

侯陌和随侯钰已经拿下了一盘，而这一盘依旧占据着优势，让杨宏有些急了。

胡庆旭准备发球时，犹豫的时间有些长了，被裁判提醒超时，他赶紧调整状态。

这时便听到刘墨一声吼："想什么呢？！就是干！"

这一声吼出了气吞山河的气势来，引来了一阵笑声。

侯陌听完忍不住嘟囔："这黑藏獒……"

随侯钰目光扫过观众席，注意到了一丝异样，没忍住多看了两眼。

这一次比赛是几个场地同时进行，王教练比较关心侯陌和随侯钰的第一次双打，所以在这边看他们的比赛。

随侯钰突然看到苏安怡快速跑了过来，站在王教练身边说了什么。

王教练听完之后勃然大怒，把手里的东西丢给苏安怡，快速跑进休息场。

苏安怡则是捧着东西跟着追了过去。

在随侯钰的印象里，王教练因为年纪大了，且有陈年旧伤，不愿意跑动。

而且，苏安怡也是一个沉稳的性子，不出大事不会这么着急。

出了什么事吗?

随侯钰稍微的溜号也被侯陌注意到了。

侯陌依旧盯着对面，回了一球后对随侯钰高声说道："往前两步，四点钟方向挥拍。"

随侯钰没有丝毫犹豫，按照侯陌教的上前两步，以这个角度挥拍，挥到合适位置后击到了球。

这是侯陌的绝对预判。

回击后，他回过神来，在场地上快速调整自己的位置。

又得分后，随侯钰连续往后退了好几步，刚才的惯性还没结束。

他跳起来在半空中就挥拍了，如果等落下后再去追球根本追不到，这也使得他停得有些狼狈。

侯陌走过来伸出手来，单手托住随侯钰的后背，接着说："我们打我们的，别看别的地方。"

"嗯。"

侯陌笑了笑，接着走回到自己的位置，重新做准备。

太阳逐渐升起，从镂空的棚顶照进场内，投下耀目的光芒。

阳光下，随侯钰看到侯陌的背影，黑色和红色拼接的运动服，纤细修长的身材，手臂和腿都充满了爆发力，看起来结实又可靠。

或许，只有和侯陌做搭档，才会让他觉得踏实。

随侯钰彻底回过神来了。

继续比赛。

又是一次全场欢呼。

枫屿高中在看比赛的队员抖着手里的校旗，跟着跳跃挥手。

刚才，侯陌在网前虚晃一枪，卖了一个破绽，对面应对得晚了，他漂亮地获得了分数。

侯陌和随侯钰都是非常聪明的球员。

最开始试探式的打法取得了成功，让他们两个人更加自信。

在对面以为他们会这么打下去的时候，他们又突然改变了打法，仿佛一个急停后的回马枪，打得他们措手不及。

胡庆旭已经下意识地退回到了边线位置防守，却发现前方出现了空缺。

侯陌的球路是诡诈。

而侯陌的这位搭档，是配合于他的诡诈，双打时侯陌的球路更加多变，难以揣测。

最憋闷的是，他们猜测不到侯陌的路子，侯陌却能猜到他们的反应。

也难怪每次刘墨提起侯陌，都叫侯陌为贱猴。

侯陌回身，和随侯钰击掌庆祝这一次得分。

“快赢了。”侯陌提醒。

“嗯。”随侯钰抿着嘴唇用鼻音回应。

“稳住。”

“知道。”

“怎么还没瞪我？”

“哈？！”

随侯钰没好气地瞪了侯陌一眼，看到侯陌对他微笑：“对味了，来劲儿了。”

“你是不是贱？”随侯钰都被侯陌气笑了。

“你刚才表情都僵了。”

“刚才丢分的时候，我身体侧得太多了，站得也有点靠前。”

“别想那个，现在不是想这些的时候，专心比赛。”侯陌说着，走到发球的位置，“我发球，去候着。”

他们合作时间短，前段时间专注练习的都是随侯钰发球后的走位配合，侯陌发球练习得少。

这种情况下让他们两个人参加比赛，多少有点赶鸭子上架意思。

随侯钰点了点头，到网前半蹲等待。

侯陌拿着球掂量了几下，接着直接发球。

随侯钰认认真真地看着对面，打算随时击球，却听到了一阵欢呼声，或者可以说是这一场比赛最轰动的一次惊呼声。

整场的沸点!

随侯钰回过头去看侯陌。

侯陌对着他微笑，还比了一个很蠢的剪刀手。

ACE 球！（注：网球中，对局双方中一方发球，球落在有效区内，但对方却没有触及球而使之直接得分的发球。）

发球得分。

这一球发得对方两个人都措手不及，球在他们的视线范围内落在有效区域，可是他们努力去挽救，都没有碰到球。

这种球可以说是武侠小说中失传的武功秘籍，仙侠世界中突然问世的至宝，可遇不可求。

它需要发球者有足够的速度，对落点的控制能力，还有就是战术!

侯陌是擅长单打的，且是这其中的佼佼者。

他之所以有信心发球，就是因为他知道，他发球之后根本不用随侯钰去配合走位，因为他可以直接得分。

杨宏和胡庆旭早就听说过侯陌发球的可怕，却是第一次见识到。

从未想过场地内有两名对手，还能成功发出 ACE 球。

这只是青少年的省级比赛，并不是大满贯、大师赛那种世界级比赛，对方也只是一个高中生!

太秀了吧?

究竟是侯陌太优秀，还是他们太菜?

一时间，他们两个人都迷茫了。

侯陌从口袋里拿出一个球，看着对面再次准备发球。

杨宏几乎是咬着牙站在了网前，眼睛死死地盯着侯陌，一眨不眨。

几秒前他想过这场比赛会输，却不想输得太惨烈，主要是，不想看对方这么秀!

然而和侯陌对视的瞬间，他看到了侯陌狡黠的微笑，侯陌眼中闪过一丝邪光，接着——发球。

上一次 ACE 球，是全场惊呼。

这一次的 ACE 球，是全场沸腾。

就好像地面突然变得滚烫，或者是天空开始飘散起钞票，不然不会有这样兴奋激烈的叫喊声。

双打比赛，连续两次发球 ACE，仿佛是天方夜谭。

但是它真真正正地发生了，就在眼前。

杨宏是一个直性子，心态直接崩了，焦躁地骂了一句脏话。

他在这一瞬间感受到了什么叫急火攻心，喉咙里一阵热浪，若是不咬紧牙关都会呕出一口血来。

胡庆旭赶紧走过去拍了拍杨宏的肩膀：“没事，侯陌一向这样。”

对，侯陌一向这样。

和他比赛仿佛被踩着，他让对面知道天才与泥土的差别。

且从来都不会留颜面。

不啻天渊，如何跨越?

随侯钰回头看向侯陌，突然觉得他当初和侯陌单打的时候，侯陌应该是让他了。

不然，侯陌这么秀，他们那天就能打起来。

侯陌后面的发球都被击回了，不过，他们还是占据着优势。

侯陌发的球，都是会让他和随侯钰舒服的转数和力量，对球控制得特别好。

对面的压力很大，逐渐出现了失误。

最后，侯陌和随侯钰连胜两盘。他们获得了首场胜利。

随侯钰比较关心王教练和苏安怡那边出了什么事，着急离开。

侯陌原本还想数落刘墨两句，见随侯钰着急就没打招呼，只是对着刘墨比画了一个电话的手势，接着跟随侯钰一起下场。

侯陌跟在他身后提醒："一会儿还得尿检。"

"嗯，知道，我就是去看看，我怕出事。"

随侯钰和冉述通了电话，冉述磕磕巴巴的，半天说不明白，随侯钰干脆去了休息室。

前半场冉述还在看比赛，后来似乎是听到了什么消息，也跟着走了，估计是知道出事了。

休息室里的几个队友都有点蔫，最让随侯钰惊讶的是吕彦歆也在。

她正在帮邓亦衡揉手腕，揉得还挺狠，一边揉一边骂："你挺牛的，你是真汉子，英雄救美，你怎么不摔死？老娘用得着你？"

随侯钰走进去问："怎么了？"

邓亦衡抬头看到他们，并没有先回答，而是问："输了赢了？"

"赢了。"侯陌懒洋洋地回答。

他走过去想要找毛巾擦擦汗，结果打开包发现毛巾不见了。再看一圈，自己的毛巾包着冰袋帮邓亦衡敷手呢。

侯陌看着邓亦衡问："受伤了？"

邓亦衡苦兮兮地笑。

还没问清楚是怎么回事呢，王教练便暴躁地推开门走进来，吼着问："冉述，你小子忌口了吗？"

冉述被王教练吓了一跳，傻乎乎地回答："没……"

"漂亮！"王教练气得胃病都要犯了，直拍自己的脑门，想了想后才对冉述吼，"你先去做一个尿检，现在就去，插队做！"

冉述不明白，问："为什么啊？"

"你是替补你不知道吗？报名表上需要写特殊情况的替补，不然对手不战而胜，观众来了没比赛看。你和桑献被我写上去了。"

冉述睁大了眼睛，惊恐地问："啥？我、我比赛？"

"对，你、你去比赛！"王教练说着对桑献一挑手指，"带他过去。"

桑献赶紧带着冉述走了出去。

冉述还在挣扎，求助地看向随侯钰。随侯钰也毫无办法，他甚至不知道出了什么事。

这时，他问："苏安怡呢？"

"做笔录去了。"王教练回答。

"做笔录？！"随侯钰吃了一惊，一字一顿地问。

“放心吧，没事，她就是配合调查，主办方也会申明她是正当防卫。”

王教练不放心，跟着桑献、冉述一起去等结果了，没再继续解释。

侯陌和随侯钰去做尿检，沈君璟跟着他们，说了刚才的事情，留下吕彦歆照顾邓亦衡。

邓亦衡这次参加比赛，知道吕彦歆也会来，昨天晚上便带着沈君璟和吕彦歆在一楼大厅里聊天。最近邓亦衡和吕彦歆在微信上聊得还挺好，如今已经成了朋友。

这期间苏安怡过来叮嘱他们双打的事情，吕彦歆一眼看中了苏安怡，并且要了苏安怡的微信号，似乎想和苏安怡做朋友。

吕彦歆是一个货真价实的颜控，看到苏安怡后眼睛都移不开了。

这次网球比赛开幕后，先比的是男子双打，女子的比赛被安排在了后面，吕彦歆找到机会就来找苏安怡聊天。

两个长得不错、个子很高、身材又好的女孩子聚在一起，总是能吸引目光。

她们两个人在一起聊天，打算去看侯陌和随侯钰的比赛，途中遇到三个去洗手间的观众，过来跟她们要微信号。

她们没给，有个男的居然恶语相向。

刚巧那个时候邓亦衡和沈君璟在不远处的空地做热身，听到动静便过来阻拦，和那三个观众吵起来了。

发生冲突后，邓亦衡拦着那三个人，让苏安怡和吕彦歆先走。

结果邓亦衡被观众推倒，摔了手腕。

苏安怡原本很冷漠，全程都没开口，看到邓亦衡受伤就急了，出手教训了那三个人。

苏安怡一打三，三个男人被她打得直喊娘。

这还不是让沈君璟最震惊的，最震惊的是苏安怡骂人的功夫，沈君璟听的时候都恨不得帮苏安怡消音。

不过真消音了，苏安怡骂人的话都会是连续的“哔哔哔”。

沈君璟复述的时候依旧心有余悸，问：“苏妹子骂人原来这么狠的吗？”

随侯钰此时已经松了一口气，接着说道：“其实她高一的时候是‘祖安少女’，骂人三字经连成串，被学校处分过。李老师让她少骂人，如果忍不住就不说话，她从那以后就很少开口说话了，怕自己一不小心就说出脏话来。”

“原来是这样？”沈君璟震惊了。

桑献陪着冉述到了尿检的地方，刚巧碰到刚刚比赛完毕来尿检的杨宏、胡庆旭。

桑献和这两个人不熟，甚至都不算脸熟，和黑藏獒刘墨倒是认识。

刘墨看到他立即走了过来，问：“桑献，贱猴怎么回事？这次怎么火气这么大？他对双打还挺上心的？”

桑献领着冉述到门口，和检查的工作人员打好招呼，安排冉述进去后，才回头看向刘墨：“你们踩雷了吧？”

“什么雷？”刘墨一脸纳闷。

“你们是不是诋毁他搭档了？”

刘墨看向杨宏，杨宏眼珠转了一圈回忆，接着点头：“好像是。”

桑献勾起嘴角笑了一下：“这就了然了呗。你们说侯陌，侯陌不一定会生气，但是你们说他搭档，他肯定急给你们看。”

刘墨一阵纳闷：“什么情况？你都没这个待遇吧？”

“我肯定没有。”桑献也不在意，想了想说，“他搭档是他发小。”

刘墨恍然，接着大声感叹：“这谁能想到？！”之后掐着腰在门口转悠，来回踱步，又问桑献，“你怎么来这儿了？今天没有单打比赛吧？”

“哦……”桑献也很无奈，“我们队双打的队友受伤了，我只能临时顶上了，替补是我。”

“我现在都不敢说你们是送分队了，我脸现在还疼呢，还有被打了的余温呢。”

桑献大拇指一伸，往里面指：“刚才那个是我搭档，你觉得呢？”

刘墨抬手比画：“这么高的那个？”

刘墨身高也有190厘米，身材比桑献还健壮，真去健身房都会被误以为是健身教练。

在他们的眼里，低于180厘米的都是矮子，不太适合网球。

刚巧这个时候冉述走了出来，特别紧张地到桑献身边问：“你、你看我拿球拍的手对不对？是这么拿吧？”

省体三人组看着冉述，同时沉默了。

这时侯陌他们几个人走了过来，刘墨立即迎了过去："贱……大师兄对吧？哈哈哈，你不会真跟我一般见识吧？"

侯陌没回答这句话，对身边的随侯钰介绍："黑藏獒，省体的队长。"接着对刘墨说，"我搭档，随侯钰。"

"哎呀！在看台上就觉得这小哥身姿翩然，现在离近了看，真的是仙人下凡，好看，球也打得不错……"刘墨露齿一笑，那牙白得，差点儿闪了随侯钰的眼。

随侯钰对他点了点头回应，便去找冉述说话了，对这边不感兴趣。

冉述跟着随侯钰进去尿检，全程都在念叨："我、我就是来偷懒不上课的，我一个替补，怎么就上场了呢？"

"你就按照平时练习的来。"

"平时过来一百个球，我能打着五个就不错了。"

"那就这么打。"

刘墨和侯陌目送这两个人进去，侯陌也想跟过去，却被刘墨拦住了："你不会真打算让我裸奔吧？"

侯陌挑眉看向他："难不成……你想耍赖？"

"你大人不记小人过，别跟我一般见识。我们也是几年的老对手了，这么多年的交情了，我不能在我队员面前抬不起头来啊！"

侯陌"嘿嘿嘿"直笑，好半天才停下。

刘墨还当这事儿有转机，刚准备跟着一起笑，就看到侯陌收起了笑容。

是刘墨熟悉的表情，眼神里全是戏谑，仿佛在酝酿着什么坏水。

他顿时感觉不妙。

"我们也认识几年了，你觉得我是好说话的人吗？"侯陌问完，自己回答了，"我不是。"

"你……"

"我是能放过你，手下留情的人吗？"侯陌再次提问，接着自己回答，"我不是。"

"你……"刘墨气得不行。

"行了，你别挡着我了，我得去做检查了。晚上微信联系约地方，我必须得去看。"侯陌说完绕过刘墨跟着走进房间。

刘墨看向桑献，桑献耸肩摊手，他也没有办法。

杨宏一直看着这边，心里有点不是滋味。

事情是因他而起的，本来就是他自我感觉良好，跑去跟人家搭话，惹得人家不高兴了，最后却要队长被罚。

他心里过意不去，于是说：“队长，我替你。”

刘墨摆了摆手：“不用，我自己替自己的决定负责任，侯陌也不会放过我的。”

侯陌、随侯钰和冉述三个人走出来后，杨宏再次和随侯钰搭话：“你真的只训练了一个月吗？”

随侯钰看向杨宏，看到杨宏紧紧地握着拳头，知道杨宏怕是被刺激得挺狠的。

训练了那么多年，最后被一个练习一个月的人打败了，仿佛之前的努力一朝被否定，让杨宏难以承受。

真的被教做人了，心态都要崩了。

随侯钰回答：“以前就会打网球，还练过其他的，结合在一起后训练速度也会快一些。”

杨宏执着地问：“双打呢？一个月？”

“嗯，一个月。”

其实一部分练习双打的选手，都是有着各自的缺陷，杨宏也是单打不够优秀，于是专攻双打，才有了如今的成绩。

在他觉得他双打水平在有条不紊地提升时，遇到了随侯钰，之前的信念都被打散了。

似乎，他们永远比不过天才。

随侯钰看着杨宏，轻声道：“小学生上网都知道不知全貌不予置评，你都不知道我什么水平，就贸然过来说我不行。现在输了，却搞出一副受伤的模样来找我，还问这些有的没的，很奇怪，不应该道歉吗？”

杨宏瞬间被击中，接着低头道歉：“对不起，之前是我嘴太欠了，我不应该因为你长得不像正经打网球的，就说你不行。”

什么叫长得不像正经打网球的？

这人是真不会说话。

“行吧，就这样吧，我还有事。”随侯钰说完，拉着冉述到一边继续安抚冉述。

刘墨看到杨宏的样子，知道需要疏导一下队员，于是拉着杨宏他们离开了。

这边，尿检结果出来，冉述居然神奇地合格了，让随侯钰羡慕得不行。

不忌口，检查还合格，冉述的运气怎么总这么好呢？

检查结果出来后，桑献和冉述并肩站在一起，王教练对着他们训话，说了许久都没停。

随侯钰站在一边问："他们的比赛是什么时间？"

一直在等待的沈君璟先回答了："还有十五分钟就要开始了。"

"这么赶鸭子上架……"随侯钰有些担心。

侯陌则是原地活动身体，同时回答："这就要看桑献能坚持多久了，我听说对面是普通高中的学生，参加的比赛不多，水平一般，桑献能坚持一会儿。"

"可是，这是双打。"

侯陌停下动作，看向随侯钰说道："对，是双打，和单打的区别只是场地大小不一样。不过，球还是只有一个。只要球是一个，从对面打过来，再打回去就可以了，我也能一对二。"

随侯钰突然不爽了："哦，你厉害，你别和我搭档啊。"

"不是……得看对手！我刚才的话不是有前提的吗？"

"下一场你自己上吧。"随侯钰扭头就走。

"不是不是。"侯陌赶紧追过去，"得有你，不然我打双打干什么？"

"赢了有奖金。"

"要为了这个，我早随便凑一个人打双打了，去年比一年奖金也能有个小几万，但是我没有啊！所以，还是想和你打双打。"

随侯钰这才觉得心里舒坦了。

沈君璟打算回去看邓亦衡。

刚才的比赛结束，网球同龄交友群里有些人已经发出随侯钰抱大腿的言论，毕竟侯陌的那两个发球实在是太轰动了。而且，侯陌全程指挥，如今的随侯钰还只是一个工具人。

但是，只有他们队的人知道，侯陌这个"大腿"什么德行。

说出去都丢人。

桑献和冉述的比赛很快就要开始了。

随侯钰和侯陌找到王教练，坐在了王教练身边跟着看比赛。

国内对网球比赛的关注度不算高，青少年比赛的观众就更少了，所以看台上只坐了四分之三的人，想找空位也简单。

王教练依旧板着脸，也就他俩不要命，还敢坐在王教练身边。

“说了多少次比赛期间万事小心，还能搞得受伤！”王教练又骂了一句。

侯陌从包里拿出遮阳伞来，遮着他和随侯钰，同时回答：“比赛前夕还让我们雨中训练呢，你还好意思说别人？”

王教练白了侯陌一眼，问：“就一把伞？”

侯陌在包里掏了掏，丢给王教练一瓶防晒喷雾。侯陌的皮肤比较娇贵，天生怕晒，这些东西都是常备的。

王教练也不嫌弃，喷了喷之后戴上鸭舌帽，继续看比赛。

侯陌看了一会儿后，对随侯钰说：“桑献决定用双底线打法了。”

“这样比较好打？”

“嗯，而且能照顾冉述。一般来讲，这个打法可以照顾较弱的那个，实力强的人打五分之三场，实力弱的五分之二。但是他们俩的话，冉述只需要站在那个角落位置，有球朝他面门打了他打回去就行，桑献负责四分之三的场地。”

比赛开始，对方似乎也知道冉述是弱点，所以一直在努力攻击冉述。

冉述在桑献帮忙挡了几球之后终于挥拍了……

翻拍不可怕，可怕的是翻拍到球拍都掉在了地面上，拍把差点儿打到他的脸。

冉述去捡球拍，还在跟桑献抱怨：“劲儿咋那么大呢？”

桑献走过来解释：“是我的发球力量比较大，所以他们回过来还带着力道，你适应不了我的力量。”

冉述苦兮兮地看着桑献，重新拿拍站正，并且双手握拍准备。

桑献盯着冉述双手握拍的样子看了一会儿，提醒：“再往后点。”

“哦……”冉述听话地往后退了半步。

桑献的位置比冉述靠前一个身位，这样能帮他挡一挡来球，还不会撞到冉述。

冉述紧张地握拍，明明只是站着，却因为浑身紧绷，站得都有点累了。

他看到桑献一直在一个人打球，训练的时候看得也挺多，但是现在突然觉得桑献还挺可靠的，这要是别人早就急了，但是桑献到现在都没说过一句重话。

有钱人的修养?

又来了一球，冉述双手握拍将球击了回去，不过球直奔坐在架子上的裁判，并且打在了裁判的头上。

桑献看了一眼，随后回头说道：“有进步，能打出去球了。”

“哦……”

发球局，除了冉述接的两球全部得分。

桑献在发球局非常有优势，他就是那种不会考虑太多球路的选手。他可以凭借自己的力量、转数、速度轻松拿下。

他的发球时速通常超过二百公里，已经达到了职业球员的水平，标准的大力击球型选手。

桑献又是一个处变不惊的性格，就算是如此被动的比赛，他也能很快调整心态，冷静面对。

他从未指望冉述能得分，只要冉述不添乱就是好的。

所以在一开场，他就做好了一对二的心理准备。

对面两个学生用的是 I 字阵形。

在这个阵形下，发球位置靠近中点，发球后，两个学生会按照约定好的位置左右移动，在网前做好拦截准备。

然而球再次回到他们手里时已经被加了旋，这种旋让球变得难以控制，有时居然会脱手而出。

桑献的水平超出了他们的认知。

球经了桑献的手就会变得难以控制，让两个学生都有些慌张。

以至于比了一会儿后，场上只有桑献一个人是淡定的。

让人意想不到的是……冉述像个雕塑似的站了一盘，居然还赢了。

随侯钰看完之后看向侯陌：“能赢吗？”

“桑献体力消耗很大，到底是一对二，全程左右调动，场地还大一些，他又是力量型，每一球都很耗力气。而且双打节奏快，球的速度也快，就算对面菜，也有些费力。”

单打场地的宽度是 8.23 米，适合一个人运动。双打场地为了一边容纳两名运动员，宽度是 10.97 米。

冉述靠不住，导致桑献几乎是跑全场，体力消耗比以往大。

场上。

冉述坐在椅子上短暂休息，喝了一口水后嘟囔：“我、我跟罚站似的，热死我了，这秋天太不争气了，怎么不见风呢？”

“嗯。”桑献还在调整状态，说话很少。

“我肩、肩膀都有点疼了，全程一个姿势很累的你知道吗？”冉述依旧在絮絮叨叨地聊天，这样才能缓解一下自己的紧张。

桑献没回答，抬手帮冉述活动肩膀。

桑献的手很大，盖着冉述的肩膀显得冉述十分单薄。

他的手还有劲，帮冉述转几下，冉述都听到肩膀的骨头在响了。

再次上场，冉述依旧是一个造型站着，发现对手更加猛烈地攻击他了，估计是刚才休息的时候研究战术了。

冉述心里一个劲儿骂，终于回了球。

双手持拍弥补了力量的不足，然而冉述的准头差点儿，这一球打回去了，但是打在了无效区域。

丢分。

但是冉述很兴奋，跟桑献说道：“就、就刚才那个球，我能打着就很牛了！”

桑献没想到冉述还有精神和他聊天，喘了口气回答：“哦，牛。”

“你、你这人真没意思。”冉述抱怨了一句，满场地找随侯钰，看到随侯钰和苏安怡、王教练他们都坐一起，朝着他们比了一个大拇指。

在观众席上，王教练看着冉述都无奈了，对着身边其他队员说道：“冉述虽然技术不咋的，但是这个心态你们可以学习学习。”

苏安怡听完“扑哧”一声笑了出来。

侯陌嘟囔：“跟快乐的小二货似的。”

随侯钰无脑护，认真地说：“他很努力了，已经双手握拍了。”

侯陌认可地鼓掌：“太厉害了！”

随侯钰：“……”

在体力不太好的情况下，抢七局无疑是让人难受的。

桑献双手撑着腿，站在边线的位置短暂休息，让自己能喘匀气。

他看到冉述走了过来，也没拿毛巾，扯着自己的运动服帮他擦汗：“你、你怎么这么容易流汗？”

桑献抬头看向冉述，再看看冉述的衣服，上面明显湿了一块。

他记得冉述平时挺金贵的，没承想还有帮他擦汗的一天。

“谢谢。”桑献声音很低。

“我以、以前一直觉得你的气泡音是故意的，没承想是自带的？天生说话这么油腻的人不多，你跟个油炸糕似的。”冉述嘟囔着又回了自己的角落位置。

桑献：“……”

最后最关键的一球，对面显然也很小心，拍数都多了起来。

对于他们来说，桑献的球很重，他们打着也很吃力，但是不想输，只能硬扛。

因为他们知道，如果这盘赢了，桑献的体力也算是透支了，下一盘他们能赢！

前一球，他们攻击到了死角，被桑献击回。

桑献判断他们下一球一定会对着冉述攻击，打算在这个时候回去，可是球拍伸过去，却没能碰到球。

输了。

桑献心里一凉。

接着就看到球从自己身后飞了回去，贴着边线落下，接着飞出去。

对面大概没想到这一球能回来，或者是觉得这一球会无效，没做应对。

桑献将将站稳，回头看向冉述，看到冉述蹙眉看着他，说道：“这一盘完事没有？啥时候是个头啊，怎么打不完啊？”

原来，冉述连规则都没搞懂，只是觉得这一盘很久都没打完。

桑献上场，他就跟着上。桑献不下去，他也跟着不下去。

再回头，看到裁判在确认，最后判定桑献和冉述赢了。

两盘连胜。

冉述傻乎乎地问：“赢了？”

桑献也是一脸的难以置信：“嗯。”

“我刚、刚才那一球，是最后一球？”

“嗯。”

“就、就、就致命一分是吗？我就是一记绝杀？！”

“嗯。”

冉述乐了，简直要飘了。

他走到桑献身前，对桑献说道：“这、这要是没有我，是不是输了？

别太谢我，我也是读条完毕了。”说完还是兴奋得不行，也没有音乐，在桑献面前开始干巴巴地跳舞。

跳得还挺好看的，一看就是专业练过，随便几个动作都透着基本功。

桑献看着冉述半晌，才笑了出来，接着走到椅子边，拿起水瓶刚准备喝，冉述便蹦蹦跳跳地跟过来，问："去哪儿领奖啊？"

桑献差点儿呛到，接着回答："我们只能算是……入围了。"

"啧，我还以为要领奖了呢，你说我们能不能碰到钰哥他们？"

"看下午的第二轮抽签结果。"

"哦。"

比赛结束后，冉述和桑献一起去尿检。看到队友们都过来了，冉述一边跳一边挥手，喊着："钰哥！钰哥！苏阿姨！看到我刚才那球没！"

苏安怡全程在笑，仿佛一位欣慰的老母亲。

随侯钰也有点无奈，不过还是鼓励他："刚才那球回得不错。"

冉述兴奋得不行，在他们两个人面前又跳了一段，还非要拉着随侯钰一起，被随侯钰踹了一脚才老实。

下午三点半，进行了男子双打第二轮抽签。

随侯钰和侯陌下一轮的对手也是熟人，唐耀和顾璃泊，比赛时间是明天早晨第一场，还真是孽缘。

至于桑献和冉述的对手，整个队伍都没听说过这所高中，最后还是在群里打听到的。

邓亦衡拿着手机说道："说是菜鸟队，网球队去年组建的，今年第一次参加比赛，上一场他们碰到了菜鸟，赢得特别勉强。"

冉述听完后扭头看向桑献："你、你还能坚持住不？"

"明天就能恢复了。"

"那行，说不定还能赢一场。"

邓亦衡拿着手机忍不住感叹："你们这组的运气绝了！"

随侯钰突然笑着说："冉述以前运气就好，如果认真填写选择题，靠选择题就能踩线及格，还不止一次。"

邓亦衡问冉述："你怎么做到的？"

冉述笑嘻嘻地回答："我、我其实都读不懂题，我就是觉得那个像。"

侯陌则是比较关心下一场比赛，问邓亦衡："唐耀和顾璃泊是什么类型？”

邓亦衡轻咳了一声后回答：“组合型，大力击球和落点控制的组合，唐耀体能不输桑献，但技巧不足。顾璃泊体力不行，但是控制能力很好，想把球打在哪里就能打在哪里。”

冉述听了一会儿插嘴：“体力不、不行怎么组合？打队友的球都打不回去吧？”

他可是刚打完一场，心有余悸。

邓亦衡想笑，还是忍住了，认真回答：“这个‘体力不行’，只是相对一般球员，不至于像你那样。单打拍数多，坚持不下来，但是双打有队友帮忙承担，就会缓解一些。”

冉述不说话了。

侯陌知道邓亦衡和沈君璟遇到过他们，从来没赢过。

队友们似乎也觉得侯陌和随侯钰搭档时间短，随侯钰还是个新手，估计下一场很难赢。

但侯陌还是在努力思考对策，在他看来，这次比赛能成为他们对手的，只有第一次抽签时遇到的那对组合。

正在思考的工夫，手机收到了刘墨的消息。

黑藏獒：晚上十点，体育馆里见。

这个地点和时间选择还挺聪明的。

最近是男子比赛，在比赛结束后会有选手在场地里练习，熟悉场地。

晚上十点选手们都离开得差不多了，毕竟比赛期间都要养精蓄锐，场馆里的人少一些，在这里围观裸奔的人也能少一点。

侯陌回复了“好的”两个字过去。

侯陌退出去后打开网球交流群，连续发了三条一样的消息。

枫华 - 侯陌：今天晚上十点，黑藏獒表演裸奔，大家可以一起来观赏。@ 全体成员

省体 - 刘墨：贱猴！你太狗了！

枫华 - 沈君璟：收到！

枫屿 - 邓亦衡：收到！

省体 -A：虽然不地道，但是我好想去啊！

东体附中 -B：必须去！

省体 - 刘墨：女的别来，我最后的尊严！

市体-C：枫华的，你们怎么回事？学校名字都不一样。

枫华-侯陌：哦，这不是并校了改校名了嘛，我不常聊天，所以一直没改。

省体-杨宏：把你搭档拉群里来啊。

省体-胡庆旭：还有桑献身边的那个雕塑也可以拉进来，舞跳得不错。

市体-D：雕塑，哈哈哈。

东体附中-吕彦歆：我想去看……

省体-刘墨：求您别来。

省体-杨宏：没事，队长，我帮你清场，清女的。

东体附中-吕彦歆：从这一刻起，我不但不是女的，我还不算是个人。

枫屿-邓亦衡：你也够拼的。

东体附中-吕彦歆：千载难逢，太不想错过了！算了，不看了，我找你们队助理去，这妹子骂人绝了，我太喜欢她了。

这句话刚说完，群里就开始刷屏了，求枫屿高中的把助理拉进来。

比赛刚刚开始一天，枫屿高中的助理和侯陌的搭档就出名了，一个是因为颜值高，一个是因为实力强。

随侯钰赢了杨宏和胡庆旭。

苏安怡一个人打三个男的，打到对方喊娘。

侯陌拉随侯钰进了群。

枫华-侯陌：@罗罗诺亚 我搭档。

随侯钰低头改了自己的备注，去看屏幕，里面一群人聊着天，看起来都不太正常。

随侯钰抬头问侯陌："这什么群，看起来不是什么正经群。"

"网球交流群，我就这么一个群，好多人都在。邓亦衡那边群多，还有什么网球交友群、网球技术群，感兴趣吗？"

随侯钰看着突然冒出来的好友申请，摇头："不感兴趣。"

"那你屏蔽这个群吧，不用搭理他们，我问问队医有没有时间。"

他们比赛结束后，队医会帮他们做按摩放松。

不过桑献似乎累坏了，先去找队医了，估计得等一会儿。

侯陌又看了看随侯钰，随后拉着他起身："我们先回酒店。"

随侯钰背着包跟着侯陌离开体育馆。路上，侯陌活动着肩膀说道："我觉得还是我给你按吧，你第一次被队医按，估计能跳起来打他，我还能收着点劲儿。”

“你会吗？”

“久病成医知道吗？被按了这么久我也练会了，帮队友按过，放心吧。回房间以后你先冲个凉水澡，我跟队医要按摩膏去。”

“嗯。”

进入房间后，侯陌打开水后给随侯钰调水温：“这个温度就行，你别傻乎乎地用特别凉的，再感冒了。”

“知道了。”随侯钰懒洋洋地回答，扯着衣角脱掉了外衣。

随侯钰穿着浴袍走出来，看到侯陌已经回了房间，坐在床铺上摆弄着筋膜枪，正在换头，看到随侯钰出来后随手关了空调。

随侯钰的头发还是湿的。

他擦着头发问：“用筋膜枪我用得着你？你不是说你会按吗？”

侯陌回答得理直气壮：“比赛第一天不用那么隆重，筋膜枪够用了，去队医那里按完，你的肌肉容易酸痛一阵。你后背得用我吧，而且我知道哪个头用在哪个位置比较合适，做多久合适。”

随侯钰妥协地走到床边躺下，问：“趴着吗？”

“嗯，趴着吧。”

他们学校“家底”很厚，设备置办得也齐全，买的都是比较好的设备，还配置了好几套。

侯陌用筋膜枪帮随侯钰放松的时候，说道：“我们学校有三大招牌，队医的放松按摩、王教练的拨筋、格格的正骨。我的按摩手法其实是跟队医学的，不过怕把你按疼了。”

“我看起来很弱不禁风？”

“太瘦了。”

“别总拿身材说事，各方面我哪里比你差？”

随侯钰的好胜心是顶尖的，各方面都不肯输给别人，听到别人说他瘦他都不开心。

他反驳完，侯陌半晌没说话。

他追问：“回答不出来了？”

“我怕我还没给你放松完呢，咱俩就打起来，得谨言慎行。你很多地方比我优秀，尤其是脾气比我大，这一点我是真的服你。”

“……”

帮随侯钰放松完后背，他把筋膜枪给了随侯钰，随后转身去了浴室。

随侯钰坐在床上放松腿的时候，听到了门铃声，他立即套上衣服走过去开门。王教练亲自给他俩送来了晚饭，并且叮嘱了随侯钰明天比赛的事情。

王教练对随侯钰的事情挺上心的，生怕随侯钰输了比赛心态就崩了，提前过来打预防针来了。

随侯钰拎着盒饭走进屋，问王教练：“在您看来我会输？”

“我觉得你天下无敌了，但是吧，经验不足，会让你在天下无敌的路上有那么点小坎坷。”

随侯钰听完笑了，说道：“没事，顶多会很不甘心，但是不会因此放弃网球。”

“嗯，那你和侯陌聊聊，有事电话问我。”

“好。”

侯陌洗完澡走出来，头发还湿乎乎的，人就奔着饭来了：“我要饿死了，今天什么菜？”

随侯钰一直在等他一起吃，他出来才打开。

看到五菜一汤，侯陌差点儿喜极而泣：“这是比赛的时候才能有的待遇！在学校两素一荤还顿顿水煮鸡肉！”

随侯钰也觉得伙食不错，拿出筷子来准备吃饭。

侯陌拿起筷子的时候还在滔滔不绝：“我跟你说一下唐耀和顾璃泊，他们的类型和我们今天对上的完全不同，因为他们两个人都不抢网。所以我们明天的战术跟今天不一样。”

平时随侯钰吃饭的时候挺不爱聊天的，今天倒是愿意聊下去，问：“那应该怎么打？”

“我们第一盘会很被动，我们要努力去适应他们的发球。而且，我们发球时，他们会大量使用挑高球或者直线球，让我们这边失去平衡。”

“似乎很棘手？”随侯钰又吃了一口，含糊地问。

“不，唐耀击球失误会很多，大力击球的类型就是如此。桑献比唐耀成熟很多，但是和我对阵的时候，还是会有失误。”

“我一直不知道你是什么类型的。”

“我全能啊！”侯陌说完笑了笑，“就是因为全能，教练才想给我找一个搭档，培养出一个全能型组合。只要两个人战术成熟，累积得够多，默契达标不会造成战术混乱，全能组合就是网球双打中最棘手的对手。”

随侯钰想了想，问：“我算全能型吗？”

“你落点控制好吗？”

“正在练。”

“力量呢？”

“不主攻这个，但是也不差。”

“抢网呢？”

“行吧，我速度挺快的。”

“速度快但截击一般。”

“……”

“所以，你是一个优秀的全能型苗子。啥也不行，但是看起来又啥都有点行，继续练下去就行了。”

“谢谢你的鼓励。”随侯钰真开心不起来。

他突然觉得自己的这个问题问得有点自讨苦吃，真一项一项单独拿出来，他似乎除了身体灵活、体力优秀外，没有其他绝招了。再想想侯陌的发球，他身为侯陌的搭档都感觉到了震撼。

那一瞬间，他有了一丝向往，希望自己以后也能发出那样的球来。

侯陌继续说：“其实最简单的战术是，顾璃泊体力不行，就遛他，放风筝；唐耀脑子不行，就算计他，搞到他暴躁，心理防线崩塌，气得跳脚放弃思考带着气性打。我们就赢了。”

“怎么能让唐耀暴躁呢？”随侯钰还真认真思考了这个问题，仿佛认可了这个扯淡的战术，不知不觉间已经被侯陌带偏了。

侯陌打了一个响指：“打着打着，突然看着唐耀冷笑，他肯定会觉得在嘲笑他。”

“你是真贱。”

“人至贱则无敌，贱会给我带来坏处吗？不会，但是会给我带来好处。”

“贱会引得他们想去揍你。”

“打架是不对的！”侯陌突然强调，“文明社会，我们要做有礼貌的好少年，最重要的是，打架会被禁赛。”

随侯钰懒得理侯陌了，继续吃饭。

侯陌把自己餐盒里的菜夹给随侯钰：“多吃点。”

他难得改善伙食，还是把好的给了随侯钰。

晚上十点钟，侯陌和随侯钰重新去了体育馆，手里还拿着球拍，打算晚上再练一练，试一下刚刚商量的战术。

沈君璟和桑献临时组合，做他们的对手。

桑献倒是符合唐耀的类型，就是沈君璟明显没有顾璃泊聪明。

到了体育馆里，刘墨他们已经在了。

女生被清场了，男生倒是来了不少，还有其他队闻讯而来的，一群人闹闹哄哄地聚在一起聊着天。

看到侯陌来了，刘墨走过来主动跟侯陌说：“绕着场地这么跑一圈，行吧？”

“行。”侯陌这回倒是好说话了。

刘墨也不含糊，真的开始脱运动服，周围的男生开始吹口哨起哄，倒是都很讲究，没人搞录像那一套。

……

等刘墨重新穿上衣服后，走到了侯陌的身边，站住了之后说道：“我看到唐耀和顾璃泊来看你们比赛了。那个顾璃泊有点邪性，看了你们的比赛后，一晚上的时间就能研究出应对你们的策略来，人肉计算器不是闹着玩的。”

刘墨是真心实意地提醒侯陌。

他们两个人是老对手了。

网球又是绅士运动，场上对手，场下朋友。

侯陌最不愿意碰到的对手就是刘墨，不是因为刘墨打得多厉害，力量有多大打着多累手，而是……和刘墨对阵太羞耻了。

刘墨每次挥拍，都会发出“嘿”“哈”“嗬”声，全程发出爆发音来。

侯陌倒是不在意：“也不看看他遇到的是谁，只有他一个人有脑子？”

“是，这方面你也不输，不过还是谨慎一点，他们肯定看破你们的弱点了。”刘墨说完打算离开，走了两步又回头说，“祝我们俩单打总决赛见吧！”

早遇到侯陌，早被淘汰，这是单打的铁律了，刘墨已经放弃挣扎了，只想输得不是太难看。

刘墨离开后，侯陌带着随侯钰到了场地上，说道：“我们需要准备一个备选方案，我知道我们的弱点是什么。”

侯陌比谁都知道他们的弱点是什么，他也能从顾璃泊的角度，想到该如何压制他们。

所以，侯陌提前就要做好准备。

第十一章

液体猫

比赛第二天，早晨第一场比赛侯陌和随侯钰就要上了。

今天天气突然有点凉了，风里像是掺杂了薄荷，吹在身上一阵清凉，寒意许久不散，有了要入冬的征兆。

侯陌和随侯钰都是一身运动服到场地等待，在比赛前才会脱掉外套。黑色的运动服和新赞助的白色浅蓝色底的运动鞋风格不太搭，形象全靠两个人的颜值撑着。

另一边唐耀和顾璃泊也在休息。

顾璃泊一直在盯着对面的两个人看，说道："那个随侯钰一直在动，在场地上也会下意识地小幅度左右跳跃准备，非常好动，体力却一直很好，身材还那么单薄，看起来很违和。"

"精力充沛吧。"唐耀喝了一口水随口回答。

"随侯钰发球质量不如侯陌，我们要逼到他们自己发觉这一点，从而换侯陌发球。他们两个人明显没怎么练过侯陌发球的阵形，到时候肯定会乱了阵脚。"

"好。"

"这一场你可以放肆地使用高压球，激怒对方的新人。"

唐耀轻笑了一声问："这就能激怒？"

"能，他脾气很不好，可以看出来，像个炮仗一点就炸。"

"行。"

"新人总瞪侯陌，看起来两人关系不好。之前侯陌一直排斥双打，似乎是教练希望他双打，这次侯陌可能是从某种意义上妥协了，我基本可以判定两个人不和，可以从这里下手。"

与此同时，在瞪侯陌的随侯钰已经气得握紧了拳头。

因为侯陌说了讨人厌的话：“看到对面的顾璃泊没，你打网球前，他算是长相清秀可人的。你来了之后，‘东北网球一枝花’就是你了，女队员也比不过。”

“你能把嘴闭上吗？不然我们容易还没开打就被禁赛了。”

“实话，你比他好看。”

随侯钰抬脚踹了一下侯陌的凳子。这凳子是折叠椅，并不稳固，被踹了一脚之后侯陌险些被椅子夹进去。侯陌原地扎了个马步，才避过一劫。

顾璃泊算是北方选手里比较秀气的了。

他五官精致，皮肤在运动员里也算白皙的，人文质彬彬话不多，说话声音也很小，私底下被评为了男队一枝花。

结果，这次比赛突然来了一个随侯钰。

随侯钰丢在娱乐圈就是流量小鲜肉类型的，靠一张脸就能吸粉无数。

不过在他们体育生看来，他的长相太阴柔，身材也不够健硕。

好在体育圈靠实力说话，比了一场后他们就不会再说随侯钰什么了，毕竟实力不差，反而又跩又飒。

但是这张脸啊……真的是秒杀顾璃泊。

一战成名。

侯陌又提起了其他的事情：“你都有外号了。”

“怎么乱给人起外号？”

“没办法，我还不喜欢贱猴呢，他们还不是叫得挺欢的。估计刘墨也不喜欢黑藏獒，现在也慢慢接受了。”

“我叫什么？”

“液体猫。”

“这好像是你起的吧？”

侯陌仔细回忆了一下，随后恍然，尴尬地笑了笑说道：“就是聊天而已，没想到居然成你外号了。”

“呵。”随侯钰冷哼了一声，“贱猴和液体猫，俩动物。”

“我觉得吧，应该起个和鱼有关的外号，我名字里有个‘陌’字，咱俩就是摸鱼组合。我想想啊……你可以叫咬人鲨。”其实侯陌觉得美人鱼更合适，不过提都不敢提，不然下一脚就不是朝着椅子了。

“你提交一个换外号申请去？”

"唉，不知道还来不来得及，不过提议完，他们多半改成泥鳅鱼……"

这时有人组织他们去拍照，随侯钰和侯陌脱掉外套。

侯陌注意到顾璃泊依旧在看他们，不由得有点不爽。

被人监视的感觉真不太好。

侯陌也喜欢用战术，但是从没这样盯着别人看过，毕竟不太礼貌。

丢硬币做选择时，侯陌选中了，优先选择了对自己有利的场地。

顾璃泊选择先发球。

顾璃泊到边线位置后，单手拿着球，球朝外，手背靠近嘴唇告诉唐耀战术。唐耀个子高一点，加上顾璃泊声音小，需要微微俯下身去听。

在侯陌和随侯钰这边根本看不到顾璃泊在说什么，毕竟嘴都挡上了。

他们突然觉得之前商量的用喊的对战术有点傻。

顾璃泊拿着球拍了两下，扭头看向对面，面无表情地发球。

他是专攻落点的选手，发球的落点十分准确，这一次的发球是朝着侯陌和随侯钰中间去的。

他看出了侯陌和随侯钰之间默契不够，如果是这种球，侯陌和随侯钰会有一瞬间的迷茫，不知道该谁去接。

果然，随侯钰和侯陌都朝着那一个位置过去了，侯陌注意到了，赶紧叮嘱："你抢网。"

随侯钰没有犹豫，快速回身回到网前，急停后转身，身体灵活到了诡异的程度。

不愧是液体猫。

侯陌过去将这一记接发球打回去，同时调整自己的位置，并注意随侯钰的站位。

往来两球后，他们又成了侯陌在前，随侯钰在后的站位。

就像侯陌说的，他们需要尽快熟悉对方的发球，不然很难扭转局面。所以侯陌选择了有利的场地，让他们先发球。

对面的组合，最好成绩是全国前五名，技术成熟，配合默契，还有战术结合，非常棘手。

顾璃泊的发球都带着上旋，速度很快，转速也很高，这种球会让对手陷入被动，只能用球拍去挡球。球就算挡住了，还是会向上旋转，球路很难控制。

这也导致很多上旋球落下后，还会飞起很高来。

熟悉这一点之后，侯陌开始到网前截击顾璃泊的球，再次和随侯钰变换位置。高质量的截击会让球变成下旋，回击过去后对面反而会预估错误。

顾璃泊的发球局，看似他占据着优势，却并未真正地讨到好。

他不得不承认，侯陌的确很难对付。

顾璃泊发球局最后一球，他拍着球看着对面两个人，依旧是那种有些厌世的表情。

这一球依旧很快，看似是朝网前的侯陌去的，却往后了一个身位，在随侯钰看来侯陌接不到这一球了，跑过去挥拍，却和侯陌的球拍撞在了一起。

随侯钰挥拍晚于侯陌。

他的球拍似乎砸到了侯陌的手。

球没能拦住，顾璃泊发球得分。

随侯钰心里一紧，赶紧问："没事吧？"

他说着走过去，想要拉起侯陌的手看一看，却被侯陌躲开了："没事，专心比赛。"

他们两个人的身体接触会导致随侯钰犯困，此时尤其要注意。

随侯钰和侯陌走到椅子前坐下，进行短暂的休息。

随侯钰一直盯着侯陌的手，看到侯陌从包里拿出喷雾来，对着自己的手喷了几下。

"还能继续打吗？"随侯钰忍不住再次问道。

"可以。"侯陌没太在意，只是提起了别的，"顾璃泊的确看出我们之间的问题了。"

"嗯。"

"调整好心态。"说着，他在随侯钰看不到的位置试着握拳再松开，确实有点疼。

随侯钰的脾气不太稳定，他不想因此影响对方的状态。

观众席上。

邓亦衡紧张地问："大师兄受伤了？！"

王教练急得要起身，又怕挡住别人的视线，于是半蹲着看了看，又重新坐下了:“估计没有大事,如果很严重他自己就下来了,他心里有数。”

邓亦衡却不认同:“这要是单打他也就下来了,但是双打……大师兄真有可能硬撑。”

王教练紧张得不行,托着下巴一直看着,还不忘记问:“桑献和冉述那边怎么样?”

这一次桑献他们同时也在比赛,在另外一个场地,苏安怡和沈君璟去了那边。

“沈君璟说桑献他们说不定还能赢。”

这时吕彦歆拎着包到了邓亦衡身边坐下,看了一眼场地后随口一问:“侯陌怎么左手拿拍上场了?”

不问还好,问完邓亦衡和王教练同时站起来了,那架势简直要上场去抓人了,把吕彦歆吓了一跳。

再次开场,随侯钰发球。

第一次发球还没注意,等到侯陌打了几拍后,随侯钰才注意到侯陌换了左手握拍。

随侯钰意识到侯陌的状态恐怕不太好。

“需要我多分担一些吗?”一球结束后,随侯钰走过去问。

“不用,我左手也可以。”

“真的假的?”

“真的,我全能。”侯陌回答完灿烂地一笑。

注意到随侯钰的表情逐渐垮了,侯陌想伸手揉揉随侯钰的头,最后还是忍住了:“真没事。”

“你之后还有单打比赛呢。”

“那以后再说。”

另一边。

唐耀也在看对面,接着轻笑了一声:“他们两个人之间是真的不和,如果打完这一场就解散了,王学复不得崩溃?他的双打梦又破碎了。”

“这不是我们需要管的,我们只要赢了比赛就可以。”

“嗯,侯陌受伤了,他们俩已经彻底输了,翻身的余地都没有。”

在唐耀看来,随侯钰到底还是不成气候,只练了一个月的人,也好意思来比赛?

随侯钰的这一次依旧是常规的发球，为的是减轻侯陌的负担。

没承想这也让唐耀秀了一把，冲到网前跃起，半空中挥拍，潇洒的下压球，大力击打下，球迅速下落，狠狠地砸在场地上回弹。

随侯钰快速向前，挥拍回击，赶来得太过匆忙，球击在了球网上——角度不对。

第一局顾璃泊发球，他们已经输了一局。

现在随侯钰发球，竟然连丢两次分。

唐耀站在网前轻佻地笑，嘲讽意味十足。

随侯钰抿着嘴唇，重新拿球，将球抛起发球。

唐耀再次选择网前跳跃，似乎想要故技重施，再次以一个下压球回击。

唐耀抬眼便看到随侯钰竟然已经到了回球的位置，速度快到让人怀疑他是瞬移过来的。

一般按照惯性来讲，这样的速度过来很难站稳，随侯钰却一个急停后暴力抽球，将球回击到了顾璃泊的面前，明显是朝着他面门奔过去的。

顾璃泊抬起球拍挡球，让球斜飞了出去，掉到界外。

唐耀回头看了一眼，再次看向随侯钰。

随侯钰站在网前，微微扬起下巴，扯起一侧嘴角冷笑，轻声说道："你可以再试几次，我让他脸开花。"

唐耀吃了一惊，抬头去看裁判，裁判似乎没听到刚才挑衅的话。

随侯钰再次走回到了发球的位置，发球前抬头看向唐耀，眼神轻蔑，似乎是在示意——你再试试?

唐耀被刺激到了，下意识地咬牙。

两个暴脾气互相挑衅，就看谁先扛不住了。

随侯钰发球局，与唐耀对拍的机会多了。

唐耀是大力击球型选手，一般回球会加力道。然而接到随侯钰的球之后，他发现随侯钰的力量并不算小，且身体灵活。

唐耀通过和顾璃泊的默契，假动作换位置，虚晃一枪后朝随侯钰攻击，打了一个反手。随侯钰朝着一个方向已经移动了过去，居然能够下拍打回头。

随侯钰的身体凌空转了一圈后稳稳落地，仿佛一个干净利落的舞蹈动作，落地意外地轻盈。

怎么回事?

这菜鸟似乎没有想象中弱?

仔细回想，他这样激进地打球，似乎是在保护侯陌，减轻侯陌的压力？！

再去看侯陌，曾经个人主义极强的选手，此时倒是挺顺从的。

随侯钰激进，他便退让了，只守三分之一的场地。

无声配合。

唐耀回头看了顾璃泊一眼，顾璃泊抬手挡着嘴：“别管，我确定他们的关系不和，这种情况持续不了多久。”

随侯钰的下一次发球，依旧是挑高球。

这在唐耀看来仿佛是在挑衅，稍作迟疑的工夫，球已经绕过他到了后场位置，顾璃泊挥拍击回。

之后的几个来回，都是非常高的球。

唐耀看不下去了，跳起来再次以一个高压球回击，抬眼便看到随侯钰已经到了网前，一个漂亮的截击，打了一个穿越，球直奔后场。

顾璃泊反应过来了，快速跑过去挥拍，勉强将球击回。

随侯钰早就在网前准备好了，轻飘飘地一挡，球越过网落在唐耀身侧，唐耀连挥拍的机会都没有就已经结束了。

侯陌最初的战术很简单：遛顾璃泊，气死唐耀那个傻子。

有些发球，在单打中算是发球质量高的，但是在双打里这种发球不一定合适。

顾璃泊会在内心计算一发进球率，还会看双打发球的质量，综合计算。

这就是随侯钰被说发球质量不高的原因。

但是，如果无视唐耀呢？如果有一个特定的意图呢？

随侯钰的发球还是可以的。

他现在的目的就是切高球，挑后场，让顾璃泊感受一把什么叫疲惫。

随侯钰喜欢打近身，这种球很不好接，像随侯钰这样身体能扭到诡异程度的球员还是少的，这也让顾璃泊陷入了被动之中，完全是被盯着打。

邓亦衡原本还在紧张地看比赛，时刻盯着，如果侯陌有什么异样，他们恐怕不会让侯陌继续比了。

这时突然有人跟他搭话，吓了他一跳。

“比得怎么样啊？”

邓亦衡回头，就看到刘墨带着杨宏、胡庆旭也来看比赛了。

“还比着呢，之前输了一局，现在正在保发。”

杨宏探头看了看后说道：“对面想破发也不容易，液体猫的发球其实很刁钻。”

毕竟他昨天才吃过大意的亏。

吕彦歆回头大大咧咧地问：“你们之后还有比赛吗？怎么没回省体继续训练去？”

杨宏被这么问了也不在意，反而坦然地回答：“那你是不了解我们省体，在场能有这么多观众，全靠我们省体来了三车人。有比赛的学生统一安排住宿，没比赛的坐车来回跑，就是为了来看比赛总结经验，回去还得写观后感小作文呢。”

“那你们这么不积极，比赛开始这么久了才来？”

“这不是没比赛了，起来晚了嘛。”杨宏回答的时候心虚得嘿嘿直笑。

刘墨是侯陌的老对手了，看到侯陌后问道：“侯陌什么情况？难得见到他这么收敛。”

邓亦衡把刚才的情况说了。

刘墨了然地点头：“我早就提醒过侯陌，顾璃泊那小子很能利用弱点，肯定是故意的。”

他说话的同时，侯陌挥拍，打了一个漂亮的穿越，球落在贴线的位置，然后飞了出去。

刘墨抿着嘴唇沉默了一会儿，再次开口：“侯陌这小子用左手也挺气人啊。”

穿越球本来就不好打，结果侯陌左手也可以？

刘墨刚感叹完，就听到了女孩子的惊呼，把他们一群人吓了一跳。

众人一起看过去，似乎是侯陌打出去的球进入了观众席，有女孩子抢到了球兴奋得直尖叫。

这个球是随侯钰发球，侯陌打出去的，意义非凡，拿到球的女孩子自然兴奋得不行。

刘墨吧唧吧唧嘴，感叹：“侯陌的人气本来就高，这回身边多了一只长得也不错的猫，不得了，偶像派。”

吕彦歆小声笑，接着说：“我们女生群里有群名片，有人叫德约科维奇下一任女友，有人叫侯陌的小娇妻。昨天就厉害了，刷了一屏幕侯陌和随侯钰比赛的相片，知道我间接认识侯陌和随侯钰，她们都兴奋坏了，可惜我没能要到微信号。”

邓亦衡只能尴尬地笑：“大师兄确实不加女孩子，钰哥就更别提了，男生都不太加。”

刘墨酸溜溜地说：“我要是那么帅，我也横着走。”

随侯钰发球前看向对面，扫了一眼两个人的位置后，接着抛球发球。

一发未进。

他调整了一下呼吸，接着再次发球。

想要发球打一个穿越其实很难，除非把球压得非常低，但如果把握得不好容易下网。

随侯钰第一次并未成功，第二次再次尝试。不过二发并未选择同一落点，而是选择了一个刁钻的角度大力发球。

唐耀根本来不及反应。

顾璃泊预判出来了，快速朝着那个方向跑过去，挥拍却没能碰到球。

随侯钰发球得分。

非常漂亮的 ACE 球！

侯陌笑着回身对随侯钰说道：“不错啊，学得挺快！”

“昨天也练了一个小时呢。”随侯钰很得意，他是一个练习一个小时，就能打出 ACE 球的人。

发球局算是保住了，目前平局。

随侯钰走过去问侯陌：“手好点了吗？”

“其实没多严重，就是有点疼，缓一缓就能好。”

“大概得多久？”

“不知道。”侯陌简单活动了两下，“下一局顾璃泊可能要发狠了。”

“你不用太激进，先缓过来再说，我努力撑着。”

“他会利用这一点的。”

“我知道，但是你的手比比赛重要。”

随侯钰能说出这种话来，倒是让侯陌挺意外的，笑了笑同意了。

再次回到位置站好，顾璃泊发球。

这一次，侯陌依旧打得很被动，主要都是随侯钰一个人在挣扎，这谁都能看得出来。而这种被动的局面让顾璃泊大放异彩，40 ∶ 0 轻松拿下一局。

吕彦歆对双打的了解不如其他人，紧张地问："会输吗？"

邓亦衡原本也挺担心的，看到吕彦歆担心的样子不由得笑了，问："你不是东体附中的，和顾璃泊同校吗？怎么胳膊肘往外拐呢？你们东体一枝花就这么被抛弃了？"

吕彦歆回答得理直气壮："我又不认识他们，但是我认识侯陌和随侯钰啊，虽然……没怎么说过话。"

一直沉默的王教练说话了："看侯陌能不能缓过来吧。随侯钰经验不足，对面还是非常有经验的双打球员，各方面过硬，他没办法像桑献一样一对二，想赢还是得有侯陌配合。"

邓亦衡也跟着着急："大师兄手被砸了一下，也不知道严重不严重。"

这种僵局一直持续了一整盘，随侯钰和侯陌第一盘输了。

每盘结束后，会有两分钟的休息时间。

侯陌和随侯钰坐在椅子上，披上运动服外套，侯陌再次喷了喷雾，活动了一下手腕。

随侯钰用毛巾擦了擦头上的汗，随后去看侯陌的手背，红里透着青，正是过渡的阶段，估计明天就会完全青了。好在只有一个硬币大小，不过也能看出来很疼。

这种伤在比赛期间出现，还是在关键的部位，的确会有很严重的影响。

侯陌昨天晚上就知道，顾璃泊一定会看出他们两个人默契不够，在这方面做文章，所以他们昨天就练习了侯陌发球的配合。

男子双打的节奏很快，一般三拍就可以解决战斗了，发球、接发、网前拦截，很少有打很多拍的。

这样他们需要练习的就是走位了，不能互相干扰，还要有战术配合。

应对做了，侯陌却受伤了。

现在，比赛他们已经落后了，想要反超只能剩下两盘都胜，是持久战。

"应该可以，没大事。"侯陌回答完，凑过去小声说，"你没必要非得报复回来。"

侯陌看出来了，随侯钰的目标一直都是顾璃泊。

今天随侯钰的近身打法用得非常激进，估计是不让顾璃泊也挂点彩，他就过不去这个坎了。

“我来气！”随侯钰气鼓鼓地回答。

“明明是我们俩默契不够，我们自己有问题，才让他有可乘之机，你生气也没用！”

“可是你受伤了！”随侯钰回答完又咬牙，还是他弄伤的，“默契度不够，你受伤，我认。但他如果挂彩也是他技术不行，不是我的问题。”

“你说得对……”侯陌竟然没办法反驳。

其实这样也好，总比在比赛结束后，随侯钰去那边找碴打架强。

随侯钰依旧不爽，瞪了一眼对面的顾璃泊。

侯陌一直看着随侯钰，接着咧嘴笑，问：“有没有人和你说过，你凶人的时候其实一点儿气势都没有，奶凶奶凶的，看着还怪可爱的。”

“谁说的？很多人都怕我！”

“你啊，就是嗷呜咆哮的布偶猫，又凶又好看，就是没有杀伤力。”

“嘁……”随侯钰还是很不服。

“你都没大哥凶。”侯陌说着，站起身来准备继续比赛，一边还在和随侯钰闲聊，“我妈妈把大哥抱我家去了，这样更方便照顾它。”

“嗯，我知道，她之前跟我提过，我同意了。”

他甚至发现，大哥和侯妈妈的亲热度，比和他的还高。

随侯钰发球局，他拍了两下球，扫视了一眼对面，接着大力发球。

用随侯钰这种拍，还能发出这种力道与速度的球着实不易。这一球也是奔着顾璃泊去的。

顾璃泊接发成功，然而因为力道不足，拍稍微翻了一下，球将将过网。

随侯钰已经到了网前，看准了顾璃泊狠狠地抽过去，打了一个穿越球。顾璃泊抬拍挡球，球砸在了拍框上，球拍翻拍，磕到了他下巴。

顾璃泊捂着下巴缓了好一会儿，疼得眼泪都流出来了。

唐耀赶紧赶过去查看顾璃泊的情况，顾璃泊摆了摆手：“没事。”

“他是故意的吧？”

随侯钰故意了整整一盘，但是怕唐耀生气，顾璃泊不敢说，他终于隐隐发现了不对劲，为什么和他分析的不太一样？

随侯钰一向冷漠，也不知道是不是跟侯陌学的，这次开口特别气人，站在网前拉长音地问：“呀，没事吧？”语气里一点儿愧疚感都没有。

不问还好，问完故意感更明显了。

唐耀瞪着随侯钰没说话，顾璃泊拽住了唐耀的衣角。

随侯钰也没打算得到他们的回应。

第一盘确实输了，但是顾璃泊被他遛了一整盘，唐耀呢……估计也要爆炸了。

任务圆满完成。

侯陌看着随侯钰微笑着转身走回他自己的位置，问道：“爽了？”

“爽了。”

“那就好好比吧。”侯陌说完，把球拍换回了右手。

随侯钰的发球局继续。

顾璃泊虽然下巴很痛，但是不至于不能比赛。

他已经有了觉悟，自然不会再让随侯钰发球得分了，一直都在防范，同时给了唐耀提示。

唐耀的呼吸有点重，在忍着自己的脾气。

他们这种脾气火暴的人的确容易被干扰，从而影响到比赛的状态，思维也会跟不上。

侯陌在网前位置，回手在自己的身后比画手势，伸出了大拇指，示意随侯钰将球打向顾璃泊的反手。

随侯钰沉默着没作声，抛球后挥拍，将球打向顾璃泊的反手，在顾璃泊回球后侯陌已经做好了准备，十分快速地将球打向反方向。

球在有效区域内落地，对方没有接到，分数 30 ： 0。

侯陌扫视对面，在网前站好后，在身后再次伸出大拇指。

随侯钰依旧照办。

和上一球几乎一模一样的一幕发生了，对面连还手的余地都没有。

侯陌再次站好，忍不住看向唐耀：“你是来近距离看比赛的？”

唐耀当即炸了。

遛顾璃泊的同时，也让唐耀有一种挫败感，仿佛他派不上什么用场。事实也是如此，这一场比赛他很长时间什么忙都没帮上。

全场几个漂亮的穿越球，都是从他身边穿过的。仿佛他只是一个空气人，是越野赛的障碍物，甚至是别人秀技术的道具，而非一名参加比赛的选手。

侯陌轻佻的笑让唐耀心中受挫，气得咬牙。

侯陌第三次提示，依旧是大拇指。

随侯钰看完忍不住想笑，好在只是勾起嘴角浅笑，很快就收敛住了，笑容被掩饰在了发球的动作里。

再次打向顾璃泊的反手，唐耀突然截击，将球击回。

侯陌早就料到了，做了一个转身的假动作，球拍随着身体转过来，从下往上一抬，打了一个漂亮的挑高球，还是很秀的姿势。

顾璃泊不得不上前补救，抬拍将球垫起来，球弧度尴尬地过网。

球刚刚过网，便被走过来的侯陌拍苍蝇一样地拍回了对面，对面二人再没有补救机会，他们根本到不了球落下的位置。

这一个动作做得太惬意了，完全是老爷子散步一样地走到了网前，随手一拍，轻松得分，将对面两人的狼狈衬托得更加明显。

侯陌拍完头都没回地朝着随侯钰走过去，笑着挑眉："帅不帅？"

"滚。"随侯钰骂了一句，和侯陌并肩走向椅子休息。

连续四球得分直接赢了一局，这无疑增加了他们的自信心，还让对手感觉到压力。

顾璃泊坐在椅子上，还在看对面，随后嘟囔："我以为他们关系不和，没承想居然被反将一军。他们的关系倒是古怪，可以说是臭味相投。"

在讨人厌这方面，这两个人真的是如出一辙。

现在顾璃泊非常苦恼，他知道那边两个人肯定有对策了，利用默契度这点有点难，随侯钰和侯陌肯定会加快节奏，速战速决，几拍结束。

由侯陌指挥，随侯钰对他无条件信任，且完成度很高，默契度不足的问题也能化解。

刚才那一局，看得出来侯陌的手问题不大，喷了喷雾，估计已经没那么疼了。

那现在呢……在随侯钰的发球质量上做文章？

随侯钰刚刚连续四球得分，发球质量并不低，甚至全程没有二发。

唐耀习惯了顾璃泊告诉自己战术，这一次顾璃泊一直十分沉默，让他不由得紧张起来。

只有他们遇到真正棘手的对手时，顾璃泊才会这样。

"之后怎么打？"唐耀问。

"别被他们挑衅到，忍耐。我们的默契和水平不输他们，不会有问题的。"

“好。”

下一局，唐耀发球。

这一局进入了常规的状态，侯陌网前截击，随侯钰在边线位置防守。

随侯钰就像一只不安分的猫，上蹿下跳，只要球来了，他的身体就去了。

这画面仿佛有人在用逗猫笔，光到哪里，他到哪里，身体永远不会迟到，还经常会出现诡异的姿势。

侯陌渐渐习惯看不到身后的画面，却能听到观众惊呼声的感觉了。

他知道，他搭档又在表演他的猫式打法。

又是一球飞来，侯陌身体侧移躲开球。

随侯钰原本已经做出反应了，但是余光注意到了侯陌的动作，也跟着快速侧移，躲过了这个球，回头便看到球飞出界了。

预判正确。

随侯钰和侯陌似乎是打出手感来了，侯陌用右手果然更顺一些，第二盘扭转局面，和唐耀、顾璃泊打到了平局。

两分钟的休息时间，随侯钰坐在椅子上披上衣服，探头去看侯陌的手：“有问题吗？”

“没有。”侯陌抬手给随侯钰看，接着笑道，“看到顾璃泊没，脸歪了，这边明显肿起来一块。”

“不愿意多看他。”随侯钰嫌弃得直翻白眼，能让他如此迅速地讨厌一个人也不容易。

温度终于升高了，清晨的凉意渐渐被融掉。

阳光穿过云层间隙，洒下零散的光斑，让观众席看起来像波光粼粼的海。

侯陌抬起手来，张开五指挡着阳光，阳光透过指缝，在他的脸颊上投下五指形的网。

“现在场地对我们有利了。”侯陌轻声说。

随侯钰跟着去看，问他：“你早就算到了？”

“早上观察了一下，掂量着如果我们真的需要打第三盘的话，估计就有利了。”

“你还会观天象？”随侯钰挑眉。

“我如果在古代，可能会是一位能人异士。”

“不，你是奇行种，会把你抓起来观赏，或者直接烧死祭天。”

“……”侯陌抬手拢了拢亚麻色的头发，这是他最后的倔强。

第三盘开始。

唐耀显然已经被顾璃泊安抚住了，没有了之前要暴走的模样，冷静下来继续打球。

顾璃泊也放弃了再用套路，专注于比赛。

侯陌和随侯钰同样。

两边真的论双打水平，显然是东体附中队更胜一筹，毕竟是老的双打搭档。

但是侯陌战术了得，个人技术过硬。

随侯钰配合能力也很强，还有着让人震惊的灵活度和反应力，这也使得比赛进入了僵局。

第三盘进行到抢七。

网球比赛中，陷入6 ：6平局后，会进行抢七，双方轮流发球。

几球后，到了关键点。

顾璃泊将球挑起来，发来了一个上旋高球。

侯陌挥拍击回后，让球带着下旋飞了回去。

唐耀大幅度挥拍，给球加了旋，还增加了力道击打回来。

侯陌和随侯钰一起盯着球，一瞬间做出了应对。

侯陌在网前朝右移动后，随侯钰在底线朝左前切换了位置。

两个人是同时动的，侯陌没有指挥，移动时还给对方留出移动路线来，接着随侯钰挥拍将球打回去。

这无疑是一个漂亮的位移。

侯陌和随侯钰以肉眼可见的速度在进步。

两场比赛而已，他们已经从中摸索出了经验来，在比赛的同时一起进步。

开场时尚可用默契度不够做文章，现在，他们的默契度渐渐提升，甚至不输东体附中队。

随侯钰的一记高压球将球打在死角，得分。

比赛结束。

他们赢了。

随侯钰刚刚站稳，就被侯陌连同手臂一起揽着，抱着转了好几圈。

他惊讶了一瞬间，接着笑了起来。

侯陌转圈时能够 360 度地去看四周，观众席上的朋友、教练从眼前快速掠过，速度虽快，却能够看到他们欢呼的画面。

耳边环绕的是喝彩声，还有侯陌的笑声。

随侯钰被侯陌松开后转过身，抬起手来。

侯陌很快反应过来，和他击了个掌。

这一次，恐怕是他们两个人第一次对双打产生了这么大的喜爱，也是第一次觉得比赛胜利居然可以如此愉快。

比赛结束时，顾璃泊和唐耀还没有缓过神来，回头看了看显示器上的时间。

这场比赛持续了两个半小时，三盘结束，他们输了。

顾璃泊有些喘，看到唐耀走到了自己身边，他依旧是那种厌世的样子，却在说安慰的话："别沮丧，我们打得很好。"

"我这一场状态不好。"唐耀低声说道。

"我判断失误，而且，他们是在故意压制，不怪你。"

比赛结束了。

观众们陆续离场。

东体附中的教练和其他队员过来安慰他们，顾璃泊有些溜号，没听进去。

走进走廊里，顾璃泊看到邓亦衡和刘墨他们站在通道里聊天，似乎是在等随侯钰他们。

他走过去，突然停住，问邓亦衡："侯陌和那个新队员关系到底怎么样？"

"啊？为什么要在意这个？"邓亦衡被问得很迷茫。

而且，顾璃泊和唐耀向来高傲，瞧不起邓亦衡和沈君璟，今天倒是难得地搭话了，不过问得也挺不客气的。

顾璃泊回答："好奇。"

邓亦衡撇嘴，冷淡地说："他们俩是发小，关系挺好的。"

"发小？可是新队员总瞪侯陌。"顾璃泊很难理解。

邓亦衡抬手挠了挠头，思考了一会儿，说：“钰哥对谁都那样，尤其是大师兄，毕竟大师兄气人。”

说话间，随侯钰和侯陌掐着架走了出来。

侯陌把自己的运动服裤子围在了随侯钰脖子上，还温柔地说：“来，围条围巾，暖和。”

随侯钰气得追着侯陌揍，从场地打到通道的位置。

刘墨看了一会儿，问邓亦衡：“你不去拉架吗？”

邓亦衡摇头，回答得漫不经心：“有的时候确实是大师兄欠揍。”

这场面，见惯了。

随侯钰特别看不上顾璃洎，同样讨厌唐耀，所以见到他们就没有什么好态度。

在随侯钰的观念里，什么友谊第一比赛第二都去他的。看你不顺眼，表面功夫都不愿意做，直接沉着脸绕开他们。

但是唐耀非得嘴贱，比赛输了还主动跟随侯钰搭话：“你们和我们两个人打，还能有周旋的余地，但是遇到维哥他们，你们连挣扎的余地都没有。”

随侯钰听到这句话停下脚步回头，看着唐耀挑眉：“你总是这么嘴碎，上次见到你的时候你的话就特别多，你说过什么来着？”

第一次见面，唐耀就说随侯钰的身材不适合打网球，体力肯定不行。

现在事实证明，随侯钰体力不但不差，还挺好的，全场那么活跃，大气都没喘一下。

唐耀表情不太好看，沉默地看着随侯钰。

随侯钰好似突然记起来了，说道：“看来王学复教的玩意儿也能打过你啊，还是一个月速成的。你嘛，不过如此，至于你说的什么维哥……”

随侯钰说完耸了耸肩，似乎也不在意。

唐耀不爽地继续说：“维哥他们的双打实力你可以去看看，这并不是我们自夸。而且，这场我们输了我承认，下次遇到就不一定了，只能说你们今天运气好。”

“嗯，输了是运气不好，学到说辞了。”

唐耀急了，直接骂了出来：“你和侯陌一个仰着头用鼻孔看人，一个低着头翻着眼睛看人，站一起跟华府两兄弟似的，还当自己多帅呢？！”

随侯钰卡壳了。

他不知道华府两兄弟是什么梗。

顾璃泊看唐耀开始口不择言了，伸手推着唐耀准备带他离开。

侯陌看到随侯钰愣神，跟着说道："我不喜欢别人叫我侯哥，姜维倒是愿意让别人叫他维哥。嗯……下次遇到维哥，我们会跟他们好好比的，回见。"

侯陌说话时，"维哥"说得像"伟哥"，气得唐耀直瞪眼，还没有回话就被带走了。

侯陌也拉着随侯钰离开。

随侯钰被拉走的途中还在耿耿于怀："华府两兄弟是什么？"

侯陌低头回答："一部电影里的角色。"

"他们什么样？"

"呃……"侯陌不知道该怎么回答。

尿检完毕，简单冲了一个澡，进入了休息的时间，随侯钰拿着手机查到华府两兄弟，看到视频片段后气得直翻白眼。

随侯钰的确习惯微微扬起下巴，抿着嘴唇看人，看起来盛气凌人带着点轻蔑。

侯陌时不时会低着头抬眼看人，带着戏谑的笑。

这样结合起来还真的……

随侯钰放下手机就要去找唐耀，好在侯陌看到这一幕赶紧拦住了，嘴里说着："钰哥！钰哥！别冲动，打架会被禁赛！"

"不行，我当时卡壳了没骂回去，我现在要去怼回来！"

"别别别，东体附中来的人比我们多。"

"我怕他们？！"

"不怕不怕，杀人犯法，我们放他们一马行吗？"

随侯钰气得不行，努力调整呼吸让自己冷静下来。

侯陌心有余悸地擦汗。

邓亦衡拿来了冰袋给了侯陌，侯陌敷着冰袋靠在休息室里休息。

随侯钰气了一会儿，还是过来帮侯陌敷，敷一会儿，帮侯陌揉两下。

冉述和桑献也很快回了休息室，冉述进来后就开始跳舞："我、我们又赢了，今天我进步了，打到了七次球，三个有效。"

也就是说，再次是桑献一挑二，冉述偶尔帮忙，还大概率没正经帮上忙。

这种队伍能赢真的是天理难容。

冉述很快注意到了随侯钰的不对劲，走过去问："钰哥，你怎么了？"

侯陌解释："刚才和对手吵起来了，有一句没怼回去，生气了。"

"哦……"冉述理解了，"不怼、怼回去钰哥过不去这个劲儿的，不管十年八年，钰哥肯定记着仇呢，就是不一定什么时候报了。"

侯陌难以置信地睁大了双眼："这么夸张？"

冉述给予了肯定的答案："我钰哥就、就是有仇必报的守信之人。"

有仇必报也能说成是守信。

这无脑护也是做到位了。

随侯钰依旧很气，没和他们聊天，专注于帮侯陌揉手加生闷气，揉着揉着身体渐渐倾斜。

侯陌注意到了，扶着随侯钰的脑袋，让他在椅子上靠稳了。

在随侯钰睡着之后，休息室里的其他人下意识地安静下来，如今随侯钰已经成了全队不敢吵醒的人。

侯陌小声问其他人："之后的比赛什么安排？"

"你明天上午第二场有单打比赛，双打可能会在明天下午，对手还没确定。"

一名网球运动员可以报多个项目，比如单打、双打、混双。

但是这也要量力而行，比赛太密集的话身体可能会吃不消。

这次比赛为期五天，队伍多，时间安排也十分紧凑，甚至可能在最后一天上午进行双打总决赛，下午单打总决赛。

侯陌比了一个"OK"的手势，接着扶着随侯钰在弹簧床上躺下，脱下自己的运动服外套给随侯钰盖上。

桑献拎着包整理好自己的东西，问冉述："回酒店吗？"

"嗯，酒店至少比这里舒服。"

队友们去看比赛的去看比赛，去休息的去休息。

苏安怡本来拿着表格敲门进来想要发给众人，进来后看到随侯钰在睡觉，又关上门退了出去。

休息室的门隔音效果很好，关上的一瞬间便隔绝了外界的喧嚣。

因为没有窗帘，午间盛阳从细长的横向风窗投射进来，带来了一丝温暖。

无人打扰的午后，闲散放松的时间，难得的片刻清净。

安逸且美好。

晚上。

侯陌拿着手机跟邓亦衡聊他和随侯钰之后要对阵的对手，时不时抬头，就能看到随侯钰焦躁地在房间里来回走动。

他轻咳了一声，拍了拍自己的身边："要不你坐着歇一会儿？"

"其实我当时应该怼回去的，管华府两兄弟是什么意思呢，那肯定不是一句好听的话啊，我就应该当场骂回去。"

因为骂架没发挥好，随侯钰真的耿耿于怀到了现在。

"嗯，下次一定不要放过他们。"侯陌配合地跟着点头。

随侯钰还在来回走，没理侯陌。

侯陌使用了王牌："帮我揉揉手，我这只手得拿手机。"

随侯钰终于走过去了，坐在了侯陌身边帮他揉。

就在侯陌以为随侯钰不会再气了的时候，随侯钰突然一个鲤鱼打挺蹦了起来，说道："我当时就应该骂他像只大猩猩！人猿！"

"对对对。"侯陌被吓了一跳，一脸惊恐地看着随侯钰连连点头。

"他还好意思说别人呢？自己不照照镜子吗？！"

"对！他臭不要脸！"侯陌好像比随侯钰还气，骂完还啐了一口。

随侯钰还在生气，好在还有理智，又重新坐下帮侯陌揉手了。

侯陌突然觉得特别棘手，这个局面他作为搭档，应该怎么处理呢？

他拿出手机打开冉述的聊天框求助。

财源广进：钰哥气到鲤鱼打挺了，速来救场。

那边很快回复了过来。

冉述：我不去，我也是有求生欲的，这种时候我才不去他身边呢。

侯陌看着手机暗骂，冉述这个"闺蜜"做得真不够格。

紧接着，他复制文字发给了苏安怡。

苏安怡回复得也很快。

苏安怡：我查查唐耀的房间号，然后去帮钰哥打他一顿吧？

侯陌吓得打字速度都快了。

财源广进：别！你一个女孩子家家的怎么整天打打杀杀的？

苏安怡：那我骂唐耀去，我骂人不会输。

财源广进：唐耀其实也没讨到好，只是没让钰哥占上风而已。我需要的是解决钰哥现在憋气的状态，他一直这样我特别忐忑。

苏安怡：我觉得处理别人比处理钰哥的事情简单多了，钰哥是真的不好伺候，我也没办法，你自求多福吧。

侯陌失望地叹气，放下手机打算自己想办法。

他想了半天也是一筹莫展，只能转移话题：“我跟你说说东体附中的姜维和陆清辉吧，说真的，我并不觉得我们能赢他们。”

随侯钰终于被转移了注意力。

侯陌继续说：“这两个人可以说是落点控制型，可以说是大力击球型，也可以说是抢网型。”

“综合能力很强的全能型？”

“又不能这么说，全能型靠战术积累，但是他们纯靠技术，技术过硬到不需要战术。”

别看侯陌性格挺好的，但是侯陌骨子里也有一股傲气。

能被侯陌这样评价的人并不多。

而且，侯陌是有脑子的，会理智分析。

他知道他们的组合几斤几两，恐怕不是这对一号种子选手的对手。

随侯钰问：“我们的胜率有几成？”

“二成，如果他们当天状态很差，我们状态特别好，也可能……”

随侯钰听完仰头躺在了枕头上，不说话了。

侯陌立即停下来，抬手揉了揉头。他对狂躁症的了解不多，不知道随侯钰的承受能力怎么样，再次陷入了不安。

“我不想输。”随侯钰突然开口。

“我也不想，没人愿意输的，如果我们继续训练，培养默契度的话我有信心陪你夺冠。”

“这一次就束手无策了吗？”

“我想想办法。”

“会不会很为难你？我……算不算是拖累了你？”

侯陌跟着躺下来，声音低沉地说：“不，我感谢你，让我有了不同的体验，所以我想和你一起进步，然后把这些目前看来无法战胜的对手统统打败。”

“统统？还有更厉害的？”

“喂！我们国家这么多人，你真以为我们俩天下无敌了？”侯陌一个拿过全国第一的人都不敢这么嚣张，说不定哪天就被人拍在沙滩上了。

“你是全国青少年单打第一名，我也不算特别差吧，怎么还有那么多对手？”

来了，狂躁症的自信心过剩。

侯陌伸出手来，比了四根手指：“我们今天打败了第五，所以我们还有四组值得去比的对手。等把这四组全部赢了之后，我们就冲出中国走向世界，到时候还会有更多的对手，尤其是以网球见长的国家。”

随侯钰看了看侯陌的手，暴躁地翻了一个身：“睡觉！”

侯陌松了一口气，乐呵呵地关了灯。

黑暗里，侯陌在想比赛，能不能将二成把握提高至三成或者四成？就算输，也不要输得太狼狈，他怕以随侯钰的承受力会受不了。

思考间，两人渐渐睡着了。

早晨。

晨风散了夜里旖旎的懒散，走廊尽头是澄澈且耀目的光。

或许因为体质不同，随侯钰并不像其他少年那样早晨恹恹的。

只要醒来了，人也就精神了。

他单手拿着手机，看着群里发的公告，对走在身边的侯陌说：“一会儿我陪你去做热身。”

“哦……”侯陌依旧是没睡醒的样子，明明今天是第二场比赛，却还是一大早就起来了，主要是听说有媒体采访。

两个人走到食堂里，里面已经有不少球员在吃早餐了。

如果是平时，随侯钰和侯陌都喜欢在房间里吃早餐。不过今天单打比赛开始了，桑献是早晨第一场比赛，王教练得跟着，苏安怡也在跟着忙碌。

大家都很忙，没人给他们送早餐，他们只能自己过来了。

走进去后，侯陌拿着餐盘，嘟囔：“你一会儿多拿一个鸡蛋，然后粥和……”说着去看左右，随侯钰居然不在他身边。

随侯钰直奔吃早餐的唐耀、顾璃泊去，走过去抬脚踢了一下桌子。

侯陌赶紧放下餐盘追过去，按住了随侯钰的手，让他的中指没能竖起来。

随侯钰依旧非常不爽，还要骂人，侯陌又赶紧捂住了他的嘴。

随侯钰刚才踢桌子那一下，已经引来不少人的目光了。

大家齐刷刷地看向他们，还当是要打架了，这是昨天双打之后结仇了？还有没有点体育精神？

而且，一会儿有记者过来，这是胆子有多肥？

唐耀不爽地问："你干什么？"

随侯钰还想骂人，努力推侯陌的手，侯陌干脆替随侯钰骂了："你长得就像一只猩猩！臭不要脸！"

"哈？！"唐耀都震惊了，这是闹哪一出？

侯陌见随侯钰还没消停，于是回头，对着唐耀比了一个中指，接着快速收回。

唐耀看得目瞪口呆，一时间失去了语言能力似的，傻乎乎地看着这两个人。

随侯钰还是有点不爽，似乎要和唐耀打一架才罢休，侯陌赶紧扛起他，转身对他们两个人道别："回见。"

侯陌说完，扛着随侯钰走了。

他扛着随侯钰到门口才放下，按着随侯钰在墙边站好："钰哥，一会儿有记者来，你如果闹事被拍了就完蛋了。"

"我看到他们就来气。"随侯钰不爽地说。

"忍一忍行吗？我们下午还有比赛呢！"

随侯钰气鼓鼓地扭过头，不看他。

侯陌左右看了看来往的人，稍微移动了一下位置，尽可能挡着随侯钰不让大家看到，随后继续哄："钰哥，乖，听话，我刚才都帮你骂回去了。昨天那句我们怼回去了，无憾了，你说是不是？"

"可不是我骂的！"

"我就是你的传话人，现在这些人谁不知道我跟你是一伙的？"

随侯钰想了想，终于妥协了，和侯陌回去继续吃饭。

侯陌真的怕了，生怕随侯钰又去找碴，寸步不离地跟着他。

好在随侯钰之后都很老实，还听话地多吃了一个鸡蛋。

两个人吃完饭回到房间整理了一下形象，便去应付采访了。

采访时随侯钰坐在一边等着就行，主要被采访的都是侯陌一个人，毕竟侯陌是单打第一种子选手。

侯陌对着镜头也不紧张，笑容爽朗，回答也十分得体，看得出平时很会为人处世。

结尾拍了两张单人照片后，侯陌突然走过来拉着随侯钰到记者面前，说道：“他是我的双打搭档，能帮我们合个影吗？”

记者跟侯陌还挺熟悉的，毕竟经常采访青少年比赛，所以很快答应了，还感叹：“搭档很帅啊。”

“那是，他是一个非常优秀的新人。”侯陌说着，搭住了随侯钰的肩膀，和随侯钰合影。

临走时侯陌回头说道：“哥，相片记得传我一张。”

“你们俩都过来，我再问几个问题。”

两个人重新坐下，记者之后的问题都是关于双打的。

记者问随侯钰：“你参加单打比赛了吗？成绩如何？”

随侯钰摇了摇头：“没，我只参加双打。”

“是因为个人实力不行吗？”

“不是。”随侯钰指了指侯陌，“他曾经是全国第一名，我以后只要能打过他，就能证明我自己的实力了。我打双打是为了王教练，也只是想和他一起比赛而已。”

记者又问侯陌：“那你呢？以前对双打都不感兴趣，怎么突然开始打双打了？”

“为了陪他比赛。”侯陌指着随侯钰回答，随后粲然一笑。

记者很感兴趣：“你们关系很好？”

随侯钰语气淡淡：“还好。”

侯陌特别开心地说：“他是我发小。”

记者恍然：“原来如此。”

采访结束后，侯陌走到空地位置压肩膀，让随侯钰帮他按一按。

随侯钰伸手帮忙按着，手被侯陌的肩胛骨夹着，感受着侯陌后背肌肉的张力，又下意识地收回手。

侯陌没当回事，还在说：“我没那么单薄，按不坏的。”

“你一会儿不是还要比赛吗？”

“没事，得活动开啊。”

随侯钰往后退了两步，打了一个大大的哈欠。

他稍微有点愣神，很快被人叫了名字，迅速回过神来。

"钰哥，赞助商打算给你们配一套新的运动服，是即将要出的新款，可以个性印字，你们两个人要印什么？"苏安怡拿着一张衣服样式的宣传图给了随侯钰。

他们队伍很多东西都有赞助，鞋子、运动服等都有，这一次的比赛运动服也是赞助的。

赞助商见侯陌和随侯钰打得还不错，且运动服和鞋子不配套，打算给他们两个人一身新的运动服，顺便做宣传。

随侯钰拿着图看了看，还挺小清新的，浅蓝色和白色相间，是他比较喜欢的颜色。

他又看了看文字的位置，然后在纸上写了自己要定制的文字。

侯陌停止活动身体走过来，从随侯钰的手里接过单子，看到随侯钰写的字就笑了，跟着写了一行字。

苏安怡拿过单子来看了看，问："你们确定要印这样的字？"

随侯钰点头。

侯陌跟着笑着说道："只要钰哥愿意。"

苏安怡拿着单子又看了看，说道："那行，我先报上去，如果不行我随时手机联系你们。"

他们两个人到比赛场地边时，看到刘墨正在进行单打比赛，对手随侯钰不认识。

几个场地同时进行着比赛，桑献在其他的场地，这个场地是刘墨在比。

邓亦衡招呼他们过去，他们坐下便看到冉述和苏安怡也在。

冉述探头看随侯钰："我、我就知道你会来这个场地看。"

随侯钰随便应了一句。

他刚坐下，就听到邓亦衡说："省级比赛的水平就是不如全国水平，你看吉祥物就能看出来。这个吉祥物就会蹦蹦跳跳，上一次全国比赛时的那个吉祥物绝了，那舞跳得绝对是专业水平！穿那么厚还能跳得那么好，不简单。"

随侯钰故作镇定地坐在观众席，轻轻咳了一声，没回答。

侯陌抿着嘴唇忍笑，忍得肩膀都在痉挛。

侯陌看了一会儿就起身说道："我得去准备了，刘墨的对手坚持不住了。"

刘墨比完，侯陌就要上场了。

随侯钰下意识地跟着起身，却被侯陌按住了肩膀："我自己去就行了，你留在这里看比赛。”说着把包丢给了随侯钰。

就像侯陌说的，刘墨的对手应该是心态崩了，后面的状态一路下滑，两盘结束了比赛，刘墨赢了。

他们下去之后，侯陌拿着球拍上场了，在场上活动身体。

之前都是和侯陌一起比赛，做吉祥物的时候只能偶尔看看比赛场地，现在坐在观众席上后，随侯钰发现观众席很多女孩子都在看侯陌，还在喊侯陌的名字。

他抬头看过去，还有女孩子举着印着侯陌名字和相片的手幅。

侯陌还挺受欢迎的。

邓亦衡过来搭话，打断了随侯钰的思路：“大师兄的手怎么样了？”

“他说今天已经没感觉了，只是用力按会疼，有点青了。”

“那就好，其实磕磕碰碰的很正常，平时训练我们也总这样，你不用太往心里去。”

“嗯。”

侯陌的单打比赛很稳，看起来游刃有余，全程碾压，看着对面被压制，还挺爽的。

这一场比赛也是两盘结束，结束后侯陌看向随侯钰他们坐的位置，接着挥手示意，之后才穿上外套进入了通道。

随侯钰突然想到侯陌的洗漱用品都在包里，赶紧拎着包去找他了。

冉述和苏安怡起身的时候，随侯钰已经跑远了。

随侯钰找到侯陌的时候，看到侯陌身边围着几个女生。这几个女生居然比他速度还快，估计没看完全场比赛就在这里等了。

她们几个把手幅等东西给了侯陌，让侯陌看她们做得好不好看。

随侯钰站在旁边双手环胸看着他们，也不打扰。

侯陌拿起手幅给随侯钰看：“钰哥，你看，好不好看？”

“还行。”随侯钰冷淡地回答。

“给我来一套。”侯陌对其中一个女生勾了勾手，那个女生立即递了过去。

侯陌接过之后给了随侯钰，说道：“等之后我有比赛的时候，你拿着这个给我加油，我肯定浑身是劲儿。”

“我不要。”随侯钰随手丢还给侯陌，又把包拿下来给了他，抬脚就走。

侯陌回头对那几个女生说：“感谢你们的加油，我先和我搭档走了。”

女生们纷纷和他道别：

“拜拜！”

“你今天表现超级棒！”

“下午的双打比赛加油！”

随侯钰听着那几个女生的加油声，扭头问侯陌：“她们下午还会来？”

“嗯，都到这里了，肯定会来啊。今天周六，她们放假，估计明天也会来。”

“以前枫华的？”

“不是，三中的。”

三中，本市的一所市重点高中，距离以前的青屿高中还挺近的。

随侯钰继续问：“你还认识她们？”

“我后援会有群的啊，她们是比较活跃的几个。”

“还有微信号？”

“没单独加好友，群里偶尔聊几句。”

这也是迫不得已，作为被赞助商赞助的球员，侯陌还真的需要应付这些事情，不然干拿赞助不配合真的说不过去。

随侯钰从包里掏出房卡说道：“我回酒店了。”

“我、我也回去，不对，我还得尿检，你等我一会儿，钰哥！钰哥你别跑啊！”

第 十 二 章

我陪你

下午，随侯钰和侯陌有一场双打比赛，对手在侯陌看来很好对付。随侯钰则是初生牛犊不怕虎，反正谁都不认识，谁也不了解，打就是了。

这时新的运动服已经送过来了，说是现场印字，速度很快。

苏安怡拿到衣服以后便去洗干净烘干了，还给他们熨烫了一下，送到了他们两个人的房间里，办事效率极高。

随侯钰拿到运动服后看了看，随后走到房间里换衣服。

两个人套上运动服外套，结伴去了场地准备比赛，同时做热身运动。

等到要比赛了，他们才脱掉了外套，露出新的运动服来。

起初，观众因为运动服的蓝色有些浅，没认出来字，后半段才看出印的是什么字。

随侯钰身后印的是：←我的搭档是傻子。

侯陌身后印的是：→我的搭档特别凶。

箭头方向，分别是他们比赛时常站的位置——侯陌在随侯钰的左手边。

邓亦衡坐在场地边看了一会儿，对苏安怡说道：“赞助商也是牛，这种字也同意印。”

苏安怡也觉得费解：“和我联系的是一个二十出头的小姐姐，看到文案直接同意了，还笑了半天。”

沈君璟托着下巴看比赛：“这种衣服也就他们俩穿着还挺小清新的，要是穿在刘墨的身上就是显黑神器。”

“刘墨啊……不用显，他穿什么都黑。”

“确实，和你一样，没救，看得到藏獒黑看不到自己黑。”

邓亦衡无言以对。

没一会儿，冉述和桑献也来看比赛了，手里还拿着球拍。

冉述坐下就问：“比、比得怎么样？”

邓亦衡瞥了冉述和桑献一眼问：“你们输了？”

“对啊！”冉述回答得还挺坦荡，“不过我们坚持了整整两盘才输的，非常坚强了。”

“你们不坚持两盘他们也赢不了啊！”邓亦衡真的服了冉述的乐观。

沈君璟则是介绍了随侯钰和侯陌这一场比赛的情况：“基本稳赢了，现在钰哥和大师兄的默契度渐渐上去了，越打越顺手。”

冉述乐了：“那、那钰哥是不是能拿个冠军啊？”

一直沉默的桑献开口了：“拿不了。”

冉述不服：“你懂个屁双打。”

这时，王教练也说话了：“对手是姜维和陆清辉的话，以他们目前的水平赢不了。”

冉述瞬间沉默了。

随侯钰和侯陌的比赛进行得非常顺利，一路杀到了总决赛。总决赛的对手是东体附中队的姜维、陆清辉。

时间安排在11月7号上午第二场。

侯陌的男子单打总决赛在11月7号下午第二场，对手是省体队的刘墨。

这些天侯陌已经习惯了一天要打两场比赛的节奏了，多少有点疲惫。

最开始的几天他还能跟随侯钰玩闹一下，到了5号之后便有些低沉了，睡眠时间明显增多。

11月6号晚。

侯陌晚上回到房间便睡了一觉，醒来时发现房间里一片漆黑，一点儿声音也没有。

他缓了一会儿神，接着打开床头灯，坐起来环视四周。

接着他站起身来，听到了门外随侯钰的说话声，于是开门走出去，推开门便看到了熟悉的一幕。

上一次看到随侯钰蹲在门口，他在寝室外吃糕点，这次他则是蹲在门口发语音消息。

“怎么在这儿？”侯陌扶着门纳闷地问。

“怕吵醒你。”

“不至于。”

随侯钰站起身来跟着侯陌进入了房间，走路时还在发语音消息，似乎是在安排冉述的生日派对，正在跟苏安怡商量。

侯陌坐在床上，看到随侯钰放下手机了才问：“冉述过生日？”

“嗯，11 月 7 号，我们总决赛的那天。”

侯陌拿出手机看了一眼时间：“哟，还剩两个小时了，打算凌晨祝他生日快乐？”

“不，打算装忘记了，明天回市里后给他一个惊喜，你装不知道就可以了。”

“俗套。”侯陌笑了起来，“是不是还有一大群人埋伏着，还准备了蛋糕、礼物，不会还打算放烟火吧？”

随侯钰沉默了一会儿，才说：“不是放到天上的，就是……烟火棒。”

“嗯，我觉得冉述能吃你们这一套，还会挺开心的。”

随侯钰盯着侯陌看，迟疑了一会儿问：“你不吃这一套？”

“嗯，我都不愿意过生日。”侯陌说完起身去了洗手间。

他看着侯陌离开，不由得有点难受。

生日的前一天是父亲的忌日，侯陌会排斥过生日也不奇怪。

他看着苏安怡发来的消息，打字回复。

罗罗诺亚：你帮忙安排吧。侯陌醒了，我和他商量一下战术。

苏阿姨：行，那我去安排了。

侯陌走出洗手间后拿起撕开包装的水瓶，拧开盖子喝了一口水，放下水瓶后从一边拿来一个本子，画起了场地图。

“姜维和陆清辉常用的阵形有两种，一种雁式，一种双底线。如果他们用雁式，我们就用双底线。如果他们用双底线，我们就用 I 字阵形。”侯陌一边画阵形图，一边给随侯钰讲解。

“好。”

“I 字阵形你要看我指挥，对默契度考验很大。”

“嗯。”

随侯钰真的是和侯陌熟悉了，侯陌这么魔性的阵形图也能看得懂了。

侯陌画完阵形图后，看着阵形图陷入了沉默，因为他除了这些之外什么都说不出来。

这些天里他一直在思考，也没有思考到该如何对阵这对组合。

随侯钰伸手拿来水喝了一口，问："为什么不继续说了？"

"我还没想到战术。"

这回两个人一起沉默了。

许久后，随侯钰才说："兵来将挡，水来土掩，没事。"

侯陌笑得有点勉强："嗯，我们这种组合最大的难点就是战术过多，造成混乱。我们现在积累的战术还不算多，所以不会混乱，乐观点也挺好。"

"我们比较害怕的是什么？"

"他们双底线强攻，还有发球和抢网特别厉害的话，我们也容易陷入被动。"

侯陌把之前那张纸撕掉，又画了一张图："你看一下这张图，你在发球后换边补位方面有点弱，如果你的移动路线是这样的，会弥补一些。"

侯陌觉得，既然没有什么对策，不如就克服一些他们存在的弱点，提升自己。

只要他们两个人足够强大了，很多问题也就迎刃而解了。

侯陌和随侯钰早晨热身的时候，遇到了准备去比赛的吕彦歆。

吕彦歆刚转网球不久，这一次省级比赛也坚持到了今天，现在是要去角逐第三名的。

侯陌突然朝着吕彦歆喊："加油儿媳妇。"

吕彦歆本来还打算和侯陌、随侯钰挥手打招呼，突然被叫儿媳妇有点蒙，问："你儿子谁啊？"

"你在我们队里随便选一个，你看上谁了谁就是。"侯陌回答得特干脆。

吕彦歆大笑起来，问："你搭档行不行？"

侯陌毫不犹豫地拒绝了："他不行，他是我祖宗。"

吕彦歆挥舞球拍表示抗议："有搭档了不起！"说完大步流星地走了。

没一会儿，冉述和苏安怡结伴过来找他们了。冉述兴奋得又蹦又跳地到了随侯钰身边，笑嘻嘻着没说话。

随侯钰停下动作看向他，问："吃早饭了吗？"

“打算去吃呢。”

“哦，多吃点。”随侯钰回答完便继续热身了。

冉述的笑容逐渐收起来，最后失落地点头，跟着苏安怡去了食堂。

侯陌看了看，说道：“冉述还真是什么心情都写在脸上的人。”

“嗯，他很单纯。”

随侯钰和侯陌准备得差不多了，到了比赛成员的休息室，走进去遇到了姜维和陆清辉。

姜维和侯陌打了一声招呼：“一会儿多多关照。”

侯陌点头：“嗯，好的。”

姜维和陆清辉本来就是业余体校训练上来的，在省队跟着训练过一阵子了。

省队的教练曾经是国家队的队员，对训练自有一套研究，加之是省队，训练体系更加完善，比侯陌和随侯钰专业很多。

即将上场时，四个人站在一起，随侯钰才注意到自己居然是最矮的。

若是在日常生活里，侯陌 188 厘米的身高算是男神身高了，随侯钰 183 厘米也不算矮。

现在，他们的对手是两个高个子，姜维身高 192 厘米，陆清辉身高 190 厘米，比侯陌还高一些。

个子高，却不显得笨重。

因为项目的关系，网球运动员的身材都是纤细修长且匀称的，身体的肌肉起伏并不夸张。

姜维和陆清辉这样的双打组合，在双打里绝对有着身高优势，技术方面也十分不错，难怪大家都看好他们。

终于上场了，丢硬币选择场地、谁先发球。

这一次侯陌选择了先发球。

准备合影时，陆清辉突然“扑哧”一声笑了，小声跟姜维说：“你看他们身后印的字。”

姜维探头看了看，跟着乐：“下回我们也印。”

“印‘我的搭档是木头’？”

“啧。”姜维白了陆清辉一眼，“别嬉皮笑脸的，好好比赛。”

“哦……”一个一米九高的壮汉，站在镜头前委屈巴巴地跟着合影，大眼睛里透露着无辜。

第一局，随侯钰发球。

随侯钰的发球充满了力量和速度，或许是第一次发球，想要给对方一个下马威，这一球充满了爆发力。

陆清辉漂亮地截击。

侯陌挥拍击回。

姜维在底线位置，反手削球后给球加了下旋。

球贴着球网过网，随侯钰跑过去挥拍，居然没有打到球。他眼睁睁地看着球在他球拍下方落地，再没弹起来。

下旋球，也可以称之为落叶球。

一般来讲，选手在比赛中很少运用下旋球，这种球速度相对较慢，对手很容易看透球的路线，从而预判球的落点。

刚才随侯钰的确看透了，判断出了位置。

然而球太低了，根本打不到，且球没有反弹起来。

随侯钰此时站的位置距离球网已经很近了，如果再近一些挥拍，球拍都容易打到网上。

一个让随侯钰完全无能为力的球。

第一球就这么丢了分。

随侯钰扫了一眼对面，随后发球。

来回几拍后，随侯钰注意到姜维再次搓出了一个下旋过来。

他快速看了一眼网的位置，到了网前用球拍往上一挑，将这个下旋球挑了回去。动作间，因为球拍挥动间的风让球网都动了一下，球拍并没有碰到网。

对面陆清辉已经准备好了，挥拍击回，球又被随侯钰暴力抽回，坠地后还带着绝对的力量感，飞弹出去。

陆清辉回头看着球，竟然觉得网球都有些暴躁，像气得跳脚的暴躁蚂蚱。

他又去看随侯钰，突然笑了："小家伙脾气挺大啊。"

随侯钰诧异："小家伙？！"

"那小不点？小可爱？"陆清辉扬眉继续问。

侯陌原本都在调整位置了，听到了之后赶紧走过来："不带调戏我搭档的。"

“没有……”陆清辉依旧笑眯眯的，看起来性格很好似的。

观众席上，邓亦衡紧张得一个劲儿地抖腿，还在碎碎念：“怎么办，钰哥压力肯定特别大。”

在他看来，姜维和陆清辉简直是大神，是他不敢挑战的对手。

反倒是坐在他身边的冉述十分淡定，身体坐得歪歪扭扭的，随意地说：“才、才不会呢，我们钰哥不是一般人。”

邓亦衡反驳：“我知道钰哥厉害，可他到底是第一次参加比赛啊！”

冉述指着随侯钰说道：“你、你、你看看钰哥的眼神，看得清吗？”说着掏了掏口袋，递给了邓亦衡一个望远镜。

这准备得够充分的，还带了望远镜。为了看随侯钰比赛，冉述也是拼了。

邓亦衡真的拿起了望远镜，去看随侯钰的眼神。

随侯钰回到发球的位置。

他现在要保发，若是一般人压力都会很大。

训练一个月便参加省级比赛，还一路杀到了总决赛，对手是全国第二，且差一点儿就是全国第一的双打组合。

压力极大。

但随侯钰不是一般人，他从来不会紧张，这种情况下反而扯起嘴角笑了起来。

他的笑容里透着狡黠，有点痞，有点邪，眼睛里透着兴奋的光。

对手越厉害，他越兴奋。

突如其来的一阵急风，像是突然上挑的长矛，拨开了云层。

阳光从云朵的缝隙中倾泻而下，透过比赛场地上方的圆形镂空照在场地上。

四名球员在阳光的照耀下，动作间影子都仿佛在跳跃。

随侯钰的发球局还在继续。

这一次他们采用的是比较激进的 I 字阵形。

一场双打比赛的开局，基本上就是一方底线球员和另一方网前球员的战争，谁能控制住局面，就看他们谁的状态更好了。

参加男子双打比赛的，发球质量都很高，想要破发真的很难。

不过姜维和陆清辉还是在努力做着尝试，比如这一球便是一个接发球切了一个后场高球，落点极为漂亮，奔着绝对死角去的。

让他们没想到的是，随侯钰就像一只敏捷的猫，快速奔跑时身体前倾，球拍向前做出了鱼跃般的动作来，接着用拍一捞，看似无法挽救的球被打了回去。

挥拍后随侯钰用脚后跟蹬着场地，努力“刹车”急停，扭头看向对面，再次朝着球跑了过去，身体瞬间急转，竟然也做得干净利落。

动作间，随侯钰已经到了网前。

球从随侯钰的头顶划过，他没有回头，只是在网前半蹲着。

不用看，他也知道侯陌一定会拦住这一球。他现在要做的，就是努力蹲下身，让自己不会成为侯陌的障碍。这样的话，无论这一球侯陌是从哪个角度打过来的，都可以过网。

双打比赛本身就是一种对配合要求很高的比赛，很多的时候，他们都是在努力为搭档争取得分的机会。

配合到有自我牺牲感。

用我来成全他。

这也是侯陌不配合双打时连输的原因，当时的侯陌不愿意成全。

此时，侯陌愿意协助他，他也愿意成全侯陌。

随侯钰看到球从头顶过去，落在了姜维和陆清辉都打不到的位置。

确定得分。

他松了一口气，回身和侯陌对视。

侯陌对他扬眉：“快夸夸我！”

“滚。”

“嘿嘿！”侯陌居然被骂开心了。

陆清辉看着对面的对手，回头笑着对姜维说：“他们好厉害啊！”

遇强则强的人并不是只有随侯钰一个，陆清辉看到对面两个人的表现后也跟着兴奋起来，斗志昂扬。

姜维一直盯着对面看，随口回答：“嗯，不要放松警惕。”

陆清辉活动了一下肩膀，重新回到了自己的位置。

随侯钰看着对面准备发球，特意仔细看了看他们的脸，随后才重新站位。

姜维和陆清辉长得有点像，还都戴着鸭舌帽，他有点分不清这两个人。

姜维和陆清辉从业余体校开始就是双打搭档了。两个人从小一起长大，常年一起参加比赛，身高、体形、肤色差不多，长得也像，随侯钰真的有些分不清。

一发未进。

随侯钰从口袋里拿出另一个球来，看到侯陌在身后做了手势，再次发球。

昨天晚上，侯陌画了发球换边的路线图，这一次随侯钰按照侯陌的指挥内角发球。球过网的一瞬间随侯钰和侯陌同时动了，侯陌朝着左前，随侯钰朝着右后场移动。

原本站在中线位置的两个人，同时一左一右行动时像是同时张开的雄鹰翅膀。

随侯钰是后上网的，站稳的同时便接到了对方的一个直线球。

他看准了时机，朝着对面试图打一个穿越。

这种球过去，姜维自然不会轻易放过，想在他们两个人的面前打穿越，简直是天方夜谭，这一球被无情地打了回去。

姜维是一个很会抓时机的人。

擅长双打的人，都能够快速地分辨对面两个人的状态，谁动了朝谁打，谁当时状态不好朝谁打，哪个位置过不去人，就朝哪个位置打。

姜维是这方面的高手，他的截击质量很高。别看他人很高大，对球的控制却十分细腻。

看准了时机后，这一次的截击将球打到了随侯钰和侯陌都过不去的位置。

东体附中队得分。

侯陌看到随侯钰有一瞬间的蹙眉，立即安慰道:“钰哥，没事，继续打。”

“嗯。”随侯钰很快回神，答应了一句，回到了自己的发球位。

侯陌走到随侯钰的身边，抬手挡着嘴唇跟他小声说：“尽可能地把球的角度扯开，提高球速，才能打破你此时的被动。”

随侯钰点了点头：“我知道了。”

新一轮发球，依旧是I字阵形。

侯陌用手势指挥，随侯钰外角发球，随后朝着左方移动。

侯陌朝着右前方网前移动抢网，注意到了姜维要挑高球，用小碎步快速后退，抓准时机跃起来打了一个高压球。

陆清辉在网前挥拍，将球击回。

侯陌早有防备，和陆清辉小球搏击了几个回合。

近距离的小球速度极快，考验的是反应能力和速度。侯陌则是仗着自己的预判能力，回击的同时缓步向后，又一球过来后，稍微调整球拍角度，打了一个漂亮的穿越。

随侯钰的发球提高了速度，侯陌的高压球更是迅速无比，之后是快节奏的小球。对面根本来不及回击，侯陌得分。

侯陌在单打方面十分擅长，如果是单独对阵，对面两个人都不是侯陌的对手。在这种不讲究配合的角逐中，他有着压倒性的实力。

随侯钰的发球局保住了。

侯陌松了一口气。

保发，尤其是第一局十分重要，如果第一局就被破发，这对球员的打击会很大。

随侯钰情况特殊不会产生压力，还会越战越勇，但是这不代表他被压制后不会产生愤怒情绪。如果随侯钰有了情绪波动，他自己都很难控制住自己的脾气，这对他们会十分不利。

所以这一局，侯陌算是拼尽全力。

为的就是稳住随侯钰的心态。

姜维的发球局，随侯钰和侯陌终于感受到了压制感。

姜维的发球质量很高，且他们两个人对球的控制能力都很强。只要到了姜维的发球局，比赛的节奏就全部都在他们的控制之中。

侯陌先后尝试了几种方法也没能实现破发，还非常狼狈地让姜维连续四球得分拿下一局。

随侯钰从球童那里接过球，正在查看球的好坏，便听到侯陌过来安慰："没事，我们继续打，稳住。"

"你在紧张什么？"随侯钰往口袋里揣了一个球问他。

"没紧张啊！"

"嗯，你对比赛不紧张，好像在紧张我？"随侯钰站在底线位置，看了看脚底的位置，再抬头看向侯陌，"你把我想得太脆弱了。"

"你不是不想输吗？"侯陌问。

"对啊，不想输，不过也不是输不起。"随侯钰对侯陌笑了笑，模样坦荡释然，“你放心吧，我不会突然冲过去打架的，我好多了，不会轻易犯病。”

侯陌又看了随侯钰一会儿，目光深沉，最后将目光从他的身上抽回说道：“好，是我多虑了。”

侯陌走了几步，突然听到随侯钰笑着说：“加油。”

侯陌差点儿表演一个平地摔，走到网前位置半蹲的时候还在肩膀一耸一耸地笑。

他突然发现，他居然比随侯钰还紧张，反而成了随侯钰在安慰他。

是他多虑了。

观众席上。

刘墨和杨宏他们也来了观众席看比赛，故意坐在了邓亦衡他们身边，方便聊天，一抬眼就能看到唐耀他们坐在不远处。

唐耀他们不是故意坐得很近，主要是有阴影的风水宝地就这么点。

刘墨看着比赛场地突然有点心里不是滋味，嘟囔道：“侯陌这小子是不是看不起我？这么拼，完全不给下午留力气啊！”

桑献听完笑了起来：“为什么不高兴？万一你趁机赢他一次呢？”

刘墨一个劲摇头：“胜之不武，我和贱猴是战斗情谊，你们不懂。”

桑献对这一点十分认可：“你是他最不想碰到的对手里的头把交椅。”

刘墨还挺惊喜：“原来贱猴这么看重我？”

桑献等人都没说话。

邓亦衡看了一会儿问王教练：“他们现在的局势看起来挺紧张的，好像都在保发，没办法破发，是不是能僵持下去？”

王教练的语气很深沉：“随侯钰发球局，他们保发得很勉强。但是到了姜维的发球局，对面可以赢得轻轻松松，侯陌至今没有对策。昨天侯陌找我聊了一会儿，最后也只想到让我提出几个他和随侯钰需要提升的方面，别的都没和我商量了。”

这点刘墨也承认：“姜维和陆清辉到底是老油条了，挺稳的。姜维的发球在双打里算是数一数二的，一般人真招架不住。”

冉述看着这些人你一句我一句地聊，就没有一个说随侯钰他们能赢的，不由得有点着急。

他回头看了看身边的人，又拿着望远镜直勾勾地看着随侯钰和侯陌，最后看向侯陌骂道："这傻猴子笑什么呢？别笑岔气了，都什么局面了，还笑呢？"着急之下，都不结巴了。

局分到了 4 ： 4。

男子双打比赛中似乎只有到了这种局面，球员才会真正拼尽全力，放手一搏。

往往到了这个阶段，四名球员的压力才是最大的。

这一盘比赛持续到现在，看似陷入僵局，不过懂行的人一眼就能看出来，东体附中队拿到了两个破发点，保发尤其厉害，简直无懈可击。

姜维的发球堪称是密不透风，状态特别稳。侯陌和随侯钰先后尝试了很多种方法，都没找到突破口。

又到了随侯钰的发球局。

此时比分 30 ： 0。

随侯钰第三次发球，球过网后，便看到对面突然双人抢网，两个一米九多的男生站在网前，仿佛突然耸立起了一面高墙来，威压感极强。

这两个人只需要往网前一站，张开双臂，就已经让人压力倍增了，更何况手里还有球拍。

侯陌眼睛一眨不眨地盯着球，在球被截击回来后，快速挥拍。

对方再次回球，角度特别刁钻，随侯钰仗着自己身体轻盈，快速跃起来，靠着自己身体的旋转给球拍加力，用力将球抽回。

然而这种快速且力道很重的球也被迎刃而解，姜维球拍斜切，又是一个下旋球。

侯陌调整自己的位置，然而已经来不及了，球落在了他脚下的位置，这里根本没有办法打到。

无法挽救。

比分 30 ： 15。

随侯钰再次发球，对面又变成了双底线的阵形。

他们这场比赛进行到现在，每一个接发球的套路都不太一样，似乎大家都在努力做着尝试。

双底线阵形是姜维他们擅长的，只要底线有他们两个人在，就没有守不住的球。

随侯钰这一次的发球再次失败。

比分转瞬间便到了 30 ： 30，之前的领先不复存在。

男子双打比赛能够坚持到总决赛的，都是实力很强的选手。他们想要破发很难，只能等待对方的失误，利用这一次失误来得分。

在快节奏的男子双打比赛中，容错率可以归到零。

只要有失误，这一分可能就丢了。

现在，姜维和陆清辉是沉稳的，出错率很低。

随侯钰和侯陌是新搭档，如果是快节奏的几拍结束尚好，等拍数多了，他们之间的小问题也就展现出来了。好在他们都在努力降低自己的失误率，让比赛陷入僵局。

姜维他们不准备再继续等待了，改为强力压制。

只要有绝对的实力，他们就是冠军。

姜维他们这种状态一直坚持到了破发点。

侯陌将球打到了一个非常尴尬的位置，接近陆清辉的小腿，无论是球的高度还是落点都非常刁钻，在所有人都以为侯陌得逞了的时候，陆清辉居然单腿站立，俯下身打了一个直线。

这不在侯陌的预判之内，他根本没有料到这种位置陆清辉还敢打直线。

球弹飞后，侯陌听到了惊呼声。

全场的欢呼声经久不息。

只是这欢呼声不属于他们，是属于姜维和陆清辉的，他们破发成功了。

再到姜维的发球局，侯陌看着对面突然有点沮丧。

仿佛这一刻，第一盘已经输了。

随侯钰站在底线位置，抬头看向侯陌，并没有得到提示。

恐怕此时侯陌也陷入了思维死角中，一时间想不到该如何尝试破发了。

没有提示后，随侯钰也不知道要不要抢网了，他如果向前了会不会和侯陌的位置犯冲?

要不要抢网，一般都要提前做好准备，在对方即将打到球的时候，就要往指定的位置跑了。

随侯钰没有得到提示，于是看向对面。

他没有预判，全凭自己的反应能力，他有着超乎常人的敏捷度，还能够完成极限救球，这就是他的优势。

越到这个节骨眼，球的角度越刁钻。

随侯钰在底线位置刚刚回了一拍，陆清辉回击，这一拍打向了反方向，让随侯钰不得不冲向后场，脚步明显还没到位，但是身体前倾，球拍碰到了球，打回去后身体将将停下。

他抬头看向场上，他和侯陌都被调到了一区域，他顿时感觉不妙——他为了救球离开了他的区域，还抢了侯陌的位置。

其实刚才这一球侯陌也能救。

果不其然，下一球打向了他们都过不去的位置。

这或许是随侯钰心惊后下意识做的第一次预判，急停之后他就已经朝着那个位置跑了。

他的动作很快，行动间身体大开大合，脚尖蹬地朝着那个方向跑过去，仿佛百米冲刺的半蹲起跑。

然而……球打到了，他却没能停下来。

球网两侧有球童、裁判坐在架子上看比赛。

随侯钰朝着那个方向跑过去后，脚踢到了球童身体下垫着的垫子，脚被绊到，身体因惯性撞在了裁判坐的架子上。

他怕自己撞到球童，下意识地伸手扶着球童，头磕在了架子的一个板子上，眼眶被撞了一下。

侯陌察觉到随侯钰的动作，朝着随侯钰追过去时注意到了来球，几乎是下意识地打过去，接着追到了随侯钰的身边查看随侯钰的情况。

或许众人都被随侯钰吸引了注意力，甚至没想到侯陌居然能将球打回来，让侯陌就此拿了一分。

随侯钰被球童扶着站稳，眼眶疼得他眉头紧皱，甚至有一瞬间眼前是黑的。

他努力睁开眼睛，看到侯陌紧张地看着他，问他："感觉怎么样？"

"有点疼，不过没事。"他说着想抬手揉一揉眉骨，却被侯陌挡住了手。

裁判赶了过来，叫了医疗暂停。

随侯钰有些纳闷，看到有医务人员过来帮他查看伤口，并且用棉球帮他擦了擦伤口，他这才注意到伤口处流血了。

之前在比赛，额头有汗水，汗水蜇得伤口一阵阵疼，擦干汗水之后还好一点儿。

王教练他们也快速赶到场地边，朝着侯陌喊着问："怎么样？还能不能比赛？"

侯陌也有点慌，他又看了看随侯钰，接着摇头，他也不知道。

他跟在医务人员身边转悠，询问情况，又去看随侯钰。

随侯钰被处理伤口的时候只能睁一只眼闭一只眼，抬眼看向侯陌，随后说道："没事，问题不大。"

侯陌没搭理随侯钰，而是问医务人员："他还能继续比赛吗？会不会脑震荡？需不需要缝针？伤口会不会留疤？"

随侯钰的伤口在眉毛上方不足一指宽的位置，目测有两厘米宽，流血量吓到侯陌了。

医务人员回答："伤口看起来并不深，只要一会儿血止住了就不用缝针，可以自己愈合，涂点药膏就不会留疤。"

医务人员回答完，还在给随侯钰做其他的检查。

侯陌又走了两步说道："要不放弃吧，不比了，去医院看看？"

随侯钰突然觉得侯陌有点烦了："说了没事听不懂吗？"

"你说没事就没事了？要是留下后遗症怎么办？你一会儿跑着跑着晕了怎么办？"

"就是破了点皮，一会儿说不定就愈合了，你看看你大惊小怪的样子！"

侯陌一向脾气好，这会儿也急了，反驳道："谁破点皮会流这么多血？！"

"我心里有数，没其他问题，就是这里被汗水碰到有点疼。"

"我心里没数，你检查完确定真的没事了才行！不然别怪我跟你急！"

姜维和陆清辉也过来查看随侯钰的情况了，他们甚至不知道还能不能继续比。

过来时刚巧看到随侯钰和侯陌剑拔弩张的状态，像是要打起来似的。

陆清辉吓得赶紧拦架："别吵架啊！有话好好说，实在不行申请一下延后比赛也行。身体要紧，我们做运动员的都得可持续发展。"

医务人员在闹闹哄哄的环境下检查完了，确定只是皮外伤，给伤口消了毒，血也没怎么流了。

侯陌追着医务人员，得到肯定的答案后才松了一口气。

裁判允许他们休息五分钟再继续比赛。

陆清辉和姜维知道消息后也回到了自己的休息处，坐下喝水、休息。

侯陌跟着坐在了随侯钰的身边，看着随侯钰额头贴着的纱布。

随侯钰却嫌弃纱布碍事，问：“纱布不能撕掉吗？很碍事。”

“不能。”

“换个创可贴也行。”

“你的伤口大，得并排贴三个，眼皮都给你贴上，还不如纱布呢。”

随侯钰还是有点难以接受，努力蹙眉再舒展开。

侯陌看了随侯钰一会儿，说道：“其实你没必要这么拼。”

“我从来都不会放弃。”随侯钰回答时还在调整纱布，“就算知道赢不了也要拼尽全力，让我和他们之间的差距缩到最小，这样我下一次追他们的时候就不会太吃力。”

侯陌看了他一会儿，突然叹气：“为什么，我也是老选手了，却总在被你喂鸡汤？”

“单打你处理得很好，这不是多了一个我吗？你太把我当回事了。”

“嗯……”

“看到你那张丧气的臭脸，我就想揍你。”随侯钰不爽地瞪了侯陌一眼。

此时侯陌因为担心，表情没有了平日里欠揍的贱样，随侯钰反而不习惯了。

侯陌妥协地回答：“好，那比赛结束后是例行公事的你先找碴，我们再打架，还是直接打？”

“你还想还手？”

“这么霸道吗？”

“嗯。”

“行吧。”

侯陌妥协了，俯下身从自己的包里拿出一条发带来，接着站起身到随侯钰的身前，帮随侯钰系上。

他介绍道：“你戴上这个，不然你伤口疼，实在不舒服了就把纱布拿下来。”

“哦……”随侯钰仰着头，顺从地让侯陌帮他整理头发，戴上了发带。

与此同时，得到了确切消息的王教练回到观众席坐下，突然听到了一阵欢呼声。

他纳闷地看了看，问："怎么回事？又比了？不是暂停五分钟吗？"

邓亦衡指着侯陌和随侯钰说道："就是大师兄在帮钰哥戴发带。"

"戴发带？那群女生叫什么？"

"可能是钰哥戴发带好看吧……"邓亦衡酸溜溜地回答。

长得好看的男生就是祸害，他拼命地比赛，赢了之后掌声都稀稀拉拉的。

冉述看着比赛场地担心得不行，回头问了问王教练情况，确定随侯钰没事后松了一口气。

接着，他扭头跟苏安怡说："怎、怎么办？钰哥他太想赢了，简直就是拼了。"

苏安怡则是深沉地回答："也有可能只是不想输得太难看，拼尽全力了，也就无憾了。"

冉述回头问邓亦衡："一、一会儿钰哥如果输了，我怎么安慰他才好？你陪我一起呗。"

邓亦衡看着冉述，表情都不自然了："你是不是在内涵我？我安慰钰哥？钰哥已经打过唐耀和顾璃泊了，他们现在已经打到我从来没有过的成绩了，我安慰他们？我有什么资格安慰？"

省体的几个人听完都笑了起来。

似乎是这边动静太大了，引得唐耀回头看了他们好一会儿，眼神不算友好。

这回邓亦衡也算是扬眉吐气了，毕竟钰哥和大师兄赢了唐耀，他特别嚣张地做鬼脸，气得唐耀七窍生烟。

比赛继续。

枫屿高中队 15 ： 0 东体附中队。

侯陌朝网前走的时候，还在跟随侯钰说："按照我说的做，试试看吧。"

也因为这一次医疗暂停，加上随侯钰的安慰，侯陌冷静了下来，有时间思考对策。

这一次，侯陌看着对面的站位，在身后连续比画了几个手势。

侯陌给予了两种方案，如果是内角发球，是方案一；如果是外角发球，是方案二。

这还没有结束，手势还在继续，他连第二拍都安排好了，这些部署仅仅是通过站位来推测的。

如果是一般人，看到侯陌的手势都会晕，但是随侯钰看懂了。

谁让随侯钰也是学习、理解能力惊人的学霸呢？

看到姜维的发球角度后，随侯钰和侯陌两个人同时动了。

从移动到连续挥拍都配合得十分默契，自有他们自己的算计。

姜维的发球一般都不高，甚至没有什么弹跳，但是冲劲很强，气势凶蛮。

侯陌摸清了姜维的发球习惯，从而加以利用，他截击后加了旋，让球路改变些许，随侯钰在另外一侧准备。

待陆清辉击回后，他们便看到对面两个人同时交换位置，甚至看不到这一球是谁打回来的。无法预判路线，刚刚回神，球已经落在了他们的脚边，接着弹飞出去。

比分 0 ： 30。

侯陌和随侯钰的气势并没有因为受伤而收敛，反而更盛，似乎是在用行动告诉对面——

他们要破发！

随侯钰看到得分特别开心，对着侯陌笑得格外灿烂。

就算只是很小的突破，也让他觉得惊喜。

一头卷卷的头发，有发带束缚后意外地有种朋克感，视觉冲击很强，完全就是纤细的美少年模样，若隐若现的纱布都无法影响他的颜值。

在阳光下灿烂微笑的样子更加迷人，像是柠檬撞进了气泡水里，清透甜爽。

网球中，假动作也是一门学问。

双打比赛，如果搭档二人默契不足，一起使用假动作反而会弄巧成拙，出现失误被对手利用。

侯陌和随侯钰的这一次尝试非常大胆，好在他们真的成功了。

比赛仍旧继续，比分持续改变。

从 15 ： 30，到 15 ： 40，再到 30 ： 40……直到随侯钰和侯陌的假动作再次成功。

AD（advantage，占先的缩写）！

再次准备时，侯陌和随侯钰对视了一眼，随后各自站好。

这一次对视很短暂，他们却都在对方的眼里看到了能治愈自己的坚定。

侯陌看着对面的阵形，在身后比画，依旧是一连串的手势。

随侯钰扫了一眼，无声配合。

随侯钰总是很好动的样子，等待的时候也会原地小碎步，随时都在准备移动似的。

这种状态下，本来就很难分辨随侯钰下一步会去哪里。

加之他们在用假动作的战略，搞得对面很是头大。

这一球也是这样，球过来之后侯陌到了位置作势就要挥拍，结果居然是随侯钰在后面等着呢，突然抽球将球击回。

陆清辉的预判是回击侯陌的球，结果来球完全不在预判中，挡得狼狈，球砸在了球拍框上，形成了一个小角度的短球。

侯陌见准时机轻飘飘一抬，球过网落地，寂寞地滚了几圈。

侯陌轻松得分。

破发成功。

局分 5 ： 5。

现在只要哪一队先把分数打到 7 就能拿下这一盘。

破发成功后，省体和枫屿高中的一行人几乎是同时兴奋地大吼，甚至站起来喝彩。

他们都知道，面对姜维和陆清辉破发有多么不容易。

这场比赛真的是看得他们热血沸腾。

看台上，唐耀喝完水瓶里最后一口水，将水瓶拧成一团，暗暗气愤，心中也有一种莫名的不安升腾起来。

随侯钰和侯陌的进步速度让其他人望尘莫及，下一次见面，他和顾璃泊恐怕不再会是他们的对手了。

如果再给他们时间，姜维和陆清辉怕是也危险，就连南体的那一对也只能勉强维持优势了吧?

南体——南云体育大学高中部。

目前全国青少年组男子双打第一名的组合在这所高中。

这一盘比赛持续到抢七。

或许是随侯钰和侯陌的新战术真的让姜维和陆清辉陷入了混乱之中，居然让随侯钰、侯陌赢了第一盘。

比赛到了第二盘，姜维和陆清辉逐渐能够摸清枫屿高中队的套路了，不再被打得措手不及。

加之侯陌和随侯钰本来就是在铤而走险，默契不够还用假动作套路，有时也会出现失误。

姜维和陆清辉则是稳中求胜，逐渐适应后，拿下了第二盘。

短暂休息过后，比赛继续，第三盘开始。

第三盘换成了侯陌发球，随侯钰网前拦截。

这种位置他们训练得少，侯陌的发球是没有问题的，两个人的移动也可以在侯陌的指挥下完成。但是，随侯钰的网前截击能力不如侯陌，还需要继续练习才可以。

侯陌拍球时抬头，突然看到随侯钰在身后比画手势。

他还当随侯钰要指挥，结果看到随侯钰比了一个修长的中指。

被随侯钰虐久了，他竟然觉得这个手势都是一种鼓励。

侯陌的发球一向是高水准的。

这种发球放到男子单打比赛中，绝对让对手头疼。

姜维的发球风格大体一致，凶狠，表现很稳，这和侯陌的风格完全相反。

侯陌的发球变化很多，球路诡诈多变。

侯陌本身也是一个随时能调整自己状态的球员，比赛中也能随机应变，应对不同的对手用不同的套路。

可以说，他是天赋型选手，有实力，还有优秀的自身能力。

侯陌的发球自带小心机，对面能接到就不错了，想要改变侯陌的球路，或者动一些手脚，都很难实现。

有着绝对优势的发球，可以弱化随侯钰截击能力不足的问题，就算随侯钰真的挡不住，还有侯陌在呢。

发球局轻松拿下。

看台上，吕彦歆腋下夹着球拍就来看比赛了，头发还是湿的。

这状态，显然是自己刚比完赛，冲了一个澡便来了。她坐下来后问:

“比完了吗？”

“现在是第三盘。”邓亦衡看到吕彦歆坐下，从自己的包里拿出毛巾来包住了吕彦歆的头发，帮她托着，不然肩膀处的衣服都湿了。

吕彦歆笑得大大咧咧：“谢了。”说完看向比赛场地，感叹起来，“男双节奏就是快，我那边比了三盘，半个小时前才结束。这边第二场比赛都进行到第三盘了，看来这次又是男双第一个出冠军。”

邓亦衡有点担心：“钰哥和大师兄有点悬了，他们用出其不意赢了一盘，第二盘姜维他们慢慢熟悉了，唬不住他们了，第三盘很难再有破发的机会了。”

“你不觉得，他们两个人能把姜维他们逼到这个份上已经赢了吗？就算侯陌是单打天才，但双打和单打是不一样的路子。他们两个人默契度明显不够，钰哥还是半小白，就这样都打到决赛了，还不厉害吗？”

“嗯，已经比我和沈君璟厉害了。”

吕彦歆从邓亦衡的手里拿走毛巾自己擦头发，继续说：“钰哥和大师兄已经惊动南云那对了，要走了钰哥他们的比赛录像回去看。”

邓亦衡还傻乎乎地吹：“嘿嘿，钰哥和大师兄确实厉害。”

“你也赶紧努力吧，学渣一个，网球也没到很高的水准，马上高三了不想想出路吗？”

邓亦衡听完抿着嘴唇沉默了一会儿，随后点头：“知道了。”

桑献也在看比赛，听到吕彦歆的话扭头说道：“侯陌的比赛录像最没有参考价值。”

吕彦歆立即笑了：“我听说了，侯陌比赛都没有重样的套路。”

桑献点头：“不但如此，他们的双打才成组合，很多都没有练过，如果经过系统训练，他们的组合会是什么样还不知道，而且，随侯钰的潜力无限。”

冉述终于觉得桑献顺眼一点儿了：“我、我钰哥就是牛。”

吕彦歆凑过去问冉述：“小雕塑，你还会继续比赛吗？”

冉述直翻白眼：“我想转后勤，打球太累了。”

桑献也是心有余悸地叹气：“我不想再尝试了。”

冉述觉得桑献是嫌弃自己了，不依不饶地说：“下次哥带你打游戏，让你也尝试一把躺赢的滋味，我们俩就扯平了行不行，一天天拉着个脸。”

吕彦歆听完直鼓掌：“人才啊，吵架的时候都不结巴了。”

冉述也不生气，还仰起下巴骄傲地说：“气势、气势不能输。”

桑献无奈地看了冉述一眼，最终什么都没说。

局分再次到 4 ： 4 平，之后再 5 ： 5 平。

没有队伍破发成功。

第三盘仿佛是在比谁的发球更稳一些。

侯陌自己也知道，假动作的套路不一定能用了，用多了他们的失误也会增多。

到了这种时刻，比的就是谁的表现更稳，等的就是对方的失误。

两边都开始稳中求胜后，渐渐成了侯陌和姜维的对抗。

比赛中，随侯钰的截击水平也在逐渐提升。

他在网前反手接了一个非常快的短球，还能抬起球拍顺带加旋。

姜维其实接到这一球了，但是球不受控制，并没有反击回去，而是飞出了场外。

姜维回头看了看，随后走向陆清辉，站在陆清辉身边挡着嘴唇说着战术。

其实，姜维和陆清辉都是实力派，不屑于使用计策。但是为了比赛的胜利，他们还是改变了战术，听从了顾璃泊赛前的提议。

最后一盘的决胜时刻，他们开始猛攻随侯钰一个人，试图从随侯钰这里找到突破口。

双打比赛中紧盯更弱的一个，这也是常见套路。

之后的比赛，随侯钰也发现自己被盯上了。

他的截击较弱，靠着身体的本能反应，思维到了，身体也跟着到了。

在被姜维和陆清辉一起猛攻的时候，这种逆天的反应能力得到了体现。

姜维和陆清辉同时在网前，和随侯钰一个人短球对战。

如果是一拍两拍，尚不足为奇。

但是一对二的短球，在又近又极速的情况下，随侯钰和他们两个人对了十二拍后才因为赶不过去丢了分，这一举引来了一阵掌声。

在双打比赛中，这无疑是极为精彩的一幕。

如果是电视转播，这段都会重复播放一遍，进行着重点评。

侯陌在旁边看着直着急，他想去帮忙，但是对面两个人都在故意避开他，只攻击随侯钰一个人。

如果侯陌靠得太近了，还会暴露出空当来，或者让随侯钰施展不开。

双打比赛中，看着自己的搭档被单独欺负，那种感觉还真挺憋闷的。

被针对后，随侯钰的小缺点逐渐暴露出来。

练习一个月的选手，对上两个从小经历专业训练的选手，到底还是不敌。

最终，局分为东体附中队 7 ： 5 枫屿高中队。

比赛结束时，随侯钰拿着球拍站在场地上，许久未动。

他注意到陆清辉走到网前想要和他握手，他也没有立即过去，倒是侯陌一个人走过去代表了。

在侯陌走回来时，随侯钰微微低下头，没说话。

侯陌注意到随侯钰眼圈有点红，好在没哭出来。

原来说得坦然，不代表他真的不在意，输了的时候还是会不甘心。

侯陌伸手扯着随侯钰头顶的发带，挡住随侯钰的眼睛：“你表现得已经很好了，这场比赛超乎我的想象。”

随侯钰的嘴唇紧紧地抿着，回答的时候声音带着哽咽，嘴唇也微微发颤：“嗯。”

听到这一声“嗯”，侯陌的心都跟着揪紧了，伸手按着随侯钰的头，让他的脸埋在自己的肩膀上，随后低声说：“抱歉，以后我绝对不会让你输。”

随侯钰靠着侯陌的肩膀缓了一会儿，才再次“嗯”了一声。

男子双打的排名出来了，颁奖时几名队员集合在一起。

侯陌带着随侯钰在遮雨棚下站着，小声安慰，随侯钰始终不出声。

侯陌看到第三名的队伍来了，突然跟姜维和陆清辉搭话：“哟，第三也是你们学校的，你们学校双打不错啊。”

“嗯，还可以。”姜维回答得十分含蓄。

“怎么单打就不行呢？”侯陌特别欠地继续问，“是我和刘墨太强了，没给你们学校的学生留余地吗？”

陆清辉早就听说过侯陌嘴贱了，只是之前都没有什么对战的机会，没接触过，现在他算是理解对方为什么叫贱猴了。

陆清辉气得咬牙，回答的声音都是从牙齿缝隙里挤出来的：“对，你厉害！”

“唉，我也不想这么优秀。我们练一个月就差点儿和你们打成平手，这以后双打第一都没了，你们东体附中的脸可往哪儿放？”

气人。

“你放心吧，我们会努力的。”陆清辉气鼓鼓地回答。

侯陌认真地点头：“对，你让你的后辈们好好努力，等我们俩不是青少年了，他们还是有机会的。”

陆清辉突然探头看向随侯钰，说道：“欸，小家伙，双打都是对耐性的考验，如果对方每天都在刺激你的耐性，受不了就早点换搭档，长痛不如短痛，知道吗？”

侯陌听完就急了：“怎么还挑拨离间呢？怕我们成长起来压你们一头？你和顾璃泊走一个路子的？攻心是吧？”

“我是过来人在劝新人，小家伙一看就单纯，容易被你骗了。”

“还小家伙呢！”侯陌把随侯钰拽到陆清辉身边，让他们两个人并排站好，“你也就是脖子长、脸长，显得个子高，我钰哥的腿长能到你腰，这就是先天比例优势。”说着，拉着两个人比腿长。

随侯钰的身材比例很夸张，腿尤其长，别看他比陆清辉矮七厘米，腿居然真的比陆清辉还长一点儿。

比完后，陆清辉退了好几步，指着侯陌骂：“你怎么那么烦人呢？腿长了不起啊？”

侯陌回答得理直气壮：“确实了不起，比臂展我们也不会输，手臂垂下能到这个位置的都是大长腿。”说着，在随侯钰身上比画。

姜维侧头看了一眼，接着说：“行了，别吵了。”

陆清辉委屈巴巴地重新回到姜维身边，一米九的大个子居然“哼唧”了一声。

姜维突然看向木偶一样的随侯钰，问道：“你有没有兴趣保送？如果转到我们东体附中来，可以直接保送东体大学，还能同时去省队训练。”

明目张胆地挖人。

随侯钰摇了摇头：“不感兴趣。”

陆清辉不解地追问：“为什么啊？我们东体也是211了。”

“都是211，我可以去第一档的。”

陆清辉瞬间闭嘴了，眼睛睁得老大，看向侯陌，眼神里带着询问。

侯陌再次微笑："嗯，学霸，京华苗子。"

陆清辉无声地举起手，比了一个大拇指："学霸组合，了不起。"

颁奖完毕往回走的时候，陆清辉还想和随侯钰聊天，过分健谈。

陆清辉似乎对随侯钰还挺好奇的，追着问："你是怎么练的弹跳力？怎么跳得那么高那么远呢？"

侯陌赶紧拦住了，对陆清辉说："你想聊就和我聊吧，我搭档脾气不太好，现在还自己跟自己赌气呢！"

"赌气？"陆清辉震惊了，"不至于吧？"

侯陌连续点头："至于，第一次参加比赛，理解一下。"说完，拉着随侯钰回到他们的休息室。

休息室里目前只有他们两个人，关上门后安静得出奇。

侯陌打开柜子，拿出物品后问："要在这里洗漱吗？"

随侯钰闷闷地说："我想回酒店。"

"行，我陪你。"

"你下午还有比赛，还得看前一场比赛的情况热身，别折腾了。"

"单打时间长，而且，我单打总决赛你还能不来看了？"

随侯钰低着头没说话。

侯陌走过来扯掉随侯钰头上的发带，顺便看了看随侯钰眉毛上方的伤口，接着，拿出毛巾来小心翼翼地给随侯钰擦汗，说道："我去给你要几个异形创可贴，防水的，让你能洗澡。"

"嗯。"

两个人就此陷入了沉默。

"的确是你的截击太弱了。"侯陌突然开口。

随侯钰瞬间怔住。

侯陌继续说："你也看出来了，你是我们队伍的弱点，说是全能组合，但是战术只靠我一个人。你的发球可以，但是还达不到我和姜维的水平，网前截击还拿不出手。你除了跑得快，身体灵活，学习速度快外，目前没有太拿得出手的。"

"嗯，我知道。"随侯钰低声回答。

"按照你的风格，不应该继续努力，下一次遇到他们的时候让他们刮目相看吗？怎么自己丧起来了？你不是从来都不会有这种心情的吗？"

随侯钰被质问得有些不爽，终于反驳：“我觉得我拖累你了。”

“没什么拖累不拖累的！我选择和你做搭档了，就知道你什么水平，这是我的选择！如果没有你，我不会打双打，现在得了第二也挺好的，我觉得不错了。”

“我还是太弱了……”随侯钰闷闷地回答。

“嗯，弱，所以赛季结束一起训练吧，我陪你。”

随侯钰看向侯陌，眼神里还有着不甘，看起来像是在瞪侯陌似的。侯陌也不相让，并不安慰，只是坦然地和他对视。

随后，随侯钰吸了吸鼻子，忍住没哭，又低声说了一句：“嗯。”

侯陌抬手揉了揉随侯钰的头，揉了两下便收回了手，看自己的指尖：“一手汗。”

随侯钰没理他，快速收拾自己的东西：“回酒店洗澡去。”

“我让苏安怡把午饭送我们房间去。”侯陌拿出手机来打字，给苏安怡发消息。

“好。”

侯陌笑了起来，跟着随侯钰一起收拾：“下午让你看我拿第一。”

“滚。”

两个人收拾完东西准备走了，冉述突然冲进了休息室，举着手机给随侯钰看：“钰哥，我投资了一个比赛，我给你内定第一！”

随侯钰看着冉述：“……”

侯陌在随侯钰身后默默地鼓起掌来。

冉述看看随侯钰的表情有点慌，问：“怎么了，不喜欢啊？”

“用不着，你歇会儿吧，我回酒店了。”随侯钰背着包走了。

第十三章

永不言败

侯陌擦着头发从浴室里走出来，随手将空调调高了一度。

随侯钰趴在床上玩手机，宽松的蓝白色条纹衬衫，一条长裤，光着脚活动着脚趾。

见侯陌洗完澡走出来，随侯钰瞬间坐起身来看向他问：“用我陪你去热身吗？”

“先吃饭。”

“哦。”

两个人到了桌子前坐下，侯陌打开餐盒说：“你其实不用等我，自己先吃就是了。”

“你洗澡那么快，有什么不能等的？”

“你吃饭也快，我洗澡的时候你都能吃完了。”

“我就愿意等，那么多废话呢？”随侯钰又不耐烦了，他愿意等就等，等了你也别磨叽，不然他会不高兴。

那些虚头巴脑的客套在随侯钰这里不受用，没必要，还招他烦。

侯陌也不招惹随侯钰这个炮仗了，无声地给随侯钰夹菜吃。

随侯钰吃了一会儿主动邀请侯陌：“晚上我租了场地给冉述过生日，你也过来吧。”

“我去干吗？才认识没两天，我和他说话都不多，他也不待见我，我估计也没有拿得出手的礼物，算了吧。”

“他喜欢人多热闹，而且场地我都租了，去的人少了也不划算，邓亦衡他们也会去。”

侯陌这回犹豫了，问：“在哪儿？”

“在市中心虹桥路附近，大概是这个位置……”随侯钰说着拿出手机，打开地图 APP 打算给他找位置。

侯陌含糊地应了一声：“哦，那里我知道。”

“我给你安排晚上住的地方，到时候我住哪里你住哪里。”

“行。”侯陌勉为其难地同意了。

侯陌下午的比赛进行得非常顺利。

也可以说是赢得非常顺利。

侯陌和刘墨是老对手了，但侯陌总是能给刘墨带来新的惊喜。

这一次比赛又打出了新花样来，打得刘墨气急败坏的，甚至没打第三盘，侯陌就赢了。

去看比赛的随侯钰算是见识到刘墨“嘿”“哈”“嗬”的打球方式了，听得直挠脸。

冉述坐在观众席，身体微微后仰地看比赛，表情严肃。

桑献坐在不远处，他刚刚比完一场比赛，获得了这次比赛的第三名，此时也很悠闲地托着下巴静静看着。

冉述终于坐不住了，凑过去问桑献：“这、这、这次比赛的奖金能有多少啊？”

“这次是赞助商提供奖金，还只是省级的，单打第一名有三万奖金。双打第一名奖金是八千，第二名是五千。这五千还要给学校分，随侯钰到手能有一千五。”桑献回答。

“累了这、这么多天，到手就这么点？”

“青少年比赛还想怎样？以后参加高级别的比赛就多了，一些公开赛单打冠军奖金有一百万美元，双打冠军也有四十万美元。而且很多职业网球选手全年都有比赛，几乎是连轴转。”

冉述在心里按汇率估算着，眼珠一转，接着凑到了随侯钰身边小声说：“等、等以后你跟侯陌冲出亚洲走向世界了，也赚不少啊。到时候你给我买个岛，我在岛上雕一个你的雕塑，放在岛中心。”

随侯钰想象了一下那诡异的画面，直蹙眉。

冉述却觉得美滋滋的，觉得自己养大的发小能养自己了，很是开心。

侯陌比赛结束后，王教练开始组织球员们回酒店收拾行李，乘车回去。

他们东西收拾得差不多了，推着行李到停车场等待大巴车的时候，刚巧遇到了东体附中的队伍。

吕彦歆跑过来抱着苏安怡不松手："我回学校去以后给你打电话，我发消息你得回啊！"

"嗯，好。"苏安怡回答。

苏安怡不太善于交际，吕彦歆倒成了苏安怡难得的女生朋友，也是神奇的经历。

吕彦歆从包里拿出毛巾还给邓亦衡。

邓亦衡有点不好意思："你留着也没事。"

吕彦歆非常嫌弃："一股汗臭味！"

"哦……"邓亦衡失落地伸出双手接了回来。

吕彦歆看着邓亦衡傻乎乎的样子笑，拍了他一把："谢谢你！"

邓亦衡瞬间嘴笨了，只会"嘿嘿"乐。

吕彦歆看着枫屿高中的众人纷纷离开，跑回了自己的队伍里。

刚回去就听到唐耀冷冰冰地说："你和他们混得还挺好的，何必来东体呢？"

"怎么，东体是拉帮结派的？不和你们一起讨厌你们打不过的人，就不能在这个学校待了？呵呵，不要脸。"吕彦歆骂完翻了一个巨大的白眼，绕过唐耀走了。

唐耀被直戳痛处，半晌一句话没说出来。

车子回程会经过市中心路段再回到湘家巷。

苏安怡特意跟王教练说了一下他们要去的地方，王教练便让司机将车绕到虹桥路。

众人纷纷下车，冉述一个人站在路肩上笑。

到了这个地方，冉述就知道要去哪里了。

随侯钰拿着自己的东西对冉述示意："走吧。"

"哼，我就知道你们不能忘！"冉述说完，轻车熟路地朝着店里跑。

他原本以为也就这些人了，没承想，走进去后还有一群人等着呢，很多是之前青屿高中的，还有一些是冉述熟悉的朋友。

看到这些人，冉述才兴奋起来，激动得大叫，像个小疯子。

冉述的性格是人来疯，别看他结巴，倒是从来不怯场，朋友也很多。

随侯钰怕侯陌、邓亦衡他们几个不自在，带着他们到了一个卡座位置坐下，还给他们送来了零食和果盘，张嘴对侯陌说了什么，侯陌没听清。

随侯钰直接伸手扯着侯陌的衣襟把他拽过来，对着侯陌的耳朵说："我等会儿再过来。"

"哦，好。"侯陌点头回答。

随侯钰似乎对这里很熟悉，绕过座位，到了台上。

灯光师在随侯钰上台后便把聚光灯对准了他，引来了一群人的尖叫。

这么大的音乐声里还能听到欢呼声，可见他们是有多激动，显然这些人都很喜欢随侯钰。

随侯钰微笑了一下，接着开始调整设备，用手指比倒计时的手势，随后音乐响起。

寿星到了之后，随侯钰来开场，展示了一把什么叫一瞬间炸翻全场。

他一直在笑，眼睛里是烂漫璀璨的光，嘴角上扬，眼眸弯弯的，纯粹又可爱。

后期音乐声渐渐小了，方便在场的人聊天。

苏安怡拎着几个五颜六色的玻璃瓶过来，对他们介绍："这个是果酿，我打听了，运动员能喝。"

邓亦衡拿起一瓶看了看，问："在轰趴馆是不是不能喝别人给的东西？"

他第一次来轰趴馆，万事小心翼翼。

苏安怡掐着腰看着他们，说道："这次是钰哥包场了，来的都是朋友。而且，没人对你们图谋不轨，想得还挺美。"

邓亦衡赶紧拧开一瓶喝了，喝完感叹："味道不错。"

"钰哥喜欢喝果汁饮料，最近都不能喝了，馋得厉害，我特意给他买了几箱，你们也是沾光了。"苏安怡说完，又去和其他人打招呼了。

桑献拿起一瓶果酿看了看，又看了看瓶底，随后放在了桌面上。

邓亦衡好奇地问："怎么了？"

桑献淡然地回答："这果酿轻易买不到，大客户都得提前半年预订，她居然能这么快买了几箱，还挺厉害。"

"这么不好买？"邓亦衡拿起瓶子也跟着看，半天没看出门道来。

"嗯，这一家纯手工酿制，且限量，每年只出几窖而已。"

邓亦衡看不懂，最后还是放下了，又环顾四周："这场地也不错啊！"

桑献随意地说："嗯，如果和老板熟悉的话，十几二十万一晚上就可以了。”

邓亦衡惊讶得睁大了眼睛，问：“钰哥一个人包场？”

“好像是。”

邓亦衡又喝了一口果酿，随后感叹：“这就是有钱人的友情啊……钰哥真的不炫富，但他是真的富，却和我们一起奋斗。”他说着又看了一眼桑献。

桑献这财阀独子还在这里坐着呢，他的心中也是五味杂陈。

侯陌看了看那些果酿，一口没喝。

随侯钰正坐在一个沙发的椅背上，和一群人在聊天。

那群人似乎是在玩游戏，随侯钰随手拿起盒子晃了几下，接着放在了桌面上，开盖引来一阵惊呼。

估计是摇出了不错的点数来。

侯陌看了两眼后，便沉默地坐在沙发上等待散场了。

他玩不起来，甚至觉得那群摇头晃脑跳舞的人有些疯。

就像邓亦衡说的，他为了学费减免来了这所私立高中，注定会遇到一群富二代。

这里两极分化，在一所学校里，能看到周围的学生和自己就是两个世界的人。

随侯钰能给冉述花十几二十万过生日，而这十几二十万够侯陌奋斗一年的，也够他还清剩余债务。

压得他喘不过气的这笔钱，也只够随侯钰挥霍一个晚上而已。

随侯钰的朋友也是这样。

因为随侯钰戒了饮料，于是买了几箱果酿给他。侯陌和他打了几天比赛累死累活，奖金够呛能买一瓶果酿的。

冉述更夸张了，为了安慰随侯钰，能投资一场比赛。

两个世界的人。

没一会儿，随侯钰过来了，坐在桌子前，拿起果酿看了两眼，随后拧开一瓶喝了一口：“还挺好喝的，我还以为会很呛。”说完抬头看向侯陌，问，“没意思？”

侯陌坦然地回答：“嗯，我不经常来这种地方玩。”

“你先忍一会儿。冉述喜欢热闹，等过完生日了我带你走。”

“嗯，好。”

说话的时候冉述突然过来，手里拿着亮着光的烟雾喷气枪朝他们喷了起来，喷得一桌人作鸟兽散。

随侯钰跑的时候还不忘记捂住果酿的瓶口。

等冉述停了，随侯钰气得直骂：“冉述你找死是不是？”

邓亦衡抹了一把脸：“真凉快，本来都困了，一瞬间清醒了。”

冉述回答得理直气壮：“就你们几个死气沉沉的，过来吃蛋糕！”

随侯钰起身去陪冉述切蛋糕了，没一会儿端了一盘回来问：“我能吃吗？”

一桌体育生一齐摇头。

随侯钰盯着蛋糕看了半天，扭头又送了出去。

他虽然不太愿意交际，但今天也要帮冉述控场，时不时过去陪其他人聊会儿天，一起玩一会儿，毕竟他也是组织者。

闹到了将近十二点，随侯钰探头过来问侯陌：“困吗？”

“还好。”侯陌已经困得眼睛都要睁不开了。

他今天有两场比赛，体力消耗很大，刚刚比赛结束就熬夜多少有点扛不住。

随侯钰指了指身后说道：“我带你们去酒店……”

桑献立即说道：“不用，我带他们去我家住，你安排好侯陌就行，一会儿我家里来车接。”

“哦……”随侯钰愣愣地点头，晃了一下，似乎有点站不稳，对侯陌说，“那我们走吧。”

走时，他们多了一个行李箱，里面都是苏安怡给随侯钰带的果酿。

两个人拖拽着行李箱到了路边，随侯钰觉得有点迷糊，把手机给了侯陌：“你订房吧，我看字在转。”

侯陌从随侯钰的手里拿过手机问：“那个果酿后劲这么大？你喝了多少？”

随侯钰掰着手指头算，算来算去比了两根手指，说道：“三瓶！”

侯陌低头看随侯钰的手机，上面已经打开住宿 APP 了。

在他翻看的时候，随侯钰抬起一根手指来，对侯陌说：“付款是这根手指，直接一按就行了。”说着，掏了掏自己的口袋，把自己的身份证放进了侯陌的口袋里。

侯陌看着随侯钰做完这一系列举动后，拽着他的衣角把他拽到了自己的面前。

接着，随侯钰坦然地靠在他身上开始睡觉。

刚遇到的时候，随侯钰特别龟毛，别人碰一下都不愿意，现在居然愿意这样靠着他睡觉，这变化倒是挺大的。

侯陌也不知道心中是该苦涩，还是该高兴。

他扭头看了看周围，再看看附近酒店的位置，最后叹了一口气，把随侯钰的手机还了回去，说道："算了，我带你去我家，酒店都很远。"

"你家？这里到湘家巷得几个小时！"随侯钰抗议。

"我原来的家。"

侯陌需要背着一个包，推着两个行李箱走，其中一个行李箱上还坐着一个随侯钰。

随侯钰有些坐不稳，东倒西歪的，最后紧紧地抓着侯陌的手臂不松手。

随侯钰盯着侯陌看了一会儿，突然想了起来："哦，我想起来了，你家以前就住在虹桥街，还挺近的……"

"嗯，从这里走五分钟就能到。"

"为什么搬走了？"随侯钰脑袋有些短路，想不明白为什么他不住在市中心的房子里。

"我家的房子被法拍抵债了。"

"为什么会被拍？"

这种问题，估计也只有在随侯钰喝醉了之后，才能问出来。

侯陌倒是没多在意，随口回答："我家的公司破产了。"

"怎么破产的？"

"我爸去世了，我妈妈病了，公司被我爸爸的兄弟暂时接手，结果搞得一团糟。"

随侯钰点了点头，拉长声地回答："哦——"想了想又疑惑地问，"那怎么还能去你家呢？"

侯陌回答："桑献家里把房子拍下来了。那里一直空着，他们说我随时可以回去住，但是我想买回来，不想欠他们的。"

"他们为什么拍你家的房子？"

侯陌没再说话，抿着嘴唇，眼睛看着路。

寂静的夜，行李箱的滚轮摩擦地面，发出阵阵声响。

侯陌推着两个行李箱连同随侯钰，越走越远。

最后消失在路的尽头。

侯陌已经很久没回过这个家了，要不是门口保安认识侯陌，他们进来都够呛。站在家门口，他还想了一会儿开门的密码是什么。

推门走进去，扑面而来的是尘埃沉落后空气混浊的味道。

他先把一个行李箱放进门内，随后使劲提着随侯钰坐着的行李箱进屋，还因为过门槛颠了随侯钰一下。

随侯钰原本迷迷糊糊着都要睡着了，突然又精神了，抬头左右看，刚巧这时侯陌打开了灯。

随侯钰看了一眼四周，说道："我来你家里玩过！"

"嗯，还来了好几次呢。"

"你不理我的时候，我想过来你家里找你，但是怕你觉得我烦。"随侯钰说着，将脸搭在行李箱的杆子上，唉声叹气的，似乎十分忧愁。

"你想找我的时候，我不一定还住在这里。"

"也是……"

"你在这里坐一会儿，我简单收拾一下。"

侯陌走进去打开窗户，接着掀开了盖着家具的布，全部都堆放在一边。

他在家里找出吸尘器来开始打扫，桌面上也都是灰，干脆一并用吸尘器吸了，之后再仔细擦。

他就把活动范围内收拾一下，厨房和主卧也不会进去，干脆连门都不打算开了。

随侯钰被吵醒了之后，站起身朝侯陌走过来，兴奋地说："我帮你收拾！"

这句话说得太过亢奋，引得侯陌停下动作，一脸震惊地看向随侯钰，心中隐隐有种不祥的预感。

果不其然，看到随侯钰笑得和个小傻子似的，平日里的随侯钰绝对不会有这样的表情。

侯陌怕随侯钰听不清自己说话，特意关了吸尘器说道："沙发上之前有东西盖着，我拿下去了，现在没有灰，你在沙发上坐一会儿，我一会儿就收拾完了。"

"我帮你！"随侯钰再次说道，十分执着。

随侯钰本来就好动，在家里的时候觉得闷了便会收拾屋子，倒不算是十指不沾阳春水的大少爷。

侯陌盯着随侯钰看了一会儿，见他似乎没有其他的不妥，也没拦着，再次打开吸尘器开始收拾。

随侯钰跟在侯陌身后，等侯陌吸完桌子上的灰，随侯钰跟着去擦。

两个人配合后，没一会儿客厅便大致收拾出来了。

侯陌打开自己房间的门，说道：“今天我们睡这里吧，这里以前是我的房间。”

“好！”随侯钰爽快地同意了。

侯陌将遮布给了随侯钰，自己用吸尘器打扫房间，突然听到了玻璃杯掉在地面上的碎裂声。他赶紧关掉吸尘器，走出房间看到随侯钰蹲在餐桌边，想要捡地面上的玻璃碎片。

随侯钰送走了遮布准备回房间，走路不太稳，差点儿摔倒的时候撞到了餐桌。

餐桌上原本放了一个玻璃花瓶，掉在了地面上，摔得稀碎。

侯陌看到后赶紧走过来扶起随侯钰，说道：“你别碰，别受伤了。我来收拾，你去一边休息吧。”说完，他拿来扫把，把玻璃碎片扫进簸箕里。

随侯钰站在一边没事做，左右看了看，看到电视柜上放了一个小玩具，伸手拿来看了看，看到有发条，连续拧了半天后放在了地面上。

小绵羊模样的玩具开始在地面上摇头晃脑地走路，随侯钰蹲着看还不够，跪着跟着玩具一起爬。

侯陌回头时，便看到随侯钰爬着爬着，脑袋撞在了边柜的沿上。

“唔……”随侯钰疼得身体一顿，捂着头缩成一团。

侯陌赶紧放下手里的东西过去，帮他揉着头问：“疼不疼？没事吧？”

“疼……”随侯钰委屈巴巴地回答，接着抬手指着边柜说，“你打它！”

侯陌愣了愣，还是听话地打了边柜两下：“我打了。”

“可疼了……”

“我去倒玻璃，你在这里不要动。”侯陌说完单手撑着站起身来，走过去把玻璃倒得非常远才放心。

走回来便看到随侯钰还乖乖坐在原来的地方，一直没有动过，似乎在等他。

他指了指自己的房间：“我收拾好我的房间了，去睡觉好不好？”

随侯钰摇了摇头，直截了当地拒绝：“不要。”

“为什么？”

“我们一起玩吧！”随侯钰突然特别兴奋地举起双臂。

这一幕侯陌非常熟悉，小时候的随侯钰就总是一脸兴奋地跟他说这样的话，总是特别兴奋，浑身是劲儿似的，从来都没有闲下来的时候。

恍惚间，他看到了随侯钰正常长大后应该有的样子。

侯陌突然有一点儿难过，问道：“平时都是在努力伪装自己吗？这才是你真正的样子吧？一直以来……收敛得很辛苦吧？”

随侯钰似乎没听懂，歪着头看着他，一脸不解。

侯陌叹了一口气，随后走过去拉着随侯钰起来，说道：“很晚了，今天就不玩了，我们去睡觉吧，你还去洗漱吗？洗澡的话恐怕得等一会儿，我家里的热水器很老了，得烧一会儿才能有热水。”

这里毕竟是很多年前的房子，都是很传统的家电。

侯陌走进去还研究了一会儿水阀在哪里，打开后才有水流进热水器里，接着打开了电器开关。

随侯钰不依不饶的，坐在客厅沙发里不动：“不睡觉！我要吃可爱多！”

“吃啥？”侯陌特别蒙。

“可爱多！我要吃可爱多！”随侯钰重复，声音一声比一声高。

“可爱多是什么啊？！”侯陌非常迷茫。他一个体育生，基本上不吃零食，都不知道这东西是什么，还得拿出手机来查询。

查询之后发现是冰激凌，他立即摇头：“不行，这个对肌肉不好。”

随侯钰听完就急了，对着侯陌嚷嚷：“比赛完了还不许吃吗？！什么都不许吃！那还有什么乐趣！我要吃，我就要吃！”

侯陌耐着性子跟随侯钰解释：“钰哥，这个真的不行，就算赛季过了，碳酸饮料、油炸食品、冰激凌和奶茶这些还是不能碰的。我明天给你做好吃的好不好？给你做黄焖鸡，你还有没有什么想吃的？”

“我要吃可爱多！”随侯钰依旧坚持。

“不行！”侯陌也态度坚决。

随侯钰看着侯陌一会儿，眼睛眨巴眨巴，眼圈一红，居然哭了出来：“我想吃……”

侯陌简直看呆了，伸手抹了一把，还真抹到眼泪了，他一瞬间什么原则都没有了。

“行行行，我给你买去，一个口味给你买一个。”

绝杀。

他说完起身，打算现在下楼给随侯钰买冰激凌去，往外走的时候还在想，马上凌晨一点了，哪里还开着门？附近有 24 小时便利店吗？

刚走到门口打开门，随侯钰突然追了过来，拽着他的袖子问：“你干什么去？”

侯陌非常诧异，解释：“给你买冰激凌啊。”

“那我一个人在家里吗？”

侯陌耐心地解释：“你先在家里等一会儿，我马上就回来。”

“我不！”

“那我们一起去？”

“天黑了我害怕。”

侯陌被震惊得都结巴了：“怕、怕黑？”

“嗯！”

侯陌无奈地看着他，跟他讲道理：“这样我去不了，你也吃不了冰激凌了，你说怎么办？我们得想一个解决办法。”

“那不吃了。”随侯钰说得还是有点失落。

“说准了啊！不是不给你买，是你自己说不吃了的。”

“嗯。”随侯钰点头。

随侯钰重新走进房间，坐在沙发上对侯陌说：“我要看电视。”

侯陌将电视连上，打开后说道：“没交有线电视费，没有几个台。”

“我可以连手机，我有会员。”随侯钰说得特别豪横。

好在侯陌家里的电视能够连接其他设备，打开后可以看网络电视。

随侯钰调了一会儿，开始播放一部韩剧。

侯陌趁机去收拾了其他房间，过了一会儿坐在随侯钰身边跟着看，看到随侯钰居然看得挺投入的，眉头紧蹙，似乎下一秒就要跟着剧情哭出来了。

侯陌看着电视，忍不住嘟囔：“这个女的是不是碰瓷的？车来了她赶紧跑啊，傻乎乎地瞪着车有个屁用，离她那么远的男的都能跑过来救她，她稍微聪明一点儿也能跑开了，那男的看着挺精明的，咋就喜欢这么一个傻玩意儿？太假了。”

随侯钰扭头瞪了侯陌一眼。

侯陌立即闭嘴。

韩剧里，男主角不负众望地被车撞了，送进了医院里。

女主角在急救室门外哭泣、后悔，整个人陷入了歇斯底里的状态。

侯陌是真看不懂，再次吐槽："人被撞了才后悔，早干吗了？人家喜不喜欢你还看不出来吗？非得被撞了才意识到他真的喜欢你？你是不是傻？"

随侯钰不高兴地拍了一把侯陌的大腿。

侯陌一扭头，就看到随侯钰跟着哭呢。他意识到，这个场合他应该走，远远地看着随侯钰不闹事就行。

等随侯钰醒了，知道自己看韩剧哭鼻子的画面被他看到了，一准跟他找碴。这一次不打个几天几夜随侯钰都不会放过他。

他悄悄地起身，想要趁随侯钰不注意离开。

结果起来后才注意到随侯钰一直拽着他的衣角。

他又重新坐下了。

君要臣死，臣不得不死。

今儿，侯陌就把自己的这条狗命放这儿了，随侯钰什么时候醒，他就什么时候英勇赴死！

人间活这么一遭，侯陌没什么遗憾的。

侯陌困得打哈欠，看一眼时间，已经凌晨两点了。他只能看向随侯钰问："钰哥，睡觉吧。"

"不！"随侯钰依旧很精神。

他想，今天晚上的事够他死的了，也不怕再死一死了。于是他拿起遥控器关了电视，站起身来后俯下身，动作特别快地扛起随侯钰往自己屋里去。

"听话，睡觉！"侯陌扛着随侯钰到了门口，随侯钰扒着门框不肯进去。

随侯钰努力挣扎："我要看完刚才那集。"

"明天我陪你看！现在睡觉！"

这一天，真的是太累了。

随侯钰翻了一个身，身下柔软的被子忠诚地包裹着他的身体。

片刻后，他睁开眼睛看向前方，注意到侯陌在他的斜前方，正在玩手机。

侯陌玩的游戏一般都很幼稚，他不玩网游，偶尔玩一玩单机游戏，比如和系统下军棋，下五子棋，下围棋。

最惊险刺激的游戏恐怕是《星消除》。

他睁开眼睛看向侯陌，吓得侯陌一下子把手机丢了出去，规规矩矩地坐着。

他看着侯陌半晌，一动不动，似乎是在回神，眨一眨眼睛，突兀地坐起身来，速度快得仿佛突然被电到了。

努力回想了一会儿后，他又看向了侯陌。

侯陌赶紧说："我就当什么都没发生行吗？"

随侯钰看着他没说话。

侯陌继续说："其实也没什么，除了有点反差萌，其他什么都没有，你在我心里还是特别帅气的钰哥！你的身姿还是伟岸的！"

"你为什么不直接把我打晕？"随侯钰咬牙切齿地问。

侯陌连连摇头："我不敢。"

"你把我随便关哪个屋里不就完事了吗？"随侯钰突然气不打一处来，掀开被子质问侯陌。

侯陌突然挺起胸脯理直气壮地回答："把你关起来了，你出事了怎么办？我是不是得负责？再说了，你昨天勤劳得跟个小天使似的，不过是看了一集半电视剧而已！什么都没干！"

提起这个，随侯钰更气了，冉述都不知道他爱看韩剧，尤其是看到哭鼻子！

他干点什么不好，为什么非得把刚更新的两集给看了？！

随侯钰还想发作，没承想侯陌先发制人地对他吼："随侯钰我告诉你，别以为我会怕你啊！大不了咱俩就打一架，我不还手就是了，别搞得没完没了的，也别想给我穿小鞋，一次性解决，听到没有？！"

"……"随侯钰又一次上下打量了一遍侯陌，没出声。

侯陌继续对着随侯钰态度强硬地说："我限你十分钟之内决定怎么解决这件事情，不然别怪我不客气。"

"十分钟？你是跪得腿麻了吗？行吧，你先起来吧，别跪了。"

侯陌不动，反而气势汹汹地回答："我不！我就愿意这么跪着，你让我起来我就起来啊？我就想再跪一会儿。"

随侯钰懒得和侯陌说话了，重新躺下，自我冷静去了。

侯陌拿起手机打开了计时器，没了刚才强硬的态度，小心翼翼地问：

“钰哥，那我开始倒计时咯？”

随侯钰没搭理他。

侯陌捧着手机等待处决的时候，觉得两个人都不说话有点尴尬，于是问：“钰哥，我给你表演一个节目吧？”

“表演一个跪着后空翻？”

“不，我给你唱首歌。”

“哦……”

侯陌开始唱歌。

随侯钰躺在床上听了一会儿，忍不住扭头看向侯陌，问：“这是什么咒语？”

侯陌还不开心了，反驳：“你能不能听我唱完？”

随侯钰只能点头：“你继续吧。”

侯陌认认真真地继续唱歌。

但是唱得吧……让随侯钰觉得侯陌在耍他。

又忍受了一会儿后，随侯钰问：“唱完了没有？”

“没有，你能不能耐心欣赏艺术？”

“你这叫艺术？听得我脑袋直疼，我都没听出来你唱的是什么！你是不是折磨我呢？”

侯陌特别委屈：“我特别努力地在唱了。”

随侯钰不信，如果不是故意的，一个人怎么能把歌唱得这么鬼哭狼嚎的？

他拿出手机来给邓亦衡发消息。

罗罗诺亚：侯陌唱歌怎么样？

邓亦衡回复得还挺快。

邓亦衡：大师兄那不叫唱歌，那叫哭坟！他一唱歌，别人都能听哭了。

他看着手机扬眉，没承想，这货还真的是认认真真唱歌呢！

他抬头跟侯陌说：“你等会儿，我查查。”

接着他用手机查询刚才侯陌唱的歌词，找到这首歌后播放，同时还在嘟囔：“《新鸳鸯蝴蝶梦》，你怎么听这么老的歌？”

“你指望一个微信名叫财源广进的人听多新的歌？”

随侯钰拿着手机听了一会儿，又抬眼看侯陌。

侯陌也在看他，一脸认真。

他又听了一会儿后说道："你唱得跟重新谱曲了似的。"

侯陌居然笑呵呵地回答："我是在用灵魂诠释一首歌。"

随侯钰一边听一边笑，本来挺气的，结果侯陌一打岔，之前的事情他也淡忘了。

他看了一眼手机，说道："我饿了。"

"我下楼给你买去。"侯陌扶着床头在床边摆了半天造型，没再动一步，显然腿麻了。

随侯钰立即伸腿去踹侯陌的腿。

侯陌狼狈地求饶："别别别，转筋了。"

随侯钰还是用脚在侯陌的腿上踩了好几下才收回来。

侯陌离开房间，出门买饭去了。

随侯钰一个人留在侯陌的房间里，听到关门声才哀号了一声躲进了被子里，接着在床上打了几个滚才重新坐起身来。

下床时发现他都没换拖鞋，还是他的运动鞋。

昨天睡得很狼狈，一只鞋在床底下，一只鞋躺在门口，他只能穿上一只鞋后单腿蹦着去穿另外一只鞋。

站稳后他环顾四周，打量着侯陌的房间。

这房间侯陌也就住到了十来岁，后来便一直闲置了。

他到处走走看看，房间里很多东西都已经被搬走了，很空。不过他还是在柜子上看到了一摞书，伸手拿来看，是乐谱。

曾经陪他弹钢琴的少年，现在改打了网球。

乐谱被留在这里，是不是证明侯陌搬走时便彻底放弃钢琴了？

机缘巧合之下，他又开始陪侯陌打网球。

兜兜转转，还是一起做着同样的事。

手机响起提示音，随侯钰伸手拿来看了看，是网球群里在组织一起去爬山。

随侯钰真搞不明白他们是怎么想的，刚刚比赛结束歇一歇不好吗？周末还组织去爬山？

他不太想去，有这个时间还不如和侯陌练习双打呢。

结果看到群里出现了熟悉的备注。

臭不要脸大狗猴：行啊，我和钰哥肯定是第一批到山顶的。

一句话就把随侯钰的胜负欲激起来了，他跟着打字回答。

罗罗诺亚：嗯。

邓亦衡：不可能，我和沈君璟更熟悉路。

臭不要脸大狗猴：我也去过两次了好吗？

邓亦衡：我是在那座山长大的！

臭不要脸大狗猴：怎么的？你是那儿的山神老爷啊？

冉述：钰哥去我也去。

苏阿姨：那我给你们准备柠檬水。

这事居然就这么草率地确定了。

随侯钰等得无聊的时候走出房间，在客厅里停住脚步，接着打开电视，连接手机后继续看那部韩剧的下半集。

不看完一整集多难受！

看了一会儿，侯陌回来了，进来后看到韩剧脚步都没停顿，直接走过来问："我不是说我陪你看吗？"

随侯钰没好气地回答："和你一起看扫兴。"

"我是在点评！我要是做兼职，就做影评人去。"

"八成影视剧得塞钱让你删评论。"

"嘿嘿，那岂不是更赚？"

两个人在餐桌前坐下，吃饭的时候还在播放韩剧，就算距离挺远的，随侯钰依旧看得津津有味的。

侯陌吃两口饭后，看着屏幕说道："这女的是不是有病，男主角醒了，她居然又犹豫了？"

随侯钰白了侯陌一眼，说道："你把嘴闭上，我们还能做朋友。"

"闭上我怎么吃饭？"

"那就别出声！"

侯陌沉默地继续吃饭。

韩剧里到了女主角想要离开，男主角一瘸一拐地追出来的剧情，男主角摔倒后女主角又回去扶，男主角抱着女主角不松手，两个人哭成一团。

侯陌没说话，但是"咯咯"地笑，笑得像一只下蛋的老母鸡。

随侯钰看向侯陌，还踹了侯陌一脚，觉得侯陌还是欠打。

两个人吃完饭，正好在播放下集预告，随侯钰连下集预告都不放过，还在认认真真地看。

侯陌伸手将外卖袋子收拾了，起身问随侯钰：“你洗澡吗？不洗我把热水器关了。”

他们比赛结束后，网球队申请给他们放一天假，明天他们还要回到学校上课。

这里没人住，一般都会断水断电，如果随侯钰不洗，侯陌便准备盖上遮布离开了。

随侯钰扯着自己的衣服看了看后，走过去打开行李箱，拿出了一身换洗的衣服进了浴室。

侯陌坐下玩手机。

冉述：钰哥下午回湘家巷吗？

财源广进：估计是吧，一会儿我问问他几点走。

冉述：他妈妈给我打电话，我没说我们放假的事情，不过他妈妈想让他回家一趟。怎么办，我要帮忙劝吗？

侯陌看着手机，突然意识到随侯钰真的很少回家，他回忆了一下，这已经过去两个多月了，随侯钰一次家都没回。

财源广进：他和家里关系很差？

冉述：呵，又来和我打听了？我才不告诉你呢！

财源广进：你当你多了解钰哥呢？他看韩剧你知道吗？

冉述：？？？

冉述：比谁了解钰哥是吧？你绝对赢不了，昨天下午我看到钰哥穿那身衣服我就猜到钰哥给我准备好生日派对了。

财源广进：怎么猜到的？马后炮谁都会。

冉述：我钰哥在特别重视的日子，或者去参加重视的活动时，会穿上蓝白条纹的衬衫，我也不知道他为什么有这种直男程序员审美，但是无一例外。

冉述：[图片]×5

冉述：前三张分别是我前三年生日的合影，第四张是苏安怡生日的合影，最后一张是他参加比赛时的相片。

侯陌捧着手机去看相片，五张相片里随侯钰穿的都是蓝白色条纹的衬衫，区别在于条纹的宽窄，胸口的口袋，还有袖子处的设计。

他一张一张地翻，接着笑出声来。

保存了五张相片后，侯陌打字回复。

财源广进：可是你都不敢和他同桌。

冉述：互删吧，永别。

财源广进：气性这么大？

结果这条发送后，消息前面出现了红色感叹号。

随侯钰和侯陌两个人在家里留到了下午不太热的时候，才叫了一辆车回了湘家巷。

他们住的小区没有电梯，只能爬楼梯。

到了楼梯口，随侯钰看着侯陌拎起两个行李箱后问："我用得着你帮我拎？"

"我怕你瘦！"说完他拎着两个行李箱快步上了楼。

他先到了随侯钰家门口，轻车熟路地输入密码进门，都不带卡壳的。

随侯钰跟着他进屋，问："你来我这里怎么和回你自己家似的？"

"我跟这个房子比跟你熟。"

"是，你们认识那么多年呢，你搭理它的时候不搭理我。"

侯陌在自己脸上不轻不重地抽了一巴掌："我嘴贱，不该提这茬，我错了。"

侯陌一向嘴贱，但是他愿意承认的时候不多，对随侯钰例外。

大哥从房间里款款走来，到了随侯钰身边。

侯妈妈知道今天他们回来，特意今天把大哥送了回来，迎接随侯钰。

随侯钰本来还一脸嫌弃地看着侯陌，看到大哥后立即改了态度，温柔地说："大哥，有没有想我？"

大哥"喵"了一声回应。

随侯钰将大哥抱起来，亲了它两下，接着一直抱着。

侯陌和随侯钰去比赛，两个人的东西都放在了一个行李箱里。

很私人的东西他们会放在各自的包里，换洗的运动服则放进了同一个行李箱，这样方便一些。

现在到家了，需要将两个人的东西分开。

分分拣拣后，侯陌将行李箱重新拉上，说道："我先拿回家，一会儿给你送箱子。"

"嗯。"随侯钰轻声应了一声。

随侯钰坐在沙发上看着侯陌离开，门合上后是上楼梯的脚步声，直到侯陌关上了自己家的门，发出“砰”的一声。

他很快放下大哥站起身来，站在门边从猫眼往外看，又回身去收拾拿出来的东西。

东西都收拾完了，他站在客厅里等了一会儿，侯陌怎么还没回来送箱子？

他拿出手机打算给侯陌发消息，想了想还是收了起来，拿出书来看书，这些天没去上课，知识点都得自学。

听说老师会私底下给他们补几节课，不过是三倍速讲课，还是提前看看比较好。

看了会儿书，又在家里走了两圈后，再次到门口去听。

等了一会儿才等到脚步声，结果声音越过他家门口，往楼下去了。

大哥在他的脚边转了一圈，不明白主人鬼鬼祟祟在做什么。

他又回了房间里，拿出手机来看时间，这都快两个小时了，怎么还不来还箱子？

想了想，他决定上楼去跟侯陌要箱子。

他站起身来整理桌面时，突然听到了敲门声，慢悠悠地走过去开门。

侯陌不仅仅拿了行李箱，还带了一个食盒，将它放在餐桌上：“我给你做了黄焖鸡米饭。”

随侯钰坐在桌子前，看着侯陌打开食盒，将东西端出来放在桌面上。

他拿起筷子来，问：“阿姨呢？”

“去公司做账了，还没回来。”

“哦。”他闷头吃饭，吃了一口之后停顿了一下，接着继续吃。

意想不到的好吃。

侯陌盯着他看，问：“你要泡饭吃吗？”

“哦，好。”随侯钰把米饭推了过去。

侯陌帮他把汤汁倒进去，搅拌好了才推回去：“我经常这么吃，食欲好的时候能吃两份。”

“你都是自己做饭吃？”

“也不是。我妈出门之后就我一个人吃，我也懒得做，一般都是跟邓亦衡他们去我们常去的那家餐馆吃。就是我们上次一起去的那家，老板娘人好，给我们加量。”

他想起来，他们第一次见面的时间就是晚饭时间。

那个时间段，估计是侯陌和邓亦衡他们几个一起吃饭的时间，没在餐馆看到邓亦衡他们，侯陌才去找人的。

随侯钰很少夸赞人，有情绪也不会表达。

这顿饭也是这样，他没有说好吃，但是默默地吃了三碗。

侯陌美滋滋地看着，生怕他表现出什么来，随侯钰又开始犯别扭，不吃了。

吃完饭后，侯陌收拾东西的同时对随侯钰说："我回去洗一洗，不然凝固了就不好洗了，先走了。"

"嗯。"

随侯钰并没有送侯陌，只是听着关门声，上楼梯的脚步声，再到侯陌关自己家门的声音。

确定侯陌已经回家了，随侯钰起身走到书桌前低头继续看书。

他这阵子也算是和侯陌形影不离了，真搞不懂侯陌究竟是在什么时间学习的。是不是他有狂躁症爱分心，基因也不如侯陌，才考不过侯陌的?

他记得，侯陌的妈妈是京华的研究生，父亲也是军校毕业的。

对于侯妈妈现在的情况，随侯钰也不能说什么，估计是侯妈妈身体不好，没办法正常上班，只能找这些工作来做了。

有时想想真的觉得惋惜。

随侯钰的父母却不太一样。

随爸爸虽然和侯爸爸是战友，但随爸爸就是侯爸爸手底下带的小兵蛋子而已。

随爸爸仗着家里有钱也没怎么好好读书，当了几年兵又回来了。

当初被送去当兵，也是爷爷奶奶觉得随爸爸太浑蛋了，想送去部队里改造一番。

爷爷觉得家里得改改风气，所以找了个性强势且学历很高的儿媳妇，也就是随妈妈，希望她管着点随爸爸。

结果还是没几年就离婚了。

很多次，随侯钰都怀疑自己的狂躁症遗传自随妈妈。

随妈妈的脾气也很炸，性格暴躁，动不动就歇斯底里，不过她从来没有去医治过，“泼辣”两个字概括了她的全部。

但是随侯钰被确诊了，还被当成精神病一样对待。

随侯钰需要付出比别人多出几倍的努力，才能静下心来学习，提升自己的成绩。

侯陌却很轻松就能做到。

想到这里，他又开始生气了，他想上楼看看侯陌是不是在偷偷学习。

想了想，他还是不去了，用平板电脑打开 APP，跟着软件上的老师一起学习，时不时在本子上记录两笔。

学习到十点多，突然听到了敲门声。

他一愣，起身去开门，看到侯陌自己走了进来，同时还在念叨：“我看你没在群里说话，你看到消息了吗？”

“什么消息？”

“周六去爬山，周日补课，下星期所有晚课我们都要去补课。”

“我知道会这么安排，但是不知道具体时间。”

“以前也不占用周日啊。”

侯陌走过去看随侯钰的平板电脑：“这是什么视频？”

“教百科。”

“哦，那个 APP 啊，我也有。”

随侯钰似乎终于找到了侯陌学习的痕迹，结果便听到侯陌说道：“看了三天后开始收费了，我就没再打开。”

随侯钰：“……”

这个 APP 有三天试用，三天后就要收费了，还分不同的套餐。随侯钰是最高级别的会员，能学所有科目。

“你要一起看吗？”随侯钰重新坐下后问。

“不了，我要参加一个大型比赛，等会儿跟你一起。”

随侯钰又看了一会儿视频，最后还是按了暂停，走过去看侯陌在做什么：“你做什么呢？”

“电子竞技你知道吗？我现在正在参加一个全国范围的大型竞技比赛，我已经坚持到总决赛了。”

随侯钰挪过去坐在床边，看着侯陌手机屏幕上斗地主的界面，沉默了整整三分钟。

看了一会儿后，他问：“参加这种大型比赛，你能得到什么？”

侯陌当即骄傲地挺起胸脯，回答：“我玩得可大了，我要是第一能赢二百块钱话费！”

随侯钰都不愿意和侯陌多聊，生怕聊多了会被侯陌污染。

他倒不是针对斗地主，他也不是不把斗地主当成电子竞技。

他就是觉得自己居然考不过这货，心里憋气。

侯陌玩完游戏后，到随侯钰身边坐下，跟着随侯钰一起看视频，看得还挺认真的，终于有了点学神该有的样子。

“阿姨不会觉得我很奇怪吗？”随侯钰问他。

“我早就和她说起过了，她还挺心疼你的。”

“她不会让你离我远点吗？”

“为什么啊？”侯陌还挺不解的，奇怪地看向他。

“其实……冉述爸爸不太喜欢我。”他小声回答。

“我妈妈不会，她对你印象特别好。”

随侯钰突然觉得松了一口气。

两个人说话的工夫，大哥悄无声息地上了桌子，接着一爪子挥向侯陌。

大哥始终不太喜欢侯陌。

随侯钰伸手将大哥抱进怀里，一下一下地轻抚大哥的后背。

侯陌坐在他身边和他一起看视频，身体被大哥的尾巴抽着，一下又一下。

侯陌打赌，这只猫是故意的。

清晨。

没有完全闭合的窗帘缝隙透出明亮的光来，光亮越来越盛。随侯钰面朝窗户，被照得微微蹙眉。

他睁开眼睛，大哥还在他的怀里睡觉。

他拿出手机看了一眼时间后吃了一惊，怎么九点钟了？

整理好包后提着鞋走出门，侯陌刚巧在这时下楼，对随侯钰说道：“我叫了楼下的叔叔，让他送我们去学校。”

“嗯。”

叫来的车很破，像是九手奥拓，不过能有车送他们去学校就不错了。

侯陌坐在车上跟随侯钰主动认错：“我前天怕吵醒你把闹钟全给关了，昨天忘记开了。”

赛季结束后，网球队会轻松几天，暂停晨练。

随侯钰和侯陌原本打算早晨去上课的，毕竟离得也近，结果睡过头了，一觉睡到了九点，到学校的时候已经上午十点了。

冷静了一路，下车后两个人反而不着急了，背着包慢慢悠悠地走进学校。

此时正好是下课时间，操场和走廊里都有不少学生，还有人聚集在窗户边朝外看，还有人打开窗户对他们喊："钰哥！大师兄！"

随侯钰没搭理。

侯陌倒是挥了挥手打招呼，迟到都能走出 T 台效果来，还真有几分万众瞩目感。

随侯钰也真的服了。

走到班级门口，邓亦衡探头出来看，说道："二位总算做了一件像校霸的事情。"

侯陌特别无奈地回答:"别扯了行吗？乱给我立人设，我是那种人吗？我一个好好学习天天向上的好学生，天天给我杜撰故事，我今天只是单纯的迟到了。"

随侯钰跟着问："格格来了吗？"

邓亦衡点头："不但来了，还在你的座位上坐了一早晨了。"

随侯钰顿时觉得眼前一黑。

欧阳格走进教室，看到两个迟到的学生后对他们两个人勾了勾手指。

两个人心领神会，同时起身走了出去。

任课老师走进教室准备上课，他们两个人却被叫到了走廊里。

欧阳格问："听说你们两个人比得挺好，所以飘了，都不来上课了？"

侯陌小声回答："就是起来晚了。"

欧阳格冷笑了一声:"一起起来晚了？这么巧？你们俩现在挺默契啊。"

侯陌不爽地回答："不默契，还是他和冉述默契，我赶不上。"

欧阳格也没跟他们两个人废话，说道："在门口站着，让全班同学看看冠军选手和亚军组合的风采。"

他们站在班级门口听课，欧阳格自己去随侯钰的位置坐下了。

其实欧阳格真的不比学生强多少，进教室里没多久也睡着了，一点儿带头作用都没有，还兢兢业业地坐在教室里不走。

作为欧阳格的同桌，随侯钰非常无奈。

晚上回寝室，随侯钰看到寝室里一人一个床帘，正在安装。

邓亦衡扭头跟随侯钰介绍："桑献批量定制的，材料特别好，一点儿味道都没有，还挡光。"

换完睡衣，随侯钰进入床帘里躺下。

这床帘简直是将随侯钰关进了一个密闭的小空间里，让他十分不自在。

他其实不喜欢这种拘束，却知道桑献定做这些也是好意，还能保留隐私。

周六早晨，天刚蒙蒙亮，其他学生放假的时间，网球队成员却在校内集合了。

他们要从枫屿高中跑到山脚下，再去爬山。

冉述听完都要绝望了，这叫什么事？

这不是比完赛了吗？不是说比完赛会轻松一阵子吗？

结果这样？

邓亦衡做准备运动的时候回头跟冉述、随侯钰说道："庆幸吧，别的队常规训练就是负重跑过去，接着爬山。那山上有一个千级台阶，他们在台阶那里训练，上去再下来，如此往复。"

冉述听完，表情都苦兮兮的："不是吧？！"

网球队的成员除了高一新生和随侯钰、冉述，其他人似乎都很熟悉，站好队列后侯陌带队，带着他们朝山脚跑。

王教练开车带着苏安怡和一些储备物品先去了山脚下。

他们湘家巷依山傍水，景色不错，最近也在开发度假村。

附近的一座山被开发了出来，做了旅游景区。只不过他们去的时候正是秋季的尴尬期，去到山里也没有什么景色可以看，树叶都要掉没了。

一点儿意境都没有。

随侯钰爬山倒是不会觉得累，只是要照顾冉述。

侯陌走在随侯钰身边，特别欠儿地问："冉述，你这体力不行啊，以后怎么办？"

冉述累得不行，小腿都在打战，和侯陌斗嘴的力气都没有："你、你甭管，你也管不着。"

随侯钰则是担心地问："要不我背你上去吧？"

冉述第一个不同意："不用，你、你就算亢奋也会累，实在不行我在半山腰等你们。"

桑献走了几步，回身伸手拽了冉述一把：“到山顶有合影，还会有打气环节，你还是上来比较好。”

桑献拽冉述就像拎一只小鸡崽，顺手一提就行了。

冉述被拎得连走了好几步，不爽地说：“我没必要参加，我就一后勤。”

“到时候让侯陌站你钰哥身边合影？”桑献又问。

冉述当即来劲儿了，对桑献说道：“拎我上去，我爬也要爬上去。”

爬到山的三分之二处时，侯陌给随侯钰递了一瓶水。

随侯钰伸手接过来，注意到瓶盖已经拧开了，他拿起来喝了一口，接着递还回去。

“他们背着的是什么？包很大，但是看起来不重。”随侯钰指了指邓亦衡和沈君璟他们身上背的包。

在山脚下时，王教练拿下车的不仅仅是水和食物，还有几个大大的包。

随侯钰忍不住好奇，最终还是问了侯陌。

“到山顶上你就知道了。”侯陌故弄玄虚，将水放回包里，问，“用我推你上去吗？”

“用不着，我体力比你好。”

“那可不一定，你是精神亢奋，不是身体，我身体素质比你好。”

随侯钰扯着嘴角，嫌弃地看了侯陌一眼：“你这是在跟我杠啊？”

侯陌痞笑：“你的胜负欲又起来了？”

“呵。”随侯钰冷笑了一声。

接着，网球队疲惫的队员们便看到，侯陌和随侯钰两个人就好像在较劲似的，互相比拼着便上了山。

这两个人体力怎么这么好，仿佛都不会累似的。

冉述抬头看着，伸手拽住了桑献的手臂，声音发颤却努力坚持地说道：“带我上去，我送你一双鞋。”说完就觉得有些不妥，这位爷比他还有钱。

桑献回头看了冉述一眼，随后伸手一捞，扛着冉述上山。

冉述觉得不太舒服，一个劲问：“太硌了，能不能垫点东西？”

桑献停下来，伸手抓来了邓亦衡的外套，随便叠了叠垫在了肩膀上，继续扛着冉述上山。

冉述也是人才，这样头朝后地上山，还有心情和跟在他们后面的邓亦衡他们聊天，磕磕巴巴的，还聊得挺开心。

苏安怡本来就是女中豪杰，上山的同时还帮忙拎着食物，也没掉队。

有几个男生想谄媚一把，都没找到机会。

一群人到了山顶，聚在一起休息。

随侯钰坐在一块石头上看山底下的风景，就算树叶掉得差不多了，可是山下的一汪清泉还在。流水山林，天空干净澄澈。

一阵清风拂面，扬起随侯钰厚重的头发，他突然觉得还不错。

队伍整顿了一会儿后，侯陌突然走过来拉着随侯钰起身，看着邓亦衡他们站着准备的位置后，又看了看风向，拉着随侯钰站到了一个位置："这里应该合适。"

随侯钰不解，还是配合地跟着侯陌并排站在一起。

邓亦衡朝着周围喊："准备好了吗？"

队员有人举起了手机录像，有人站在了侯陌他们旁边，有些人只是站在一边看着。

邓亦衡他们几个人同时打开大包，打开袋口一扬，成百上千的花瓣从袋子里撒了出来。

这些都是玫瑰花或者蔷薇花的花瓣，被分离了出来，放进了袋子里。

这样在风中飘洒，花瓣纷纷扬扬地跟着风飞舞起来。

原本光秃秃的山顶，突然被漫天花瓣占满，像是到了樱花飘落的季节一样，一瞬间美不胜收。

这个时节没有美景了，他们就自己制造美景。

这些花瓣本身也是植物的一部分，飘走了也如同落叶一般，不会对环境造成任何影响。

自给自足，是他们自己的风格。

随侯钰看到花瓣在天空起舞且迎面而来的画面，不由得眼前一亮，和侯陌一起仰头看着，忍不住笑起来。

不过他很快就要闭上嘴巴，闭上眼睛了，一堆花瓣扑面而来，又被风吹走，轻轻柔柔的，而脸颊像是被花瓣亲吻过。

再回头去看花瓣飞到山下的画面，简直是仙侠剧里的大场面。

他突然觉得这次爬山还挺有意思的。

邓亦衡站在山顶上，双手放在手边做喇叭状，对着山下喊："我想去东体！"

不知道谁突然喊了一句："我要看苏安怡剪公主切！

这点似乎引起了一群男生的共鸣，其他人也跟着喊："我也想看苏安怡剪公主切！"

苏安怡本来站在一边看着他们定目标，突然被喊到名字有点迷茫，见有人回头看向她，她当即摇了摇头："我不喜欢那个发型。"

几个男生有点沮丧。

苏安怡突然歪头："不过你们几个要是进全国赛的总决赛了，我剪了之后给你们加油。"

几个男生瞬间兴奋起来。

随侯钰站在原地想了半天后，才跟着喊："我要做世界第一！"

侯陌吓得拍他肩膀提醒："目标太大了，咱们先定一个小目标。"

随侯钰想了想，再次喊道："我要做全国第一！"

侯陌跟着随侯钰一起喊："我要陪随侯钰成为全国第一！"

一群人就像打了鸡血一样，在山顶上兴奋得不行。

组织合影时，冉述站在随侯钰左边，侯陌站随侯钰右边。

合影里，所有人都很开心，迎着风，露出一张张笑脸来。

之后，他们要一起征战全国赛。

下次比赛时，随侯钰和侯陌一定会准备充分。

曾经觉得棘手的对手，都是他们要挑战的目标。

一个接一个地去打败。

好胜少年，永不言败。

（第一部·完）